Jens Henrik Jensen

EAST

Welt ohne Seele

Jens Henrik Jensen

EAST

WELT OHNE SEELE

THRILLER

Aus dem Dänischen
von Ulrich Sonnenberg

dtv

Von Jens Henrik Jensen sind bei dtv außerdem erschienen:
OXEN – Das erste Opfer
OXEN – Der dunkle Mann
OXEN – Gefrorene Flammen
OXEN – Lupus
OXEN – Noctis

SØG – Dunkel liegt die See
SØG – Schwarzer Himmel
SØG – Land ohne Licht

MIX
Papier | Fördert gute Waldnutzung
FSC® C083411

Deutsche Erstausgabe 2022
dtv Verlagsgesellschaft mbH & Co. KG, München

Titel der dänischen Originalausgabe:
›Kællingen i Kraków‹

Umschlaggestaltung: ZERO Werbeagentur GmbH
Umschlagmotive: plainpicture / Isabella Hovemeier – aus der Kollektion Rauschen; shutterstock.com
Satz: Fotosatz Amann, Memmingen
Gesetzt aus der Minion Pro
Druck und Bindung: CPI books GmbH, Leck
Printed in Germany · ISBN 978-3-423-22024-8

PROLOG

Diese Geschichte spielt in Krakau, in Polen. Es ist Frühjahr, und die Welt wartet darauf, dass aus dem Jahr 1999 das Jahr 2000 wird.

Prinz Krak gründete seine beeindruckende Stadt vor unendlich vielen Jahren. Die Araber beschrieben Krakau bereits im Jahr 965, und im Jahr 1038 machte Kasimir der Erneuerer, der König der Piasten-Dynastie, die Stadt zur Hauptstadt Polens.

Die UNESCO war glücklicherweise so vorausschauend, Krakau zum Weltkulturerbe zu erklären. Diese Stadt ist so schön wie keine andere. Sie duftet nach Flieder und Geschichte, verschwundenen Worten und Taten.

Unsere Hauptpersonen treffen sich in Krakau. Ihre Spuren kreuzen sich ganz zufällig in der Stadt der Könige, in der Legenden leben.

Es ist eine Zeit, in der die Europäische Union erstarkt und Grenzen zieht. Denn Zäune und Mauern sind gefallen, und unterdrückte Kräfte wurden freigesetzt.

Eines Tages vor nicht allzu langer Zeit hatte sich Polen, müde und ausgebeutet, wie immer hinter dem schweren eisernen Vorhang schlafen gelegt. Doch am nächsten Morgen war der Vorhang verschwunden, zerfallen im Laufe der Nacht.

Es war Lech Wałęsa, der Elektriker der Lenin-Schiffswerft

in Danzig, der sich mit seinem Land erhob und es aufs internationale Parkett führte. Wie ein neugieriger Gast in staatlichen Gemächern eilte Polen von Raum zu Raum, um an der größten Türöffnung stehenzubleiben. Hier empfing der Generalsekretär der NATO, Javier Solana, Polen mit einem Lächeln. Das Land, in dessen Hauptstadt der Warschauer Pakt geschlossen wurde, konnte den endgültigen Schritt auf neue Freunde zugehen.

Mitten in dieser Zeit des Umbruchs begegnen wir den Hauptfiguren dieser Geschichte. Mitten im neuen Polen der Marktwirtschaft, in der einige aufsteigen und andere vor die Hunde gehen.

Da ist ein Mann. Ein Suchender, der vielleicht etwas von Bedeutung findet. Nicht für die Nation oder den Weltfrieden – sondern für sich selbst. Vielleicht soll er auch einfach nur zugrunde gehen.

Und da ist eine Frau. Sie mag dafür sorgen, dass nicht alle Grenzen überschritten werden. Ehrgeiz ist ihre Antriebskraft.

Meine Geschichte ist auch eine Begegnung mit einer Gewalt, die wir alle fürchten – und der wir uns letztendlich beugen müssen.

In jedem Leben gibt es Linien, die sich überschneiden. Nichts ist vorbestimmt, alles geschieht einfach.

Auf Krakaus Pflaster hinterlassen meine Protagonisten ihren Fußabdruck. Und sie folgen Spuren, weil Spuren immer irgendwo hinführen.

1

Moskau, Russland

Hingabe sah er in diesen hübschen, traurigen Augen, die feucht und dunkelbraun schimmerten. Sie blickten ihn direkt an, und er spürte, wie sich sein Zwerchfell zusammenzog. Er strich mit der Hand über das weiche, lange Haar. Wie konnte jemand so grausam sein? Und wie konnte er es sein?

Er spürte die feuchte Zunge an seiner Wange und den warmen Atem auf seinem Gesicht. Das zärtliche Winseln schnitt sich unbarmherzig in sein Hirn. Er wollte es nicht hören. Er wollte nicht … Dann nahm er den wohlgeformten Kopf zwischen seine Hände, liebkoste mit den Fingern die Ohren und ließ sie dann den Hals hinuntergleiten.

Es gab keinen anderen Weg. Er musste es tun. Es war viel zu spät, jetzt aufzugeben.

Der goldfarbene Hund war der Schönste, den er je gesehen hatte. Wenn das Tier, wie jetzt, den Kopf ein wenig schief legte und ihn fragend ansah, während der Schwanz wie eine Fahne von einer Seite zur anderen wedelte, verfluchte er den Tag, an dem es geboren worden war, und alle Tage, die seitdem vergangen waren.

Es war ein Golden Retriever. Das wusste er, denn er hatte alles gelesen, was über Hunde zu lesen wert war, und er hatte einmal einen Golden Retriever im Fernsehen gesehen. Aber er hätte es nie für möglich gehalten, dass er selbst einmal ein solches Tier umarmen und sein sanftes, freundschaftliches Lecken spüren würde.

Er spielte zärtlich an den warmen Ohren und drückte den Hund ein letztes Mal an die Brust. Es war ein Abschied. Er musste seinen Teil der Aufgabe erfüllen. Immerhin hatte er bereits die Hälfte des Geldes erhalten. Der Job wurde fantastisch bezahlt. Aber schon als er Señora zum ersten Mal gesehen hatte, wollte er den Auftrag abbrechen. Wenn sie doch nur ihm gehören würde. Er hatte mehrere Hunde gehabt – aber keinen so herrlich anmutigen.

Als er gefragt hatte, warum es notwendig sei, einen so teuren und seltenen Hund zu benutzen, hatte man ihm erklärt, er solle das Maul halten. Er war nur ein kleiner Fisch und vollkommen bedeutungslos.

»Bist du bereit?« Es schnarrte im Walkie-Talkie.

»Ja«, antwortete er und legte eine Hand auf die feuchte Schnauze, während er ein letztes Mal überprüfte, dass das schwere Halsband festsaß und im langen Fell verschwand. Dann schaltete er den Kontakt ein und stellte widerwillig fest, dass die Diode am Halsband leuchtete – wie ein teuflisches Auge. Sein Adamsapfel bewegte sich nervös auf und ab.

»Entschuldige, Señora … entschuldige …«

»Natalia! Schaust du mal nach dem Wagen? Er muss bald hier sein. Major Vladlen Soloschenko stand vor dem Spiegel und band seine Krawatte. Zwei Dackel wuselten um ihn herum und schnüffelten eifrig an seinen blankgeputzten Schuhen.

»Pjàtnitsa! Subbóta! Hört endlich auf, meine Schuhe vollzusabbern, sonst bekommt ihr Ärger!«

Er bückte sich und klopfte liebevoll das schwanzwedelnde

Paar. Sie waren ihrer beider Augenstern, ihr ein und alles. Es waren die Kinder, die sie nie bekommen hatten. Der eine hieß Freitag, wie Robinson Crusoes eingeborener Freund, der andere Samstag. Sie waren nach den Wochentagen benannt, an denen sie die Hunde bekommen hatten. Rassereine Dackel waren Luxus.

»Bleib ruhig. Sie sitzt gerade, mein Freund.«

Andrej stand an der Tür und betrachtete ihn mit einem schiefen Lächeln. Sein langjähriger Adjutant und enger persönlicher Freund wusste, dass ihm die Krawatte schon immer Probleme bereitet hatte. Andrej hatte das Angebot angenommen, bei ihnen zu übernachten, nachdem sie bis in den späten Abend hinein gearbeitet hatten.

Regen peitschte schwer und anhaltend gegen die Scheibe. Zwischendrin heftige Windstöße, die die Tropfen am Glas explodieren ließen und drohten, die frühlingsgrünen Blätter von den Bäumen auf der anderen Straßenseite zu reißen.

Der ganze Pasternak-Komplex lag da wie eine graumelierte Masse aus Melancholie und tropfnassem Beton. Vor dem Umbruch hatten die Wohnblöcke am Komsomolski Prospekt Dzierżyński Komplex geheißen, aber wie bei so vielen anderen Orten hatte man ihnen einen einwandfreien Namen gegeben.

Feliks Dzierżyński war der Mann, der die Tscheka aufgebaut hatte, die später zur NKVD und noch später zu den gefürchteten drei Buchstaben wurde: KGB. Der eiserne Feliks war Vergangenheit, und sein Name erinnerte die Menschen an etwas, woran sie nicht gern erinnert werden wollten.

Nein, der neue Name passte schon besser zu den neuen Zeiten, und nun wohnten sie also in dem Komplex, der nach dem Mann benannt worden war, der für ›Doktor Schiwago‹ den Literaturnobelpreis bekommen hatte.

Natalia hatte das Buch vor langer Zeit gelesen, aber ihr war es im Grunde egal. Sie konnten die Gegend nennen, wie sie wollten. Vladlen und sie hatten eine schöne Wohnung, ihnen fehlte es an nichts – dafür sorgte der Staat –, aber nicht einmal ein Boris Pasternak konnte die langweiligen Gebäude aufhübschen.

Die neuen Zeiten hatten zu einer Menge Paradoxa geführt. Alles war so verwirrend. Sie lächelte. Ein seltsamer Gedanke. Was wäre, wenn auch die Namen der Menschen nicht mehr benutzt werden könnten? Glücklicherweise war es nicht so. Niemand hatte ihren geliebten Mann aufgefordert, seinen Namen zu ändern. Wieder zeigte sich ein Lächeln auf ihrem Gesicht.

Paradoxal, dass seine Eltern ihn Vladlen genannt hatten, nach Wladimir Iljitsch Uljanow Lenin. Ausgerechnet ihn, der im Gegensatz zu Lenin von geradezu riesenhafter Gestalt war. Die Eltern waren unglaublich parteitreu gewesen, richtiggehend fanatisch. Nun waren sie tot – genau wie ihr Vorbild.

Seit Tagen herrschte nun dieses Mistwetter. Wenn nur die Sonne bald wieder herauskäme, sodass sie mit den Hunden in den Gorki Park gehen könnten. Es war ihr eigenes kleines Paradies auf der anderen Seite des Flusses, und die Hunde genossen es, sich im Gras zu tummeln.

Natalia Soloschenko war kurz davor, sich bei den flimmernden Wasserströmen an der Fensterscheibe in ihren Gedanken zu verlieren, als sie den schwarzen Wolga sah.

»Vladlen! Andrej! Der Wagen ist da.«

Obwohl sein Herz klopfte und das schlechte Gewissen ihn aufwühlte, hoffte er, dass der goldfarbene Hund tun würde, wozu er ihn trainiert hatte. Wenn er es nicht tat, wenn die

Aufgabe fehlschlug, könnte es problematisch werden – für ihn wie für seinen Partner, der mit dem Fernglas Ausschau hielt. Und eines war ganz sicher. Sie würden den Rest des Geldes nicht erhalten.

Das Walkie-Talkie schnarrte erneut, er lauschte angespannt.

»Jetzt!«, lautete der kurze Bescheid. Er öffnete die Tür und ließ den Hund mit einem kleinen Klaps auf sein Hinterteil heraus. »*Doswidanja*, mein Freund …«

Die Frau stand in der Tür. Nun wurde sie umarmt und sagte irgendetwas zu dem Mann, der den Schirm über seinen Kopf hielt und den kurzen Plattenweg hinunterlief. Der Chauffeur stieg aus und öffnete die Tür.

»Guten Morgen, Major Soloschenko. Was für ein Wetter …«

»Guten Morgen, ich … Ach, sehen Sie mal!«

Der Mann mit dem Schirm hielt inne, als der Hund angelaufen kam. Er blieb genau an dem großen Busch auf dem kleinen viereckigen Rasenstück stehen, aber als der Mann in die Knie ging und ihn zu sich rief, kam er schwanzwedelnd und vertrauensvoll auf ihn zu.

»Mein Gott, du siehst prächtig aus, mein Freund. Was machst du denn hier ganz allein?«, fragte er und strich über das nasse Fell.

Es hatte den Anschein, als würde sich ein gigantischer Unterdruck in sämtlichen Gebäuden entladen. Fensterscheiben wurden eingesogen, überall splitterten hunderttausendfach Kristallfragmente. Der ohrenbetäubende Knall blieb im Regen hängen. Ein anhaltendes Donnern, als wäre die Flutwelle an Geräuschen zwischen den Wohnblöcken gefangen und suchte panisch nach einem Weg aus dem Betonlabyrinth.

Der Körper der Frau lag leblos im Hauseingang. Die graue Fassade war übersät mit roten Flecken, und auf den Bodenplatten hatte sich eine undefinierbare Masse ausgebreitet – Haare, Fleisch, Stofffetzen und Blut, das in dem strömenden Regen verdünnt wurde und in kleinen hellroten Bächen davonlief.

Vier Stunden später stieg ein Mann aus der Metro an der Smolenskaja-Station. Er ging ins Café Rioni im Arbat-Quartier, um seine Gedanken zu sortieren und sich zu konzentrieren.

Zehn Minuten später bahnte er sich den Weg zur Bar. Es war Mittagszeit, und das Lokal war voller Menschen, deren feuchte Mäntel dampften. Er entdeckte ihn in einer Ecke am Ende der Bar.

Diskret drängte er sich zu dem anderen durch. Er sah den breiten Rücken in der braunen Lederjacke. Er umschloss den Pistolengriff, ließ die Hand aber in der tiefen Tasche. Dann hob er den Mantelschoß bis zum Nacken des Mannes und drückte ein einziges Mal ab. Der Kopf nickte heftig, der Mann wurde gegen die Bar geschleudert, dann glitt er zu Boden.

Ein Schrei löste den anderen ab, wie ein Echo, das in wenigen Augenblicken eine Lawine des Chaos durch das Lokal rollen ließ. Die Menschen stürzten zum Ausgang, und ebenso unbemerkt, wie er gekommen war, wurde der Mann nun mit der Menschenmenge auf die Straße gezogen.

2

Barcelona, Spanien

Seine Augen brannten hinter der Sonnenbrille. Er wusste genau, wie sie aussehen würden, wenn er sie im Spiegel sehen könnte. Seine Augen würden den Murmeln ähneln, mit denen sie als Kinder gespielt hatten – Murmeln aus blankem, schimmerndem Glas. Zu Hause wäre es ihm egal gewesen, aber nicht hier. Es war peinlich, hier herumzulaufen und auszusehen, als wäre er seit zwei Tagen betrunken – allein auf dem Weg zu einem Familienausflugsziel.

Als er in die Katakomben unter der Plaza d'Espanya hinabgestiegen war, hatte ihm der trockene Gestank der U-Bahn beinahe den Magen umgedreht, aber eine Tasse Kaffee hatte seine rebellischen Eingeweide offensichtlich eine Spur beruhigt.

Die Sonne und die frische Luft taten gut nach der Zugfahrt aus Barcelona. Er stand lange still und sah hinauf zu den beeindruckenden, zerklüfteten Bergspitzen. Montserrat. Tatsächlich Montserrat. Noch eine Station auf seiner zermürbenden Odyssee. Selbstquälerei, ja – aber vielleicht auch die endgültige Entscheidung.

Die unvermeidliche Konfrontation. Dort oben auf dem Berg fand sich der Dorn in seinem Fleisch.

Vielleicht war es klug – vielleicht war es dumm –, aber er

konnte es nicht lassen. Ihm gefiel der Gedanke nicht, dass es sich auch um Selbstmitleid handeln könnte, also verdrängte er ihn sofort. Er sah sich um und zog diskret den kleinen Flachmann aus der Tasche. Der Whisky brannte angenehm, Ruhe breitete sich in ihm aus. Dann ging er zu der Kabelbahn und stellte sich in die Reihe.

Er stank nach altem und neuem Schnaps. Das mussten die anderen in der kleinen Kabine riechen können. Er öffnete ein Fenster und verschaffte seinem stinkenden Gewissen frische Luft. Ihm gegenüber saß ein Liebespaar, junge Leute, die Händchen hielten.

Es war einer der Vorteile einer Sonnenbrille. Man konnte die Leute anstarren, wie man wollte. Er tat es. Sie musste Anfang zwanzig sein. Besonders hübsch war sie nicht, eher gewöhnlich. Sie trug eine schwarze Bluse, die sie aufgerollt und vor dem Bauch verknotet hatte, der einen weichen, braunen Bogen schlug, bevor er in den Jeans verschwand. Zwischen ihren vollen Brüsten hatte sich ein tiefer Spalt gebildet. Sie wurden von einem schwarzen Spitzen-BH angehoben, der so stramm saß und einschnitt, dass etwas von dem weichen Fleisch über den Rand quoll.

Er starrte sie weiterhin an und stellte sich vor, wie er sie auszog, den BH aufhakte und die Schwere ihrer Brüste spürte, als sie langsam in seine Hände fielen. Der Reißverschluss, der hinuntergezogen wurde, das Höschen und dahinter das Haar.

Die Reaktion blieb aus. Der Anblick und die Gedanken erregten ihn nicht. Er versuchte es noch einmal, schrittweise und ruhig, aber erneut vergebens. Offenbar war ihm das alles scheißegal geworden.

Die Sonne brannte, als er sich langsam den Pfad zum höchsten Punkt des Bergmassivs hinaufarbeitete. Er war in miserabler Form, und die gut eintausendzweihundert Meter Höhe verrieten es.

Er hatte die Basilika besucht, als er mit der Kabelbahn angekommen war. Im Prozessionsgang waren sie zu der kleinen Holzfigur gegangen, La Moreneta – die Schwarze Madonna –, die mit jahrhundertelanger jungfräulicher Geduld noch immer in ihrer von Glas geschützten Nische über dem Hochaltar saß. Nur Gott wusste, worauf sie wartete. Ein endloses Warten.

Es war nicht schwer, die frischverheirateten Paare auszumachen, die ehrerbietig innehielten und um ihren Segen baten. Einige knieten einen kurzen Moment, und alle küssten den Apfel, den das Kind auf dem Schoß der schwarzen Frau durch ein kleines Loch im Glas herausstreckte. Auch er – noch einmal. Ein leichter und respektvoller Kuss.

Danach hatte er in den Kerzenhaltern unter der Wölbung die beiden Wachskerzen angezündet, die er am Kiosk gekauft hatte. Trotz des Vormittags war es bereits ein wogendes Meer von blauen und roten Kerzen gewesen.

Unruhige Flammen, die für die ihm unbekannten Hoffnungen und unbekannten Gebete unbekannter Menschen brannten – oder aus einer Dankbarkeit mit unbekanntem Grund heraus.

Schließlich hatte er den Gipfel erreicht.

Er ließ sich auf einen Stein in der Nähe der Sant-Jeroni-Einsiedelei fallen, weit genug entfernt von der Touristenschlange, die sich durch die Landschaft zog. Vielleicht war es genau hier? Jedenfalls in der Nähe … Die Sicht war fantastisch, es war sehr klares Wetter. Weit entfernt konnte er die Konturen von Mallorca ahnen. Sein Kopf rollte schwer auf eine Seite, er schlief ein.

… Das Telefon klingelt und zerreißt die grabkammerartige Stille im Büro. Wie von einem fernen Planeten geschickt, drängt die einsilbige Nachricht sich unwirklich und zäh ins Ohr. Die Wirklichkeit sind die vier Wände und das metallische Echo, ein geräuschloser Schrei, erstarrte Zeit. Alles wird undeutlich. Er läuft und läuft. Die Lungen sorgen nicht für Luft, das Herz pumpt kein Blut. Es ist nicht mehr sein Körper, denn er läuft nebenher und starrt verwundert darauf. Der Frost beißt in die Hemdsärmel und in den Nacken. Aber es ist heiß, und Nebel hängt wie eine flatternde Gardine …

Unruhig warf er den Kopf herum und erwachte, als ein ferner Impuls in seinem Hirn seinen Körper zusammenzucken ließ.

Wie lange er geschlafen hatte, wusste er nicht, aber der Traum war wieder da gewesen. Manchmal blieb er lange aus. Dann wiederum war er so pünktlich und präzise, als säße Kelly am Steuer der Linie 7, die an der Marryborough Street vor der Buchhandlung hielt.

Es war ein ungleicher Kampf. So, wie die Situation sich momentan darstellte, würde er den Troll niemals besiegen können, der mit seinem Unterbewusstsein spielte, wie es ihm beliebte.

Dösig bemerkte er den rundlichen Mann mit dem weißen Hemd, der Sonnenbrille und dem kleinen Rucksack, den er über der Schulter trug. Jetzt stand er direkt vor ihm. Er sah fragend aus.

»Señor Kazanski?«

»Sí, was wollen Sie? Woher kennen Sie meinen Namen?«

»Gestatten Sie? Darf ich mich setzen?«

»Warum nicht? Machen Sie, was Sie wollen …«

»Man hat eine schöne Aussicht von hier oben. Dort draußen liegt Mallorca. Sehen Sie es?« Der Mann deutete in die Ferne.

»Ja, na und?«

»Und dort unten Barcelona. Könnte es sein, dass ich die Sagrada Família sehe? Es ist ein ungewöhnlich klarer Tag.«

»Was wollen Sie von mir? Sich unterhalten?«

»Entschuldigen Sie. Ich habe beinahe das Gefühl, als würden wir uns kennen. Das ist natürlich nicht so. Ich habe Ihr Tun und Treiben in der vergangenen Woche verfolgt. Wie geht es Ihnen?«

»Was geht Sie das an?«

»Ich versuche nur, höflich zu sein.«

»Das müssen Sie nicht. Warum sind Sie mir gefolgt? Was ist das für ein Geschwafel? Wer sind Sie überhaupt?«

»Mein Name ist Paco Herrera. Ich arbeite von Madrid aus für den Dienst. Meine Aufgabe bestand darin, Ihnen eine gewisse Zeit zu folgen, bevor ich Kontakt aufnehme.«

»Der Dienst? Was will er von mir? Mich zu einem neuen Seelenklempner oder zur Letzten Ölung schicken?«

»Sie haben einiges getrunken, oder? In Valencia schienen sie im Tres Gatos nahezu halb bewusstlos zu sein. In Alicante war es ebenso, und in Granada war es noch schlimmer, wenn das überhaupt möglich ist. Und gestern Abend ging es mit Ihrem Schwager auf Las Ramblas richtig zur Sache. Ich könnte nicht so viel trinken.«

»Wenn Sie der Meinung sind, ich habe viel getrunken, dann lautet die Antwort wohl, dass ich einen höllischen Durst hatte. Und im Übrigen trinke ich genau so viel, wie ich möchte. Da haben sich weder Sie noch die Schwachköpfe zu Hause einzumischen.«

»Trinken Sie sich von mir aus ins Grab. Ich habe keine Ahnung, worauf mein Auftrag hinausläuft. Ich soll lediglich einen Bericht abliefern. Aufschreiben, was Sie während Ihres Aufenthaltes hier getan haben. Und um in Ihrem Jargon zu bleiben, es interessiert mich einen Scheiß. Sie sind mir vollkommen egal. Ich halte Sie für einen jämmerlichen Trottel. Ich erledige lediglich meine Arbeit. Ist das jetzt klar?«

»Ja, von mir aus ist alles klar, Fettsack. Sind Sie bis hierher gelaufen, nur um mir das zu sagen? Dann wünsche ich Ihnen einen guten Heimweg …«

»Nein. Hier. Nehmen Sie.«

Der Mann hielt ihm den Rucksack hin, Kazanski nahm ihn. Es war eher eine Art Tasche mit Reißverschluss und kleinen Tragriemen.

»Was soll ich damit? Ist das ein Geschenk, weil es so amüsant war, meinem Arsch zu folgen?«

»Darin sind Papiere, die das Hauptquartier uns gefaxt hat. Es sind Berichte und Zeitungsartikel. Man fordert Sie auf, das Material gründlich zu lesen. In der Seitentasche steckt ein Flugticket. Sie sollen in zwei Tagen zurück sein. Und wie gesagt, ich liefere meinen Bericht über Sie morgen ab, bereiten Sie sich also auf ein paar Fragen vor … Das war wohl alles. Ein ausgesuchtes Vergnügen, Sie kennenzulernen, Kazanski.«

Der Mann grunzte höhnisch, spuckte, drehte sich um und begann den Abstieg.

»Das Vergnügen war ganz auf meiner Seite. Grüßen Sie Ihre Familie, imbeziles Arschloch!«, rief Kazanski, aber der Mann schien es nicht mehr zu hören.

Die Flugzeuge standen auf dem Barceloner Flughafen El Prat wie müde Störche nebeneinander, deren Gefieder gepflegt wird, bevor sie wieder in die Luft steigen.

Gestern war er noch einmal kurz in dem enormen Kessel

des Stadions von FC Barcelona gewesen. Diesmal hatte er keine Gelegenheit gehabt, wie gewöhnlich ein Spiel im Camp Nou zu sehen. Er hatte mutterseelenallein auf der Tribüne gesessen und sich vom Brausen der großen Kämpfe tragen lassen.

Das verwegene bulgarische Energiebündel Christo Stoitschkow und der kleine brasilianische Zauberer Romario – aber vor allem der Däne Michael Laudrup, der Gentleman und Ästhet des Spiels.

Obwohl der Rasen leer war, konnte er Laudrup über das Mittelfeld verfolgen. Dieser charakteristische gleitende Lauf, der zärtliche Ballkontakt, die Voraussicht und der Überblick eines Schachgroßmeisters – und schließlich ein nonchalanter Klaps mit der Katzenpfote. Noch ein überrumpelndes Abspiel, das zum Tor führt.

Die Maschen des Netzes flatterten.

Und jetzt erhob sich das Stadion und wurde zu einem wogenden Menschenmeer in gelben, blauen und weinroten Farben. Der Jubel wogte über die Spieler am Boden des Kessels hinweg. Gestreifte Ekstase auf dem Rasen. Posen, Umarmungen, Schulterklopfen.

Doch der Däne war fort.

Nicht mal hier war es wie früher. Der Mann aus dem Norden verließ Barcelona und machte in seiner ersten Saison auf der kastilischen Hochebene Real Madrid zum spanischen Meister. Und nun wusste er nicht einmal, wo Laudrup war oder ob er überhaupt noch spielte. Ein so gottbegnadeter Magier verdiente es, auf dem Platz zu sterben. Unter Klatschsalven. Aber wo war Laudrup? Was tat er genau in diesem Augenblick? In dieser Sekunde? Auch der Fußball hatte ihn verloren.

Kazanski dachte nach. Er wusste auch nicht, wie die New

York Yankees die Saison begonnen hatten. Es war lange her, dass er den Rausch eines Homerun gespürt hatte. Und The Knicks? Konnte Patrick Ewing noch immer unter der Kurve zaubern? Und was war mit Gretzky auf dem Eis? Er hatte keine Ahnung. Er war ein erbärmlicher Ignorant.

Obwohl die Familie seiner Frau alles getan hatte, um ihm einen gemütlichen Abend zu bereiten, war der Versuch gescheitert. Seine Melancholie und ihre deprimierten Blicke bewiesen, dass sie mit dem unmittelbar bevorstehenden Abschied nicht zurechtkamen. Sogar das sonst immer so dröhnende Gelächter seines Schwiegervaters wirkte resigniert.

Wie so oft hatten sie in Barri Xinès bei Antonio gegessen. Der korpulente Wirt hatte seinen gewaltigen Schnurrbart gezwirbelt, ihm freundschaftlich auf den Rücken geklopft und ihn Söhnchen genannt, während er seinen Angestellten befahl, eine absolut fantastische Romesco-Sauce zu zaubern. Es war schade gewesen. Ein Hohn gegenüber einem Mann wie Antonio, vermutlich hatten sie gewirkt wie eine Trauergemeinde.

Hinterher hatten sie in einem Straßencafé auf der Plaza Catalunya gesessen. Von dort konnte man sie alle sehen: Familien. Männer und Frauen. Junge Liebespaare, die zu einem Oberkörper mit vier Beinen verschmolzen, während sie die klassische Promenade über Las Ramblas absolvierten.

Niemand hatte wirklich etwas gesagt, und nach einem Bier und einer Tasse Kaffee waren sie nach Hause gegangen.

Es war nicht einmal eine Stunde her, seit sie alle mit diesem Abschied konfrontiert waren, der die Kehle zuschnürte und das Herz schneller schlagen ließ.

Seine Schwiegereltern Eduardo und Julia hatten ihn umarmt und geweint, und er selbst war wie gelähmt gewesen von ihren und seinen eigenen Gefühlen. Als ihm klar wurde, dass es nichts gab, was er ihren liebevollen Attacken entgegenhalten konnte, ließ er die Tränen einfach laufen. Die Herzenswärme der Familie hatte seine Abwehr durchdrungen und ein Unwetter ausgelöst, als sie auf die Kälte in ihm traf.

»Möchten Sie etwas trinken?«

Kazanski hatte den kräftigen Schub nicht einmal bemerkt, mit dem sie abgehoben waren. Nun blickte das hübsche Gesicht ihn fragend an, ein wenig verlegen, als würde es ihr leidtun, ihn in seinen Gedanken gestört zu haben.

Er bestellte einen doppelten Cognac und Kaffee. Hatte sie ihn nicht anders angesehen und anders gelächelt? Vermutlich nicht ... Irgendwo hatte man ihnen allen einen Knopf implantiert, der bei einem schwachen Impuls ein magisches, perlweißes Lächeln auslöste. Oder war sie nicht wie die anderen?

Er sah ihr nach und betrachtete den wohlgeformten Hintern in dem anliegenden Rock. Gern hätte er gewusst, was sie über ihn dachte. Dachte sie überhaupt etwas? Versuchte sie zu erraten, wer er war? Nein, vermutlich war er nur ein weiterer Trottel in der unendlichen Reihe, die in dieser fliegenden Cafeteria bedient werden mussten. Kazanski hatte nie verstanden, was daran attraktiv war, in mehreren tausend Metern Höhe einen Haufen Idioten zu bedienen.

Jan Jordi Kazanski.

Sein Name stand auf dem Aktendeckel, den er aus der Tasche zog.

Er hatte die Akte bisher bewusst nicht aufgeschlagen – aber er war unglaublich neugierig. Darin lag auch ein kleiner Umschlag mit Zeitungausschnitten. Er sah am interessantesten aus. Es war eine Zusammenstellung aus verschiedenen Moskauer Zeitungen.

Was wollte der Dienst auf einmal von ihm? Sein Blick fiel

auf die großen Buchstaben. »Bombenhund tötet Major, seine Ehefrau und den Fahrer«. Die Schlagzeile stammte aus ›Nesawissmaja Gaseta‹. Allein das Wort »Bombenhund« ließ ihn weiterlesen.

»Der 44-jährige Major Vladlen Soloschenko wurde gestern Morgen Opfer eines Bombenattentats, das auch seiner Frau Natalia und einem Fahrer, Dmitri Davidoff, das Leben kostete. Die vorläufigen Untersuchungen deuten darauf hin, dass sie durch einen sehr starken Sprengsatz, der vermutlich am Halsband eines Hundes befestigt war, getötet wurden. Noch gibt es von offizieller Seite keinen Kommentar zu der Tragödie, die sich direkt vor der Wohnung des Majors im Pasternak-Komplex im südlichen Teil der Stadt abgespielt hat. Alles weist jedoch darauf hin, dass es sich um ein genau geplantes Attentat handelt.«

Kazanski las die absurde Geschichte weiter. Offensichtlich hatte der Hundeliebhaber Major Soloschenko den Hund selbst zu sich gerufen, der eine Bombe trug. Es handelte sich bei dem Tier der Analyse nach um einen Golden Retriever.

Soloschenko … Der Name kam ihm bekannt vor, aber er wusste ihn nicht einzuordnen. Eine vierte Person, die wie durch ein Wunder mit dem Leben davonkam, war der Adjutant des Majors, der noch nicht auf der Straße gewesen war. Ihn hatte man mit einem schweren Schock ins Krankenhaus eingeliefert, hieß es.

Ein zweiter Artikel berichtete von einem anderen Attentat, begangen am selben Tag. In dem Artikel wurden keine Namen genannt, aber es handelte sich um einen Mann, der in einer gutbesuchten Bar im Zentrum am helllichten Tag mit einem Nackenschuss ermordet worden war. Der Name des Opfers wurde zurückgehalten, die Polizei hatte keine Spur des Mörders.

Von beiden Geschichten fanden sich mehrere Versionen in verschiedenen Zeitungen, außerdem enthielten die Unterlagen zwei kurze Reportagen von der Beerdigung des Majors.

Kazanski griff nach dem blauen Aktendeckel. Er enthielt als geheim gestempelte Auszüge aus CIA-Berichten. Nachdem er sich einen flüchtigen Überblick verschafft hatte, wusste er, dass alle Papiere dasselbe Thema behandelten: die Mafia und die organisierte Kriminalität in Russland.

Der größte Teil war eine Zusammenfassung der Schlussfolgerungen des Dienstes, die Kazanski längst bekannt waren. Er entdeckte sogar Teile eines Berichts, den er selbst verfasst hatte. Aber es gab auch Berichte jüngsten Datums, die er noch nie gesehen hatte, und einige Blätter mit internen Schreiben und Gutachten – ebenfalls klassifiziertes Material.

Kazanski blätterte auf gut Glück weiter, während er Cognac und Kaffee trank. Dann steckte er alles wieder in die Tasche und trommelte unwillkürlich mit den Fingern auf der Armlehne.

Jan Jordi Kazanski hatte nicht die leiseste Ahnung, warum er, der den Stempel »ausgemustert« auf der Stirn trug und mit der gebotenen Vorsicht, aber bestimmt aus dem Dienst gedrängt worden war, nun plötzlich in aller Eile zurückgerufen wurde. Dafür gab es nur eine einzige vernünftige Erklärung – und die war nicht sonderlich wahrscheinlich.

Die Stewardess mit dem kohlschwarzen Haar und dem einladenden Lächeln ging auf dem Mittelgang vorbei. Er winkte und bestellte noch einmal Cognac und Kaffee. Kazanski bemerkte, wie ihr weißer BH sich unter der leicht durchsichtigen Bluse abzeichnete. Er versuchte, den Gedanken weiterzuspinnen – aber es gelang ihm nicht. Er verschwand wie eine Schneeflocke auf einer warmen Handfläche.

Drei Monate waren jetzt vergangen.

Drei buchstäblich ineinanderfließende Monate, in denen er mehr getrunken hatte als vorher, als er noch gezwungen war, seiner Arbeit nachzugehen. Sie hatten sich entschieden, es zunächst einmal »Freistellung wegen Arbeitsunfähigkeit« zu nennen, aber es würde nicht mehr lange dauern, bis er offiziell entlassen wurde.

Er hatte nicht an sich halten können, warum sollte er es auch plötzlich tun? Es war nur ehrlich, etwas auszuleben. Kazanski hatte immer darauf bestanden, der Preis dafür war ihm egal. Eine weniger rebellische und korrektere Person hätte die Situation möglicherweise eleganter gemeistert. Korrekt war Kazanski nie gewesen. Deshalb war er auch nicht nass geworden, als die Korrektheitswelle über das Land schwappte und die Reuevollen um einen Platz in den Rettungsbooten kämpften, in denen die Selbstgerechten bereits warm und trocken saßen und auf die anderen mit dem Finger zeigten. Political Correctness konnten sie in ihrem Küchengarten ziehen.

Kazanski hatte sich nur wenige Minuten mit dem Psychiater unterhalten, bevor er wusste, worauf es hinauslief. Hätte der Arzt nicht diesen Namen gehabt, hätte womöglich manches anders ausgesehen.

Der Psychiater hatte die Größe eines Vierzehnjährigen, der einem Wäschetrockner entsprungen zu sein schien. Und als der laufende Meter mit dem spärlichen Bartwuchs durch massive Brillengläser zu ihm hochstarrte und seinen Namen nannte – Dick T. Motherwell –, hatte es kein Halten mehr gegeben.

Kazanski hatte mit Müh und Not sein Lachen unterdrücken können, sodass nur ein leises Gurgeln aus dem Bauch zu hören war, aber es kam noch schlimmer.

Er hatte sich von Anfang an gegen den Gedanken gewehrt, einen Psychiater zu konsultieren, denn es war doch offensichtlich, was hier nicht in Ordnung war. Nur weil David gesagt hatte, wenn er den Job behalten wollte, sei das hier seine einzige Chance, hatte er zugestimmt. Und dann hatte sich der kleine Bursche mit der Hinkelsteinbrille hinter seinen großen Schreibtisch gesetzt und Kazanski so eingehend studiert wie ein Lehrer seinen Schüler.

»Sitzen Sie bequem, entspannen Sie sich. Unterhalten wir uns ein wenig. Über Sie und Ihre Situation. Natürlich habe ich vorab gewisse Informationen bekommen. Nur damit Sie informiert sind. Haben Sie das Gefühl zu funktionieren? Wie bewältigen Sie Ihren Alltag, Mister Kazanski? Geht es Ihnen gut?«

Diese Fragen hatte der Bengel mit interessierter Fistelstimme gestellt, während er selbst darüber grübelte, wie viele Komplexe der kleine Dick wohl zu bewältigen hatte, der Name, die Brille, die enormen Segelohren und das rote Haar. Nur ein Bruchteil dieser Merkmale reichte aus, um in Schulzeiten von der ganzen Klasse geärgert und gemobbt zu werden. Niemand überlebte ein derartiges Aussehen, ohne fürs Leben geprägt zu werden.

»Mir geht es gut, ich fühle mich prächtig, Mister Motherwell, ja ausgezeichnet. Genau deshalb sitze ich ja hier vor Ihnen. Darf ich so frei sein, Ihnen auch eine Frage zu stellen? Wofür steht das T in Ihrem Namen. Für Tracy?«

So hatte er das Gespräch mit einem Psychiater begonnen, der zu beurteilen hatte, ob Kazanski noch in der Lage war, seinen Job zu machen.

Eine stupide Frage nach der anderen wurde gestellt, und mit seinen Antworten hatte Kazanski zielsicher und ohne das geringste Zögern sein Schicksal besiegelt. Er erinnerte sich an die kleine Vorstellung und lachte laut auf. Sein rechter Sitznachbar sah ihn merkwürdig an

»Tja, wenn ich von einem einschneidenden Erlebnis aus meiner Pubertät berichten soll, dann fällt mir ein, wie Mary mich wegschubste und ich mir den Lümmel an der Klappe des Handschuhfachs meines Chevy geklemmt habe. Es tat höllisch weh. Ich glaube, es hat mich nachhaltig geprägt, meine Liebe zu Autos geschwächt und mir möglicherweise zu einer Loxarthose verholfen. Glauben Sie nicht? Haben Sie ihn je mal irgendwo eingeklemmt, Dick? Also Ihren Lümmel. Den Schwanz …«

Das war so ziemlich das Letzte, was er gesagt hatte, bevor er Tränen lachend die Praxis verlassen hatte.

»Ich hoffe, Ihrer Mutter geht's gut … trotz allem«, hatte er noch herausgebracht. Dann hatte er die Tür hinter sich geschlossen und dem kleinen Mister Motherwell die Analyse überlassen, dessen Segelohren vor Zorn knallrot waren.

In Jerry's Keller hatte er anschließend sich selbst und dem Barkeeper Tubby zugeprostet. Die dröhnende Niederlage war trotz allem ein durchschlagender Triumph. Er hatte sich nicht unterkriegen lassen.

Am Tag darauf hatte man ihn aufgefordert, seinen Schreibtisch auszuräumen und zu verschwinden.

Er erwog, die Papiere noch einmal herauszunehmen und weiterzulesen, aber stattdessen bestellte er einen weiteren Cognac und verfolgte eine Weile den miserablen Film, den die Fluggesellschaft ausgesucht hatte, um die Passagiere einzulullen. Es hatte den gewünschten Effekt. Eine halbe Stunde später schlief Kazanski.

3

Langley, Virginia, USA

Jan Jordi Kazanski hatte den größten Teil des Tages gebraucht, um sich von dem Flug zu erholen. Es war ein deprimierendes Wiedersehen mit der feuchten Kellerwohnung gewesen, wo ihn die braungeblümte und stockfleckige Tapete im Flur willkommen hieß. Dabei konnte er der Tapete keinen Vorwurf machen, nur sich selbst beziehungsweise der mitgenommenen Visage, die ihn im Spiegel bei den Kleiderhaken nachäffte. Immerhin hatte er selbst aus dem Haus ausziehen wollen.

Der Kühlschrank war ein großes Echo. Abgesehen davon, dass sich ein Eisberg, der aussah wie ein Gletscher in Alaska, über die gesamte Rückwand zog, enthielt er nur einen Rest Pizza und zwei Budweiser. Eines trank Kazanski mit wenigen Schlucken aus, bevor er sich aufs Sofa warf. Er hatte nicht länger als fünf Minuten dort gelegen, da klingelte das Telefon.

Es war der alte Kazanski, sein ruppiger Vater. Seine Eltern wussten, dass der Dienst nach ihm gesucht hatte. Sie hatten David erzählt, dass Kazanski nach Spanien gereist war.

Zum wer weiß wievielten Mal versuchte der alte Mann, ihn aufzurichten. Obwohl er ihn beschimpfte und verfluchte, wusste Kazanski genau, dass es eigentlich eine Bitte war. Der alte Kazanski wollte nur nicht rührselig klingen. Ein ordentlicher Pole drehte nicht durch oder spielte verrückt und gestikulierte wie die Italiener oder Südamerikaner.

»Nimm dich zusammen und sorg verdammt noch mal dafür, dass du ordentlich aussiehst, wenn du zu dieser Sitzung gehst! Vielleicht ist das deine letzte Chance. Eine Chance, die du überhaupt nicht verdient hast, du Rotzbengel!«

Seine Mutter konnte dagegen nicht verbergen, dass sie seinetwegen nervös war. Er hörte ihre vorsichtigen Ermahnungen und sagte nach jedem dritten Satz »ja, ja«.

Kazanski wollte und konnte nicht mehr sagen. Er hatte es so oft versucht. Vielleicht verstanden sie ihn gut, aber sie würden es niemals zugeben können. Das wäre so, als würden sie akzeptieren, dass er seinen Kurs fortsetzte, bis er eines Tages auf den Bürgersteig knallte und zersplitterte. Natürlich konnten sie es nicht zugeben. Polnische Sturheit– und spanischer Stolz. Eine Mischung, mit der sich Fundamente gießen ließen.

Kazanski hatte gerade aufgelegt, als das Telefon erneut klingelte. Diesmal war es sein alter Freund David Oakland – der Einzige im Dienst, der ihn treu unterstützt hatte. Der Einzige, für den er einen Finger rühren würde. Vielleicht sogar sein Leben geben würde. Und nachdem David befördert worden war, hatte er seinen neuerworbenen Einfluss geltend gemacht und versucht, ihm zu helfen. Indirekt hatte er David im Stich gelassen, als er aus Verachtung und reinem Trotz den Psychologen auseinandergenommen hatte.

David saß nun im Hauptquartier des CIA in Langley, Virginia, als Chef mehrerer übergreifender Osteuropagruppen, die Informationen über besondere oder aktuelle Fälle sammelten und koordinierten. Im Grunde wollte Oakland ihm dieselbe Botschaft übermitteln wie seine Eltern: Kazanski sollte sich zusammennehmen.

Dies war unwiderruflich die letzte Chance überhaupt. Worum es ging, hatte David nicht gesagt – nur, dass Kazanski mit der obersten Führung zusammentreffen würde.

Und jetzt war es also so weit. Jan Jordi Kazanski korrigierte den Sitz seiner Krawatte, als er am Haupteingang ausstieg. In einer spiegelblanken Glastür notierte er mit einer gewissen Zufriedenheit, dass es ihm gelungen war, ein gänzlich ramponiertes Aussehen zu vermeiden.

Eine Rasur, ein Friseurbesuch und ein schwarzer Anzug bewirkten an der Oberfläche Wunder – aber innerlich fühlte er sich wie ein in Cellophan gewickeltes Stück Scheiße. Nur das Geschenkband hielt das Ganze eine Weile zusammen.

Nachdem Kazanski von den diskreten Security-Leuten des Hauptquartiers überprüft worden war, meldete er sich am Empfang. Kurz darauf holte ihn eine hübsche Frau im mittleren Alter ab und führte ihn durch das Labyrinth der Flure. Der Weg endete vor der Mahagonitür eines Vorzimmers. Die Frau klopfte, und er hörte Davis Oaklands Stimme: »Herein!«

Ein Leuchten ging über Davids Gesicht und sie umarmten sich. Bei einer Tasse Kaffee tauschten sie Belanglosigkeiten aus, bis David ein wenig angespannt auf seine Armbanduhr blickte.

»So, alter Junge. Es ist so weit. Bist du bereit?«

»Na klar … Wenn wir um die Wette saufen sollen, bin ich in jedem Fall bereit«, antwortete Kazanski mit einem schiefen Lächeln. David sah ihn vorwurfsvoll an.

»Jordi, verflucht! Es ist jetzt absolut nicht die Zeit für Ironie, Mann. Und hör auf mit dem Gefasel.«

»Bleib ruhig, David. Ich bin wirklich neugierig. Und ich stehe das durch.«

David Oakland öffnete ihm die Tür und ließ ihm den Vortritt in das angrenzende Büro. In einer Ecke saßen vier Männer und plauderten. David stellte sie ihm vor, aber Kazanski wusste genau, wer sie waren.

Der muskulöse Leuchtturm im schwarzen Anzug war der stellvertretende Direktor des CIA Christian Jannsen. Sein Händedruck glich einem Stahlwalzwerk.

Der zweite Mann war Paul Crowley, ein stiller grauhaariger Herr von annähernd sechzig Jahren. Crowley war der Chef der ganzen Osteuropa-Sektion und trotz seiner unscheinbaren Art ein sehr respekteinflößender Mensch. Ganz rechts saß Patrick McMullen auf dem Sofa. Der feiste Mann mit dem Bulldoggen-Gesicht und dem kurzgeschnittenen Haar streckte eine riesige Pranke aus und grunzte irgendetwas, das offensichtlich Guten Tag bedeuten sollte. McMullen war Crowleys Stellvertreter, ein angesehener Osteuropa-Experte.

Der letzte war John Hallbrooke. Kazanski bemerkte, dass der sonnengebräunte Mann ihn von oben bis unten musterte. Vielleicht war Hallbrooke von Natur aus skeptisch. Er war der Chef der Gegenspionage.

»Nehmen Sie doch Platz, Kazanski.«

Jannsen deutete auf einen Sessel, während Oakland sich aufs Sofa setzte.

»Sie werden jetzt ein kurzes Briefing bekommen. Sie wurden bisher überhaupt nicht unterrichtet, oder?«, erkundigte sich Jannsen.

»Nein. Ich bekam lediglich den Bescheid, zu diesem Treffen zu kommen. Das ist alles«, antwortete Kazanski kurz.

»Gut, gut. Fangen wir an. McMullen, Sie sind am besten mit den Ereignissen vertraut. Würden Sie Kazanski informieren?«

»Ja. Ich werde Ihnen die großen Linien aufzeigen, Kazanski. Hinterher können wir Detailfragen diskutieren, wenn wir denn so weit kommen. Natürlich wissen wir alles über Sie und Ihre traurige Geschichte – und über das, was danach folgte. Aufrichtig gesagt, bin ich der Meinung, dass Ihr Verhalten und Ihr Einsatz – beziehungsweise Ihr mangelnder Einsatz – Sie disqualifiziert. Andererseits sind wir gezwungen, bei genau diesem Fall sehr genau auf Qualifikationen zu achten, und professionell gesehen sind Sie zweifellos der Richtige. Für mich und Crowley wiegt auch schwer, wie sehr Oakland sich dafür eingesetzt hat, Ihnen die Chance zu geben, in den aktiven Dienst zurückzukehren. Hier ist der Bericht über Ihr Tun und Lassen in Spanien, Kazanski. Ihr Alkoholkonsum muss aufhören – und zwar vollständig, darüber sollten Sie sich im Klaren sein. Sonst kommen Sie für den Auftrag nicht in Frage.«

McMullen starrte Kazanski an, der den Blick konzentriert und ohne eine Miene zu verziehen erwiderte. Ein Kräftemessen der Augen. Wie immer gewann Kazanski, und McMullen wandte den Blick ab, scheinbar um sich auf seine Unterlagen zu konzentrieren.

»Okay. Ich werde Ihnen die Aufgabe kurz beschreiben. Kennen Sie Alex Trent?«

»War er nicht viele Jahre an der Botschaft in Warschau? Jetzt ist er pensioniert, richtig?«

»Ja, er ist schon vor drei Jahren ausgeschieden. Vor einiger Zeit wurde er von einem seiner alten Freunde aus dem Netzwerk kontaktiert. Ein älterer Herr aus Krakau, ein Jakub Jakubik. Die Nachricht war kurz. Sie lief in aller Einfachheit darauf hinaus, dass Jakubik überraschend eine Mitteilung von einer mysteriösen Frau bekommen hatte. Eine Frau, die überall nur die Witwe genannt wird.

Diese Unbekannte hat Jakubik nach dem Zweiten Weltkrieg hin und wieder mit Informationen versorgt. Informationen, die sich immer als hundert Prozent stichhaltig erwiesen haben; in einigen Fällen war es ein großer Gewinn für den Dienst. In den letzten Jahren nahm das Weib immer seltener Kontakt zu Jakubik auf, und nach dem Systemwechsel in Polen 1989 hörten wir nichts mehr von ihr. Aber plötzlich war sie wieder da. Über einen Mittelsmann versorgte sie unseren Freund Jakubik mit interessanten Details zu zwei Morden in Moskau.«

»Dem Mord an Major Soloschenko und dem Mord im Café?« Kazanski sah McMullen fragend an.

»Genau. Aber diese Witwe verlangte, dass wir persönlich Kontakt zu ihr aufnehmen. Sie bat eindringlich um die Hilfe des CIA bei einer großen Sache. Im Gegenzug versprach sie uns wichtige Informationen über die russische Mafia und die beiden Morde.«

»Dann sind wir vermutlich nach Krakau gereist und haben uns mit ihr getroffen. Und wie ging es weiter?«

»Nein, das haben wir nicht getan. Sie versprach Jakubik, sich bald wieder mit konkreten Vorschlägen zu einem Treffen zu melden. Es sollte mit äußersten Vorsichtsmaßnahmen vonstattengehen – aber seither hat Jakubik nichts mehr von ihr gehört. Und wir haben keine Zeit, länger zu warten …«

»Und deshalb sind wir auf Sie gekommen, Kazanski.« Der kühle Paul Crowley übernahm das Wort von seinem Stellvertreter.

»Sie haben nie in Polen operiert. Sie haben sogar das Haus an der Warschauer Ujazdowskie-Allee nie betreten. Sie sind halber Pole, sprechen die Sprache fließend und kennen die Leute und ihre Mentalität. Seit Ihrem letzten Job in Moskau sind Sie auch mit den Operationsmustern der Mafia vertraut, und, nicht zu vergessen, Sie sprechen perfekt Russisch. Das wird möglicherweise nötig sein. In Polen sind Sie unbekannt und können sich vollkommen frei bewegen – aber Sie wissen auch, welche Fehler Sie vermeiden müssen. Sie sind unsere erste Wahl für den Auftrag, Kazanski. Zunächst sollen Sie nur die Witwe in Krakau finden. Vorausgesetzt, Sie akzeptieren unsere Bedingungen?«

»Das tue ich. Gewiss. Die beiden Morde in Moskau. Warum haben wir ein so großes Interesse daran?«

»Im Augenblick müssen Sie sich darüber nicht den Kopf zerbrechen. Wenn es Ihrem Auftrag dienlich ist, werden wir Sie informieren.« Crowley warf Jannsen einen Blick zu, als wolle er sichergehen, dass das letzte Wort gesagt war.

»Eine letzte Sache noch, Kazanski.« Jannsen sah ihn prüfend an.

»Ja?«

»Dieser Job hat aus mehreren Gründen keinen offiziellen Status, ebenso wenig wie Sie. Sie wissen, was das bedeutet, nicht wahr?«

Kazanski nickte. Jannsen fuhr fort:

»Ich erwarte bestimmt nicht, dass Sie Unterstützung brauchen. Sollte aber dennoch etwas Ungewöhnliches passieren, dann halten Sie Smith-May in Warschau da raus. Jedes Ersuchen läuft über uns …«

John Hallbrooke war der Einzige der vier Männer, der während der Sitzung überhaupt nichts gesagt hatte. Als Kazanski das Büro verließ, sah der Mann genauso aus wie bei seinem Eintreten. Skeptisch.

4

Krakau, Polen

Die Landschaft war in schmale braune und grüne Felder eingeteilt, unterbrochen von einem Wald, der von oben aussah wie eine Handvoll Brokkoli.

Die Felder kamen jetzt näher. Saftige, maigrüne Oasen zwischen Äckern mit dunkler Erde. So sah es zu Hause nicht aus. Die kleinen Parzellen gehörten der Vergangenheit an, aber genau das war eines der Probleme. Die polnische Landwirtschaft war völlig rückständig und würde vermutlich nie rentabel arbeiten.

Nun konnte sie undeutlich einen Mann erkennen, der wie ein kleiner Punkt einem größeren Punkt hinterhertrottete, einem Pferd. Er pflügte. Das Bild schien aus der Zeit ihres Urgroßvaters zu stammen.

Drei Pizlos lagen irgendwo dort draußen verstreut, als Asche auf den Feldern bei Oświęcim. Die Deutschen hatten die Stadt nach der Invasion in Auschwitz umbenannt. Am besten erinnerte sie sich an Adams Gesicht. An das freundliche Schielen des rundlichen Mannes auf der bräunlichen Fotografie. Er war der Bruder ihrer Großmutter. Alles drei hatte man im Hof des Blocks 11, des Todesblocks, erschossen. Adam war an der Planung des Warschauer Aufstands beteiligt, wurde aber gefangen genommen, lange bevor General Komorowski mit seiner Untergrundarmee vergeblich versuchte, die Hauptstadt aus dem Griff der Deutschen zu befreien.

Sie war im Alter von vier Jahren in Auschwitz gewesen. Sie erinnerte sich an nichts mehr. Kürzlich hatte ihre Mutter es am Telefon erwähnt und sie gebeten, den Ort noch einmal zu besuchen. »Es geht hier um Respekt, Xenia«, hatte sie gesagt. Natürlich musste sie Auschwitz besuchen. Das hatte sie längst entschieden, lange bevor ihre Mutter anrief, um ihr eine gute Reise zu wünschen. Respekt …

Der Flug nach Warschau hatte nur eine knappe Stunde gedauert. Die Propellermaschine verlangsamte jetzt ihre Geschwindigkeit, und die Kabine wurde von der Resonanz der beiden Motoren durchgeschüttelt, als ihre Umdrehungen geringer wurden. Xenia spürte eine nervöse Unruhe im Zwerchfell, ein Gefühl, das seit dem frühen Morgen immer größer geworden war. Sie wusste, dass es die Anspannung war.

Seit Warschau hatte diese Nervosität dermaßen zugenommen, dass der Mann auf dem Sitz neben ihr es rasch aufgegeben hatte, mir ihr plaudern zu wollen. Einsilbige Antworten waren keine Einladung zu einem Schwätzchen, aber sie konnte sich nun einmal auf nichts anderes als ihre unmittelbar bevorstehende Aufgabe konzentrieren. Im Übrigen war der Mann unappetitlich. Sein zerknitterter Anzug stank nach Rauch, und sein Zigarrenatem traf sie wie der Geruch von Chemikalien.

Sie hatte sich auf dem Flug die Nägel gefeilt. Der Nagel des Mittelfingers hatte einen Faden aus ihrem Rock gezogen. Es ärgerte sie, aber noch mehr ärgerte sie, dass der Mann neben ihr ganz offensichtlich fasziniert von ihrer Tätigkeit war. Er starrte sie auch neugierig an, als sie das kleine Etui mit dem Spiegel hob und ihren Lippenstift nachzog.

Xenia registrierte seinen verwunderten Blick, als sie die

Tüte mit den beiden geschälten Grapefruits zur Hand nahm und eine der Früchte aß. Und als sie ihn provozierend aufmerksam fragte, ob er gern die zweite Grapefruit haben würde, lehnte er mit einem schlecht verhohlenen Ausdruck von Ekel höflich ab. Seither hatte er nichts mehr gesagt. Es war so vorhersehbar.

Der Beamte an der Passkontrolle lächelte sie freundlich an. Sie war ihm natürlich sofort aufgefallen, denn die Frau in der leichten Sommerjacke war so auffallend hübsch, dass der Rest der Schlange vor ihm verblasste und zu einer Reihe von Köpfen ohne Gesichtszüge wurde.

Er wusste genau, dass es nichts nützen würde, dennoch studierte er ihren Pass eingehender als nötig.

»Danmark / Denmark / Dänemark. Larsen, Xenia Pizlo.« Dreiunddreißig Jahre alt. Auf dem Foto hatte sie langes blondes Haar mit großen weichen Locken. Er hob den Kopf. Nun waren die Haare zurückgekämmt und mit einer schwarzen Spange im Nacken zu einem straffen Pferdeschwanz zusammengenommen. Sie sah ihn ein wenig fragend an, und er senkte den Blick und blätterte weiter im Pass.

»Sie sind viel gereist, Frau Larsen, viele verschiedene Länder.« Es war eine Frage wie eine Feststellung, die er in seinem besten Englisch vorbrachte.

»Ja, es sind inzwischen eine ganze Menge Stempel«, erwiderte sie in perfektem Polnisch.

»Oh, Sie sprechen unsere Sprache. Aber Sie heißen ja auch Pizlo, wie ich sehe. Machen Sie Urlaub in Krakau?«

»Nein, ich bin auf Geschäftsreise …«

»Ich wünsche Ihnen einen angenehmen Aufenthalt. Unsere Stadt ist sehr schön. Das werden Sie schnell feststellen. Sind Sie zum ersten Mal hier?«

»Ja.«

»Dann freuen Sie sich sicher.«

»Ja.«

»Bleiben Sie lange?«

»Eine Woche.«

»Na, dann haben Sie genügend Zeit. Sie haben vermutlich Familie hier in der Gegend?«

»Nein, und jetzt entschuldigen Sie mich. Ich habe es ein wenig eilig.«

»Selbstverständlich. Vergessen Sie nicht, den Wawel zu besuchen, das Schloss ... Viel Spaß.« Erneut lächelte er, und ermuntert von dem kurzen Gespräch kontrollierte er den Rest der Schlange, die wieder Gesichter bekam.

Es war eine merkwürdige Fahrt zum Flughafen Balice, der nagelneu aussah. Sie wurden im Bus von der Landebahn abgeholt und fuhren an einer Militärgarnison vorbei zum eigentlichen Flughafengebäude, das in einem kleinen Waldstück lag. Es sah aus wie ein Militärgelände mit einer zivilen Enklave in der Mitte.

Die Sonne blendete sie, als Xenia mit ihrem Koffer das Terminal betrat. Es war so ruhig. Das einzige Geräusch kam von ein paar krächzenden Krähen, als würde es im Wald einen größeren Familienkrach geben. Vor dem Gebäude standen Taxifahrer, die schweigend an ihren Autos lehnten. Sie stieg in den ersten Wagen und bat den Fahrer, sie zum Hotel Europejski an der ulica Lubicz im Zentrum zu fahren.

Jan Jordi Kazanski taumelte die Treppe hinunter und fiel fast gegen die Rezeptionstheke im Foyer. Das ursprünglich geplante kurze Mittagsschläfchen war zu einem fünf Stunden langen festen Schlaf geworden. Allerdings hatte er nicht wegen eines Katers schlafen müssen. Einen Hangover hatte er so gut wie nie mehr. Kazanski kämpfte noch mit dem Jetlag.

Zunächst hatte er die Botschaft in Moskau besucht. Es war einigermaßen gutgegangen. Obwohl er eine Persona non grata war. Eric Crankshaw, mit dem er damals zusammengearbeitet hatte, war noch immer in dem Gebäude an der ulitsa Chaikovskogo, und er war noch genau dasselbe dumme und eingebildete Schwein, das er schon immer gewesen war.

Crankshaws Briefing über die Morde lieferte nichts Neues, denn so weit der Dienst hatte herausfinden können, war in beiden Fällen von den Behörden nichts unternommen worden.

Kazanski war durch die Flure geschlendert und hatte ein bisschen mit den Kollegen geplaudert, die er noch kannte, aber seine Nachfragen führten zu nichts. Es hatte den Anschein, als hätten sie Angst, mit ihm zu reden. Überall wurde er von einer unsichtbaren Mauer des Schweigens empfangen. Offensichtlich hatte er den Laden beim letzten Mal mit einem solchen Donnerschlag verlassen, dass niemand mit ihm unter vier Augen gesehen werden wollte – geschweige denn bereit war, ihm auch nur durch den kleinsten Hinweis zu helfen.

Von Moskau war er über Warschau nach Krakau gereist und am Vorabend angekommen.

»Was wissen die schon über das Leben? Und was wissen sie über das Leben, wenn es aufhört? Nichts. Alles Kleinbürger und Fassade. Autos, Hunde, weichliche Mistbälger und eine Saisonkarte fürs Baseball. Und unendlich korrekte Meinungen. Dabei gehen Jannsen, Crowley und McMullen genauso oft auf die Toilette wie alle anderen. Mindestens. Und Hallbrooke. Allerdings reagiert er vermutlich allein schon bei dem Gedanken skeptisch, dass er kacken soll. Und misstraut dem, was herauskommt. Leckt mich!«

Es dauerte nicht lange, bis er sein Selbstgespräch beendete. Kazanski war einer Meinung mit Kazanski.

Dann hatte er sich ans offene Fenster gesetzt, auf die Lichter der Straße geblickt und sich eine Zigarette nach der anderen angesteckt, während er sich durch den Inhalt seiner Minibar arbeitete. Seine Gedanken hatten ihn mitgerissen und davongetragen, ein Strom, der in einem fremden Meer mündete und weit draußen an Kraft verlor und sich auflöste. Am Ende war er, wie er hier am Fenster saß, vollkommen leer. Eine Statue, eingehüllt in Dunkelheit, umarmt von Leere.

»Larsen? Larsen? Mal sehen … Ja, hier. Xenia Pizlo Larsen, nicht wahr? Sie haben Zimmer 216. Wenn Sie die Treppe hinaufkommen, links den Flur hinunter.«

»Danke. Ab wann gibt es Frühstück?«, erkundigte sich die Frau vor der Rezeption.

»Von halb acht bis halb zehn. In der ersten Etage.«

»Ausgezeichnet.« Xenia Pizlo Larsen griff nach ihrem Koffer. Als sie die Rezeption verließ, ließ es sich nicht vermeiden, dass sie den großgewachsenen Mann mit dem nassen schwarzen Haar bemerkte. Er hatte beide Ellenbogen auf die Theke gestützt und hielt den Kopf in den Händen. Ganz kurz sah sie sein Gesicht. Der Mann sah aus wie jemand, der besser im Bett geblieben wäre. Vielleicht war er betrunken, vielleicht aber auch nur krank.

Kazanski nahm die blonde Frau erst wahr, als es zu spät war. Aus den Augenwinkeln sah er, wie sie auf die Fahrstuhltür blickte, dann aber mit ihrem winzigen Ferrari-roten Reisekoffer rasch die Treppe hinaufging. Sie hinterließ schwache Partikel eines kühlen Parfums, die einen Augenblick über der Rezeption hängen blieben.

»Würden Sie mir sagen, wo das alte jüdische Viertel liegt? Soweit ich weiß, heißt es Kazimierz, nicht wahr? Ich habe einen Stadtplan.«

Kazanski wühlte in seiner Jackentasche – vergeblich. Der Plan musste noch im Handschuhfach liegen. Er hatte ihn erhalten, als er am Flughafen bei Avis ein Auto gemietet hatte.

»Entschuldigung. Vergessen Sie's. Ich finde es selbst heraus«, erklärte er der Dame an der Rezeption und ging. Kazanski hatte das Hotel Europejski in der Bahnhofsgegend absichtlich gewählt. Es war ein gutes Hotel – aber nicht übermäßig gut. Er ging zu dem zwei Häuserblöcke entfernten Parkplatz.

Ein junger Mann in einer Fantasieuniform las eine Illustrierte, aus dem Transistorradio dröhnte Popmusik. Zwei Plakate hingen in dem kleinen Schuppen. Eines zeigte eine wüst geschminkte Frau mit großen Brüsten. Das andere stammte aus einem Kalender. Miss Mai war eine Schwarze, die an einem ihrer Zeigefinger lutschte, während sie mit der anderen Hand ihre aus dem Büstenhalter quellenden Brüste zusammenquetschte.

Direkt über einem Schlüsselbrett hing ein großes Kruzifix mit dem leidenden Christus.

Kazanski klopfte leicht gereizt an das Fenster des Schuppens, der junge Mann zuckte zusammen.

»Entschuldigung, ich habe einen Moment nicht aufgepasst. Sie hätten gern Ihren Wagen?«

»Nein, ich habe hier meinen Packesel stehen«, knurrte Kazanski und gab ihm seinen Parkschein.

»Ist das Ihre Familie?«, fragte er in einem freundlicheren Ton, nachdem ihm durch den Kopf gegangen war, dass er für die Rolle als Moralist vollkommen ungeeignet war. Er zeigte auf ein Foto in einem Goldrahmen. Es hing neben der Frau mit den großen Brüsten.

»Ja, das sind meine Frau und die beiden kleinen Mädchen. Süß, nicht? Ich liebe sie …«

»Sie sind ein glücklicher Mann, mein Freund. Ist Ihre Familie glücklich?«

Kazanski wollte das Wort ausprobieren. In den USA war »glücklich« ein Wort, das man gern vermied. Entweder bestätigte man es sofort, weil jede Bedenkzeit peinlich war und Zweifel nährte, oder man vermied eine Antwort aus Scham. In Spanien hingegen war das Wort in der ganzen Tiefe seiner Bedeutung akzeptiert und brachte niemanden in Verlegenheit.

»Ja, wir sind sehr glücklich, alle zusammen. Danke.« Der stolze Familienvater lächelte breit. »Sind Sie selbst verheiratet, wenn ich fragen darf?«

»Der blaue Fiesta ist meiner, aber er ist zugeparkt.«

»Kein Problem. Einen Moment. Ich parke den anderen Wagen gerade um und fahre Ihren heraus.«

Der junge Mann ließ einen BMW an und fuhr ihn auf einen anderen Platz. Er lief zurück, schloss den Fiesta auf und stieg ein. Kazanski sah, wie er einen Moment an dem Schlüssel fummelte.

Im ersten Augenblick wurde er geblendet von dem gewaltigen Lichtblitz, dann folgte ein enormer Schlag, der sich in seinen Ohren festsetzte. Kazanski wurde von der Druckwelle zurückgeworfen und knallte mit dem Hinterkopf gegen den Schuppen. Er registrierte die grauenvolle Szene klinisch scharf, in Bruchstücken, während Glasscherben wie in Zeitlupe landeten und Wrackteile schwarze Streifen durch die Luft zogen.

Kazanski blinzelte ein paar Mal, dann kehrte der Film vor seinen Augen zur normalen Geschwindigkeit zurück. Nun stiegen nur Flammen und eine kohlschwarze Rauchsäule in den blauen Himmel. Ein warmer, dicker Strom floss über eines seiner Augen. Als er danach tastete, hatte er Blut an den Fingern.

Er war offensichtlich mit einer Schnittwunde an der Stirn davongekommen. Mit den Fingernägeln erwischte er eine Glasscherbe und zog sie heraus. Dann setzte er sich mit dem Rücken an den Schuppen, fischte eine Zigarette aus der Schachtel, zündete sie an und sog den Rauch tief ein. Von irgendwoher hörte er das Heulen einer Sirene. Oder war es der schrille Schrei einer Mutter und ihrer beiden Töchter? Ihm wurde schwarz vor Augen.

»Wachen Sie auf! Hallo!« Die Worte drangen zu ihm durch, als sich der Schleier vor seinen Augen hob. Ein Gesicht, ein Mund, ein Schnurrbart, eine Mütze. Ein Polizeibeamter hockte vor ihm, jetzt rief er die Besetzung eines Krankenwagens.

»Bitte lassen Sie mich einen Augenblick sitzen. Ich bin okay. Nur eine Schramm an der Stirn. Ich muss nicht ins Krankenhaus. Nicht nötig.« Kazanski kam langsam zu sich. Der Beamte half ihm auf und fuhr ihn das kurze Stück bis zum Hotel. Dort wusch sich Kazanski das Gesicht mit kaltem Wasser auf der Personaltoilette, dann wurde ein Arzt gerufen, der ihn wenige Minuten später untersuchte. Eine üble Beule am Hinterkopf und eine Schnittwunde an der Stirn, die der Arzt mit einem Pflaster versorgte. Kazanski fühlte sich nicht sonderlich mitgenommen.

»Ja, wir sind sehr glücklich.« Viel zu sagen hatte Kazanski nicht, als er an die Worte des jungen Mannes und an sein letztes Lächeln dachte. Er und zwei Polizeibeamte saßen im Büro des Hoteldirektors. Es war kein ausgesprochenes Verhör. Sie nahmen einen Bericht über den Vorfall auf, der ihnen Sorgen machte. Mit der Liberalisierung hätten Mafiamethoden Einzug gehalten, hieß es. Und Autobomben. Das sei eine Spezialität der Mafia, erklärten die Beamten. Kazanski konnte lediglich berichten, was vor seinen Augen geschehen war.

»Haben Sie seit Ihrer Ankunft irgendetwas Verdächtiges bemerkt?«

»Nein, absolut nicht.«

»Haben Sie früher einmal irgendetwas Kritisches über irgendjemanden hier in Krakau geschrieben? Könnten Sie Feinde haben, Herr Kazanski?«

»Nein. Ich bin zum ersten Mal hier.«

Sie fuhren fort, Fragen zu stellen, doch es war umsonst. Es brachte sie nicht weiter. Schließlich nickten sich die Beamten zu, erhoben sich und gaben ihm die Hand.

»Wenn wir Sie noch benötigen, werden wir Sie anrufen und aufs Revier bitten.«

»Natürlich. Ich stehe zu Ihrer Verfügung. Und ich melde mich, sollte mir noch etwas einfallen.« Kazanski verabschiedete sich, nahm den Fahrstuhl und warf sich in seinem Zimmer aufs Bett. Abgesehen von seiner falschen Identität als Journalist hatte er die Polizei nicht hinters Licht geführt, er wusste tatsächlich nichts. Niemand wusste, dass er in Krakau war. Niemand wusste, wer er war. Niemand wusste, was er wollte. Dennoch sollte die Explosion seinen Aufenthalt rasch beenden. Warum?

Die Mafia und Autobomben. Die Mafia und die beiden Morde in Moskau. Die Mafia und die Informationen der Witwe. Die Gedanken brachten ihn nicht weiter – aber zusammengekettet warnten sie ihn.

»Entschuldigung. Ich hörte, Sie seien dabei gewesen, als das Auto gestern explodierte. Schrecklich. Ist Ihnen etwas zugestoßen?«

Kazanski schaute von seinem Frühstück auf und blickte in ein lächelndes, sanftes Gesicht. Dann senkte er langsam wieder den Blick. Aufgrund der blonden Haare vermutete er, dass es sich um die Frau handelte, die am Vortag angekommen war. Die mit dem kleinen roten Koffer. Sie sprach Polnisch, also antwortete er auf Polnisch.

»Nein, nur ein bisschen.« Er zeigte auf das Pflaster an seiner Stirn.

»Was ist passiert?«

»Das Auto flog in die Luft …«

»Und wie ist es dazu gekommen? Was glauben Sie?«

»Keine Ahnung …«

»Was hat denn die Polizei gesagt?«

»Nichts.«

»Gibt es Verdächtige?«

»Ich glaube nicht.«

»Ein junger Mann wurde getötet, nicht wahr?«

»Ja.«

»Tragisch.«

»Vater von zwei kleinen Mädchen …«

»Oh nein. Es war Ihr Wagen, habe ich gehört?«

»Nein …«

»Dann muss ich mich verhört haben.«

»Es war ein Avis-Wagen …«

»Ach so. Sie sollten getötet werden, oder?«

»Vielleicht.«

»Es sieht ganz danach aus … Darf ich mich zu Ihnen setzen?«

»Mach, was du willst – aber sag du zu mir. Ich bin einer von der Sorte, die man duzt.«

»Okay.« Xenia Pizlo Larsen schwieg. Erst hatte sie gezögert, sich dann aber gesagt, sie könnte ihn ebenso gut fragen.

Im Augenblick waren sie allein im Saal, und es hätte komisch ausgesehen, wenn sie jeder an einem Ende des Raums säßen. Außerdem war sie neugierig. Allerdings könnte es ein langes Frühstück werden, denn der Mann, dem sie gegenübersaß, war alles andere als mitteilsam. Sie genoss keineswegs seine Aufmerksamkeit, und das überraschte sie. Bei den wenigen Silben, die er herausgebracht hatte, hatte er hauptsächlich sein Frühstück betrachtet. Sie hatte das Gefühl, als stünde die Luft zwischen ihnen. Einige Sekunden betrachtete sie ihn.

Er war breitschultrig, und das weiße T-Shirt saß stramm um seine muskulösen Oberarme. Ihr Blick blieb unwillkürlich an einer hervortretenden Ader hängen, die sich den Arm hinunterschlängelte. Dann verschwand sie, tauchte etwas tiefer wieder auf und teilte sich in ein Delta blauer Ströme, die sich über den sehnigen Unterarm zogen und unter einem Metallarmband an seinem Handgelenk ausliefen. Er trug seine Uhr am rechten Arm. Seltener Anblick.

Ein solches Schweigen war sie nicht gewohnt. Solch eine lautlose Unnahbarkeit.

Er mochte zwischen fünfunddreißig und siebenunddreißig Jahre alt sein. Allerdings sah er noch immer ziemlich mitgenommen aus. Das Haar war an den Schläfen bereits ein wenig zurückgewichen, aber das stand ihm. Eine feuchte Locke klebte über seinen Augen und saß dort wie ein G-Schlüssel auf den tiefen Notenlinien der Stirn, gefolgt von ein paar kurzen Strähnen – zwei hohen C und einem F. Er sah aus wie jemand, der gerade eine halbe Stunde unter der Dusche gestanden hatte.

Feine Lachfältchen zogen sich um seine Augen und der gerade Nasenrücken war kaum merklich gewölbt. Er musste einmal gebrochen worden sein. Noch immer hob er nicht den Kopf, sondern konzentrierte sich stur darauf, sein Ei zu pellen.

Entweder war er ungeschickt oder die Konsistenz des Eis ließ es so aussehen. Dieses Schweigen musste ein Ende haben.

Jetzt. Der Mann stellte das Ei in den Eierbecher und streute Salz und Pfeffer darauf. Dann blickte er langsam auf. Vielleicht hatte er gespürt, dass sie ihn heimlich anstarrte, und wollte ihr die Chance geben, den Blick abzuwenden.

Er sah sie direkt an und verzog keine Miene. Dann riss die unbewegte Maske zu einem schiefen Lächeln auf. Plötzlich fing der Mann an zu sprechen – ganz von allein. Sie zuckte zusammen.

»Das Frühstück ist okay, oder? Ich bin immer hungrig, sobald ich aufwache. Allerdings bin ich etwas müde von der Reise …«

Sie lächelte zurück und suchte nach einem bestimmten Wort. Ja, es lag eine gewisse Melancholie in seinem Blick.

»Jan Jordi Kazanski, New York, USA. Guten Tag.«

Wieder lächelte er, streckte etwas unbeholfen die Hand über den Tisch aus und hätte dabei beinahe seine Kaffeetasse umgeworfen.

»Xenia Pizlo Larsen, Kopenhagen, Dänemark.«

Sie drückte ihm leicht die Hand und spürte eine gewisse Erleichterung, dass er jetzt offensichtlich sie studierte – allerdings ziemlich diskret.

»Pizlo … Ist das Polnisch?«

»Ja, meine Familie mütterlicherseits stammt aus Polen. Sie kamen als Erntehelfer auf den Zuckerrübenfeldern nach Dänemark. Ziemlich viele Polen, meist Frauen, haben das früher getan. Kazanski ist aber auch Polnisch, oder?«

»Mein Vater ist Pole. Das heißt, heute ist er amerikanischer Staatsbürger.«

»Was machen Sie hier in Krakau?«, erkundigte sie sich.

»Du, du, du. Ich bin einer, den man duzt. Denk dran.« Wieder zeigte er sein schiefes und etwas verlegenes Lächeln. Vielleicht war es sein verhaltener Charme. Erstaunlicherweise sprach er weiter.

»Ich bin Journalist und soll etwas über den Vormarsch der amerikanischen Konzerne in Polen schreiben. Wir Amerikaner sind ja bekannt dafür, überall einzumarschieren, nicht wahr? Und gleichzeitig habe ich tatsächlich auch ein Portrait der alten Königsstadt versprochen. Und was machst du hier?«

»Ich bin Produktionschefin einer Bekleidungsfirma. Es ist ziemlich normal, dass dänische Firmen in Polen nähen lassen. Die Löhne sind sehr viel niedriger als bei uns. Wir lassen in Bielsko-Biała nähen, hundert Kilometer südwestlich von hier. Es ist Polens zweitgrößtes Textilzentrum, aber ich habe keine Lust, dort unten zu wohnen. Ich bleibe eine Woche hier, und da habe ich mich für Krakau entschieden.«

»Und so treffen sich zwei halbe Polen beim Frühstück in Polen. Nett. Vielleicht sollten wir uns wieder treffen, bevor du nach Hause musst. Ich muss jetzt leider gehen. Ich habe heute viel zu erledigen.«

Sie nickte zum Abschied und sah ihm nach, als er über den Parkettboden zur Tür ging. Dann schnitt sie den feindlichen Fettrand vom Aufschnitt und legte ihn aufs Brot, das sie nicht gebuttert hatte.

Nachdem Jan Jordi Kazanski den Auftrag angenommen hatte, war er mit David Oakland auf ein Wort im Park gewesen, denn er wusste, dass noch irgendetwas anderes dahinterstecken musste. Warum um alles in der Welt sollte aus dem Kreis absolut unmöglicher Leute ausgerechnet er für die Aufgabe in Polen ausgewählt werden? Es gab viele andere Qualifizierte. Sicher, David war jetzt in der Führungsriege, aber hatte er wirklich so großen Einfluss, dass er noch einmal versuchen konnte, ihm wieder auf die Beine zu helfen?

»Ich habe dich empfohlen, weil du tüchtig bist, weil sie dir eine Chance schuldig sind und weil ich dich mag. Aber auch, weil ich mir Sorgen um dich mache, altes Haus. Ich hoffe doch, dass meine Empfehlung ihren Beschluss beeinflusst hat, Jordi, also denk nicht zu viel darüber nach.« David hatte einen Moment gezögert, bevor er weitersprach.

»Du weißt genauso gut wie ich, dass der Laden kein Sozialamt ist. Wir brauchen Leute – und wenn da nichts mehr zu holen ist, werden wir sie wieder los. Also pass da drüben auf dich auf. Vielleicht ist der Job gefährlicher, als du und ich glauben. Wenn etwas Unerwartetes passiert oder wenn du Hilfe brauchst, dann nimm sofort Kontakt zu mir auf – und zwar zu mir direkt, Jordi. Vergiss, was Jannsen gesagt hat. Gib mir Bescheid. Versprichst du es?«

Kazanski setzte sich auf eine Bank und studierte den Stadtplan, den er sich am Busbahnhof gekauft hatte.

Der gesamte alte Stadtkern von Krakau, Stare Miastro, war umgeben von einem Park. Im Flugzeug hatte er gelesen, dass der Park dort angelegt wurde, wo ehemals die alten Stadtmauern gestanden hatten. Kazanski saß im nördlichen Teil des Park-Rings, beinahe direkt gegenüber von seinem Hotel, sodass er nur dem grünen Streifen in südlicher Richtung zu folgen brauchte, die Westerplatte hinunter, und dann links in die Starowiśina. Dann würde er automatisch nach Kazimierz kommen, das alte jüdische Viertel.

Er zündete sich eine Zigarette an, eine von den billigen polnischen, die er ebenfalls am Busbahnhof gekauft hatte. »Jan III Sobieski« stand auf der Packung. Warum nicht »Jan

Jordi III Kazanski«? Er stieß den Rauch in Richtung der Blätter über ihm aus und schnalzte ein paar Mal nachdenklich mit der Zunge. David Oakland hatte besorgt geklungen, als er ihn angerufen und von der Autobombe erzählt hatte.

»Das gefällt mir nicht. Es ist auffällig und verdammt verdächtig. Der Auftrag sollte eine Chance für dich sein, Jordi, keine Gelegenheit, dich umzubringen. Wir wissen beide, dass die Mafia und Autobomben zusammengehören. Du kannst noch immer abbrechen, wenn du willst. Dann schmeißen sie dich definitiv raus – aber trotz allem in einem Stück. Denk drüber nach. Wenn du der Ansicht bist, die ganze Sache stinkt, dann brich ab und komm nach Hause. Ich will nicht derjenige sein, der deinen Eltern eine traurige Nachricht überbringen muss. Pass um Himmels willen auf.«

Allein wegen David musste er vorsichtig sein, aber wenn er eine Chance haben wollte, das System auch weiterhin zu nutzen, dann war er gezwungen, den Job in Krakau erfolgreich zu erledigen. Vielleicht war es ihm erst auf dem Heimflug von Madrid wirklich klar geworden: Allein und außerhalb des Dienstes würde er der Lösung niemals einen Schritt näher kommen. Er wäre abgeschnitten von allen Werkzeugen des Systems, dann wäre es hoffnungslos.

Kazanski ließ den Blick schweifen. Ihm gegenüber saß ein Mann und las Zeitung. Etwas weiter entfernt küsste und streichelte sich ein junges Liebespaar. Links von ihm schien eine Gruppe Roma ein Familientreffen abzuhalten. Ein uralter Mann und eine junge Frau schliefen auf Bänken, Männer rauchten und lachten, kleine Kinder spielten in Pfützen, während ihre Mütter zusahen und redeten.

Nichts weckte sein Misstrauen, aber von nun an musste er sich ständig umsehen. Nicht viele wussten, dass er in Krakau war. Aber offenbar wussten es die Falschen.

Alles wirkte strahlend sauber in dem alten Stadtkern, über Kazimierz ließ sich dies allerdings nicht sagen. Bis zum Zweiten Weltkrieg war das Viertel überwiegend von Juden bewohnt gewesen. Nun war beinahe nur noch ihre Synagoge geblieben; man hatte den Stadtteil vernachlässigt, es war trostlos, dort herumzulaufen.

Kazanski blieb stehen und schaute noch einmal auf den Stadtplan. Er suchte die ulica Miodowa Nr. 19. Vergeblich hielt er Ausschau nach Hausnummern. Bei dem Geräusch einer knirschenden Tür blickte er auf. Hinter einem Eisengitter vor ihm tauchte ein Gesicht auf. Ein alter Mann steckte vorsichtig die Nase heraus und sah ihn fragend an.

»Dies ist die Tempel-Synagoge. Hätten Sie gern eine Führung?«, sagte der Mann mit pfeifender Stimme und rang um Atem. Nun kam er ganz ans Licht, wie ein Maulwurf, der sich beim Graben vertan hat.

»Kommen Sie doch näher. Dies ist die berühmte Tempel-Synagoge, mein Freund. Englisch? Deutsch?«

Kazanski fiel es schwer zu glauben, dass dieses rußgeschwärzte Gebäude eine architektonische Perle sein sollte, der Boden hinter dem Gitter sah eher aus wie ein umgegrabener Kartoffelacker.

»Tempel? Nein, danke … Aber können Sie mir sagen, wo die Hausnummer 19 ist?«

Der alte Mann antwortete nicht. Er zeigte bloß auf die andere Seite der Straße. Dann stapfte der Maulwurf enttäuscht zurück in die Dunkelheit und schloss die Tür hinter sich.

Kazanski entdeckte die Hausnummer direkt neben dem Tor. Das Gebäude herrschte über sein eigenes kleines Stück Straße. Es war einmal gelb gewesen, doch die heftige Luftverschmutzung in Krakau hatte die Farben abgefressen, sodass das abgeblätterte Palais mit den kunstvollen Gesimsen nun eher kackbraun wirkte. Über dem Türbereich dominierte ein breiter Balkon das Gebäude. Eine alte Frau beugte sich über das Geländer und starrte ihn an.

Die schwere Holztür knarrte, und erst nach einem entschlossenen Stoß schwang sie auf. Kazanski trat unter das Gewölbe des Eingangsbereichs. Ein breiter Gang mit Steinfußboden führte direkt zu einem Garten oder einem Hinterhof. In jedem Fall sah er ein Stück entfernt scharfes Licht, als stünde er in einem Eisenbahntunnel.

An der Wand hingen eine Tafel mit einer Zeichnung des Grundrisses und der Konstruktion des Gebäudes und eine Liste der Bewohner des Hauses. Es dauerte eine Weile, bis er unter den verwischten Namen fand, was er suchte. 4. Stock links. J. Jakubik.

Die Treppenstufen knirschten unter seinem Gewicht. Kazanski betrachtete neugierig das Treppenhaus. Nougatbraun und unglaublich hässlich. Alles wirkte vernachlässigt. Er drückte auf einen Lichtschalter, und plötzlich verbreitete eine nackte Glühbirne an einer kurzen Leitung Licht im Halbdunkel. Er ging weiter nach oben und fand die richtige Tür.

Kazanski klopfte fest an. Es verging einige Zeit, dann verrieten ihm die Bodendielen, dass jemand auf dem Weg in den Flur war. Die Tür ging auf – nur einige wenige Zentimeter –, er sah die Türkette, aber kein Gesicht in dem offenen Spalt.

»Was wollen Sie?«

Die Frage kam seltsamerweise von ziemlich weit unten.

»Mein Name ist Kazanski. Jan Jordi Kazanski aus den USA. Ich komme wegen Ihres Kontakts zu Alex Trent.«

»Aha. Können Sie sich ausweisen?«

»Natürlich.« Kazanski griff nach seinem Portemonnaie, zog den Presseausweis heraus und steckte ihn durch den Türspalt, wo er zwischen gekrümmten Fingern verschwand.

»Das Foto sieht echt aus. Augenblick.« Der Mann schloss die Tür, hängte die Kette aus und öffnete wieder.

»Willkommen in Krakau, Herr Kazanski.« Ein alter Mann mit einem urwaldartigen grauen Bart breitete in seinem Rollstuhl gastfreundlich die Arme aus.

»Darf ich Ihnen etwas anbieten? Kaffee ist allerdings das Einzige, was ich dahabe …« Jakubik sah seinen Gast fragend an.

»Ja, danke. Das ist ein sehr altes Haus, oder? Schade, dass es nicht besser erhalten ist.«

»Geld, mein Freund, Geld … Als Solidarność gewann, schien alles zu explodieren. Sehen Sie sich doch nur auf der Straße um. Heute gibt es viele reiche Polen, die sich einiges leisten können. Viele haben sich hochgearbeitet, und das ist sicher auch gut so – aber viele andere sind zum Bodensatz der Gesellschaft geworden. Es gibt niemanden, der ihnen hilft. Es ist nicht einfach, Rentner in Polen zu sein. Herrgott, sehen Sie mich an. Und meine Wohnung. Ich kann mir nicht einmal neue Brillengläser leisten.«

Jakubik rollte aus der Küche, wies mit dem Finger auf den Sprung in dem dicken Brillenglas und breitete verzweifelt die Arme aus.

»Früher war es hier mal sehr elegant. Es war eine herrschaftliche Wohnung … bessere Zeiten …«

Kazanski sah sich um. An den Wänden hingen düstere Gemälde in Goldrahmen, während die feuchte Tapete braune Blasen ausbildete. Das Mobiliar beschränkte sich auf einige wenige schwere Stühle, einen Schrank, einen Schreibtisch, ein Regal und ein löchriges Sofa, auf das er sich setzte.

»Wie kommen Sie zurecht?«, erkundigte er sich und wies mit dem Kopf auf den Rollstuhl.

»Sie überlegen, wie ich mit diesem Monstrum klarkomme?

Eigentlich überhaupt nicht … Ich war seit vierzehn Tagen nicht mehr auf der Straße. Hin und wieder kann ich den Sohn meines Nachbarn bitten, mich und den Rollstuhl hinunterzutragen, dann übernimmt die Tochter und fährt ein bisschen mit mir herum. Das sind Höhepunkte in meinem Leben. Sie können sich also vorstellen, wie der Rest aussieht. Als die Beine nicht mehr wollten, wollte das Leben auch nicht mehr …«

»Haben Sie keine Familie?«

»Nein, Sie wurde ausgelöscht«, sagte er und zeigte mit dem Daumen hinter sich.

»Auschwitz?«

»Nein, Birkenau. Die beiden Lager liegen direkt nebeneinander. Nur siebzig Kilometer von hier entfernt. Grauenvoll, aber lehrreich, wenn Sie die Gelegenheit haben … Der Oberrabbiner kommt manchmal vorbei, und die Gemeinde sorgt für meine täglichen Einkäufe und dafür, dass ich zum Gottesdienst kommen kann.«

»Sie lesen viel.« Kazanski ließ den Blick über Hunderte von Buchrücken schweifen. Das Regal bedeckte eine ganze Wand des Wohnzimmers.

»Meine Studien halten mich am Leben, bis der Herr mich zu sich ruft. Ich interessiere mich sehr für Geschichte und die Rolle meines Volks darin. Das ganze oberste Brett ist voller Bücher über die Pogrome. Aber die meiste Zeit lese ich in der Tora und studiere die Propheten. Die Philosophie schätze ich sehr, vor allem unseren Maimonides. Geistige Nahrung. Davon bekomme ich am meisten.« Der alte Jude kicherte und lächelte Kazanski zu.

»Glauben Sie, ich hätte es verdient, dass man sich ein wenig erkenntlich zeigt? Alex sorgte immer dafür, dass ich ein bisschen was für meine Arbeit bekam.«

»Ja, natürlich. Der Dienst ist nicht geizig, keine Sorge. Ich werde für eine Belohnung sorgen.«

»Ich habe Ihnen seit Ende des Krieges gedient. Es war für mich selbstverständlich. Ich habe die Zeiten an meinem Körper und meiner Seele gespürt. Die Nazis und die Kommunisten – ich habe beide erlebt, sie waren sich ähnlich. Bosheit, eine unglaubliche Bosheit … Aber wollen wir nicht zu Ihrem Anliegen kommen, Herr Kazanski? Sie haben ja nicht die lange Reise unternommen, um sich die Herzensergüsse eines alten Mannes anzuören.«

»Natürlich wurde ich gebrieft, aber ich würde gern die ganze Geschichte aus Ihrem Mund hören«, erklärte Kazanski und trank einen Schluck des durchsichtigen Kaffees.

»Gut. Ich werde mich bemühen, Überflüssiges zu vermeiden. Sehen Sie … Ich wurde nach und nach Alex Trents Hauptkontakt hier in Krakau, und wir wurden im Übrigen auch gute Freunde. Ich habe daran gearbeitet, ein großes und glaubwürdiges Netz an Quellen aufzubauen. Ein bisschen wie bei den modernen amerikanischen Verkaufsprinzipien, über die man jetzt überall lesen kann. Eine pyramidenförmige Organisation mit einem Leiter an der Spitze. Das war ich. Vertrauten Personen wird Verantwortung übertragen, sie bauen ihre eigenen kleinen Gruppen auf, die sie selbst leiten, und darunter entstehen wiederum neue Gruppen. Ein gigantisches Netzwerk, das so gut wie alle Informationen abschöpfte, die von Interesse waren. Nach dem Zusammenbruch des Kommunismus zerfiel das Ganze ein wenig. Wir wurden nicht mehr so gebraucht wie zu Zeiten des Kalten Krieges, außerdem fing meine Gesundheit an, mich im Stich zu lassen.«

»Die Witwe war einer Ihrer Kontakte?«

»Ja, die Witwe …«

Jakubik schüttelte den Kopf und lächelte vor sich hin.

»Ich bin nie klug aus ihr geworden. Sie hat mich aber durchaus fasziniert. Tatsächlich habe ich sie nur ein einziges Mal gesehen. Als sie zum ersten Mal Kontakt mit mir aufnahm, aber da hatte sie sich komplett mit einem Schal verhüllt. Sie versteckte sich vor mir. Danach lieferte sie ihre Nachrichten immer durch einen Mittelsmann ab, aber ihre Informationen waren stets korrekt und vielfach auch sehr wertvoll für den Dienst. Das hat Alex jedenfalls gesagt.«

Jakubik rollte zu einem Sekretär und holte einen Brief aus einer der Schubladen.

»Lesen Sie selbst, Herr Kazanski. Dieser Brief wurde hier vor vierzehn Tagen abgeliefert. Ich hatte in den letzten zehn Jahren nichts mehr von ihr gehört.«

Kazanski las den Brief. Es waren nur sehr wenige Zeilen, und er enthielt nichts, was er nicht bereits wusste.

»Aber sie hat Sie nicht noch einmal kontaktiert, obwohl sie es hier ankündigt?«

»Nein, leider nicht. Das bereitet mir Sorgen.«

»Und jetzt ist es meine Aufgabe, die Witwe zu finden. Wie packe ich es an?«

Kazanski zog die Augenbrauen hoch und sah Jakubik fragend an.

»Ich habe mir den Kopf zerbrochen, wie ich Ihnen weiterhelfen kann, Herr Kazanski. Aber das ist schwierig. Ich habe mein Gedächtnis durchforstet und noch einmal meine Aufzeichnungen gelesen, und tatsächlich habe ich so etwas wie ein Muster gefunden. Jemand hat mir mal erzählt, dass die Witwe so etwas wie eine Institution in der Unterwelt Krakaus sei – aber erstaunlicherweise kennt niemand sie persönlich, obwohl ihr Name oder ihr Mythos in bestimmten Kreisen stadtbekannt ist.

Verstehen Sie, Herr Kazanski, unter dem kommunistischen Regime gab es hier in der Stadt – wie übrigens in allen anderen Ländern des Ostblocks auch – blühende, kriminelle Untergrundaktivitäten. Schwarzhandel, organisierter Schmuggel und Diebstahl, Bordelle, ja, alles, was illegal war und womit sich viel Geld und häufig auch harte Valuta verdienen ließ.«

»Und die Witwe war einer der großen Namen in Krakau?«

»Tja. Vielleicht ist es nur eine Räuberpistole, eine Legende – vielleicht ist es aber auch wahr ... Mir war es damals egal, Hauptsache, ihre Informationen ließen sich verwerten.«

»Wie finde ich diese Frau?«

»Genau das wollte ich sagen: das Muster ... Und es ist tatsächlich eine Art Muster ... Denn jedes Mal hatte die Witwe die Informationsübergabe absolut minutiös arrangiert. Und jedes Mal waren die Informanten alte Menschen. Alte Menschen, Herr Kazanski.«

Jakubik zog ein Blatt Papier aus einem dicken Buch, das auf dem Esstisch lag.

»Hören Sie, Herr Kazanski. Vier Mal war ihr Vermittler eine alte Frau oder ein alter Mann, der wie so viele andere Blumen an den Ständen auf dem Rynek Główny verkaufte. Das ist der große Markt, der Hauptmarkt im Zentrum. Waren Sie schon dort?«

»Nein, noch nicht ...«

»Drei Mal war es einer der alten Männer, die immer an den Tischen am Ufer der Weichsel sitzen und Schach spielen. Rechts neben dem Wawel-Schloss, wenn Sie aus der Innenstadt kommen. Die anderen drei Mal hat der Kontakt auf dem Cmentarz Żydowski stattgefunden, einem Friedhof gleich in der Nähe. Diese drei Male waren es alte Frauen, aber nie dieselben. Und schließlich wurde ich drei Mal von alten

Männern im Prins Krak kontaktiert, einer verrufenen Kneipe im Nowy-Świat-Viertel. Dazu kommt ein einziges Mal in einem getarnten Bordell an der Westerplatte, und einige wenige andere Kontaktaufnahmen, die nicht ins Schema passen. Hier, nehmen Sie die Liste.«

Jakubik reichte Kazanski das Blatt.

»Das heißt, ich muss mir wie in alten Zeiten die Hacken ablaufen, wenn ich mir Hoffnung machen will, die Witwe zu finden?«

»Ja, mein Freund. Leider kann ich Ihnen nicht mit besseren Informationen dienen. Versuchen Sie es an den Orten, die ich Ihnen genannt habe, und versuchen Sie es vielleicht auch an Orten, die Ihnen suspekt erscheinen. Wenn es stimmt, dass die Witwe etwas mit der Unterwelt Krakaus zu tun hat, dann sind die lichtscheuen Orte am aussichtsreichsten.«

»Tja, klingt nach einer Aufgabe auf gut Glück, aber mir bleibt vermutlich nichts anderes übrig. Danke für Ihre Hilfe und Danke für den Kaffee.«

»Gern geschehen. Kommen Sie zurück und erzählen mir von Ihren Ergebnissen?«

»Aber sicher«, erwiderte Kazanski, stand auf und streckte zum Abschied die Hand aus.

Kurz bevor er die Wohnungstür zuzog, drehte er sich noch einmal um. »Wenn ich zurückkomme, können wir ja einen Spaziergang durch die Stadt unternehmen, wenn Sie mögen.«

»Das wäre sehr schön. Ich freue mich darauf.«

Jakubiks Augen leuchteten hinter dem gesprungenen Brillenglas auf, zum Abschied hob er eine Hand.

5

Nachdem er den alten Juden verlassen hatte, ließ sich Kazanski ziellos durch die Stadt treiben.

Gegen Abend sah er in zwei schmuddeligen Kneipen in der Nähe des Zentrums vorbei. In beiden trank er ein paar Gläser Bier, bevor er sich in aller Ruhe ein Opfer aussuchte. Aber seine merkwürdige Frage nach der Witwe stieß auf tiefes Unverständnis. Die Stammgäste klangen aufrichtig, wenn sie nein sagten, nachdem sie ihn angesehen hatten, als sei er aus einer Anstalt für Geistesgestörte entwichen.

Um Mitternacht ging er zurück ins Hotel. Wieder setzte er sich ans offene Fenster und starrte hinaus ins Nichts, aber er begnügte sich mit einem Whisky und ein paar Flaschen Bier aus der Minibar.

Der Auftrag und Jakubiks Bemerkungen schwirrten umher wie irritierende, lästige Sommerfliegen und mischten sich in seine ureigenen Gedanken. Vielleicht ein indirektes Zeichen, dass er sich im Moment am besten ganz auf die Witwe konzentrieren sollte.

Kazanski war verhältnismäßig früh aufgestanden und hatte im Hotel gefrühstückt. Die hübsche Dänin, an die er sich als Xenia erinnerte, war nicht da gewesen.

Nun saß er zurückgelehnt in einem Straßencafé in der Sonne, die die Sukiennice, die großen Tuchhallen mitten auf dem Marktplatz, glänzen ließ.

Das pastellgelbe Gebäude war unglaublich schön, ein architektonisches Meisterwerk, dessen Ursprung bis ins Jahr 1300 zurückging. Kazanski war im ersten Stock der Nationalgalerie gewesen, um Jan Matejkos historische Gemälde zu sehen. Er war auch in der Marienkirche gewesen, die sich rechts von ihm an einer Ecke des Platzes erhob.

Der Rynek Główny war ein beeindruckender Platz. Einst der größte Handelsplatz in ganz Europa. Der einsam hinter der Halle aufragende alte Rathausturm verstärkte noch die Atmosphäre dieses Ortes. Ein Turm, der sein Rathaus überlebt hatte …

Kazanski hatte gerade zu Mittag gegessen, und es war offensichtlich, dass es auf dem Platz immer lebhafter zuging. Erwachsene auf dem Weg zum Mittagessen schlenderten vorbei, Schulkinder hatten sich der Bänke bemächtigt, andere fuhren in hohem Tempo Rollschuh auf dem schmalen Asphaltstreifen, der das Kopfsteinpflaster des Platzes einfasste.

Jetzt war es so weit. Gestern hatte er Jakubiks Rat nicht befolgt – es in den beiden Kneipen eher zufällig probiert. Heute wollte er systematischer vorgehen und mit den Blumenhändlern beginnen, die er sich nun über eine Stunde angesehen hatte.

Langsam ging Kazanski auf einen der Stände unter den gelben Sonnenschirmen zu und stellte sich in die Schlange.

»Ich hätte gern zehn von den Roten dort drüben«, sagte er und zeigte auf einen der großen Blumenkübel. Er bezahlte und lächelte die alte Frau mit der Strickmütze an.

»Die Witwe … Können Sie mir sagen, wo ich die Witwe finden kann?«

»Die Witwe? Wer soll das sein, mein Herr? Wie heißt sie?« Die Frau glich einem großen Fragezeichen.

»Ach, vergessen Sie es. Wiedersehen.«

Die Blumen legte er einem jungen Burschen in den Arm, der in einem anderen Straßencafé servierte.

»Hier, schenk sie deiner Freundin, wenn du eine hast«, sagte Kazanski und bestellte eine Tasse Kaffee bei dem erstaunten Kellner.

Eine halbe Stunde später wiederholte er den Versuch – mit dem gleichen Resultat. Er setzte sich in ein drittes Café, bestellte noch eine Tasse Kaffee und vertrieb sich die Zeit mit der Lektüre der ›Gazeta Krakowska‹. Eine farblose Lokalzeitung mit körnigen Fotos und einer Menge vermischter Nachrichten aus der Region.

Unter den Blumenhändlern hatte er die letzte Chance für diesen Tag ausgewählt. Ein buckliger Greis, der seine Kunden in aller Ruhe bediente.

»Entschuldigung, könnten Sie mir wohl sagen, wo ich die Witwe finden kann?«, fragte Kazanski und strengte sich an, ernst auszusehen, wohl wissend, dass die Frage absurd war.

Der alte Mann wandte ihm ruckweise den Kopf zu und sah zu ihm auf wie ein Pinocchio, der von unsichtbaren Fäden gelenkt wird.

»Ja«, antwortete er ruhig. »Ja, das kann ich …«

Kazanski spürte, dass sein Herz schneller schlug. Er hatte Glück, aber er ließ es sich nicht anmerken.

»Gut, gut. Ich habe eine Weile gesucht … Ja, wo kann ich sie denn finden?«

»Gleich da drüben«, antwortete der Mann und zeigte mit seinem Stock in Richtung einer kräftigen und grimmig aussehenden Frau, die unter einem der anderen Sonnenschirme Blumenstiele abschnitt.

»Dort drüben. Das ist die schwarze Witwe …«

»Entschuldigung, aber ich dachte nicht …«

»Hä, hä«, keckerte der Alte und zwinkerte Kazanski zu.

»Das ist meine Frau, und unter uns: Sie kann ziemlich giftig sein, und sie hat die Hosen an. Ich weiß das am besten, ich bin über vierzig Jahre mit ihr verheiratet. Hä, hä …«

»Sie haben mich offenbar missverstanden. Aber nichts für ungut«, sagte Kazanski. Auf seinem Gesicht zeigte sich etwas, das an ein Lächeln erinnerte.

»Nein, nein, hören Sie, mein Freund. Ich bin eigentlich kein Spaßvogel. Ich hatte nicht viel zu lachen zu meiner Zeit, aber tatsächlich habe ich schon vorher über die Antwort nachgedacht. Also so insgeheim für mich. Und dann passierte es doch tatsächlich noch einmal … Das ist kaum zu glauben …« Der Mann schüttelte den Kopf.

»Was meinen Sie?«

»Nun ja. Vor zehn Minuten war eine vornehme Dame hier. Und wissen Sie was? Sie hat mich tatsächlich dasselbe gefragt. Genau dasselbe, aber ich war nicht schnell genug und sagte nur nein, ohne weiter darüber nachzudenken. Dabei kann nur meine Frau gemeint sein. Wer denn sonst? Hä, hä … Warum stellen Sie so eine merkwürdige Frage? Sie können doch unmöglich meine Frau meinen?«

»Vor zehn Minuten, sagten Sie?«

»Ja.«

»Und wie sah die Dame aus?«

»Na ja, vornehm, elegant gekleidet, langer Mantel. Weißes Halstuch, aus Seide, glaube ich, und so eine moderne, teure Sonnenbrille. Tja, wenn ich jünger wäre … Sie hatte so etwas Besonderes an sich. Tatsächlich habe ich hinter ihr hergesehen. Sie ging in die Tuchhalle dort drüben«, antwortete der alte Mann und nickte in Richtung des gelben Gebäudes.

»Vielen Dank für Ihre Hilfe.« Kazanski gab ihm einen Zwanzig-Zloty-Schein und war verschwunden, bevor der Mann sich bedanken konnte.

Kazanski ließ sich in die Sofagruppe im Foyer sinken. Zunächst hätte er am liebsten seine Minibar geplündert, stattdessen bestellte er sich aber eine Cola – möglicherweise in einem plötzlichen Anfall unerwarteter Vernunft.

Er war enttäuscht. Er hatte die Frau mit dem Halstuch und der Sonnenbrille zwischen den vielen Ständen der Halle nicht gefunden. Sie war in der Menschenmenge verschwunden, zwischen Haufen von Silber- und Bernsteinschmuck, Holzschnitzarbeiten in allen Varianten und Bergen von bestickten Decken und Klöppelspitze.

Kazanski hatte einen der Kunstmaler gefragt, der unter dem Gewölbe vor seinen Bildern saß, ob er zufällig wisse, wo man die Witwe finden könne. Die Antwort war ein dämliches Lachen gewesen – der Mann war stockbesoffen. Auch an einem der Schmuckstände hatte er nur einen verwunderten Blick geerntet.

Wie zum Teufel sollte er bei siebenhunderttausend Einwohnern der Stadt ernsthaft erwarten, dass irgendjemand ihm plötzlich fröhlich erzählte, wer oder wo die Witwe war? Eine unmögliche Aufgabe.

Kazanski zündete sich eine neue Zigarette an, inhalierte tief, legte den Nacken an die Rückenlehne des Sofas und starrte an die Decke. Ein Rauchring nach dem anderen verließ seine Lippen. Sie behielten ihre Ringform und lösten sich erst zwischen den Kristallanhängern des Kronleuchters auf, wo sie vom Licht verschluckt wurden.

Er musste diese verdammte Witwe finden. Aber bereits jetzt – nach so wenigen Tagen – löste sich seine Hoffnung auf wie die Rauchringe über ihm. Wenn er den Auftrag nicht erfüllte, hätte er nicht mal den Hauch einer Chance, der Sache, die ihn am meisten beschäftigte, auf den Grund zu gehen und eine Antwort auf all die Fragen zu finden, die ihn schon so lange quälten. Auch wenn er alle Erinnerungsorte in Spanien und der ganzen USA noch so oft aufsuchte, würde er keinen Frieden finden. Nie …

Kazanski schloss die Augen und konzentrierte sich auf das, was er am liebsten vor sich sah.

»Hej! Schläfst du?«

Als er die fröhliche Frauenstimme hörte, hob er ruckartig den Kopf, sodass die Zigarettenasche abfiel und zwischen die Polster rieselte.

»Hej. Nee, ich habe nur ein bisschen die Augen zugemacht. War ein arbeitsreicher Tag.« Er lächelte und versuchte, blitzschnell seine Gedanken zu ordnen. Vor ihm stand Xenia-und-so-weiter aus Dänemark. Sie sah unglaublich hübsch aus in ihren Bluejeans, den hochhackigen Schuhen und einem hellen Baumwollmantel. Ihr blondes Haar hatte sie mit einem schwarzen Band zu einem Knoten gebunden.

»Ich bin auch ein bisschen müde. Ich war den ganzen Tag in der Fabrik. Darf ich dir Gesellschaft leisten?«

Der rote Lippenstiftmund sprach zu ihm, aber einen Bruchteil einer Sekunde nachdem er festgestellt hatte, wie einladend dieser Mund aussah, erstarrte er. Er konnte seinen Blick nicht von dem weißen Seidentuch um ihren Hals abwenden. Jetzt zog sie es ab und steckte es in die Manteltasche. Dann nahm sie die teuer aussehende Sonnenbrille von der Stirn und legte sie nachlässig auf den Tisch. Es fiel ihm schwer, etwas zu sagen.

»Was ist denn los? Ich habe diesmal doch daran gedacht, du zu sagen? Wollen wir nicht Englisch miteinander reden? Das kann ich trotz allem besser.«

Die roten Lippen formten sich zu einem neuen Lächeln, aber er hatte das Gefühl, als würde der Blick aus ihren blauen Augen wie Laser durch ihn hindurchgehen.

»Ogleby & Sons« oder so etwas stand diskret auf einem der Gläser ihrer Sonnenbrille.

»Entschuldige … Ich muss erst einmal zu mir kommen. Offenbar war ich doch einen kurzen Moment eingeschlafen. Ich habe durchaus keine schlechte Laune. Bestimmt nicht.«

Er setzte ein schiefes Lächeln auf und hielt sofort das Feuerzeug bereit, als sie eine Zigarette aus ihrer Handtasche fischte.

»Hast du heute ein bisschen was von der Stadt gesehen?«, erkundigte sie sich interessiert.

»Ja, ich habe mit einem amerikanischen Geschäftsmann am Markt zu Mittag gegessen. Ein großartiger Platz. Ich dachte, alle Gebäude in Krakau seien durch die Luftverschmutzung angefressen, aber tatsächlich sind sie sehr schön. Und überall Restaurants. Ich freue mich darauf, mehr von der Stadt zu sehen – natürlich auch den Wawel, das Schloss unten am Fluss.«

Sie nickte, lächelte und nannte ebenfalls eine Reihe von Orten und Gebäuden, die sie sich gern ansehen wollte, wenn sie die Zeit dafür fand. Kazanski hörte nicht zu. Es war nichts Verdächtiges an dem Gespräch, nur ein Smalltalk zwischen zwei Fremden in einer fremden Stadt.

»Ich habe einen ziemlich späten Interviewtermin mit einem anderen Amerikaner, der hier arbeitet. Hinterher wollte ich etwas essen. Ich dachte, wenn du Lust hast, können wir doch zusammen …«

»Etwas essen gehen?« Ihr Lächeln ließ die Augen schmal werden, als sie ihn unterbrach. Kein Laser, diesmal. Ihr Blick hatte etwas Kühles, Sanftes.

»Ja, essen … Mir wurde ein Lokal empfohlen. Mal sehen.« Er zog eine Visitenkarte aus der Tasche. »Ja, es heißt Wierzynek und liegt auf dem Rynek Główny, also dem Marktplatz. Nummer 15.«

»Auf dem Marktplatz. Das finde ich. Wann?«

»Äh … das Interview ist um sieben. Sagen wir gegen acht? Wir treffen uns draußen, okay? Vielleicht bin ich ein paar Minuten später dran …«

»Schön, ich freu mich drauf. Dann kann ich vorher noch ein bisschen Papierkram erledigen. Bis dann!«

Sie stand auf und ging mit dem Mantel über dem Arm entspannt zur Treppe. Kazanski starrte ihr nach und lauschte dem Klick-Geräusch ihrer Absätze auf den Marmorfliesen.

Das Abendessen verlief ausgezeichnet. Kazanski war die zwanzig Minuten zu spät gekommen, die er gebraucht hatte. Um ihr Zimmer zu durchsuchen, bevor er zum Marktplatz aufbrach. Er war vorsichtig gewesen und auf nur einen einzigen verdächtigen Gegenstand gestoßen – der allerdings ausreichend war.

Auf dem Boden einer Schultertasche hatte er eine kleine Schachtel mit gewöhnlicher Neun-Millimeter-Munition gefunden. Er hatte sofort angefangen zu grübeln, aber er konnte sich keinen Reim darauf machen, denn bislang hatte er nicht den geringsten Hinweis darauf, dass diese Dänin nach der Witwe suchte.

Vielleicht tat sie es ja auch gar nicht. Vielleicht war es reine Paranoia. Sicher gab es viele weiße Seidentücher und viele teure Sonnenbrillen in Krakau. Natürlich. Aber warum um alles in der Welt war eine Frau mit einem friedlichen Job in der Textilbranche bewaffnet?

Bevor er den Gedanken zu Ende gedacht hatte, wusste Kazanski, wie naiv er war. Es gab nur eine denkbare Antwort: In diesem Moment gab es nur ein einziges weißes Seidentuch in Krakau. Und nur eine einzige teure Sonnenbrille. Und sie gehörten einer eleganten Frau, die den Pinocchio-Mann verzaubert hatte, der Blumen verkaufte und zu alt war, um das zu verwirklichen, wovon er träumte, als er sie sah.

Es gelang ihm, seine innere Unruhe zu verbergen, als er sich beim Restaurant einfand, wo Xenia Larsen an einem Tisch vor der Tür auf ihn wartete.

Es wurde ein entspanntes Abendessen. Sie plauderten über viele verschiedene Dinge – und am meisten über ihre Jobs. Sie hatte großes Interesse an der journalistischen Arbeit, und weil sein Vetter Jorge in Barcelona Journalist war, hatte er ihre Fragen beantworten können.

Kazanski kannte die Terminologie: Deadline, human story, Rubriken, Kolumnen. Und auch das Personal: Besserwissende, kleine Redaktionschefs voll heißer Luft erklärten sich zur vierten Gewalt, zur Kontrollinstanz des Volks, zu ihrem Sprachrohr – und waren trotzdem jederzeit bereit, diese Menschen vorzuführen. Immer mit dem Ziel, Zeitungen zu verkaufen, mehr Zeitungen zu verkaufen. Ach, das Leben war so durchschaubar bei der ›New York Times‹.

Sie wusste ebenfalls viel über die Bekleidungsindustrie. Verblüffend viel, sodass er zwischendrin aufpassen musste, sich nicht zu sehr zu entspannen. Denn eines war offensichtlich. Xenia Larsen mochte viel sein, Produktionschefin aber war sie nicht.

Kazanski musste auf ihre Antworten achten. Er war die ganze Zeit über aufmerksam, aber es kam nicht eine einzige verdächtige Silbe über ihre rosafarbenen Lippen. Sie hatte die Farbe gewechselt. Von Knallrot zu einem warmen rosa Ton.

Er war nicht mehr allein mit einer Frau ausgegangen seit … Vielleicht war es deshalb so befreiend, sich mit ihr zu unterhalten. Sie war ebenso unkompliziert wie raffiniert. Geradeheraus und mit einem ansteckenden Lachen. Er hatte sogar selbst gelacht, fiel ihm auf, als er den Abend rekapitulierte. Wann war das zuletzt geschehen?

Xenia hatte erzählt, sie sei dreiunddreißig Jahre alt, vor zwei Jahren geschieden, und sie habe einen Sohn, den vierjährigen Michael. Er selbst hatte nur gesagt, er sei nicht verheiratet.

Als sie den Namen des Sohnes erwähnte, war es ihm herausgerutscht: »Mein Gott! Das hatte ich ja ganz vergessen! Du bist ja Dänin ...«

»Ja, das habe ich doch auch nicht verschwiegen«, hatte sie geantwortet und ihn verwundert angesehen.

»Sag mir, wo ist Laudrup?«

»Welcher Laudrup?«

»Der Fußballspieler ...«

»Ach, natürlich, wer sonst? Ich hatte keine Ahnung, dass ihr Amerikaner überhaupt etwas über Fußball wisst.«

»Denk dran, ich bin ein halber Spanier und ein halber Pole. Ich bekenne mich sehr gern zu meinem sportlichen Kulturerbe.«

»Wer von beiden? Brian oder Michael?«

»Michael natürlich ... Ich habe ihn oft in Barcelona spielen sehen. Der Beste der Besten. Was macht er jetzt?«

»Nach Barcelona spielte er ein Jahr ... nein, ich glaube, zwei Jahre für Real Madrid.«

»Ja, das weiß ich. Aber wo ist er dann hingegangen?«

»Er wechselte zu Kobe in Japan. Dieser Schritt war total überraschend für seine Fans. Ich habe es auch nicht verstanden ... Mein Exmann ist bald verrückt geworden, der blöde Idiot. Aber Laudrup blieb dort nur ein Jahr. Die Japaner waren einfach nicht gut genug, er kehrte zurück nach Europa und spielte für Ajax Amsterdam. Jetzt ist Michael wieder in Dänemark. Er wohnt außerhalb von Kopenhagen. Ich glaube, er verkauft Wein. Und er ist noch an anderen Geschäften beteiligt – ansonsten lebt er vermutlich von seinem Geld. Mehr weiß ich nicht.«

Kazanski war innerlich regelrecht warm geworden. Ajax Amsterdam. Ein würdiger Abschied. Michael Laudrup hatte also die Fußballschuhe an den Nagel gehängt. Der Zauberer hatte seinen Stab weggelegt. Er verspürte eine sonderbar melancholische Ruhe, als er es jetzt endlich erfahren hatte.

Er war kurz davor, über sich und seine irrationalen Gedanken zu lachen. Dass sie sich mit Fußball auskannte, ließ sie nicht weniger attraktiv werden.

Ein schwaches Make-up hob ihre blauen Augen hervor, das blonde Haar war wieder im Nacken zusammengebunden, als würde sie es gern so tragen. Ihr Schmuck bestand aus silbernen Ohrringen und einer dazu passenden Kette. Sie war elegant in dem einfachen schwarzen Kostüm. Klassische Linien, reiner Schnitt. Kazanski hatte ein, zwei Mal den Rand eines schwarzen BHs in dem tiefen Ausschnitt erkennen können. Ein Rand und ein Abgrund.

Trotz aller Gemütlichkeit, trotz ihrer klugen Unterhaltung über Politik und das Leben im Großen und Kleinen, war sein Hinterkopf ihm ein treuer Diener und Advocatus Diaboli. Für Kazanski ergaben sich drei Möglichkeiten:

Sie könnte von irgendeiner Behörde entsandt sein.

Sie könnte vom Dienst geschickt worden sein. Eine seiner eigenen Leute. Eine der Bösen oder eine der Guten. Eine Retterin oder ein Cleaner.

Sie könnte kriminell sein. Eine Konkurrentin der Witwe oder darauf aus, Geschäfte mit ihr zu machen.

Gemeinsam waren sie zurück zum Hotel gegangen, und nun saß er wieder am offenen Fenster und wartete darauf, dass es spät genug wurde. Vielleicht ging sie in diesem Augenblick durch ihr Zimmer, ohne etwas am Leib zu haben. Vielleicht war sie im Bad. Vielleicht lag sie unter der Bettdecke.

Als ihm klar wurde, dass sie ihm besser gefiel als andere Frauen, schob er die Gedanken mühsam beiseite.

Xenia Pizlo Larsen saß auf dem Bett und versuchte nachzudenken. Sie jonglierte mit den Gedanken, konnte sich nicht konzentrieren und hatte das Buch, das sie lesen wollte, sofort wieder weggelegt.

Sie fühlte sich gut und genoss das Gefühl, dass sich immer einstellt, wenn man bestätigt wird. Sie hatte die Mauer eingerissen, hinter der sich Kazanski beim Frühstück verschanzt hatte. Sie war ins Hintertreffen geraten, jetzt waren sie auf Augenhöhe. Sie hatte sein Interesse bemerkt, sicher, es war immer nur kurz aufgeblitzt, aber sie irrte sich nie. Er konnte es nicht verbergen. Er hatte in ihren Ausschnitt geguckt, genau wie sie es beabsichtigt hatte. Und dennoch … Diesmal war sie nicht ganz sicher.

Hier saß sie. Dreiunddreißig Jahre alt, allein in einem kreuzlangweiligen Hotelzimmer in Polen – aber unverschämt zufrieden. Und zufrieden sollte man eigentlich nicht sein als geschiedene, alleinerziehende Mutter. Unpassend.

Sie sah die erhobenen Zeigefinger und hörte das giftige Gerede, das eine ordentliche Portion Promiskuität andeutete. Inzwischen hatte sie mit den Freunden ihres Exmannes Kristian gebrochen. Sie waren ihre Zeit nicht wert gewesen. Ein Frühjahrsputz mit einem erlösenden Effekt.

Irgendwann hatte sie Schuldgefühle gehabt, was für eine Kraftverschwendung. Mehr und mehr war er ihr auf die Nerven gegangen. Sein angeblicher Sinn für das Verfeinerte, der französische Kochkurs Stufe III, seine satten Golffreunde mit ihren wachsenden Enddreißigerbäuchen unter den einheitlichen Polo-Shirts, der Rotary Club. Schließlich war es auf einen Seitensprung hinausgelaufen, der ihn mehr entblößte als sie. Zunächst war Kristian so wütend wie nie zuvor gewesen. Doch dann schlug es um und er wurde unerträglich versöhnlich und klammerte. Das war's.

Sie wollte die Scheidung und sie wollte Michael. Und so war es gekommen. Nun gab es nur noch sie und Michael, den einzigen Mann in ihrem Leben. Der Rest war nur ein Sahnehäubchen, und das vermied sie in der Regel. Sahne machte fett und träge. Sie war so leicht zu bestellen – und man hatte so schnell genug davon.

Kazanskis Nacken war rätselhaft. Sie hatte ihm vom Frühstückstisch bis zur Tür hinterhergeblickt. Sein Nacken sah aus, als passe er in eine Handfläche, dann könnten die Finger auf Entdeckungsreise gehen. So geschmeidig und muskulös. Unter der Dusche würde er zu einem Wasserfall, ein Strom über sonnengebräunter Haut. Und im Bett, nach der Erfüllung, würde er warm sein und unter dem verschwitzten Haar nach Schweiß und Salz schmecken.

Kazanski war nicht der einzige Mann auf der Welt mit einem derartigen Nacken – aber vielleicht war es sein Nacken, der sie am meisten herausforderte, weil er so stumm und abweisend sein konnte. Sie war es nicht gewohnt, dass man ihr den Rücken zukehrte.

Xenia hatte das Gefühl, das Abendessen sei gut verlaufen. Gut und dennoch unvorhersehbar. Wenn sie meinte, er sei besonders zuvorkommend und lebhaft, entzog er sich wieder. Und wenn sie glaubte, seine Blicke spüren zu können, waren sie fort. Daher wurde es nicht langweilig. Kazanski war ein Mann, der aus irgendeinem Grund in einem Auto zerfetzt werden sollte. Daher wurde es nicht langweilig. Er widersprach ihr. Daher wurde es nicht langweilig.

Er war ein wenig linkisch, aber nett. Ein wenig traurig, aber mit einer Herzlichkeit, die echt wirkte. Das Abwenden des Blicks hatte etwas mit seinem Inneren zu tun, da war etwas, das an ihm zerrte und riss. Seine müden Gesichtszüge erzählten davon, ebenso wie sein Humor, seine Selbstironie und die kühle Distanz.

Xenia war neugierig geworden. Männer standen normalerweise bei ihr Schlange, sobald sie herausgefunden hatten, dass sie nicht vergeben war. Sie konnten gar nicht schnell genug von ihrem Job, ihrer schweren Verantwortung, ihrem hohen Gehalt und ihren vielen anderen Vorzügen erzählen.

Ganz plötzlich hatten alle Männer dann einen natürlichen Hang zu Kunst, Wein und gepflegtem Essen. Sie waren ungeheuer selbstständig und unglaublich frei, und wenn Xenia ein Wort einschob, redeten sie ihr nach dem Mund.

Wenn sie, selten genug, einmal mit einem Mann diskutierte, konnte sie mit chirurgischer Präzision einen Eingriff vornehmen und ihn vorführen: »Wieso regst du dich eigentlich so auf? Hast du sie nicht wie gewöhnlich am letzten Mittwoch auf dem Küchentisch vernascht?«

Der frivole Ton fällte sie wie eine Motorsäge. Aber statt abgestoßen zu sein, gingen sie vor Erregung vor ihr in die Knie. Der Eingriff leitete das Blut überallhin – nur nicht ins Hirn. Manchmal war es amüsant. Dann wiederum recht trivial.

Jan Jordi Kazanski war anders.

Er redete nicht in einem sanften Strom wie die anderen, wie man es vielleicht von einem Journalisten erwartete. Tatsächlich hatte sie ihm die Worte aus der Nase ziehen müssen, als sich das Gespräch um seine Person drehte. Normalerweise durchschaute sie Männer in wenigen Minuten, aber dieser Amerikaner schien undurchsichtig zu sein.

Trotz eines Abends in seiner Gesellschaft war sie aus ihm

nicht klüger geworden, und das gefiel ihr. Wer weiß, was er gerade machte? Vielleicht war er bereits ins Bett gegangen und eingeschlafen?

Um genau 01:32 Uhr war Kazanski fertig. Fertig mit dem Leeren der Minibar. Er hatte sogar darum gebeten, sie besser zu befüllen – mit mehr Bier und mehr Whisky.

Er sah auf seine Uhr, als er die Flasche auf das Fensterbrett stellte. Es war spät genug. Die letzten Stunden waren durch das Fenster verschwunden. Hinaus in die Dunkelheit. Er war zu einer Entscheidung gekommen:

Wenn er sich nicht aus dieser Lage befreite, wenn er keinen Frieden fand, dann musste er weitermachen. Es wäre eine Art Achterbahnfahrt, die erst vorbei war, wenn man auf dem Boden aufschlug.

Er war gezwungen, sich selbst zu zerstören, Stück für Stück, Gedanke um Gedanke, Schmerz um Schmerz. Erst wenn er unterwegs alles verloren hatte, würde er nackt dastehen und wissen, wohin er gekommen war. Vielleicht würde es dort ein neues Leben geben – vielleicht aber auch nicht. Er war gezwungen, bis zum Rand des Horizonts zu taumeln.

Kazanski schnippte die Kippe hinaus in die Dunkelheit und überlegte einen kurzen Moment, ob er seine Pistole mitnehmen sollte, aber es gab keinen Grund, bewaffnet zu sein. Er zog sich Jeans, ein altes Hemd und die abgetragene Lederjacke an.

Um diese Uhrzeit waren nicht viele Menschen auf der Westerplatte unterwegs. Er ging die Straße hinunter und behielt die Hausnummern im Auge. Hier und da gab es einen Sexshop oder eine Peepshow mit buntem Licht im Fenster, auf der gegenüberliegenden Seite der Straße lag der Park einsam in der Dunkelheit. Erst nach einer ganzen Weile fand er den Cracovia Strip & Night Club.

In einem engen Eingang leuchtete eine hellrote Lampe. Er bezahlte an der Kasse und wurde von einem großen Türsteher hineingeführt, der einen Vorhang beiseitezog und eine zolldicke Tür aufschob.

Plötzlich befand sich Kazanski in einem großen, schweißgetränkten Raum, in dem Discorhythmen hämmerten, dass ihm die Ohren schmerzten. Am anderen Ende saßen ungefähr hundert Gäste an kleinen Tischen vor einer Bühne.

Kazanski stellte sich an die Bar und bestellte einen Whisky, zündete sich eine Zigarette an und betrachtete die drei fast nackten Frauen auf der Bühne, die sich in herausfordernden Posen zur Musik bewegten. Er schlenderte in Richtung Bühne und setzte sich an einen der hintersten Tische. Neben ihm trank ein älterer Mann Champagner mit einem Mädchen, das nicht älter als achtzehn Jahre sein konnte.

Die Musik wechselte in einen langsamen und schweren Rhythmus, und das Publikum brach in Jubel aus, als die drei Frauen von der Bühne kamen und sich auf die Schöße der Männer setzten, die sie euphorisch begrapschten und mit Geldscheinen wedelten.

Eine der Stripperinnen war eine blonde, feiste Riesin mit Bürstenhaarschnitt, die Kazanski bedenklich nahe kam, als der ältere Herr neben ihm grölte und ein Bündel Geldscheine in die Höhe hielt.

Die Frau war mit schwarzem Leder bekleidet. Ihre gewaltigen Brüste wurden von einem Büstenhalter gehalten, der Löcher für die Brustwarzen hatte. Jetzt war sie Kazanski so nahe, dass er die beiden Ringe in ihren Brustwarzen sehen konnte. Das Höschen war lediglich ein schmaler Streifen Leder, und als sie vor seinem Nebenmann stehenblieb, zog sie ihn zur Seite, sodass man die kleinen Goldringe sehen konnte, die an ihren Schamlippen hingen. Mit hervorquellenden Augen zog der Alte an den Ringen und steckte ein paar Scheine in ihre langen Strümpfe.

Dann setzte sie sich auf ihn und wackelte mit dem Hintern, während sie vorn am BH einen Haken löste. Ihre Brüste fielen schwer auf ihn herab, er hob sie an und leckte an den Warzen, während sie sich darauf konzentrierte, ihm die letzten Geldscheine aus den Händen zu winden.

Als sie mit dem Alten fertig war, glitt sie hinüber zu Kazanski, der den Kopf abgewandt hatte und hoffte, dass die Frau verschwinden würde. Aber sie winkte ihm einladend zu. Kazanski schüttelte den Kopf und schnitt eine Grimasse, die nicht misszuverstehen war. »Verschwinde.«

Bei seiner Bemerkung stopfte sie ihre Brüste zurück in den Büstenhalter. »Blöder Schwanzkopf«, zischte sie, als sie zurück zur Bühne ging.

Nachdem Kazanski einige Gläser Whisky Soda getrunken hatte, stellte er an der Bar diskret seine Frage, aber wieder traf er bei dem Wort »Witwe« nur auf verständnislose Blicke. Niemand kannte irgendeine Witwe, und der Türsteher drohte sogar, ihn hinauszuschmeißen. Kazanski registrierte, dass er allmählich betrunkener war als beabsichtigt, er lallte.

Er starrte auf die drei Frauen, die jetzt die Bühne betraten.

»Magst du den Anblick?«

»Na ja …«

»Magst du keine Frauen?«

»Doch, schon …« Er spürte die Wirkung des Alkohols. Idiotisch, so viel auf dem Hotelzimmer zu trinken … Normalerweise hätte er nicht gezögert, klar und deutlich zu antworten, aber er hatte gerade noch versucht, sich zu erinnern, wann er das letzte Mal eine Frau gespürt hatte. Es war unendlich lange her. Der Schnaps verdrängte seinen Widerwillen, aber noch wehrte er sich.

»Welche findest du am hübschesten?«

»Keine von ihnen. Die sind alle drei sterbenslangweilig.«

Er sah der Frau in die Augen. Ihre dunklen Augen, die ihn musterten, hatten etwas Mystisches. Etwas Herausforderndes, etwas Abweisendes, etwas Provozierendes – und eine gewisse Unschuld lagen darin. Ihr Blick hatte eine Intensität, die er von sich selbst kannte. Ihre Augen ließen sich nicht ignorieren.

»Was starrst du denn so?«

»Dich starre ich an. Kommst hier angeschlichen und stellst dumme Fragen. Warum zum Teufel sollte ich dich nicht anstarren?«

»Ich wollte dich nicht belästigen. Ich wollte nur hören, ob dir gefällt, was du siehst … Machst du Urlaub? Ich glaube, ich habe dich noch nie hier gesehen.« Die Frau mit der gebleichten Löwenmähne lächelte ihn an.

»Ich bin aus Warschau, auf Geschäftsreise …«

»Ach so. Und was machst du so?« Sie musterte ihn von oben bis unten. »Du siehst nicht aus wie ein Geschäftsmann …«

»Möchtest du einen Drink?« Kazanski wechselte das Thema. Ein Instinkt stieg in seinem benebelten Hinterkopf auf, der ihm mitteilte, dass es ihm im Moment nicht möglich war, glaubwürdige Erklärungen irgendwelcher Art abzugeben.

»Ja, danke. Einen Gin Tonic.«

Da waren sie wieder, diese Augen. Umgeben von einer Menge Mascara. Kazanski dachte an schwarze schimmernde Perlen in tiefen Grotten. Sie wandte den Blick nicht ab.

Langsam zog sie den Reißverschluss ihrer eng anliegenden roten Jacke auf. Daumen und Zeigefinger mit den schwarzlackierten Nägeln ließen den Zipper erst los, als der Reißverschluss halb aufgezogen war und ihre Brüste in einem schwarzen BH zum Vorschein kamen. Dazwischen lag ein silbernes Medaillon wie ein Fixpunkt mit hypnotischen Kräften.

»Puha, heiß hier, oder?«

Er wusste sofort, dass er etwas Idiotisches gesagt hatte.

Sie lächelte über seine Reaktion. Jede ihrer Bewegungen war herausfordernd und wohlüberlegt, und als sie sich auf den Barhocker neben ihn setzte, tat sie nichts, um zu verhindern, dass ihr schwarzer Rock hochrutschte, sodass er die Strumpfhalter an ihren festen Schenkeln sah.

»Prost. Darf ich fragen, wie du heißt?« Wieder wurde er von diesen dunkeln Augen gefangen, die sich so tief in seine senkten. Vielleicht war sie gerade dabei, mystische Beschwörungen aufzusagen, um ihn ganz in ihre Gewalt zu bringen.

»Äh, Jerzy. Und du?«

»Nina. Prost Jerzy. Nett, dich hier zu begrüßen, zwischen all diesen ekligen Kerlen. Du bist anders als sie. Warum bist du gekommen?«

»Ich wollte nur ein bisschen ausgehen und mich amüsieren. Was machst du hier? Arbeitest du hier?«

»Nein, bestimmt nicht. Ich serviere hin und wieder oder stehe an der Bar. Ich kenne den Besitzer des Ladens. Magst du tanzen? Wir können nach nebenan gehen.«

Sie nickte in Richtung einer Tür, die Kazanski bisher nicht bemerkt hatte.

»Da spielt eine Live-Band. Hast du Lust?«

»Ja, sicher«, erwiderte er und hob den Blick.

Sie tanzten sofort eng miteinander unter der Spiegelkuppel, die sich drehte und Lichtpünktchen in den dunklen Raum mit dem geschmacklosen Plüschmobiliar warf.

Nina presste sich gegen ihn, und er spürte seine Reaktion. Sie war einen Kopf kleiner als er und fühlte sich weich unter seinen Fingern an, weich und rund. Das gebleichte Haar und das kräftige Make-up ließen sie dekadent aussehen, aber als er in ihren Augen ertrank, ihren wohlgeformten Körper und ihre Brüste spürte, war es ihm egal. Kazanski geriet in den Kreislauf des blinkenden Planeten über seinem Kopf. Ein Satellit, der außer Bahn geraten war.

Unmerklich glitt ihre Hand zwischen sie, in seinem Schritt drückte sie fest zu. Sie zeigte den Anflug eines Lächelns, ihre Lippen kräuselten sich. Die Mandelaugen wurden schmaler, behielten ihn aber fest im Blick, als er seine Hand unter ihre Jacke schob.

Kazanski wusste nicht, wie lange sie getanzt hatten.

Alles zerfloss. Der Alkohol und die Begierde verwischten Konturen und Zeit, die Umgebung drehte sich immer schneller um ihn.

Er fühlte sich benommen, als er spürte, wie seine zähen Gedanken wie ein Mahlstrom abgesogen wurden und verschwanden. Irgendwo in seinem Kopf begriff er, dass er gebrochen war. Wenn es jemals wieder werden sollte wie früher, dann könnte er ebenso gut jetzt damit beginnen. Als ein Beitrag, ein gleichgültiger – aber notwendiger Akt.

»Die Wohnung des Chefs ist oben. Ich weiß, dass es dort ein Zimmer gibt, das nie benutzt wird. Sollen wir hochgehen, Jerzy?«

Sie war mit ihrem Mund so nah an sein Ohr gekommen und sprach so gedämpft, wie die Musik es zuließ. Er nickte. Der Satellit raste in Richtung Erde und verbrannte in der Atmosphäre.

»Setz dich. Wollen wir uns nicht erst einmal ein bisschen entspannen?«

Die Frau mit dem gebleichten Haar lächelte, goss ein Glas Whisky aus der Flasche ein, die sie im Vorübergehen von der Bar mitgenommen hatte, und reichte es ihm. Kazanski nahm es automatisch entgegen.

»Komm, Jerzy. Setz dich hierhin.« Sie klopfte auf die Sofakissen, als sei er ein kleiner Hund, der auf seinen Platz sollte. Als sie den Reißverschluss ihrer Jacke ganz aufzog, gehorchte seine Gehirnmasse, und er ließ sich schwer neben sie fallen.«

»Du bist so ruhig. Bist du eventuell der stille Typ?«

»Nein, aber wir wollen ja wohl kaum hier sitzen und über globale Diskontpolitik diskutieren«, antwortete er lallend und merkte, dass er Schwierigkeiten hatte, das Wort »Diskontpolitik« auszusprechen.

»Sag mal, was für Geschäfte machst du hier in Krakau? Doch nichts Illegales?«

»Nee, ich verkaufe – in der Schwerindustrie. Chemikalien, Flüssigkeiten und so etwas. An die Metallindustrie der Gegend …«

»Interessant … Wie heißt du mit Nachnamen, Jerzy?«

Er zögerte einen Moment.

»Na, es ist ja auch vollkommen egal.« Sie ließ eine Hand über seine Brust gleiten, knöpfte langsam sein Hemd auf, streichelte seine Wange und fuhr dann mit ihren Fingernägeln von seinem Hals bis zum Rand seiner Hose.

Nina ließ ein tiefes Knurren hören und sah ihm wieder tief in die Augen. Keine Zauberin, sondern eine Katze, dachte er. Die Augen, die Nägel, das zärtliche Geräusch … ja, eine Katze. Eine Katze auf der Jagd nach einer verdammten Maus.

Er zog ihr die Jacke von den Schultern. Sie half ihm bei den Ärmeln, warf die Jacke auf den Boden und saß nun nur in BH und Rock da.

»Ich finde, du sprichst mit einem leichten Akzent. Woher stammt der?«, wollte sie wissen, als sie seinen Gürtel löste.

Wieder antwortete er nicht.

»Wie lange bleibst du in Krakau?«

»Eine Woche.«

Aus irgendeinem Grund versuchte er, kühl und gleichgültig zu klingen, aber er spürte, dass sein Atem schneller wurde, als sie langsam den Reißverschluss seiner Hose aufzog.

Mit einem Mal stürzte die Mauer in seinem Kopf ein. Alles fiel auf ihn nieder, er verlor die Kontrolle über sich. Er packte sie bei den Schultern, küsste sie heftig und zog mit einer raschen Bewegung ihren BH herunter. Kazanski drückte die Brüste zusammen und ließ seine Zunge über die Brustwarzen wandern, die sich an seinem Gesicht aufrichteten.

»Hmm …« Wieder schnurrte sie und drückte sich mit den Händen um seinen Nacken an ihn.

»Ich kenne dich doch überhaupt nicht. Vielleicht sollte ich das nicht zulassen …«

Sie schubste ihn von sich und setzte sich stattdessen auf seinen Schoß.

»Wer weiß? Vielleicht machst du mir ja nur etwas vor, Jerzy. Vielleicht suchst du ja nur deine Patentante?«

Es dauerte einen Moment, bis er begriff und das Wort in den Teil seines Bewusstseins trat, der noch immer funktionierte.

»Patentante? Was meinst du damit?«, rief er in ihre wogenden Brüste.

»Ruhig, mein Freund, ruhig. Du sollst nur nicht meinen, ich sei eine Tante, die so einfach zu kriegen ist. Ich nehme dich, weil ich dich haben will«, flüsterte sie und hob mit beiden Händen ihre Brüste an seinen Mund.

Der Alarm erstarb ebenso schnell, wie er aktiviert wurde, und er achtete nur noch auf ihren Körper.

»Steh auf, Jerzy«, kommandierte sie und rutschte von ihm.

Er erhob sich und stand vor ihr. Sie zog ruhig seine Hose herunter und zerrte an seiner Unterhose, dann spürte er, wie ihre kühlen Hände sich um ihn schlossen. Sie kniff ihn sanft in den Bauch und streichelte ihn.

Kazanski wurde schwarz vor Augen, er schloss sie, um wieder zu sich zu kommen, doch dann spürte er dieses klopfende Gefühl, das ihn zu zerreißen drohte – die Lippen an seinen Schenkeln, die kühlen Finger.

»Sag mir, wer du bist, mein Freund.«

Er antwortete noch immer nicht.

Sie packte mit einer Hand zu, er schaute hinunter und sah, wie ihre Zunge sich näherte. Ein Zucken zwischen schwarzen Lippen und weißen Zähnen. Gleich würde sie zubeißen.

Ein Licht explodierte in seinem Kopf, er zitterte. Dann schlug er der Frau gegen den Kopf. Von dem Schlag wurde sie zurückgeworfen und lag hingestreckt auf dem Sofa.

Kazanski zitterte am ganzen Körper, er zog die Hose hoch und stopfte das Hemd hinein. Verwundert blickte er auf seine rechte Hand, als sei sie ein selbstständiges Wesen. Einer der Knöchel blutete, und er riss sich erst von diesem Anblick los, als die Frau aufstöhnte.

»Entschuldigung! Das war nicht beabsichtigt! Entschuldige!«, rief er verzweifelt. Dann konnte er sich plötzlich wieder bewegen. Er war nicht länger verhext. Er drehte sich um und lief den Flur hinunter zur Treppe.

»Warte, Kazanski, warte! Jan Jordi Kazanski, warte, verflucht nochmal!« Aber er hörte sie nicht.

Sie griff sich an den Kopf und verzog das Gesicht vor Schmerz. Dann riss sie die Perücke herunter und lief auf den Flur. Kurz vor der Treppe riss sie eine Tür auf. Zwei Männer saßen in dem kleinen Büro und spielten Karten. Sie starrten sie besorgt an.

»Ziggy, Janusz. Er ist abgehauen. Ihm nach. Ihm darf nichts zustoßen, verstanden?« Beide Männer nickten und stürzten aus dem Büro.

Die kühle Nachtluft war angenehm und beruhigte ein wenig die brennenden Augen, nachdem Kazanski langsam zu sich gekommen war.

Er war in den Park gelaufen, wo schwache Lichter an ihm vorbeiflackerten und schwarze Bäume versuchten, ihn bei seiner Flucht zu packen. In ihm wütete ein Orkan. Er erreichte seinen Zenit und verlor an Kraft, als Kazanski die Tränen über die Wangen liefen.

Er hatte keinerlei Kontrolle über seine Gedanken und Gefühle, aber er wusste, dass irgendetwas vollkommen falsch und er kurz davor gewesen war, gründlich zu versagen.

Kazanski sah ein unscharfes Gesicht vor sich, konnte es aber nicht festhalten. Es flimmerte und verschwand, er rieb sich die Augen mit dem Hemdsärmel. Dann rauchte er vier Zigaretten hintereinander, bis er sich schließlich so weit erholt hatte, dass er den Weg zum Hotel antreten konnte.

Als er über den Parkweg taumelte, sah er ein Stück weiter vorn undeutlich zwei Gestalten.

»He, du, hast du mal Feuer?«

Einer der Männer trat vor ihn, sodass er mit ihm zusammenprallte. Kazanski antwortete nicht, sondern versuchte, einfach weiterzugehen.

»Ist okay, er ist es. In die Büsche mit ihm!« Einer der Männer schlug Kazanski in den Magen, sodass er japsend zusammenbrach. Dann wurden ihm die Arme auf den Rücken gedreht, und die Männer zogen ihn aus dem Licht.

»Renko. Mach ihn kalt. Jetzt! Ich halte ihn fest.«

Kazanski wand sich, verwirrt und verzweifelt, ohne ganz zu begreifen, was hier passierte. Dann wurde ihm ins Gesicht geschlagen, er war kurz davor, das Bewusstsein zu verlieren. Seine Augen registrierten den Widerschein des Lichts auf dem breiten Blatt des Messers. Dann ertönte ganz in der Nähe ein ohrenbetäubender Knall und der Mann mit dem Messer fiel um und landete im Gebüsch. Der Mann hinter ihm ließ ihn los, warf sich nach vorn, kam auf die Beine und verschwand in der Dunkelheit.

Noch ein Knall erstarb in der Stille, vielleicht waren aber auch nur alle Geräusche fort, weil Kazanski ins Gras gefallen war. Es gab nur noch eine samtweiche Dunkelheit. Vielleicht war er tot.

Er zitterte am ganzen Körper, als er erwachte. Die Bettwäsche war schweißnass, und sein Kopf pochte unerträglich.

Er musste sich abkühlen … Kazanski stieg aus dem Bett, verlor aber das Gleichgewicht und fiel, als er aufstehen wollte. Er blieb einen Moment liegen. Dann mobilisierte er all seine Kräfte, kam auf die Beine und wankte unsicher ins Bad.

Er konnte nicht denken. Sein Kopf war leer, und er gab es auf, sich selbst zu quälen. Er blieb unter dem eiskalten Wasser stehen, bis es schmerzte und sein Kopf zu einem Eiswürfel wurde. Dann taumelte er, triefend nass und noch immer vollständig bekleidet, zurück ins Zimmer und warf sich aufs Bett.

… Wieder und wieder hämmert das Echo gegen das Ohr. Weiße Hände klammern sich um das Lenkrad. Vor ihm, neben ihr –

überall weiße Kreide. Weiße Meteore schimmern in den blendenden Lichtstreifen. Weiße Lichter, gelbe Lichter, rote Lichter. Alle werden zu flammenden Strichen in der Dunkelheit. Er wird in die Leere hineingezogen. Das Echo verfolgt ihn. Eine Brille taucht auf. Er kämpft gegen den Nebel. Augen, Augenpaare. Das Geräusch harter Absätze. Türen gehen auf und wieder zu. Der Mund bewegt sich. Die Worte brechen und splittern …

6

Ukraine

Die Einzigen, die die Stille störten, waren ein paar Vögel, die sich aus ihren Verstecken im Dickicht des Waldes kleine Nachrichten zukrächzten. Die Sonne stand hoch und ließ die Lichtung im Wald wie einen schimmernden kahlen Fleck erscheinen.

Die kleine Jagdhütte aus dicken Balken stand mit ihrer Rückseite direkt an den Bäumen. Ein Mann und eine Frau lagen ausgestreckt in der Sonne und schliefen offensichtlich. Auf der schmalen Veranda saßen drei Männer auf den rohen Bohlen, die Karten spielten, Tee aus einem Samowar tranken und rauchten.

Hin und wieder war ein Ausruf zu hören, wenn das Spiel Anlass zu Freude oder Ärger gab, aber sonst sprachen die Männer kaum, und wenn, dann gedämpft. Alle waren in schwarze Nachtkampfuniformen gekleidet, die sie seit ihrer Aktion trugen. Im Moment hatten sie allerdings die Oberteile ausgezogen und saßen nur in schwarzen T-Shirts da, während es immer wärmer wurde und das Thermometer fast dreißig Grad erreichte.

Die gesamte Szenerie strahlte Ruhe aus. Die Ruhe der Natur – und eine Ruhe, die nur Profis haben, denn die sonnenbeschienene Mittagsstunde stand in brutalem Kontrast zu den drei Tagen, die seit dem Angriff in Moskau vergangen waren.

Eine Frau kam aus der Tür und setzte sich zu den drei Männern.

»Ich muss schon sagen, die haben gut für uns gesorgt. Das Essen ist gleich fertig. Es gibt kalte Uzvar. Wollt ihr was?«

Die Männer nickten und spielten schweigend weiter.

»Danke«, brummten sie, als die Frau mit drei Bechern des charakteristischen ukrainischen Getränks zurückkam, das aus Früchten und Beeren gekocht wurde.

»Dom, Natascha! Es gibt etwas zu essen. Wacht auf …« Die Frau stieß die beiden im Gras sanft mit dem Fuß an, und langsam begann der gewaltige Mann sich zu rühren. Er war großgewachsen, breit und eckig wie ein Portal aus Granitquadern. Wenn man ihn sah, wunderte man sich nicht über seinen Spitznamen, Dom – das Haus.

Leonid Dom Karpin war der Anführer der kleinen Gruppe, die sich vorübergehend in der Jagdhütte versteckt hielt, die ihr Kontaktleute aus Kiew zur Verfügung gestellt hatten. Er rollte sich auf den Bauch und roch am Gras. Es war lange her, dass er in Aktion gewesen war – wie in den alten Tagen. Er sog den Duft ein, ein ruhiges und behagliches Gefühl. Er musste dafür sorgen, Moskau zu verlassen, weg von der Stadt, dem Lärm und Beton. Er musste häufiger aufs Land fahren, wenn diese große Aufgabe erledigt war.

»Was hat Olga gekocht?« Dom fragte die drei Männer, als er die Tür öffnete und sich duckte, um die Jagdhütte zu betreten.

»Keine Ahnung«, erwiderte einer von ihnen. »Hören wir auf und gehen auch rein? Ich habe Hunger.«

Die vier Männer und die eine Frau, Natascha, setzten sich an den Tisch, während die zweite Frau, Olga, die Küchendienst hatte, kalten Borschtsch in die Blechteller schöpfte.

Die Suppe, die aus Rote Beete und Fleisch gekocht war, hatte für sie in der Hütte bereitgestanden, und bei den steigenden Temperaturen gab es keinen Grund, sie aufzuwärmen.

»Dom, bedank dich ja bei denen, die für die Hütte und das Essen gesorgt haben. Sie haben sich wirklich Mühe gegeben. Hinterher gibt es Piroggen mit Hackfleisch, Zwiebeln und Kohl«, sagte Olga und setzte sich zu den anderen.

Sie aßen konzentriert und mit großem Genuss, und hätten in der Hütte nicht zwei AK-74-Gewehre, ein RPK-Maschinengewehr und Sibis altgediente Kalaschnikow gestanden – alle in Reichweite –, würden sie das Bild einer Familie abgeben, die sich zum Mittagessen versammelt hatte.

»Dom, was meinst du, wie lange müssen wir hierbleiben?« Der kleine, sehnige Mann mit den asiatischen Gesichtszügen hörte trotz seiner Frage nicht auf zu essen.

»Wir brechen in drei Tagen auf, aber erst am Abend. Dann müssten wir zum richtigen Zeitpunkt an der Grenze sein. Und hier ist es doch nett, oder?«

Alle nickten. Natascha und Olga waren bei der eigentlichen Aktion nicht dabei gewesen, sondern später dazugestoßen. Dom hatte die beiden rekrutiert, weil zwei Frauen eine ausgezeichnete Tarnung waren. Die beiden Männer, die links von ihm saßen, waren mit ihm in Afghanistan gewesen, er hatte sie quasi handverlesen.

Anders sah es bei Sibi aus. Der Mann, der so gierig seine Suppe aß, glich Dom in vielerlei Hinsicht. Ein Mensch, der in der Lage war, seine eigenen Grenzen zu ignorieren. Abgehärtet, ehrgeizig, intelligent und mit einem geradezu erschreckend starken Überlebensinstinkt. Vielleicht hatten sie sich damals, als sie beide Grünschnäbel bei der Spezialausbildung waren, gleich so gut verstanden, weil sie aus demselben Guss waren.

Sibi wurde nie anders genannt als Sibi, auch als er Offizier geworden war – ungefähr zur gleichen Zeit wie Dom. Sibi bedeutete in etwa »das schlafende Land«, es war das mongolische Wort für Sibirien. Den Spitznamen hatte er von einem ihrer guten Freunde aus der alten Zeit bekommen, einem Mongolen, der außerhalb von Kabul erschossen worden war.

Sibi stammte aus Sibirien – und er war stolz darauf. Sein richtiger Vorname war Pawel. Den Nachnamen kannte Dom gar nicht. Sibi hatte sich immer nur als Pawel Nikolajewitsch, *Pawel, Sohn des Nikolaj*, vorgestellt. Die Bedeutung des Vaters für seinen Freund, Kameraden und Geschäftspartner war offensichtlich. Vielleicht lag es an der Erinnerung, denn Sibis Vater war jung gestorben.

»Olga, was hat der Professor eigentlich heute Morgen gesagt? Warum wollte er nicht essen?«

Dom wischte sich den Mund mit dem Hemdsärmel ab und sah die Frau im mittleren Alter an.

»Er hat gesagt, er hätte keinen Hunger …«

»Ging es ihm gut?«

»Er hat nicht viel gesagt. Eigentlich gar nichts, aber er hat auch nicht geklagt.«

Dom nickte ruhig, aber er machte ein nachdenkliches Gesicht.

»Gib mir mal zwei Teller Suppe. Ich werde selbst mit ihm reden.«

Mit den beiden Tellern und einer Flasche balancierend, verließ er die Hütte. Hinter dem Haus stellte er die Teller ab und schloss einen kleinen Schuppen auf.

»Guten Tag, Professor. Wie geht es Ihnen?«

Eine Gestalt saß zusammengesunken auf einer Strohmatratze in der Ecke. Sie antwortete nicht.

»Haben Sie keinen Hunger? Ich habe Ihnen eine leckere

Suppe mitgebracht … Oh, wir können die Binde sicher abnehmen. Wir sind jetzt in Sicherheit, und wenn unsere kleine Transaktion überstanden ist, werden wir uns nie mehr wiedersehen. Ich werde jetzt …« Dom entfernte die Binde vor den Augen des Mannes.

Der ältere Mann blinzelte im Licht der blendenden Sonne, die sich als flammendes Viereck in der Türöffnung zeigte. Mit den Händen auf dem Rücken saß er hilflos da.

»Entschuldigung, ich muss noch die Handschellen aufschließen. Hier können Sie uns ohnehin nicht entkommen. Aber reden Sie mit mir. Geht es Ihnen auch wirklich gut?«

»Mir fehlt nichts, Sie Schwein.«

»Hüten Sie Ihre Zunge, Professor. Ich bin kein Schwein. Aber essen Sie jetzt. Das ist gut für Sie. Champagner und Eis können wir Ihnen nicht anbieten, aber hier sind kalter Borschtsch und lauwarme Piroggen – sogar mit Fleisch. Was möchten Sie trinken? Tee oder Uzvar?«

Der Mann in dem schmutzigen Anzug nahm zögernd die Mahlzeit entgegen, aber als er erst einmal anfing zu essen, ging es schnell. Dom setzte sich ihm gegenüber an die Wand und beobachtete ihn, sagte aber nichts. Erst als der Mann fertig war, ergriff Dom wieder das Wort.

»Ich weiß, was Sie denken, Professor.«

»Aha.«

»Ja, Sie denken, dass ich, oder besser gesagt wir, ein paar kaltblütige Mörder sind. Nicht wahr?«

»Sie sollten Gedankenleser werden, Schwein.«

»Ich verstehe Sie gut, aber das war nicht geplant. Wenn Ihre Frau nicht die Pistole gezückt hätte, wäre ihr nichts passiert.«

»Ihr habt sie ermordet … Und ihr habt die Wachen ermordet.«

»Ja, wir haben die Soldaten erschossen. Sie kannten das Risiko ihres Jobs, aber Ihre Frau wollten wir nicht töten. Wenn sie sich bloß ruhig verhalten hätte, wäre es nie so weit gekommen. Sie hat schließlich auf uns geschossen.«

»Wer sind Sie? Sie müssen doch wissen, dass die Regierung es prinzipiell ablehnt, auf irgendeine Lösegeldforderung einzugehen. Sie hat noch nie bezahlt. Sie gibt nicht nach, niemals.«

»Darüber müssen Sie sich nicht den Kopf zerbrechen, Professor. Aber um Ihre erste Frage zu beantworten, wir sind Soldaten – das heißt ehemalige Soldaten.«

Dom trat mit seinem Militärstiefel die Schuppentür zu, damit das Licht den Professor nicht blendete. Dann fügte er langsam hinzu:

»Mein Name ist Leonid Karpin. Ich bin ehemaliger Oberst der sowjetischen Armee, Oberst der Spetsnaz-Kräfte.«

»Ah ja, und dann sind Sie zu so einer kleinen verdammten Mafiaratte geworden.«

»Nennen Sie es, wie Sie wollen, Professor. Sie können mich nicht beleidigen. Ich habe meinem Land gedient. Treu und lange, so wie Sie.«

Er schwieg einen Augenblick, als würde er in Gedanken abschweifen. Dann sah er den Professor wieder an und hielt seinen Blick fest.

»Ich bin von Beruf Soldat, Elitesoldat, und niemand hat je unter meinem Kommando Krieg gegen Zivilisten geführt. Also sparen Sie sich Ihre Verachtung. Ich war treu bis zuletzt. Bis das neue Russland herausfand, dass es mich nicht benötigte …«

»Schade für Sie … Und dann versuchten Sie es mit Mord und Kidnapping, so wie alle anderen? Das nenne ich einen Soldat von Ehre.«

Dom sah unbeeindruckt aus, aber sein angespannter Kiefer verriet, dass er die Zähne zusammenbiss und sich zurückhielt. Er zog eine Zigarette aus der Brusttasche und zündete sie mit einer ruhigen Bewegung an, inhalierte den Rauch und stieß ihn aus einem Mundwinkel wieder aus. Aus einer Innentasche fischte er einen Flachmann, schraubte den Deckel ab und goss ein.

»Möchten Sie einen Schluck Wodka? Er wird Ihnen guttun. Es ist Stolichnaya …« Er reichte dem sitzenden Mann den Becher, der ihn in einem Zug austrank. Dann schenkte Dom sich selbst ein und fuhr fort:

»Ich weiß, Sie sind ein intelligenter Mann, Professor, und Sie waren ein privilegierter Mann in der Sowjetunion. Daher werden Sie nie verstehen, in welchen Verhältnissen ich gelebt habe. Was ich erlebt habe, würden Sie sich in Ihren wildesten Fantasien nicht vorstellen können.«

»Was wissen Sie schon darüber?«, unterbrach ihn der Professor.

»Das können Sie einfach nicht. Vielleicht liegt es daran, dass Sie nicht verstehen, warum ich in dem neuen System überleben muss. Auf meine eigene Weise. Das ist das Einzige, was ich gelernt habe. Aber ich will Sie nicht missionieren. Ich bitte Sie nicht um Verständnis. Ich versuche nur, Ihnen ein wenig zu erklären – und mein Bedauern darüber auszudrücken, dass es so schiefgegangen ist.«

»Und was passiert jetzt mit mir? Wie hoch ist der Preis für meinen Kopf, Oberst Karpin?«

»Zweihundertfünfzig Millionen US-Dollar. Das ist in etwa die Größenordnung.«

»Das ist niemand wert. Niemand. Das würde man nicht einmal für den Präsidenten bezahlen.«

»Nein, selbstverständlich nicht. Aber Sie sind weit wertvoller als der Präsident. Sie können etwas. Er nicht. Er führt Russland nur in Demütigung und Armut. Aber Sie haben recht. Der Wert eines Menschen ist relativ. Warum sollte ein Stahlarbeiter weniger wert sein als Sie? Er kann ein mindestens ebenso guter Mensch sein. Ein besserer Mensch. Ein besserer Vater. Ein liebevollerer Ehemann. Ich habe den Preis nicht festgesetzt. Darüber entscheidet der Markt. Angebot und Nachfrage und dieser ganze Quatsch – so funktioniert der holde neue Kapitalismus doch. Nicht wahr?«

»Aber wer bezahlt denn eine derartige Summe? Ich bin nicht der einzige Atomphysiker auf der Welt. Sie müssen doch wissen, dass ich bloß während START-1 gearbeitet habe. In den letzten Jahren habe ich mich ganz darauf konzentriert, möglichst viele Kernwaffen zu vernichten, damit START-2 ratifiziert werden und in Kraft treten kann. Ich weiß nichts, was so viel Geld wert wäre. Nichts!«

»Sie haben Ihre Hausaufgaben gemacht, Professor. Sie müssen es so darstellen, aber ich weiß es besser. Schade für Sie, aber gut für mich.«

»Aber warum?«

»Keine Fragen mehr jetzt. Sie bekommen später weitere Informationen. Wenn Sie mit dem Essen fertig sind, muss ich Ihnen leider wieder die Handschellen anlegen. Die Binde brauchen wir wohl nicht mehr. In einer Stunde dürfen Sie sich ein bisschen bewegen. Okay?«

Dom stand auf und verließ den Schuppen mit eingezogenem Kopf. An der Tür drehte er sich noch einmal um und fragte zögernd:

»Im Schlafzimmer … das war das Herz, nicht wahr?«

»Ja. Eine arteriosklerotische Krankheit.«

»Ah, ja …«

»Wie Arterienverkalkung.«

»Das kenne ich von meinem Onkel. Dann war die Tablette Nitroglycerin, oder? Unter der Zunge.«

»Ja, ich habe sie stets dabei.«

»War es der Schock?«, fragte Karpin leise.

»Was glauben Sie denn? Mit anzusehen, wie die eigene Frau erschossen wird …«

»Entschuldigung. Man kann das operieren. Ein Bypass.«

»Selbstverständlich, aber ich heiße nicht Boris Jelzin. Ich habe versucht, Ihnen begreiflich zu machen, dass ich nichts wert bin. Es kommen keine amerikanischen Ärzte, um mir zu helfen. Und ein russischer Bypass? Nein, danke.«

»Ruhen Sie sich jetzt aus.« Karpin trat hinaus in die Sonne und ließ das Vorhängeschloss des Schuppens einschnappen.

Die anderen waren längst fertig mit Essen. Olga buk Brot in dem primitiven Ofen, und die junge Frau, Natascha, spielte Karten mit Igor und Jewgeni. Sibi saß am Esstisch, studierte eine ausgebreitete Landkarte und machte sich Notizen auf ein paar losen Blättern.

»Auf dem Papier sieht es nicht so aus, als würden wir auf Probleme stoßen, und es kommt auch mit der Entfernung hin, wenn wir übermorgen nach dem Frühstück aufbrechen. Hoffen wir mal, dass die Absprache gilt …«

»Sie gilt, Sibi. Es ist eine Menge Geld im Spiel. Mehr, als wir uns jemals erträumt haben. Ich werde jetzt im Wald spazieren gehen. Schau in einer Stunde nach dem Professor, er soll sich ein bisschen die Beine vertreten. Schaffst du das, Sibi?«

»Ja, ja. Hat er im Übrigen etwas gegessen? Wir müssen ja auf ihn aufpassen … Stell dir vor, er stirbt vor Hunger.«

»Er hat alles aufgegessen. Er hasst uns, Sibi. Aber das ist ja auch durchaus verständlich.«

»Ja, die Sache mit der Frau war scheiße. Aber wer konnte

auch wissen, dass diese Idiotin mit einer Waffe auf dem Nachttisch schläft. Dumm gelaufen. Aber so ist das Leben, oder? Es lässt sich nicht ändern. So ist das Leben.«

»Ja, vermutlich … Ich gehe jetzt und bin ungefähr in einer Stunde zurück. Denk an den Professor.«

Als Dom die Tür hinter sich schloss und auf die Veranda trat, wurde sein stattlicher Körper von den kräftigen, mattierten Linsen eines Fernglases eingefangen. Die Gestalt, die das Fernglas in den Händen hielt, trug einen grünen Tarnanzug und kauerte in einem Gebüsch auf der anderen Seite der Lichtung.

7

Krakau, Polen

»Guten Tag, hier ist Xenia Pizlo Larsen. Ich würde gern Funch Rasmussen sprechen.«

Xenia trocknete sich nach der morgendlichen Dusche ab und wartete darauf, dass sie die bekannte Stimme in ihrem Mobiltelefon hörte. Ihre Finger trommelten ungeduldig auf die Schreibtischplatte. Es war früh, aber so früh war es auch wieder nicht. Er musste da sein. Endlich.

»Tag, hier ist Xenia. Ich wollte mich nur wie vereinbart melden. Nein … es ist nichts passiert. Ich bin dabei, alle Möglichkeiten durchzugehen. Ich habe mit den Blumenhändlern auf dem Markt angefangen und auch ein paar andere Versuche unternommen. Vorläufig ohne Ergebnis. Heute Vormittag nehme ich mir eine Auszeit und fahre nach Auschwitz. Familienmitglieder von mir sind dort ermordet worden … Danach mache ich weiter. Irgendwann muss ja mal etwas passieren, oder? … Ja, gut. Ich melde mich wieder … Gut. Tschüss.«

Sie beendete das Gespräch. Reine Routine. Nichts zu berichten, jedenfalls noch nicht. Das hier durfte für sie nicht als Fiasko enden. Ihr blieb nichts anderes übrig, als weiterzusuchen und das Beste zu hoffen. Erfolg könnte eine Beförderung bedeuten.

Es war ziemlich still hier. Das Lauteste war der Kies, der unter den Schuhen der Besucher knirschte. Jan Jordi Kazanski hatte nach dem Besuch des Nachtclubs fast den ganzen vorherigen Tag im Koma gelegen.

Es war ungewöhnlich für ihn, doch er konnte sich an so gut wie nichts erinnern. Die unappetitliche Stripperin mit den großen Brüsten. Und Eindrücke. Eindrücke von Lärm. Von lauter Musik, dunklen Augen. Bewegungen. Leuchtende Flecken. Und dann hatte es zwei Mal geknallt. Laut geknallt – und das Gefühl von Gefahr und Schuld. Verzweifelt und unglücklich.

Er hatte versucht, sich größere Bruchstücke der nächtlichen Ereignisse ins Gedächtnis zu rufen, aber es wollte nicht gelingen. Schließlich hatte er es aufgegeben. Er war im Bett in tropfnassen Kleidern aufgewacht. Unter der Decke. Mit Schmerzen in der Magengegend und in einem Arm und einem empfindlichen Kiefer. Hatte er sich geprügelt?

Erst gegen Abend fühlte er sich so klar, dass er benommen zur Rezeption gehen und fragen konnte, ob jemand eine Nachricht für ihn hinterlassen hatte. Nichts dergleichen. Vorsichtig versuchte er herauszubekommen, wie er ins Hotel gekommen war – und wann. »Ich war wohl ein wenig betrunken, verstehen Sie«, sagte er zu dem jungen Mann an der Rezeption, aber der Bursche grinste nur, als hätte er dafür durchaus Verständnis. Er hatte keinen Dienst gehabt, daher konnte er nicht helfen. An einer Säule in der Vorhalle bemerkte Kazanski einen mit Tape befestigten Aushang. Eine Bustour zu den Konzentrationslagern Auschwitz und Birkenau wurde angeboten, daneben hing eine Liste derjenigen, die sich angemeldet hatten. Ganz unten fand sein Zeigefinger den Namen Larsen, Xenia P.

Kazanski musste mehr über die Dänin in Erfahrung bringen. Er musste sicher sein. Obwohl die Anmeldefrist abgelaufen war, erledigte der Rezeptionist Kazanskis Anmeldung mit einem Lächeln. Kazanski gab ihm zwanzig Zloty.

Und nun stand er hier, zusammen mit Xenia. Es hatte ausgesehen, als würde sie sich freuen, ihn zu sehen, als sie sich mit den übrigen Touristen auf der Straße trafen. Sie hätte sich den Vormittag frei genommen, erzählte sie.

»Obwohl Auschwitz ein unheimlicher Ort ist, glaube ich, dass man es gesehen haben sollte. Meinst du nicht?«, hatte sie gefragt. Kazanski hatte nur genickt. Er musste sich erst einmal warmlaufen. Er war absolut nicht in Redestimmung, aber das musste er ändern. Am liebsten wäre er allein auf dem Gipfel eines Bergs gewesen.

»Arbeit macht frei«

Rostige Buchstaben aus Eisen, festgeschweißt zwischen etwas, das aussah wie zwei Rohre, die in der Mitte mit dem Wort »macht« einen Bogen schlugen. Zusammen mit den mit schwarz-weißen Schrägstreifen bemalten Pfosten bildeten die riesigen Buchstaben ein unheimliches Tor, das Kazanski deprimierte, als er das Lager betrat. Xenia drückte seine Hand.

»Oh, Gott. Stell dir vor, was hier vor sich gegangen ist«, sagte sie und ließ seine Hand los.

Die Bäume am Eingang wiesen zarte, maigrüne Farben auf, aber sowie sie zu den eigentlichen Blocks kamen, bemerkte er etwas Erstaunliches. Zwischen den roten Backsteinbauten gab es Alleen, die zusammen mit dem Stacheldrahtzaun das Wegesystem des Lagers begrenzten, aber die hohen, dürren Bäume waren beinahe nackt und schwarz. Ganz oben ragten dunkle Zweige flehend in den Himmel.

Auch Xenia war es aufgefallen.

Vielleicht waren die Bäume in Auschwitz der Protest der Natur. Ihre Art, Zorn zu verkünden. Jeder Baum ein Schrei.

Es herrschte feuchtes, morgendlich klammes Wetter, und als die Sonne endlich mehr Kraft bekam, erhob sich eine Nebelmauer über den grünen Wiesengebieten, die Auschwitz umgaben.

Der Ort war unendlich bedrückend.

Und da war noch etwas anderes. Es dauerte eine Weile, bis Kazanski dieses Gefühl identifizieren konnte, aber nun fühlte er sich einigermaßen sicher: Er wurde beschattet. Aber von wem?

Oder spielte ihm seine Wahrnehmung einen Streich?

Sie gingen hinter einer Schulklasse her, Teenager, die leise ihrem französischsprechenden Guide folgten. Gebäude um Gebäude erschien als stummer Zeuge der Verbrechen. Rund anderthalb Millionen Menschen waren hier ermordet worden.

Xenia schwieg, und auch Kazanski sagte kein Wort zu den Ansammlungen von Brillen, Arm- und Beinprothesen, Rasierpinseln, Zahnbürsten, Schuhen und anderen persönlichen Dingen.

In einiger Entfernung hinter Xenia und Kazanski gingen eine Frau und ein Mann mittleren Alters in einem langen Mantel. Die beiden kamen nicht näher, folgten ihnen aber von Gebäude zu Gebäude.

Waren *sie* der Grund seines seltsamen Gefühls? Beschatteten sie ihn? Nein. Sie sahen zu normal aus. Ein vollkommen vertrauenerweckendes Paar.

Block 6 war der schlimmste, wenn man diesen Ausdruck überhaupt verwenden konnte. Kazanski konnte sich nicht losreißen von den vielen Blicken, die ihm in dem Gebäude begegneten. Hunderte Schwarz-Weiß-Fotos. Gefangene, Seite an Seite.

Alle waren kahlgeschoren. Und alle trugen gestreifte Anzüge. Es waren Kinder, Frauen und Männer – junge und alte. Alle waren verschieden – und doch gleich. Denn ihre Augen sprachen. Unschuldige Kinderaugen, angsterfüllte Augen, ausgelöschte Augen – aber auch Augen voller Leben.

Jedes Augenpaar hatte einem Menschen gehört, der atmete und lebte, als er fotografiert wurde, und alle wurden sie zu Opfern. Sie waren Menschen, denen man ihre Hoffnung, ihre Träume und ihre Zukunft gestohlen hatte – und ihre Liebsten.

Wieder spürte Kazanski Xenias Hand.

»Wie konnten sie das nur tun?«, fragte sie leise.

»Bosheit, unfassbare Bosheit. Abgestumpft …« Kazanski zog sie unmerklich zum Ausgang. Er musste raus, er brauchte Luft.

Draußen stießen sie wieder auf die Schulklasse und folgten ihnen zu einer Mauer zwischen zwei Blöcken. Kazanski las in dem kleinen Führer, dass es sich um die Todesmauer handelte, die Mauer, an der Gefangene durch Schüsse hingerichtet wurden. Der Mann, der die Schulkinder herumführte, sprach leise, aber Achtung gebietend, als er um eine Schweigeminute zu Ehren der Opfer bat.

Vor den Mauersteinen gab es eine Holzwand, die mit schwarzen Matten bezogen war, die aussahen wie zusammengepresste Hobelspäne. Im Kies davor standen kleine Kerzen, deren Flammen unruhig flackerten. Es lagen auch Blumen und Kränze dort, einige mit Schleifen und Aufschriften.

Die Stille verstärkte sich und wurde mächtiger. Auch als der Guide wieder anfing zu sprechen, gab es niemanden, der auch nur ein einziges Wort murmelte oder sich bewegte.

Kazanski wollte dem Gefühl nachgehen, dass man ihn verfolgte. Auf eigene Faust konnte er einen Schatten möglicherweise entlarven.

»Ich gehe schon mal weiter. Treffen wir uns an der Ecke von Block 21?«, fragte er leise.

»Ja«, antwortete Xenia und nickte kurz. »Ich möchte mir den Guide anhören.«

Ihre Gedanken waren weit weg. Hier, in diesem Hof, waren sie hingerichtet worden. Adam Pizlo, Jan Pizlo und Krzystof Pizlo.

Kazanski überlegte einen Augenblick, ob er verschwinden sollte. Er hatte das Gefühl, an den vielen Eindrücken zu ersticken. Dieser Ort erzeugte so viele Gedanken. So viele Gefühle. Er durfte sie nicht zulassen.

Er las kurz in dem Heft. Das nächste Gebäude war Block 11, der Todesblock. Vielleicht konnte er sich nicht von allem abwenden. Vielleicht war er feige, wenn er sich in die Cafeteria setzte und eine Tasse Kaffee trank. Er musste auch Block 11 sehen.

Im Keller wurden Versuche mit dem Giftgas Zyklon B vorgenommen, und in einigen Zellen mussten Häftlinge verhungern. Andere hatte man hermetisch abgeschlossen, sodass die Häftlinge erstickten. Es gab auch kleine Zellen, die lediglich eine Grundfläche von neunzig mal neunzig Zentimeter hatten, auf der vier Häftlinge wie in einem schwarzen Schornstein stehen mussten.

Kazanski ging langsam die Treppenstufen hinunter in die Dunkelheit. Hier und da verbreiteten Glühbirnen schwaches Licht, damit die Besucher die Informationstafeln lesen konnten.

Er wandte sich nach links in einen schmalen, niedrigen Gang. Die Zellentüren auf der linken Seite standen offen, und kurz darauf trat er in einen kleinen Raum. Einige wenige Tageslichtstrahlen fielen durch die Gitterstäbe, vor denen hoch das Gras stand. Kazanski blieb stehen und betrachtete die nackten Wände.

Verzerrte Gesichter tauchten vor ihm auf. Ausgezehrte Körper flackerten über das Mauerwerk, Hände mit knochigen Fingern griffen nach ihm. Kazanski hatte das Gefühl, als hörte er das Echo eines seltsamen Murmelns, das immer lauter wurde.

Langsam legte sich all das auf seinen Brustkasten, stoßweise rang er um Atem. Er musste hinauf, ans Licht. Und weg. Er musste sofort Xenia finden, sie mussten sich in das erstbeste Taxi setzen und dies hinter sich lassen. Er konnte es nicht …

Das diskrete Klingeln verriet, dass die Tür des Hotelfahrstuhls in ein oder zwei Sekunden aufgehen würde. Es unterbrach die Stille zwischen ihnen. Auch auf der Rückfahrt nach Krakau hatten sie nicht viele Worte gewechselt.

Erst als Xenia dem Taxifahrer ein paar hundert Zloty in die Hand drückte, hatte er sich lächelnd bedankt.

Als sie den Fahrstuhl betraten, folgte ihnen ein jüngerer Mann mit Sonnenbrille, der sich gerade noch hineinschob, bevor die Türen sich automatisch schlossen. Xenia drückte auf die Knöpfe für den zweiten und dritten Stock, der Fremde auf den Fünften. Der Fahrstuhl setzte sich in Bewegung, Kazanski und Xenia sprachen noch immer kein Wort.

»Wir sehen uns«, sagte Xenia und stieg kurz darauf im zweiten Stock aus.

Kazanski begnügte sich mit einem Nicken. Er war in seine eigenen Gedanken vertieft. Kaum hatten sich die Türen wieder geschlossen, wurde er plötzlich von hinten gepackt und spürte, wie sich ein Arm um seinen Hals legte.

Aus den Augenwinkeln sah er einen erhobenen Arm im Spiegel des Fahrstuhls. Einen erhobenen Arm – und eine Hand mit einem blitzenden Messer. Dann wurde ihm für eine Sekunde schwarz vor Augen, als er nach vorn gestoßen wurde und mit dem Kopf hart gegen die Spiegelwand stieß.

Instinktiv gelang es Kazanski, den Mann am Handgelenk zu packen, bevor er zustechen konnte. Gleichzeitig stieß er sich mit beiden Füßen ab und knallte den Angreifer so heftig mit dem Rücken gegen die Fahrstuhlwand, dass sich der Griff um den Hals für einen kurzen Moment lockerte. Es genügte. Kazanski kam frei, griff mit beiden Händen nach dem Handgelenk des Mannes, wirbelte herum und stand nun plötzlich hinter dem Fremden. Er riss den Arm des Angreifers ruckartig nach oben, der das Messer mit einem schmerzhaften Aufschrei fallenließ, bevor beide auf den Boden des Fahrstuhls stürzten.

Der Fahrstuhl blieb stehen, die Türen glitten auf – und eine ältere Dame, die in der dritten Etage wartete, schrie beim Anblick der beiden Männer auf.

Die Türen schlossen sich wieder. Der Fahrstuhl fuhr weiter nach oben, während Kazanski und der andere darum kämpften, als Erster an das Messer zu gelangen.

Sie rollten umher. Plötzlich lag Kazanski unten, aber es gelang ihm, seinen Gegner mit den Füßen in die Ecke zu drücken. Er sah, wie der Fremde seine Hand in die Jacke steckte. Kazanskis Finger schlossen sich um den Schaft des Messers, er warf sich nach vorn. Der erste Stoß traf das Zwerchfell des Mannes. Der zweite Stoß, genau in den Hals, löste einen warmen Blutstrom aus, der Kazanski über den Unterarm lief.

Der Fahrstuhl stoppte, die Tür öffnete sich, dem Mann entfuhr ein unheimliches Röcheln. Rasch ließ Kazanski seine

Hände über die blutverschmierte Lederjacke des Mannes gleiten.

Tatsächlich steckte eine Pistole in einem Holster unter der linken Achsel, doch der Fremde hatte die Waffe nicht mehr ziehen können. In der rechten Innentasche fand Kazanski eine Brieftasche, die er sich in die Tasche stopfte. Dann kroch er über seinen Gegner aus dem Fahrstuhl in die fünfte Etage. Er rollte auf den Rücken und rang einen Moment heftig um Atem. Kurz darauf kam er auf die Beine und stolperte zur Treppe.

»Um Himmels willen, was ist passiert? Bist du verletzt?« Xenia öffnete die Tür und sah Kazanski erschrocken an, als er blutverschmiert ins Zimmer wankte.

»Der Mann, der mit uns in den Fahrstuhl stieg, der mit der Sonnenbrille … Er hat mich überfallen. Mit einem Messer. Er ist tot. Kannst du mir helfen?«

»Hier, lass mich deine Jacke nehmen, und wasch dir im Bad das Blut ab. Hast du etwas abbekommen?«

Kazanski schüttelte den Kopf.

»Abgesehen davon, dass ich mir den Kopf gestoßen habe, ist nichts passiert, glaube ich.«

Xenia spülte in der Badewanne das Blut von seiner Jacke. Er zog sein Hemd aus und steckte Hände, Unterarme und den Kopf unter die Dusche. Dann sah er sich im Spiegel an. Die Oberlippe war geschwollen, und über einer der Augenbrauen hatte er eine kleine Platzwunde. Auch seine Nase hatte einen gewaltigen Schlag abbekommen.

Nachdem er sich abgetrocknet hatte, untersuchte er den Inhalt der Brieftasche. Sie enthielt ein paar Zloty, einen russischen Führerschein, russische Ausweispapiere und zwei Kreditkarten auf den Namen Juri D. Kovtun.

»Findest du was?« Xenia sah ihn misstrauisch an.

»Nichts Besonderes, Kleingeld und so etwas.«

»Hör mal, Jordi. Ich will die Wahrheit wissen. Erst eine Autobombe, jetzt ein Überfall. Was soll das? Wozu dieses Versteckspiel? Warum rufen wir nicht die Polizei?«

»Was soll ich der Polizei denn sagen? Ich habe keine Ahnung, warum mein Auto in die Luft geflogen ist. Und ich habe auch keine Ahnung, warum ich in einem Fahrstuhl überfallen werde.«

»Du meinst, getötet werden solltest?«

Kazanski zuckte die Achseln.

»Vielleicht … Ich will nur die Interviews hinter mich bringen, damit ich nach Hause fahren kann.«

Xenia kramte in ihrem Kulturbeutel.

»Hier, ein Pflaster. Lass mich mal.«

Er hielt still, als sie das Pflaster aufklebte.

»Dank dir, Xenia.«

Mit seiner nassen Jacke und dem Hemd unter dem Arm ging er im Unterhemd den langen Flur hinunter.

Kazanski befühlte seine Nase. Sie tat an der Stelle weh, an der sie einmal gebrochen war. Die Oberlippe war jetzt aufgerissen, und unter dem Pflaster an der Stirn pochte der Puls. Er studierte sein Gesicht im Spiegel. Dann schnitt er eine idiotische Grimasse, legte den Kopf schief und fragte sich, wo er hier eigentlich hineingeraten war. Vor einer Woche hatte er bestimmt nicht besser ausgesehen – aber trotz allem nicht so übel zugerichtet.

»Jan Jordi Kazanski. Wo soll das enden, du pathetisches Arschloch?«

Der Spiegel antwortete nicht. Also wiederholte er die Frage in einem freundlicheren Ton. Dann überkam ihn ein heftiger

Hustenanfall, der zu Bauchschmerzen führte – was ihn wiederum an den Nachtclubbesuch denken ließ.

Vielleicht sollte er die Idee vergessen, der Spur bis zum Ende des Wegs zu folgen, um eine Lösung zu finden. Es sah so aus, als wollten andere ihn schon sehr viel früher loswerden. Aber das würde ihnen nicht gelingen. Er würde seine Aufgabe lösen und die Antwort finden, die er brauchte. Kazanski hielt den Kopf ins Waschbecken und ließ das kalte Wasser lange laufen. Plötzlich hatte er eine Idee. Er ging zurück ins Zimmer und griff nach dem Telefon.

»Hallo David! Verflucht, jetzt ist es wirklich genug. Ich arbeite allein, und ich habe keine Lust, sie ständig am Arsch zu haben. Pfeif deine Blondine oder zu wem sie auch gehören mag, zurück! Verstanden?«

»Keine Ahnung, wovon du sprichst. Wen soll ich zurückpfeifen? Hast du getrunken, Jordi? Du hast versprochen, es zu lassen …«

»Tu einfach, was ich sage, wenn du mein Freund bist. Tschüss!«

Dann rief er die Rezeption an und bat sie, eine Telefonnummer herauszusuchen. Es dauerte nur einen Augenblick, und Kazanski drückte sofort die Tasten. In diesem Moment handelte er ganz bewusst gegen den Befehl des stellvertretenden Direktors Jannsen.

»Die amerikanische Botschaft«, meldete sich eine muntere Stimme am anderen Ende der Leitung.

»Ich würde gern mit Smith-May sprechen.«

»Einen Augenblick, ich werde sehen, ob er frei ist. Wen darf ich melden?«

»Jesse James.«

Es vergingen einige Sekunden, dann wurde ein Hörer abgenommen.

»Hier ist Jan Jordi Kazanski aus Krakau.«

»Kazanski? Ich habe von Ihnen gehört ... Was kann ich für Sie tun?«

»Ziehen Sie sie nach Warschau ab. Umgehend. Ich brauche keinen Babysitter.«

»Entschuldigung, ich verstehe nicht ganz ...«

»Pizlo Larsen. Ziehen Sie sie zurück.«

»Ich habe nicht die leiseste Ahnung, was Sie meinen. Welche Larsen? Ich habe gehört, Sie seien suspendiert. Was machen Sie hier?«

»Vergessen Sie's. Vergessen Sie, dass ich angerufen habe. Wiedersehen.«

Kazanski lächelte vor sich hin, zündete sich eine Zigarette an, leerte die drei kleinen Whiskyflaschen in der Minibar und machte sich ein Bier auf. Es ging ihm besser, als er sich auf dem Bett ausstreckte und über seinen nächsten Schritt nachdachte. Gerade hatte er eine weitere Frage beantwortet. Xenia Pizlo Larsen gehörte nicht zu seinen Leuten. Blieben nur noch zwei Möglichkeiten: kriminell oder in derselben Branche wie er.

Kazanski hatte eine Stunde in dem kleinen Straßencafé unweit des Hotels gewartet. Dann kam sie. Als er das Hotel verließ, hatte der Rezeptionist ihm verraten, dass sie noch auf ihrem Zimmer war. Also hatte er richtiggelegen. Früher oder später, vermutlich früher, würde sie ausgehen. Kazanski bezahlte, kurz bevor sie an dem Café vorbeiging. Er wartete einen Moment, dann folgte er ihr.

Xenia ging durch den Park an der Podwale Dunajewskiego in Richtung Fluss. Kurz darauf setzte sie sich auf eine Bank, blätterte ein wenig in einer Zeitung, während sie sich nach allen Seiten umsah. Dann stand sie auf und ging weiter.

Kazanski achtete auf einen sehr großen Abstand. Sie blieb vier Mal stehen, scheinbar um sich Schaufenster anzusehen. Wenn sie so besorgt war, verfolgt zu werden, musste sie etwas Wichtiges vorhaben.

An dem mit Gras bewachsenen Wall am Ufer der Weichsel setzte sie sich auf eine Bank nahe der Brücke. Hier blieb sie eine Viertelstunde sitzen, bevor sie sich erhob und langsam Richtung Schloss schlenderte. Alte Männer saßen an den Tischen auf dem Wall und spielten Schach. Um sie herum standen kleine Gruppen von Männern, die ihnen zusahen.

Schach!

Kazanski fiel der Rat des alten Juden ein. Die Schachspieler …

Am ersten Tisch blieb Xenia stehen. Es sah aus, als würde sie bloß ein bisschen zusehen, aber dann hoben die Männer die Köpfe. Einer breitete erklärend die Arme aus, und kurz darauf ging sie weiter zu der nächsten kleinen Enklave von Schachspielern, die sich hier die Zeit vertrieben – mit den Türmen des Wawel als stumme Zuschauer.

Das Ergebnis waren weitere Gesten im Rentnertempo, bedauernde Handflächen und Kopfschütteln. Und es sah auch nicht so aus, als hätte sie bei der letzten Gruppe Glück, die gleich danebensaß. Die Dänin ging daraufhin über den Wall auf den Wawel zu. Erst als sie außer Sichtweite war, stieg Kazanski die Treppe an der Brücke hinauf.

»Entschuldigung.« Vorsichtig unterbrach er die Schachspieler am ersten Tisch.

»Was ist?«, fragte ein alter Mann mit graumeliertem Haar in irritiertem Ton. Er wollte gerade seinen Springer ziehen.

»Die Frau, die gerade hier war … Was wollte sie?«

»Sie fragte nach irgendeiner Witwe. Sonderbare Frage, oder? Aber sie war freundlich – und hübsch. Sehr hübsch sogar, oder?« Die anderen Männer stimmten mehr oder weniger begeistert zu und nickten. Der Mann mit dem silbergrauen Haar war offenbar der Wortführer.

»Tja, man müsste nochmal dreißig sein. Ach, vierzig würde auch gehen … Weshalb fragen Sie?«

»Das ist eine lange Geschichte. Ich will nicht länger stören. Aber sagen Sie, Sie haben wirklich noch nie von einer Frau gehört, die die Witwe genannt wird? Es ist sehr wichtig für mich. Und ich zahle gut für die Informationen«, erklärte Kazanski und klopfte auf seine Hosentasche, um die Botschaft zu unterstreichen.

»Nein. Niemand kennt hier eine Witwe. Oder, meine Herren?« Die Umstehenden schüttelten die Köpfe, und der Silberhaarige konzentrierte sich wieder auf das Spiel.

»Gut, entschuldigen Sie die Störung.«

Kazanski ging weiter. Die nächste kleine Gruppe bestätigte ebenfalls, dass die Frau nach »der Witwe« gefragt habe, aber sie hatten ihr auch nicht helfen können.

Kazanski setzte sich auf eine Bank und betrachtete zwei Schwäne, die auf der glänzenden Oberfläche des Flusses dahinglitten. Er war der Witwe nicht nähergekommen, aber jetzt wusste er zumindest, dass er nicht der Einzige war, der in Krakau Gespenster jagte.

Die Hausnummer 19 in der ulica Miodowa sah aus wie beim ersten Mal. Das Palais lag im Sonnenschein, der unbarmherzig jeden einzelnen Quadratzentimeter Verfall an der Fassade enthüllte. Kazanski sah, dass die alte Frau wieder auf dem Balkon stand und genauso entschlossen zu ihm hinunterblickte.

Er hatte sich entschieden, den alten Juden zu besuchen, ein bisschen zu plaudern und ihn vielleicht hinunterzutragen, sodass sie bei dem schönen Wetter spazieren gehen konnten.

Die Luft war angenehm kühl unter dem Eingangsgewölbe, und er sprang die knarrenden Treppenstufen rasch hinauf. Kazanski klopfte und wartete. Nichts geschah. Dann klopfte er fester, doch Jakub Jakubik machte nicht auf. Kazanski griff an die Klinke, die schwere Tür ließ sich öffnen. Vorsichtig trat er in den Flur.

»Hallo! Herr Jakubik?«

Keine Antwort.

Das Wohnzimmer war ein chaotischer Anblick. Eine Menge Bücher lagen über den Boden verstreut. Die alten Bilder hatte man von den Wänden gerissen, die Goldrahmen zerschlagen und ins Zimmer geworfen. Ebenso die Sofakissen.

In einer Ecke stand der Rollstuhl. Kazanski war in zwei Sätzen dort. Jakub Jakubik saß leicht vorgebeugt darin. Die Brille hing nur noch an einem Ohr. Die weit aufgerissenen Augen sahen aus wie Murmeln, leicht verschleiert, aber zugleich unheimlich durchsichtig.

Kazanski betrachtete die düstere Szene. Ein alter, hilfloser Mann, tot im Rollstuhl, in einer verwüsteten Wohnung.

Er untersuchte Jakubik kurz. Es gab keine Spuren von Gewalt. Das überraschte ihn. Die Leichenstarre war längst eingetreten, tatsächlich hatte sie ihren Höhepunkt erreicht. Kazanski vermutete, dass der alte Jude seit ein bis anderthalb Tagen tot war.

Kazanski wollte noch Jakubiks Augen schließen und ihm die Brille aufsetzen, dann ging ihm jedoch durch den Kopf, dass es keinen Grund gab, den Tatort zu verändern.

»Requiescat in pace«, flüsterte er, schlug das Zeichen des Kreuzes und wollte hinausschleichen, als sein Blick auf ein dickes Buch fiel, das hochkant zwischen dem Rücken des Alten und der Rückenlehne des Rollstuhls lag. Kazanski blätterte es rasch durch und fand, was er suchte: Jakub Jakubiks

Liste der Orte, wo er im Laufe der Jahre Nachrichten der Witwe erhalten hatte.

Er blickte zu dem Balkon hinauf, als er wieder auf der Straße stand. Es könnte sehr viel Ärger geben, wenn die alte Frau dort oben der Polizei erzählte, dass ein Fremder zwei Mal im Haus gewesen war. Kazanski blieb einen Moment stehen und überdachte die Situation, als ihn zwei laute Schläge unterbrachen. Auf der anderen Straßenseite stand der kleine Maulwurf hinter dem Gitterzaun der Tempelsynagoge und schlug mit einem Stein dagegen.

»Psst! Kommen Sie!« Der Greis winkte ihn zu sich herüber.

Kazanski sah den Maulwurf fragend an, dessen Augen in dem grellen Sonnenlicht nur aus zwei schmalen Schlitzen bestanden.

»Hören Sie … ich weiß von Jakubik, dass Sie ein Freund sind. Und ich weiß auch, dass er tot ist. Ich bin gestern Abend dort gewesen …«

Kazanski sah den Mann überrascht an und wollte nachfragen, aber die pfeifende Stimme unterbrach ihn.

»Keine Fragen. Nicht hier. Gestern Nachmittag kam ein Mann in einem langen, braunen Mantel. Das fällt ja auf bei dieser Hitze, nicht wahr? Er war eine halbe Stunde in der Nummer 19. Dann verschwand er sehr schnell. Was glauben Sie, warum?«

Wieder wurde Kazanski unterbrochen, bevor er etwa sagen konnte.

»Es geht um die Witwe, nicht wahr? Ja, das ist es … Kommen Sie morgen Abend um zehn Uhr hier zum Haupteingang. Ich werde dafür sorgen, dass die Tür offen ist. Dann werden Sie die Witwe treffen. Denken Sie daran, um zehn Uhr. Kommen Sie allein.«

Dann wandte der Maulwurf sich um und trottete auf die offene Tür zu, eifrig bemüht, so rasch wie möglich ins Dunkle zu gelangen.

8

Ukraine

Leonid Dom Karpin schlenderte langsam zwischen den Bäumen umher, den Blick auf den Waldboden gerichtet, und ließ seine Gedanken schweifen. Die einhundertzwanzig Kilo bewegte er mit einer natürlichen Geschmeidigkeit, obwohl er akzeptieren musste, dass das luxuriöse Leben in Moskau Spuren hinterlassen hatte. Es liebte es zu essen, gut zu essen, und er wusste, dass er nicht an Kraft verloren hatte. Er lebte nicht unmäßig und achtete darauf, dass er wie in den alten Tagen regelmäßig trainierte.

Die Gerüche und Geräusche des Waldes hoben seine Laune. Es war beinahe so wie in der Taiga. Nördlich seiner Heimat erhob sich eine Bergkette auf der unfruchtbaren Uralsteppe, es war ein Gebiet, das er gut kannte und liebte. Dort hatte der dichte Nadelwald keinen Anfang und kein Ende, dort war die Erde mit einem dicken Teppich aus feuchtem Moos bedeckt und man fand die besten Blaubeeren der Welt. Er liebte die Taiga.

Die Unterhaltung mit dem Professor hatte erneut Fragen aufgeworfen, aber er musste aufhören, immer gleich schwarz zu sehen.

Ein Mann. Einundvierzig Jahre alt. Ausgebildet zum Spetsnaz-Dienst des Militärs. Konnte ein ausgeschiedener Elitesoldat überhaupt noch irgendetwas vom Leben verlangen? Jetzt hatte er alles. Und er musste sich nicht entschuldigen. Die russische Regierung hatte selbst darum gebeten. Niemand sollte den Spetsnaz-Oberst Leonid Karpin in seiner Offiziersehre kränken. Er war noch immer empört, wenn er an die Zeltlager dachte, wo Tausende von heimgekehrten Offizieren aus der alten DDR und den Ostseerepubliken wie Vieh in einem Gehege ausharren mussten. Es war trostlos, es im Fernsehen mitanzusehen. Er hätte sich das niemals bieten lassen.

Merkwürdig genug, denn in Zeiten der Sowjetunion war so etwas nie vorgekommen. Und in dem neuen Russland, das den Offizieren ihren wohlverdienten Sold nicht zahlen konnte, hatte ihn das Schwein einbestellt, um ihm mitzuteilen, dass sein Vertrag nicht verlängert wurde.

Das Schwein hatte ihn immer gehasst. Vielleicht deshalb … Ganz plötzlich waren Anschuldigungen gegen ihn aufgetaucht. Vorwürfe, er habe Armeematerial verkauft. Die Untersuchung hatte nichts dergleichen ergeben, aber der Verdacht blieb an ihm haften.

Ursprünglich stammte Karpin aus der Ukraine, genau wie das Schwein. Nun war das Schwein Chef der Berkut-Spezialeinheit, die in der Ukraine stationiert war, dem sogenannten Goldenen Adler. Karpin hatte davon geträumt, diese Truppe zu leiten.

Es war schon komisch. Nach der großen Enttäuschung schwamm er ganz oben und nutzte die verkommene Demokratie aus, die ihn nicht gebrauchen konnte. Nun war er reich, steinreich. Das Schwein würde in seinem ganzen Leben nicht einmal in die Nähe von so viel Geld kommen …

Sibi war sorgloser und nüchterner. Er hatte den Verlauf seines weiteren Lebens von dem Tag an geplant, an dem er aus der Armee ausschied. Er wollte um jeden Preis überleben.

Vielleicht ging es bei der ganzen Sache überhaupt nicht um eine Moral, die nur eine Schulung in fiktiven Werten war. Wenn man sämtliche überflüssigen Werte eliminierte, blieb im Leben vermutlich nur die Freundschaft zurück. Diese absolut unverbrüchliche Freundschaft, die so tief ging und grenzenlos war.

Karpin hatte daran gedacht, als Sibi die Karte studierte. Er hatte an die roten, runden Narben gedacht, die Sibi im Gesicht hatte. Drei auf der rechten Wange und zwei auf der linken.

Er und seine Gruppe waren 1988 an einem Bergpass nach einem Angriff aus dem Hinterhalt gefangen genommen worden, ein Jahr bevor sich die sowjetische Armee aus Afghanistan zurückzog. Die Mudschaheddin hatten alle getötet, mit Ausnahme des Hauptmanns Pawel Nikolajewitsch. Sie folterten Sibi, aber er verriet die Position der Hauptstreitkräfte nicht. Die Flecken in seinem Gesicht waren die Spuren brennender Zigaretten. Sein Rücken war ein Morast aus roten Striemen. Tiefe Narben. Sie hatten ihn mit Stacheldraht ausgepeitscht.

Dom hatte den Angriff geleitet, der Sibi befreite. Alle Mudschaheddin wurden getötet. Er selbst hatte einen Jungen erschossen, der kaum älter als fünfzehn Jahre war – und er hatte es nie bereut.

Der Krieg hatte seine eigenen Prämissen, und jeder, der sich dazu meldete, akzeptierte sie. Jungen töteten Männer, und Männer töteten Jungen. Schmutzig, aber fair. Eine Kugel aus Kinderhand kannte keinen Unterschied.

Solche Erlebnisse und sämtliche Strapazen der gnadenlosen Rekrutenzeit bei den Spetsnaz-Kräften verbanden die beiden. Und so musste es sein. Starke Verbindungen waren das Allerwichtigste im Leben.

Sibi war der Einzige, der ihm noch nahestand. Keine der Frauen bedeutete ihm etwas. Er benutzte sie nur. Sie waren da, weil er die Macht und das Geld hatte. Was er für Liebe hielt, hatte er seit Irina nicht mehr erlebt, und jetzt war es möglicherweise auch zu spät.

Sibi war seine Familie, und er war Sibis Familie. Sie waren zwei kleine Boote, die auf einem aufgewühlten Meer zusammenhielten.

Sibis richtige Familie waren Fischer. Sie hatten am Baikalsee gelebt, waren aber auf die Kurilen gezogen, zu Verwandten nach Juschno-Kurilsk.

Als Sibi fünfzehn Jahre alt war, verschwand sein Vater während eines Sturms auf dem Ochotskischen Meer. Er wurde nie gefunden. Sie hatten in einem Schuppen an einem schlammigen Abhang auf einer der Vulkaninseln gewohnt. In einem Schuppen, genau wie alle anderen. Die Fischfabrik stand ebenfalls in einem Schlammloch, hatte Sibi erzählt. Und eines Tages war es ihm zu viel geworden. Zu viel Schlamm und zu viele Fischeingeweide. Sibi schlich sich an Bord eines Frachtschiffs – ohne irgendjemandem Auf Wiedersehen zu sagen.

Dom Karpin hatte den Waldrand erreicht. Vor ihm lag eine Graswiese, und unten am Grund der schmalen Senke floss ein Bach. Rechts sah er auf zu den ausgewaschenen Bergrücken der Karpaten, die sich wie ein Sägeblatt mit abgebrochenen Zähnen gegen den blauen Himmel abzeichneten.

In seine Gedanken vertieft, ging er hinunter zu dem Bach.

Die Gestalt folgte ihm mit dem Fernglas. Jetzt setzte sich Karpin auf einen Felsen und schnürte sich die Stiefel auf. Der

Mann steckte das Fernglas in die Jackentasche und nahm das Gewehr von der Schulter. Die feinen Striche im Zielfernrohr krabbelten wie eine Spinne über Oberst Karpins breites Gesicht und klebten an seiner Stirn.

Der Zeigefinger des Mannes glitt hinunter und legte sich um den Abzug. Es wäre so leicht. Einen kurzen Moment war die Versuchung da, doch dann atmete er tief durch und spürte, wie sein ganzer Körper sich entspannte – der Zeigefinger war verschwunden.

Dom Karpin zündete sich eine Zigarette an, legte sich auf den Felsen und schloss die Augen.

Er war gefangen. Gefangen in der Vergangenheit und von der Gegenwart bedrängt. Das Baby und Irina waren tot. »Komplikationen während der Geburt«, hatten sie gesagt. Wäre er bloß dort gewesen, aber damals war er auch ein Gefangener gewesen. Gefangen in einem unmöglichen Krieg. Zwei Monate nach ihrem Tod wurden sie aus Kabul abgezogen. Zwei Monate …

Er hatte den Tod von Professor Vasiljews Frau noch nicht verarbeitet. Verdammt ärgerlich, dass es dazu gekommen war. Es war das dritte Mal seit Beginn der Organisation MAKU 90, dass etwas schiefgegangen und eine Zivilistin getötet worden war. Er konnte es sich nicht verzeihen, aber er musste lernen, damit zu leben.

Der Professor könnte sein Start in ein neues Leben werden. Schockiert hatte er mit angesehen, wie der ältere Herr sich an die Brust fasste und am Fuße des Bettes stürzte, in dem seine Ehefrau in ihrem Blut lag.

Karpin hatte es sich seit langem überlegt. Seine eigenen Wege zu gehen, sein Leben bei null zu beginnen und die Organisation Sibi zu überlassen. Die Tage in der Hütte hatten ihn in seinem Entschluss bestärkt. Einundvierzig Jahre, jetzt musste Zeit sein für den Duft von saftigem Gras. Allerdings hatte er Sibi bisher noch nichts davon gesagt.

Dass sie ihre Geschäfte so weit treiben konnten, war ein Zeichen für Russlands Verkommenheit, aber sie mussten überleben. Zunächst hatten sie als kleiner privater Sicherheitsdienst begonnen, aber in kürzester Zeit war ihre Firma expandiert. Es war leicht, die Leute zu bedrohen und zu erpressen, damit sie für ihren Schutz bezahlten, und nachdem der erste Schritt getan war, war der zweite noch einfacher. Wenn er zurückdachte, hatte er keine größeren moralischen Skrupel gehabt, als das richtig große Geld floss.

Erst im letzten Jahr hatte er angefangen nachzudenken. Sein Vater und sein Großvater hätten sich von ihm abgewandt – wenn sie ihn aus ihren Gräbern sehen könnten.

Sein Großvater hatte Magnitogorsk mitgegründet, als Stalin dem Volk seinen ersten, groß angelegten Fünfjahresplan präsentierte, und sein Großvater wie sein Vater hatten sich bei der harten und ungesunden Arbeit in den Stahlwerken dieses sowjetischen Pittsburg zu Tode geschuftet. Paradoxerweise war die Stadt von einer amerikanischen Firma entworfen worden. So viel zu Stalin …

Magnitogorsk war für ihn ebenso trostlos und ohne Hoffnung gewesen, wie der Schlamm der Kunaschir-Insel für Sibi. Deshalb mangelte es auch nicht an Ironie, dass sie ausgerechnet die Buchstaben MA für Magnitogorsk und KU für Kunaschir für ihr Projekt gewählt hatten. 90 war das Jahr, in dem sie beschlossen, ihr Glück gemeinsam zu versuchen.

Dom lächelte vor sich hin. MAKU 90 erinnerte sie an Orte, die sie nie gemocht hatten, aber alle Menschen kamen schließlich irgendwoher – ob es ihnen gefiel oder nicht.

Er grunzte zufrieden. Vielleicht war das alles ja doch nicht so schlimm. Wenn der Handel mit dem Professor erst einmal abgeschlossen war, würde er einen Entschluss fassen. Seine Füße, die er in den Bach gesteckt hatte, waren eiskalt. Der Punkt, an dem die Kälte wehtut, war längst überschritten, jetzt war es nur noch angenehm.

Der Mann, der auf dem Bauch am Waldrand lag, stand auf. Er hatte Karpin eine halbe Stunde mit dem Fernglas beobachtet, aber der große Bär in dem Netzunterhemd hatte sich nicht von der Stelle gerührt, er konnte also ebenso gut zurück zu seinem Versteck schleichen. Nichts deutete darauf hin, dass heute irgendetwas passieren würde. Er konnte in aller Ruhe ein bisschen schlafen, um am Abend frisch zu sein.

Dom Karpin zog die Füße aus dem Wasser, blieb aber sitzen und zündete sich eine neue Winston an. Obwohl sich etwas unglückliche Umstände ergeben hatten, würde der Plan beibehalten. Der Amerikaner in Krakau war bloß ein Detail, das keine Bedeutung hatte, und wenn der Handel abgeschlossen war, würde er der Witwe persönlich die Rechnung präsentieren.

Er hielt die Trümpfe in der Hand und wusste um das Doppelspiel, das sie aus irgendeinem Grund begonnen hatte. Und sie wusste nicht, dass er es wusste. Es könnte recht amüsant werden … Außerdem würden sie dadurch Geld sparen, und obwohl MAKU nur schwer auf sie verzichten könnte, war auch sie ersetzbar. Aber erst musste sie über ein paar Dinge Rechenschaft ablegen.

Niemand fiel Oberst Karpin ungestraft in den Rücken. Sie war ein Teil des Spiels und kannte die Bedingungen, genau wie ein Soldat.

Er würde gern eine stattliche Summe Geld hergeben, um eine Fliege im Büro des Innenministers zu sein. Der Kreml war momentan unberechenbar. Die linke Hand schlug oft genug nach der rechten – und umgekehrt. Es spielte sich ein veritabler Machtkampf zwischen den Aufsteigern der neuen Zeit ab, aber vermutlich würde das Innenministerium die Befehle erteilen, eventuell beraten von der Spezialabteilung für organisierte Kriminalität. Vielleicht lag er aber auch vollkommen falsch.

Niemand konnte wissen, dass MAKU 90 für den blitzartigen Überfall auf das Kurtschatow-Atomforschungsinstitut in Moskau verantwortlich war, aber dass es um Kidnapping ging, musste selbst dem größten Idioten klar sein. Alle waren tot, mit Ausnahme von Professor Vasiljew – und er war verschwunden.

Dom pfiff ein paar Melodiefetzen eines Spetsnaz-Schlachtgesangs. Die nach den Tätern und dem Professor suchten, würden ebenfalls Professionelle sein, Elitesoldaten wie er, Sibi und die anderen. Vielleicht waren es die berüchtigten OMON-Einheiten des Innenministeriums. Für sie hatte Karpin wenig übrig, nachdem sie in Tschetschenien während Boris Jelzins vollkommen wahnsinnigem Feldzug gedemütigt wurden. Die Leute des speziellen Antiterrorkorps Alfa waren weitaus tüchtiger. Vielleicht würde man sie auf den Fall ansetzen.

Diese Truppe umgaben Legenden. Karpin wusste nur, dass zu der Alfa- und der Beta-Gruppe hochspezialisierte Leute gehörten. Beide Korps hatte der KGB vor mehr als zwanzig Jahren aufgebaut, und sicher hatte noch immer die Abteilung 7 des Ministeriums die Kontrolle über die Truppe. Die Alfa-Gruppe war jetzt für den Inlandseinsatz zuständig, aber zuletzt hatte er gehört, dass die Beta-Gruppe, die schon mal sowjetische Geiseln aus der Bekaa-Ebene im Libanon befreit hatte, auch in Tschetschenien in Aktion gewesen war.

Ja, vermutlich würde es die Alfa-Gruppe werden. Er sah vor sich, wie sie in der Kaserne gebrieft wurden. Wie sie ihre Ausrüstung einpackten und zum Landeplatz hinausliefen. Er hörte das ohrenbetäubende Sausen der Rotorblätter, die Staub und Dreck aufwirbelten.

Vielleicht würde man den Buckligen gegen sie aussenden. Denselben totbringenden Krüppel, der damals wie ein erlösender Engel vom Himmel gestiegen war und ihm und seinen Leuten in Afghanistan geholfen hatte. Ohne ihn hätte er an einem verdammten Pass im Hindukusch dem Tod ins Auge sehen müssen.

All die Opfer. Alle Kameraden, gestorben wegen einem Haufen belangloser Muslime. Und dann war alles umsonst gewesen. Vor ungefähr drei Jahren hatten die verdammten Fundamentalisten der Taliban Kabul erobert, den Präsidenten Nadschibullāh und seinen Bruder erschossen, ihre Leichen hinter einem Auto durch die Stadt geschleift und schließlich an einem Laternenmast aufgehängt. Religiöse Barbaren. Und jetzt herrschte wieder Chaos im Land. Der Krieg wogte hin und her.

Karpin verdrängte den Gedanken. Afghanistan ärgerte ihn. Er hasste dieses verdammte Land, und er hasste sein Volk. Er hasste jeden Stein und jedes Staubkorn, das als ein Hinderungsgrund zwischen ihm und Irina gelegen hatte.

Das Bild stand klar und deutlich vor ihm, als wäre es einem liebgewonnenen Album entnommen. Die Alfa-Leute würden mit versteinerten Gesichtern im Lärm der Kampfhubschrauber hocken. Kein Ruf, keine hektischen Bewegungen. Nur Konzentration auf die bevorstehende Aufgabe.

Aber Alfa war ihm egal.

Karpin hätte gern ihre Gesichter gesehen, wenn sie zuschlugen – und nichts anderes fanden als den alten Bergbauern. Den Helikopter hatten sie jetzt bestimmt gefunden, obwohl er in einem Wald in der Umgebung von Kuswa im Ural versteckt war. Vor den technischen Suchmöglichkeiten konnte sich niemand verstecken, und wenn sie erst einmal den Helikopter gefunden hatten, würde es nicht mehr lange dauern, bis sie das Satellitentelefon entdeckten.

Dom pfiff vergnügt weiter.

Sie würden lediglich einen alten Bauern aufspüren, der gut dafür bezahlt worden war, das Telefon in regelmäßigen Abständen zu benutzen. Und während das System in Alarmbereitschaft war und im Osten nach ihnen suchte, konnte er hier in einer Ecke der Ukraine im Westen seine Füße kühlen, nur einen Steinwurf von der Slowakei und Polen entfernt.

Eine Schande, dass die Geschichte, wie Oberst Leonid Dom Karpin seinen alten Arbeitgeber lächerlich machte, nie erzählt werden könnte.

Ihr Erfolg gründete sich auf der militärischen Präzision und der strategischen Einsicht, die seine Rivalen in Moskau nicht besaßen. Herrgott, wie viele Leute mussten die Georgier kidnappen, um ihr Geschäft am Laufen zu halten? Und wie viele verdammte Drogen mussten die aserbaidschanischen Bastarde verkaufen? Er und Sibi, MAKU 90, hatten als Einzige das Format und die richtigen Leute für eine so große Sache wie diese.

Dom zog die Stiefel wieder an und stand auf. Es war an der Zeit, zu den anderen zurückzugehen. Er fühlte sich jetzt weitaus besser.

9

Krakau, Polen

Kazanski nahm bedachtsam die Pistole aus der gefütterten Schachtel. Er hatte sie in all den Jahren im Dienst nur wenige Male getragen, und er hatte nie auf jemanden schießen müssen. Aber er mochte seine Waffe. Absolut. Tatsächlich hatte er sie selbst bezahlt, als er die Beretta aus der Ausbildungszeit austauschte.

Der schwarze Stahl war ein kleines Meisterwerk für sich, höchste italienische Handwerkskunst, er hatte viele Stunden im Schießkeller damit verbracht.

Nicht jedem war es vergönnt, eine Bernardelli P. One Practical zu besitzen. Ihr Gewicht war angenehm, wie ein kühler Händedruck. Kazanski befüllte das Magazin mit den sechzehn Patronen und schraubte sorgfältig den speziell konstruierten Schalldämpfer auf. Er war kurz, aber effektiv, und wesentlich praktischer als die langen Rohre, mit denen so viele seiner Kollegen herumliefen.

Die Pokale hatte er bei seinem Umzug in den Müllcontainer geworfen. Kazanski schoss gut, besser als die meisten, aber er war absolut nicht sicher, ob er in der Lage war, jemanden zu erschießen.

Er ließ die Finger über das Pflaster an der Stirn gleiten. Noch immer war er nicht erschüttert darüber, dass er den

Mann im Fahrstuhl getötet hatte. Vielleicht weil er selbst dem Tod nahe gewesen war? Vielleicht war er inzwischen in einer Grauzone angekommen, in der sich Werte und Moral verflüchtigten?

Alles war so schnell gegangen und so unwirklich gewesen. Aber sie? Er konnte sich beim besten Willen nicht vorstellen, auf sie zu schießen. Er musste etwas unternehmen. Er musste wissen, was hier vorging, selbst wenn er sie bedrohen müsste, um es zu erfahren.

Kazanski trank einen Schluck aus der billigen Flasche Whisky, die er in einer Seitenstraße gekauft hatte. »Captain St. Johns«, der Name klang nicht nur wie eine Stufe unter Haushaltsspiritus, der Fusel schmeckte auch so, aber er war die Miniaturfläschchen der Minibar leid, die gerade mal einen Fingerhut füllten. Er zögerte. Dann trank er noch einen großen Schluck. Es war das erste Mal an diesem Tag, dass er Schnaps trank.

Kazanski setzte sich auf die Bettkante und starrte auf die Spitzen seiner Schuhe. Er atmete tief ein, hielt einen Moment den Atem an und atmete dann kräftig aus, mit einem prustenden Geräusch, das von einem lebensmüden, polnischen Arbeitspferd hätte stammen können. Mit einer entschlossenen Bewegung stand er auf, steckte die Bernadelli am Rücken in den Gürtel und ließ das Hemd lose über der Hose hängen.

Er ging die Treppe hinunter in die zweite Etage. Xenia Pizlo Larsen, die Dänin, die ihm ins Handwerk pfuschte, wohnte in Nummer 216 – und sollte nun ein paar vernünftige Antworten geben.

Es war beinahe 22:00 Uhr, vielleicht war sie bereits zu Bett gegangen. Er hatte es an der Rezeption überprüft und wusste, dass sie im Zimmer war. Kazanski klopfte. Zwei Mal, ganz vorsichtig. Es dauerte einen Moment, dann hörte er sie.

»Wer ist da?«

»Ich bin's, Jordi …«

»Augenblick.« Kurz darauf schloss sie auf. Erst mit einem Lächeln, dann änderte sich ihr Gesichtsausdruck, als sei ihr eingefallen, dass sie ernsthaft wütend war. Leicht gereizt erkundigte sie sich:

»Was zum Teufel willst du? Es ist spät … Ich lag schon im Bett.«

Sie hatte einen Schlafanzug an und blinzelte. Eine lange Hose und ein lockeres Oberteil, weiße Seide. Ihr Haar war zerzaust …

Sie war also noch immer wütend, weil er ihr diese schlechte Geschichte von dem Überfall erzählt hatte.

»Es gibt etwas, worüber ich gern mit dir reden möchte, Xenia. Und das kann nicht warten.«

»Okay, komm rein.« Sie setzte sich auf den Stuhl am Schreibtisch, er nahm den Hocker am Fernseher.

»Möchtest du etwas trinken?« Sie wies mit dem Kopf auf die Minibar.

»Hast du eine Cola?«

»Ja.« Sie griff in den kleinen Kühlschrank, öffnete die Flasche und gab sie ihm.

»Was willst du, Jordi? Hast du dir eine bessere Geschichte ausgedacht?«

Er trank einen Schluck und musterte sie.

»Wieso suchst du nach der Witwe?«

Ihre Augen wurden einen Moment groß, dann sah sie ihn wachsam an. Sie hatte sich sehr schnell wieder gefasst.

»Nach der Witwe? Wer sagt, dass ich nach irgendeiner Witwe suche?«

»Ich sage das. Hör mit der Schauspielerei auf. Ich weiß es.«

»Ich habe dröhnende Kopfschmerzen. Ich brauche erst

einmal eine Tablette, wenn ich es dir erklären soll …« Sie griff nach ihrer Schultertasche, die an der Stuhllehne hing.

»Stopp! Finger weg von der Tasche! Es wäre dumm von dir, Xenia.« Kazanski zog mit einer raschen Bewegung seine Pistole und zielte auf sie.

»Was zum Teufel soll das bitte? Hast du den Verstand verloren, du Idiot?« Xenia starrte auf die Pistole in seiner Hand.

»Beruhige dich. Hast du deine ewige Kontrolle verloren? Wer weiß, was du da in der Tasche hast. Wirf sie zu mir rüber. Mit einem Finger unter dem Riemen, danke.«

Sie gehorchte widerwillig und warf ihm die Tasche zu. Kazanski zog den Reißverschluss auf, wühlte einen Moment in der Tasche und zog eine Pistole heraus.

»Eine Walther P88, nicht wahr. Niedlich. Ich fand eine Schachtel Neun-Millimeter-Munition in deinem Zimmer, als du im Restaurant auf mich gewartet hast. Wer weiß, wozu man so etwas in der Textilbranche braucht? Schießt du Knopflöcher?«

Er hielt die Pistole hoch und schob sie dann unters Bett. Dann senkte er seine eigene Waffe und legte sie auf den Oberschenkel.

»Jetzt können wir uns besser unterhalten, oder?« Entspannt lehnte er sich zurück.

»Wollen wir noch einmal von vorn anfangen? Warum suchst du nach der Witwe?«

Wieder hatte sie dieses Gefühl, das sie mit Unbehagen beim ersten Mal am Frühstückstisch empfunden hatte. Das unbekannte Gefühl, unterlegen zu sein. Nicht einmal die größte Gemeinheit würde Kazanski aus der Bahn werfen. Plötzlich hasste sie ihn.

»Wenn wir ein vernünftiges Gespräch führen wollen, Jordi,

dann musste du deine Frage begründen. Und wenn du dein schwachsinniges Benehmen rechtfertigen willst, dann denk dir auch dafür eine gute Begründung aus.«

Er kratzte sich nachdenklich im Nacken, zog eine Zigarette aus der Brusttasche und zündete sie an, alles demonstrativ langsam. Er sah sie an, sagte aber noch immer nichts.

»Hast du einen deiner stummen Momente? Wenn du deine Behauptung nicht beweisen kannst, solltest du dich vielleicht wieder deiner Flasche widmen und mich schlafen lassen.« Sie sprach ruhig und überlegt und spürte, dass diese Eloquenz das Gleichgewicht wiederherstellte.

»Das ist keine Behauptung. Du hast auf dem Rynek Główny bei den Blumenhändlern nach der Witwe gefragt, und heute Nachmittag hast du unten an der Weichsel nach ihr gefragt. Du hast die Schachspieler gefragt, ob sie eine Frau kennen, die die Witwe genannt wird. Was hast du vor, Xenia?«

»Bist du mir nachgegangen? Hast du mich beschattet, seit ich angekommen bin, Jordi?«

»Eigentlich nicht. Ich habe es eher zufällig bemerkt.«

»Du lügst doch.«

»Nein, das ist keine Lüge. Du tauchst ganz plötzlich auf, und dann beginnt die Vorstellung. Merkwürdig. Erst die Autobombe, dann der Mordversuch im Fahrstuhl. Ja, es war ein regelrechter Mordversuch. Ein Russe hat versucht, mir die Kehle durchzuschneiden. Es ist also nicht völlig überraschend, dass ich misstrauisch werde, oder? Ich will wissen, wer du bist, und ich will wissen, warum du nach der Witwe suchst.«

»Glaub mir oder lass es. Ich habe nichts damit zu tun, weder mit der Autobombe noch mit dem Mordversuch. Gar nichts.«

»Du bist keine Produktionschefin. Was bist du dann?«

Kazanski blies eine Rauchwolke zu ihr hinüber und registrierte zufrieden, dass sie den Rauch irritiert wegwedelte.

»Das kann ich dir nicht sagen. Und selbst wenn ich es könnte, würde ich es nicht tun. Ich bin dir zufällig begegnet. Als ich mich beim Frühstück an dich wandte, war das Zufall. Reiner Zufall. Länger ist die Geschichte nicht.«

»Die Witwe, was willst du von ihr?«

»Dazu habe ich nicht mehr zu sagen … Journalist … von der ›New York Times‹ …« Ihre Augen leuchteten auf. Der sanfte Ausdruck war zurückgekehrt, während sie beiläufig weitersprach, fast wie zu sich selbst:

»Du hast sofort bei deiner Botschaft angerufen, was? Aber wozu die Botschaft einschalten, wenn man nicht zur Polizei gehen will?«

»Was weißt du darüber?«

»Eine Frau kann es weit bringen mit einem Lächeln und einer Handvoll Zloty. Vor allem mit einem Lächeln. Heute Abend steht ein junger Bursche hinter der Rezeption … Du konntest deine Frage stellen, Jordi. Jetzt könnte ich umgekehrt fragen, wer bist du?«

»Was meinst du?«

»Journalist bist du jedenfalls nicht. Ich habe es überprüft. Bei der ›New York Times‹ gibt es keinen Jan Jordi Kazanski. Allenfalls eine Joan Kinski. Sie schreibt über Familie und Zusammenleben. Das wirst du kaum sein.«

Sie wollte es eigentlich vermeiden, aber sie konnte ein Lächeln nicht zurückhalten.

»Vielleicht bin ich kein Journalist.«

»Was bist du dann?«

»Das geht dich nichts an. Halt dich nur von mir fern, damit mir nichts passiert.«

Er stand auf, öffnete die Tür und verschwand. Sein Kopf

war ein Velodrom, in dem die Gedanken sich im Kreis drehten, ohne einander einzuholen. Ihr zu drohen, hatte nicht funktioniert. Er konnte es nicht.

Xenia musste sich noch einmal die Zähne putzen, nachdem sie eine Cola getrunken hatte. Wie bei ihrer ersten Begegnung war sie weit zurückgefallen, aber erneut stand es unentschieden. Besser als eine Niederlage, aber durchaus nicht befriedigend.

Kazanski spürte ein pochendes Gefühl in seinem Kopf, als er aufwachte. Er hatte weitergetrunken, nachdem er aus Xenias Zimmer gekommen war.

Es dauerte einen Augenblick, dann erinnerte er sich an die Worte. Seine eigenen und ihre. Eine Enthüllung hatte die andere aufgehoben. Zwei Mal minus war nicht zu plus geworden, obwohl die ganze Geschichte ihm vorkam wie eine kilometerlange Gleichung zweiten Grades mit lauter Unbekannten.

10

Merkwürdig, dass der Regen die Stadt hässlicher und gleichzeitig schöner aussehen ließ. Der Nieselregen hatte am Abend eingesetzt, jetzt war es 21:30 Uhr. Noch eine halbe Stunde.

Die Häuser, die ohnehin heruntergekommen aussahen, fielen nun noch mehr aus dem Stadtbild. Der Dreck von Jahrzehnten und die Spuren der Luftverschmutzung zeigten sich deutlicher auf den feuchten, abgeblätterten Fassaden. Umgekehrt verhielt es sich mit den vielen restaurierten Gebäuden innerhalb der alten Stadtmauern. Die dominierende hellgelbe Farbe wurde dunkler und schimmerte wie polierter Marmor.

Kazanski schlenderte langsam über die Grodzka, die den Marktplatz mit den Mauern am Fuß des Wawel verband. Er war den ganzen Tag über deprimiert gewesen und hatte sich seit Mittag absichtlich vom Hotel ferngehalten. Er wollte weder Xenia noch anderen die Chance bieten, ihm durch die Stadt zu folgen. Kazanski hatte sämtliche Vorsichtsmaßnahmen befolgt. Er war eine Weile mit der Straßenbahn gefahren, dann hatte er ein Taxi genommen.

Es war ausgeschlossen, dass er beschattet wurde. Und es war ebenso ausgeschlossen, dass er Xenia von dem Treffen erzählen würde, sollte die Witwe auftauchen.

Auf einer Bank hatte er zwei Zeitungen gelesen. Beide Titelseiten präsentierten fette Schlagzeilen. »Mysteriöser Mord im Hotel« und »Russe in Hotelfahrstuhl ermordet«. Kazanskis Sorgen erwiesen sich als unbegründet. Die Polizei stand ohne jede Spur da, der Taxifahrer hatte den Mund gehalten.

Die Statuen der zwölf Apostel standen auf ihren Säulen vor der hübschen Sankt-Peter-und-Paulus-Kirche. Sie mussten mit ihren nackten Schultern frösteln, drapiert mit schweren Kleidern aus Stein. Kazanski selbst spürte den Regen nicht mehr.

Er war jetzt eine Stunde herumgelaufen, nachdem er spät zu Abend gegessen hatte. Tatsächlich war der Tag eine einzige planlose Flucht vor den Schatten gewesen, die ihm letztlich doch nicht folgten. Die Unruhe hatte ihn die ganze Zeit über auf Trab gehalten.

Nun ging er an der Sankt-Andreas-Kirche vorbei. Im historischen Stadtkern drängten sich Kirchen aller Größen und Stilarten. Am Ende der Straße blieb er an der Sankt-Ägidius-Kirche stehen. Von einem grünen Dreieck an der Ecke unterhalb des Wawel versprühte ein Fliederbusch sein Parfüm, das ihm im Regen noch kräftiger und süßlicher vorkam. Kazanski hielt einen Moment inne und atmete tief ein. Der Flieder hatte den wunderbarsten Duft von allen Pflanzen. Noch immer nichts Verdächtiges.

Er blickte hinauf zum Wawel. Von hier aus konnte er das Königsschloss sehen, einen Teil der Kathedrale und einen der drei großen Türme. Die Scheinwerfer waren jetzt eingeschaltet, und in dem gelben Licht wirkte das Festungswerk noch imposanter, als es ohnehin schon war. Der Kapitalismus hatte sich offensichtlich von seiner großzügigen Seite gezeigt, denn auf einem der großen Baugerüste saßen vier enorme Werbetafeln, die mitteilten, welche Banken als Sponsoren der Renovierung auftraten.

Es musste ein gutes Geschäft sein, in Krakau Baugerüste zu

verleihen, sie standen überall. Die Stadt hatte es ausgesprochen eilig, noch vor der Jahrhundertwende zu ihrer alten, vergangenen Würde zurückzukehren.

Kazanski schaute auf die Uhr. Ausgezeichnet. Er würde exakt um 22:00 Uhr dort sein, so wie es der Maulwurf gesagt hatte. Mehrfach war Kazanski kurz davor gewesen, David Oakland anzurufen. Er musste sich für sein Verhalten am Vortag entschuldigen – und für seinen Ton –, aber er hatte sichergehen müssen, dass Xenia nicht vom Dienst geschickt worden war.

David war der Einzige, mit dem er darüber geredet hatte. Über alles das, woran er ständig dachte. David war der Einzige, der ihn möglicherweise verstand. Er war schließlich ihr gemeinsamer Freund gewesen.

Aber er hatte ihn nicht angerufen.

Er wollte nicht riskieren, dass David darauf bestand, dass man ihn abzog, wenn er von dem Mordversuch im Fahrstuhl erfuhr. Wenn David wollte, könnte er eigenhändig die richtigen Kontakte aktivieren und die Aktion abblasen. Also lieber bis nach dem Treffen warten. Dann gab es vermutlich endlich etwas Positives zu berichten.

Die letzte Ermahnung des stellvertretenden Direktors bedeutete ebenfalls etwas. Jannsen erwartete, dass die Aufgabe lautlos gelöst wurde, ohne Backup. Und letztendlich lebte er von Jannsens Gnade. Sie sollte ihn einer Lösung näherbringen, wenn dieser Job erledigt war.

Kazanskis Uhr zeigte 22:02. Er lehnte an der Mauer und rauchte eine Zigarette. Mit einem Mal bemerkte er, dass er völlig durchnässt war. Er hatte den ganzen Tag überlegt, ob es sich um eine Falle handeln könnte, sich dann aber entschieden, auf seine Intuition zu vertrauen. Und die sagte ihm, dass die jüdischen Verbindungen in Ordnung waren.

Kurz darauf schwang die schwere Tür der Tempelsynagoge lautlos auf, und der Maulwurf streckte vorsichtig den Kopf hinaus.

»Sind Sie allein?«

»Ja.«

»Gut. Kommen Sie rein, mein Freund. Sie sind ziemlich nass geworden.« Der sonderbare kleine Mann winkte ihn hinein, Kazanski folgte ihm.

In dem gewölbten großen Raum war es stockfinster, nur hier und da warfen ein paar unruhige Kerzen flackernde Schatten auf die Gesimse und Figuren. Das sparsame Licht gefiel dem Maulwurf vermutlich, denn er huschte umher wie in seinem Wohnzimmer und schien leichtfüßiger zu sein und sich wohler zu fühlen als draußen im grellen Tageslicht.

»Setzen Sie sich hierher, mein Freund. Es dauert nur einen Augenblick.« Der Maulwurf zeigte auf die hinterste Bank. Kazanski setzte sich, und als er wieder aufblickte, sah er gerade noch, wie der Schatten des eigentümlichen Mannes hinter einer großen Säule verschwand.

Unwillkürlich tastete Kazanskis Hand in seiner Jacke nach dem Schaft. Die Bernadelli saß an ihrem Platz im Schulterholster. Er hatte das Gefühl, besonders exponiert zu sein. Ein sicheres Ziel, egal aus welcher Ecke der dunklen Synagoge.

Dann hörte er Schritte. Der Maulwurf tauchte wieder auf, gefolgt von zwei Männern. Sie blieben im Mittelgang direkt vor ihm stehen.

»Denken Sie nicht einmal daran, Herr Kazanski.« Der eine zog so schnell ein abgesägtes Jagdgewehr aus dem Mantel, dass Kazanski nicht reagieren konnte.

»Weg mit der Hand!« Der Mann drückte den stumpfen Lauf gegen Kazanskis Hand.

»Okay, ruhig. Ich habe keine bösen Absichten«, sagte er

und zog langsam die Hand zurück. Der Mann fischte die Pistole aus dem Holster und stopfte sie sich in die Tasche.

»Sie werden sie hier nicht brauchen.« Dann schob er den Gewehrlauf nach oben und setzte ihn unter Kazanskis Adamsapfel.

»Sie bleiben jetzt ganz ruhig sitzen. Dann passiert Ihnen auch nichts.«

Kazanski spürte einen Arm an seiner Kehle. Dann wurde ihm von hinten ein Lappen aufs Gesicht gedrückt. Er wusste, was das bedeutete. Der scharfe Geruch brannte in seinen Nasenlöchern, und er warf den Kopf herum und schlug wild um sich, bevor er schlaff wie eine Kleiderpuppe in der Bank zusammensank.

Der Maulwurf reichte den Lappen einem der Männer, er kicherte vergnügt. Das Ganze hatte nur wenige Sekunden gedauert, aber es war eine muntere Abwechslung in seinem dunklen Alltag.

Als Kazanski zu sich kam, konnte er die Augen nicht öffnen. Langsam schärften sich seine Sinne. Er lag auf dem Rücksitz eines Autos, die Binde vor seinen Augen saß stramm, ebenso wie die Handschellen, mit denen seine Arme auf dem Rücken fixiert waren.

»Bleiben Sie einfach liegen, Herr Kazanski, dann vermeiden Sie Einschusslöcher«, feixte eine Männerstimme.

Sie schienen in der Stadt herumzufahren, denn sie fuhren nicht sonderlich schnell und hielten mehrmals. Dann bog der Wagen ab und blieb stehen. Die Türen gingen auf, ihm wurde herausgeholfen. Sie gingen einige Meter, eine Tür wurde aufgeschlossen, und man sagte ihm, er solle den Kopf einziehen. Kazanski wurde eine Treppe hinuntergeführt und durch einen Gang in einen Raum dirigiert, wo man ihn auf einen harten Stuhl drückte.

Die Männer gingen im Raum umher, sagten aber nichts. Kurz darauf hörte er das charakteristische Geräusch von Absätzen auf dem harten Fußborden.

»Hier ist er.«

»Alles in Ordnung?«, fragte eine scharfe Frauenstimme.

»Ja, keine Probleme.«

»Gut, wir warten noch auf den Bescheid.«

Kazanski hörte das Klicken eines Feuerzeugs und das Geräusch von Stühlen, die über den Boden gezogen wurden, niemand sagte etwas. Nach circa fünf Minuten wurde die Stille von dem diskreten Klingelton eines Mobiltelefons unterbrochen.

»Ja?« Die Frau antwortete und hörte zu. »Aha, das werde ich sofort überprüfen. Gute Arbeit. Kommt hierher.«

»Wir müssen noch einen Augenblick warten. Wir haben einen weiteren Gast«, sagte sie zufrieden, vermutlich an die beiden Männer gewandt. Dann verließen die Absätze klickend den Raum, und eine Tür wurde geschlossen.

»Ist hier irgendwer, der mir erzählen kann, was zur Hölle hier vor sich geht?« Kazanski war wütend, schwieg dann aber wieder, weil er sich keine Blöße geben wollte.

Noch ein Stuhl wurde hereingebracht und neben ihn gestellt, und offensichtlich wurde auch mit einem Tisch hantiert. Kazanski vermutete, dass ungefähr eine halbe Stunde vergangen sein musste, als die hohen Absätze zurückkamen. Kurz darauf hörte er Lärm draußen auf dem Gang. Die Tür ging auf, und neue Stimmen ertönten.

»Dorthin mit ihr.«

Die Frau kommandierte, und irgendjemand wurde neben ihn gesetzt. Dann hörte man es zwei Mal klicken, und er bemerkte einen schwachen Lichtschein.

»Nehmt ihnen die Binden ab.«

Kazanski spürte, wie große Finger an dem Knoten fummelten, dann blickte er plötzlich in ein grelles Licht. So heftig, dass es schmerzte und vor seinen Augen Sterne flimmerten. Eine Lampe war direkt auf sein Gesicht gerichtet.

»Willkommen, Jan Jordi Kazanski, und ebenfalls willkommen, Xenia Pizlo Larsen. Soweit ich weiß, ist es überflüssig, Sie einander vorzustellen.«

Kazanski drehte rasch den Kopf und sah Xenias verkniffenes Gesicht, das von der zweiten Lampe auf dem Tisch in ein kräftiges Licht getaucht wurde. Er wollte sich gerade verblüfft äußern, als die Frauenstimme irgendwo vor ihnen in der Dunkelheit wieder ertönte.

»Man hat immerhin nicht jeden Tag das Vergnügen, die CIA und Europol auf einmal zu begrüßen. Zwei der größten Beschützer der zivilisierten Welt. Bitte entschuldigen Sie das Licht, aber so ist es mir am liebsten …« Wieder war das Klicken eines Feuerzeugs zu hören, gefolgt von einem leisen Pusten.

»Sie haben ja beide die halbe Stadt aufgescheucht, um nach mir zu suchen, und hier bin ich also«, gluckste die Stimme. »Jetzt habe ich Ihnen weitere Zeitverschwendung erspart … Aber lassen Sie mich zur Sache kommen. Ich habe nicht vor, Sie foltern zu lassen, Kazanski, aber wären Sie so freundlich, mir zu erzählen, wie Ihr Auftrag lautet?«

»Was soll das heißen? Du hast doch selbst um unsere Hilfe gebeten, oder?«

»Ja, damals. Seitdem haben sich meine Pläne allerdings geändert. Ich brauche die Unterstützung der CIA nicht mehr.«

»Deshalb wurde Jakubik also nicht mehr kontaktiert?«

»Ja, genau … Ich habe es mir anders überlegt. Was sollten Sie tun, wenn Sie mich finden, Kazanski?«

Er zögerte einen Moment. Er hatte nichts zu verbergen, schließlich wusste er nichts.

»Ich sollte lediglich den Kontakt wiederherstellen. So schnell wie möglich. Die Leitung war besorgt und nahm deine Bitte sehr ernst. Das ist alles. Mehr weiß ich nicht. So funktioniert das System bei uns großen Beschützern …«

»Und dennoch hat jemand versucht, Sie in die Luft zu sprengen. Und jemand hat versucht, Sie im Park zu ermorden, wenn Sie sich bei Ihrem Wahnsinnsrausch noch an irgendetwas erinnern können. Seriöse Leute, die die CIA beauftragt …«

»Was zum Teufel weißt du schon davon?«

»Hier stelle ich die Fragen! Und ich sehe, dass Sie sich verletzt haben. War das ein dritter Mordanschlag?«

»Ja, das kann man wohl sagen …«

»Im Hotelfahrstuhl, nicht wahr? Sie haben den Russen getötet. Wer ist hinter Ihnen her, Kazanski?«

»Verflucht, ich habe keine Ahnung. Aber ich würde es gern wissen. Du bist es also nicht?«

»Nein, ich lege mich nicht mit der CIA an. Im Gegenteil, ich habe Ihrer Organisation mehrfach geholfen, aber das wissen Sie vermutlich. Sie waren ja bei Jakubik.«

»Ja, und auch er ist jetzt tot. Ihr habt es tatsächlich geschafft, einen Greis im Rollstuhl umzubringen?« Er bereute es sofort. Konfrontation war unklug, aber nun war es zu spät.

»Idiot! Das ist traurig. Ich wusste nicht, dass er tot ist. Jakubik war viele Jahre mein Kontakt, warum sollte ich ihn umbringen lassen? Denken Sie nach, Kazanski. Denken Sie gut nach. Wer will Sie töten?«

»Ich habe wirklich keine Ahnung … Es sieht aus, als seien es die Russen, aber ich weiß nicht, warum. Eigentlich sollte niemand wissen, dass ich hier bin.«

»Deshalb sollten Sie Ihren Blick auf die eigenen Reihen richten … Gut, ich glaube Ihnen. Und nun zu Ihnen, Frau Larsen. Was machen Sie hier in Krakau, abgesehen davon, dass Sie mit der CIA ins Restaurant gehen?«

»Ich habe Ihnen nichts zu sagen.«

»Hm. Dann muss ich wohl raten.« Man hörte das leise Knistern von einem Blatt Papier, das auseinandergefaltet wurde. Dann wieder die Stimme:

»Hören Sie gut zu, Mata Hari. So viel erzählt ein Ausweis. Sie arbeiten in Kopenhagen bei der dänischen Reichspolizei, Abteilung A, in der die internationale Zusammenarbeit koordiniert wird. Das passt sehr gut zu Ihrem Job bei Europol. Sie waren vorher dänischer Verbindungsoffizier der Europol Drugs Unit. Dem Vorläufer von Europol, nicht wahr? Und das Hauptquartier von damals, das Jesuitenkloster bei Den Haag, ist heute die Zentrale der Polizeizusammenarbeit der Europäischen Union, Sie kennen also die Arbeitsabläufe …«

Xenia antwortete nicht. Kazanski wunderte sich über die Frau im Dunklen. Sie wusste all das, was er nicht wusste. Verblüffend.

»Tja, wenn Sie nichts sagen, machen Sie auch keinen Fehler, Larsen. Also muss ich übernehmen: Euer neuer Nachrichtendienst hat sechs Haupteinsatzbereiche ausgemacht. Drogenhandel, Geldwäsche, Menschenhandel, illegale Einwanderung, Handel mit gestohlenen Autos – und, soweit ich mich erinnere, auch Plutoniumschmuggel. Da können Sie mal sehen. Ich habe meine Verbindungen, und ich habe meine Hausaufgaben gemacht.«

»Sehr beeindruckend. Sie sind tüchtig.« Xenias Ton hätte Ozeane zufrieren lassen können.

»Und dann sind Sie bis nach Krakau gekommen – weiter, als Ihre Befugnisse reichen –, um nach mir zu suchen. Europol glaubt also, ich befasse mich mit etwas Kriminellem. Mit etwas, was in Europols Zuständigkeit fällt.«

»Ist es denn nicht so? Sonst wäre dieser Auftritt hier doch überflüssig. Andernfalls könnten wir alle zusammen ausgehen und uns amüsieren – und ich müsste keine komischen Fragen nach einer Witwe stellen, die niemand kennt. Und wir könnten dieses verdammte Licht ausmachen!«

Kazanski wurde ungeduldig. Er hatte der Frauenstimme in der Dunkelheit aufmerksam zugehört und einige Details bemerkt, aber abgesehen von kurzen Momenten der Aufregung war die Stimme kontrolliert und gedämpft. Er konnte sich kein Bild von der Witwe machen. Sie blieb ein Gespenst.

»Wie haben sie dich eigentlich erwischt, Xenia?«, erkundigte er sich. »Hast du mich beschattet?«

Xenia konnte nicht antworten, die Stimme aus der Dunkelheit kam ihr zuvor:

»Ja, das hat sie getan, aber Sie haben sie abgehängt, als Sie die Straßenbahn nahmen, Kazanski. Ich sorgte dafür, dass ihr eine Einladung ins Hotel gebracht wurde. Eine Nachricht von meinem kleinen Freund aus der Synagoge. Ein Treffen um 22:15 Uhr.«

»Du hast die Situation unter Kontrolle.« Kazanski klang beeindruckter, als er eigentlich wollte.

»Ich habe die Situation immer unter Kontrolle, Kazanski. Ich konnte ebenso gut zwei Agenten mit einer Klappe schlagen.«

Es war einen Moment still, dann ergriff Xenia das Wort.

»Ich habe ein vorteilhaftes Angebot, das ich gern mit Ihnen besprechen würde. Wenn Sie interessiert sind.«

»Sprechen Sie.«

»Ich würde gern mit Ihnen unter vier Augen reden.«

»Sie haben nichts zu sagen, das Kazanski und meine Männer nicht hören dürfen …«

»Wie Sie wollen. Das kann ich leider nicht. Vergessen Sie es.«

Xenia klang geschäftstüchtig. Dieser Versuch war missglückt. Kazanski schäumte innerlich vor Wut. Sie wollte einen Handel abschließen, ohne Rücksicht auf ihn. Die Witwe reagierte ungerührt und unbeeindruckt.

»Ich habe das Gefühl, dass wir nicht weiterkommen. Ich werde Sie jetzt gehen lassen. Aber hören Sie mir gut zu: Ich warne Sie. Sie haben hier absolut nichts zu schaffen, Fräulein Europol. Und Sie, Kazanski, danke für die Fürsorge, aber ich komme allein zurecht. Teilen Sie das Ihren Chefs mit. Wenn einer von Ihnen mir noch ein einziges Mal in die Quere kommt, werde ich nicht so geduldig sein. Verschwinden Sie jetzt. Leben Sie wohl.«

Wieder klickten die Absätze auf dem Betonboden und verschwanden im Gang.

Nach einer halbstündigen Fahrt hielt der Wagen. Eine Tür schloss sich hinter ihnen, und Kazanski erkannte die fiepende Stimme.

»Willkommen zurück. Ich hoffe, Sie hatten eine angenehme Fahrt«, sagte der Maulwurf, entfernte die Binden von ihren Augen und nahm ihnen die Handschellen ab.

»Es hat keinen Sinn, mich irgendetwas zu fragen, denn ich weiß nichts. So ist das mit der Witwe …«

»Halt's Maul und grab dich ein, wo du hingehörst.« Kazanski tobte, weil er wieder mit leeren Händen dastand, wie ein Schuljunge, der im Büro des Rektors einen Anschiss bekommen hatte. Die Witwe hatte einen warnenden Zeigefinger erhoben.

Der Maulwurf schüttelte nur den Kopf und schob langsam die Tür auf.

»Oh, die hätte ich beinahe vergessen.« Er zog Kazanskis Pistole aus der Tasche und reichte sie ihm. »Bitte sehr, seltene Erbsenpistole … Sie gehört wohl Ihnen. Sie haben Glück, es hat aufgehört zu regnen. Auf Wiedersehen und passen Sie gut auf sich auf …«

»Wir haben viel zu bereden, aber vorläufig will ich nur ein heißes Bad. Kommst du in einer Stunde zu mir, Jordi?«

Xenia klang formell, als sie die Frage auf dem Weg zum Fahrstuhl stellte. Auf dem Heimweg von der Synagoge hatten sie kein Wort gewechselt.

»Wir beide haben etwas zu bereden? Vielleicht, weil die Witwe nicht mit dir verhandeln wollte?«

»Hör auf, den Beleidigten zu spielen. Wir müssen reden.«

»Wenn du es sagst. Bis dann …« Kazanski drückte den Knopf und fuhr weiter.

Im Zimmer ging er direkt zur Minibar, holte ein Bier heraus, zündete eine Zigarette an und ließ sich in den Sessel fallen. Er stand sofort wieder auf und löschte das Licht. Er konnte am besten im Dunklen denken.

Wie er die Situation auch drehte und wendete, so war es an der Zeit, von sich hören zu lassen und einen Bericht abzuliefern. Ihm war gesagt worden, er sollte direkt an Patrick McMullen berichten.

Kazanski erreichte die Sekretärin. McMullen war in einer Sitzung. Kazanski hinterließ eine Nachricht und bat, auf einer sauberen Leitung angerufen zu werden, sobald McMullen wieder im Büro war. Dann wartete er. Er hatte bereits entschieden, wie das Gespräch ablaufen sollte. Er würde nicht alles offenlegen. Er wollte nicht riskieren, abgezogen zu werden.

Kazanski hatte noch ein paar weitere Biere getrunken, als das Telefon endlich klingelte. Hastig nahm er den Hörer ab.

McMullen war kurz angebunden. Vielleicht war er aber auch nur nicht der Typ für Smalltalk.

»McMullen am Apparat. Was gibt's Neues?«

Kazanski lieferte ein kurzes Resümee. Den Besuch des Nachtclubs ließ er aus. Er erinnerte sich ein wenig an den Beginn des Abends. Als die Witwe seinen Vollrausch erwähnte, war eine schwache Erinnerung an das Ende der Nacht im Park zurückgekommen. Er erinnerte sich an Schmerzen, an Tumult und Chaos zwischen schwarzen Bäumen. Auch Xenia und Europol ließ er unerwähnt.

McMullen grunzte, als er von dem Mordversuch im Fahrstuhl hörte, kommentierte es aber nicht. Kazanski endete mit dem abendlichen Treffen mit der Witwe. Er sagte, sie hätte offenbar kalte Füße bekommen und wolle über alles nachdenken. Er hätte mit ihr ein Treffen in zwei Tagen verabredet.

»Nur die Ruhe, ich werde sie schon überzeugen.«

»Das hoffe ich, Kazanski. Wir brauchen diese Informationen über die Mafia. Wenn sie ablehnt, dann zwingen Sie sie, es auszuspucken. Auf die eine oder andere Weise. Sie muss doch Familie haben …«

»Ja, mal sehen, ob das nötig wird.«

»Die Autobombe und der Russe im Fahrstuhl …«

»Das gefällt mir nicht. Mir hat auch nicht gefallen, dass Sie für den Job ausgewählt wurden, aber vom Nichtgefallen bis zu Mordanschlägen ist ein weiter Weg. Scheuen Sie sich nicht, um Backup zu bitten. Smith-May kann das rasch erledigen.«

»McMullen, Sie können mir einen Gefallen tun. Erzählen Sie mir, warum ich ›inoffiziell‹ bin. Wegen des Berichts des Psychologen?«

»Ich weiß es nicht. Aber selbst wenn ich es wüsste, dürfte

ich es nicht erzählen. Nur so viel: Welcher stellvertretende Direktor würde zugeben, dass er eine psychisch instabile Person mit einem Job beauftragt hat? Wenn Sie verstehen …«

»Das könnte eine Erklärung sein.«

»Rufen Sie wieder an, wenn es etwas Neues gibt. Passen Sie gut auf. Bisher gute Arbeit – und denken Sie daran: keinen Schnaps!«

Kazanski wollte ihm gerade versichern, dass er vollkommen nüchtern sei, aber er hörte nur noch das Freizeichen. Er goss sich einen ordentlichen Schluck Whisky ein, holte ein weiteres Bier aus der Minibar und setzte sich ans offene Fenster. Er musste Ordnung in das Chaos seiner Gedanken bringen. Und der Auftrag – der Auftrag lief miserabel. Er stand dort, wo er begonnen hatte. War von der Witwe lächerlich gemacht worden und hatte nicht den Hauch einer Hoffnung, sie wiederzufinden. Wo sollte er suchen? Sie hingegen konnte ihm überall in der Stadt folgen. Sie war unsichtbar.

Sein Kopf arbeitete mit Hochdruck, aber die Anstrengungen führten zu nichts. Er musste sich mit David beraten. Wenn McMullen ihm erzählte, was er berichtet hatte, musste David glauben, dass alles im Lot war. Alles Lügen … Zwei dachten besser als einer, und er brauchte seinen Freund. Tatsächlich zweifelte Kazanski im Moment daran, ob er überhaupt denken konnte.

David Oakland atmete erleichtert auf, als er Kazanskis Stimme am Telefon hörte. Er notierte die Nummer, legte auf und griff nach dem blauen Telefon.

»Hej Jordi, lass mich hören. Wie läuft's bei dir?«

»Offen gestanden beschissen, David. Pass auf …«

Als Kazanski geendet hatte, war es am anderen Ende der Leitung still.

»Das klingt nicht gut … Wer weiß, wer die Russen sind

und warum sie hinter dir her sind. Die einzige Verbindung ist, dass die Witwe etwas über die Mafia weiß, oder? Es muss ihr doch ebenfalls Sorgen machen, dass die Russen in der Stadt sind. Und mir gefällt das überhaupt nicht, Jordi. Einen Auftrag abzubrechen ist nicht gut, aber es ist besser, als in einem Sack mit Reißverschluss nach Hause geflogen zu werden. Morgen werde ich Crowley um Backup aus Warschau bitten.«

»Nein!«

»Warum?«

»Du hast Jannsen auch gehört. Das hier muss allein erledigt werden.«

»Du musst es sagen, wenn du rauswillst. Versprichst du es?«

»Ja, aber ich kann nicht abbrechen, und das weißt du genau.«

»Ganz ehrlich. Ich würde es vorziehen, wenn du zurückkommst.«

»Ausgeschlossen.«

»Du bist solch ein Sturkopf, aber hör mir zu. Vielleicht änderst du dann deine Meinung.«

»Niemals. Worum geht's?«

»Neulich, nachdem wir das letzte Mal geredet haben, war ich bei McMullen. Er war noch in einer Sitzung, deshalb sollte ich in seinem Büro warten. Ich gebe zu, ich habe ein bisschen herumgeschnüffelt. Du weißt, wie das ist. Manchmal glaubt man, man ist informiert, aber dann findet man auf dem Flur kleine Puzzleteilchen, die einem etwas mehr über das Leben erzählen.«

»Tja, ihr seid schon nette Burschen in Langley. Und was hast du gefunden?«

»An McMullens Fax war ein Haufen Papiere angekommen. Ein Memo – ungefähr dieselben Informationen, die du für den Job in Krakau bekommen hast. Sie waren an Eric Crankshaw in Moskau gerichtet, das dumme Schwein.«

»Das ist doch nicht wahr?!

»Doch, und es kommt noch schlimmer. Gleichzeitig wünschte McMullen ihm eine gute Reise nach Krakau.«

»Der Mistkerl. Ist Crankshaw hier?«

»Ja, vermutlich, aber die Götter wissen, warum. Auch deshalb meine ich, dass du abbrechen solltest. Es ist zu gefährlich, Jordi. Irgendetwas läuft da überhaupt nicht nach dem Lehrbuch. Irgendwo gibt es eine geheime Tagesordnung. Vielleicht wurdest du gar nicht ausgewählt, weil ich dich empfohlen habe. Vielleicht gab es einen ganz anderen Grund. Abgesehen von deinen Qualifikationen warst du ja nicht unbedingt die überzeugendste Wahl, wenn du mir verzeihst …«

»Nein, darüber habe ich auch schon nachgedacht. Crankshaw ist nachtragend. Seit ich damals in Moskau befördert wurde und er sich mit der Rolle als mein Assistent begnügen musste, traue ich ihm nicht mehr.«

»Mich hasst er auch, aber das war ja auch meine Entscheidung. Was sagst du jetzt? Bleibst du?«

»Ich muss.«

»Dann sei vorsichtig, Jordi, sei verdammt noch mal vorsichtig. Wenn ich du wäre, würde ich noch mal zu dem Maulwurf gehen. Mach ein bisschen Ärger. Finde jemanden, der wirklich Schaden anrichten kann – und behalte ihn im Auge. Die ganze Zeit. Für den Augenblick ist das mein bester Rat. Und wenn du Crankshaw siehst, halt dich von ihm fern.«

»David?« Kazanski wollte gerade von Xenia und Europol erzählen, änderte dann aber seine Meinung.

»Ja, was ist?«

»Ach, nichts. Vergiss es. Und vielen Dank. Ich rufe wieder an.«

»Warte nicht zu lange. Und pass auf dich auf, Jordi. Mach's gut.«

Kazanski zündete sich eine weitere Zigarette an, trank einen Schluck »Captain St. Johns« aus der Flasche und setzte sich wieder ans Fenster. Die kleinen Lichtpunkte auf der Straße und der Lärm der Stadt waren wie Ravels Bolero ohne das Crescendo, es beruhigte ihn und öffnete die Schleusen, die die Gedanken in alarmierende Höhen treiben.

Nach dem Gespräch mit David fühlte er sich besser. Der Rat seines Freundes war gar nicht so dumm. Der Maulwurf war der Schlüssel zum Schloss – ausgesprochen lästig war allerdings, dass er sich jetzt auch noch Sorgen wegen Eric Crankshaw machen musste. Das gab der ganzen miesen Geschichte eine zusätzliche Dimension.

Kazanski leerte die Whiskyflasche in aller Ruhe und mit einer Entschlossenheit, die beinahe an Pflichtfreude grenzte. Danach ging er zu den Bierdosen der Minibar über. Das offene Fenster war sein Verbündeter. Er saß einfach da und wartete darauf, dass es passierte.

Langsam verschwanden die Spekulationen über seinen Auftrag, sie wurden verdrängt von den vertrauten Gedanken. Die immer kamen, wenn er trank. Die irgendwo hoch oben auf dem Seil tanzten. Auf der einen Seite wartete ein Abgrund aus Selbstmitleid und Schmerz. Auf der anderen die reine Qual.

Es war noch nicht vorbei. Der Albtraum würde ihn einholen, ihn quälen und ihn wieder in einem bis aufs Blut gepeinigten Zustand zurücklassen. Es mochte zwei Wochen dauern, drei Wochen oder einen Monat. Für Kazanski gab es kein Versteck und kein Entkommen. Er konnte nur warten.

Das Schrillen des Telefons riss ihn aus den Armen der Dunkelheit.

»Hallo?«

»Hier ist Xenia. Wo bleibst du?«

»Ich musste noch etwas erledigen. Ich komme gleich.«

»Wir wollten vor zwei Stunden …«

Kazanski hatte gehofft, sie sei eingeschlafen. In diesem Moment war ihm die Gesellschaft seines Fensters und der Nacht am liebsten. Die Realität hätte er gern bis morgen verschoben.

Xenia saß in ihrem weißen Seidenpyjama im Sessel und sah aus, als sei sie zu spät zu einer Vorlesung gekommen. Kazanski setzte sich wortlos auf die Bettkante und zog eine Zigarette aus der Packung.

»Wenn du schon rauchen musst, dann mach wenigstens das Fenster auf.«

»Gibst du einen Whisky aus?«

»Hast du noch nicht genug?« Xenia stand auf, öffnete das Fenster und ging zur Minibar. »Wir müssen jetzt zusammenarbeiten«, erklärte sie, als sie zwei Gläser eingoss.

»Wer sagt, dass ich daran interessiert bin?«

»Wir haben uns lächerlich gemacht. Die Frau hat uns beide enttarnt, ohne dass wir ihr einen Schritt nähergekommen sind. Deshalb müssen wir gemeinsam vorgehen. Wir haben schließlich die gleichen Interessen. Zwei haben größere Chancen als einer. Lass uns teilen, Jordi.«

»Vor fünf Stunden wolltest du davon nichts wissen.«

»Ich hatte meine Gründe. Wichtige Gründe. Kriege müssen beendet werden, wenn keine Partei gewinnen kann.«

Kazanski stand auf und trat ans Fenster. Er blieb einen Moment stehen, ohne ein Wort zu sagen. Eigentlich war er zu betrunken, um noch klar zu denken, trotzdem traf er eine Entscheidung.

»Europol … hm … Europas FBI. Habt ihr euch endlich darauf einigen können? Tatsächlich wusste ich nicht, dass ihr schon so weit seid. Wozu brauchst du die Witwe? Du bist weit von deinem Einflussbereich entfernt, und du kennst meinen Auftrag. Erzähl mir von deinem.«

Xenia betrachtete ihn. Den Nacken, die Schultern und den breiten Rücken, der sich bis zum Gürtel seiner Jeans verjüngte. An einer der Gesäßtaschen war eine Naht aufgeribbelt. Seine nackten Zehen steckten in Badelatschen.

»Das ist nur fair. Setz dich, Jordi, und hör zu. Kurz gesagt wissen wir, dass die Witwe die zentrale Person einer riesigen Schmugglerorganisation ist. Ich sollte sie finden und sie für einen Handel gewinnen – um dann so viel wie möglich von ihrem Netzwerk aufzudecken. Abgesehen von Warschau steuert sie vermutlich den gesamten illegalen Handel in Polen. Wünsch dir was, und die Witwe beschafft es. Alles, vom Mercedes bis hin zu Plutonium. Außerdem betreibt sie Geldwäsche. Polen hat sich zu einem Transitland und zu einer Distributionszentrale für alle ehemaligen kommunistischen Länder und alle GUS-Länder entwickelt. Und das können wir nicht akzeptieren.«

»Woher wisst ihr, dass die Witwe dahintersteckt?«

»Wir haben ein paar kleine Fische geschnappt. Zwischenhändler und Fahrer. Sie sprechen alle von der Witwe. Mir wurden einige Orte in Krakau genannt, an denen die Witwe ihre Geschäfte abwickelt. Dazu gehören der große Marktplatz und die Stelle mit den Schachspielern. Deshalb habe ich es dort versucht …«

»Und wenn du sie gefunden hättest, was dann?«

»Ich bin auf die Aufklärung von Autodiebstählen spezialisiert. Zur Tarnung sollte ich einen deutschen Geschäftsmann repräsentieren. Ich hätte ihr versprochen, so viele Autos zu liefern, wie sie abnehmen wollte. Sie hätte nur einwilligen müssen …

Jahr für Jahr wird Europa von einer unglaublich hohen Zahl von Autodiebstählen heimgesucht. 1994 war ein Rekordjahr. Damals wurden etwas über zwei Millionen Autos gestohlen, und die Versicherungsgesellschaften stöhnten, denn sie mussten fasst sechs Milliarden Dollar auszahlen. Von den zwei Millionen Autos wurde lediglich eine Million wiedergefunden.

Letztes Jahr wurde die Statistik erneut getoppt. Fast anderthalb Millionen teure westliche Mittelklassewagen sind einfach so verschwunden. Die meisten Ermittlungen endeten ergebnislos an der polnischen Grenze. Beim Fall der Mauer 1989 hatte das Land sofort die Abteilung für Wirtschaftskriminalität aufgelöst. Ein überstürztes Vorgehen. Erst zwei Jahre später hat man den Fehler korrigiert, als die Abteilung wieder eingerichtet wurde.

Polen war ein veritables Bermuda-Dreieck, das die gestohlenen Autos aufsaugte und in neue Sphären außerhalb unserer Reichweite weiterverschickte. Europols Blick richtete sich von Polen auf die baltischen Länder, Weißrussland, Russland, die Tschechien und die Slowakei, Ungarn und Rumänien. Ein unüberschaubares Gebiet von insgesamt anderthalb Millionen Quadratkilometern.

Allein in Deutschland wurden im vergangenen Jahr einhundertfünfundsiebzigtausend Autos gestohlen. Und in meinem Heimatland, dem kleinen Dänemark, lag die Zahl bei fünfundvierzigtausend Fahrzeugen. Der Dachverband der Autoversicherer hat bei uns die Sache längst selbst in die Hand genommen und ein besonderes Ostbüro eingerichtet, um wenigstens einen kleinen Teil der gestohlenen Wagen wiederzufinden.

Die polnischen Schmugglerorganisationen haben leichtes Spiel. Die Wagen verschwinden ganz einfach in diesem einzigartigen bürokratischen Zulassungssystem, in dem Tausende von langsam arbeitenden und häufig leicht zu bestechenden Beamten des Transportministeriums in zweitausendzweihundert Zulassungsbüros hocken. An den Schreibtischen kann jeder Versuch einer effektiven Nachforschung in Durchschlagpapier und Formularen ganz schnell im Sande verlaufen.«

»Aber Europol kann sie doch nicht verhaften?«

Kazanski hatte ihrer Geschichte aufmerksam zugehört, aber er wusste, dass Europols Einsatzmöglichkeiten begrenzt waren.

»Nein, aber uns interessiert vor allem ihr Distributionssystem. Wenn das zerschlagen ist, wollen wir mit der polnischen Polizei zusammenarbeiten und die Beweise auf den Tisch legen – und sie verhaften lassen.«

»Und jetzt ist deine Tarnung aufgeflogen, und sie will nicht einmal mit dir reden. Du bist ebenso am Arsch wie ich.«

»Ja. Skål …«

Kazanski hatte eigentlich nicht vor, Xenia mehr über seine Mission zu erzählen, als sie ohnehin schon wusste. Andererseits wusste er nicht, was er zu verlieren hatte. Sie war eine Agentin, er war ein Agent – und tatsächlich wusste er doch kaum etwas, abgesehen davon, dass er den Auftrag hatte, die unterbrochene Verbindung zur Witwe wiederherzustellen. Er erzählte ihr nur nicht, dass er keinerlei Erinnerungen an seinen Besuch in der Stripteasebar hatte. Von der aufdringlichen Stripperin bis zum Erwachen in seinen nassen Klamotten hatte er einen Filmriss. Da war nur dieses Aufblitzen einer Erinnerung an Schatten, Dunkelheit im Park, das ihn nicht weiterbrachte.

»Die Autobombe, der Mordversuch im Fahrstuhl, der tote Jude ... Du bist am Arsch, Jordi. Und du hast keine Ahnung?«

»Nein. Es ist so, wie ich es dir gesagt habe: Ich sollte lediglich die Witwe finden. Stattdessen fand sie mich.«

»Die Witwe hatte recht.«

»Was meinst du?«

»Dass es so aussieht, als sei deine Anwesenheit verraten worden, noch bevor du überhaupt da warst.«

»Hm. Ich weiß. Ein Leck. Alles ist möglich.«

»Warum bekommst du keine Hilfe?«

»Ich bin nicht hier. Ein inoffizieller Auftrag. Befehl von höchster Stelle. Verdammt, ich bin auf den Erfolg angewiesen, aber ich muss allein zurechtkommen.«

»Erfolg. Das gilt für uns beide. Ich kann auch nicht ohne Ergebnisse zurückkommen. Es hat ziemlich lang gedauert, bis die dänische Regierung die Europol-Verordnung überhaupt unterschrieben hat, und erst vor kurzem wurde sie nach jahrelangem Warten und intensiver Lobbyarbeit endlich ratifiziert. Und jetzt sieht es so aus, als sei mein erster offizieller Auftrag ein Fiasko.

Wir beide brauchen die Witwe, nicht wahr? Wir müssen ihren Aufenthaltsort finden und beobachten. Ich muss mit Menschen sprechen, die mit ihr Geschäfte machen. Ich muss ein paar Namen mit nach Hause bringen. Verstehst du das?«

Kazanski nickte ernst. Dann sagte er nachdenklich:

»Gut. Von nun an gemeinsame Sache. Bis jetzt ist unser beider Erfolg ja überschaubar ...«

Er setzte ein schiefes Lächeln auf. Erst jetzt bemerkte er, dass sie in ihrem Pyjama ausgesprochen hübsch aussah. Das offene Haar stand ihr. In gewisser Weise wirkte sie menschlicher, herzlicher und einfach netter als in formeller Kleidung und Make-up.

»Was guckst du denn so?« Xenia lächelte, ihre blauen Augen wurden so schmal und sanft wie am ersten Abend. »Mein Schlafanzug? Ich habe lange gewartet, aber du bist ja nicht gekommen.«

»Ich bin eingeschlafen.«

»Bei uns ist von Anfang an etwas schiefgelaufen, oder? Lag es am Frühstück?«

»Nein, ich rede morgens nur nicht gern …«

»Wenn ich mir vorstelle, dass du von meiner Waffe wusstest, war das Abendessen im Restaurant doch eigentlich ziemlich gemütlich.«

»Das fand ich auch. Ich habe auch nie das Gegenteil behauptet.«

»Warum bist du nicht verheiratet, Jordi?« Sie sah ihn plötzlich mit einem ernsten Gesichtsausdruck an.

»Ich bin es eben nicht.«

»Weshalb?«

»Wer weiß? Ich hatte ein paar Jahre eine Freundin. Wir haben uns getrennt.«

»Ist es lange her?«

»Nein, vor einem Jahr.«

»Du siehst die ganze Zeit müde aus – nicht schlecht, aber müde. Eine harte Trennung?«

»Nein, eine Befreiung. Danke für den Drink. Ich gehe jetzt besser zu Bett.«

Kazanski stand auf und zwang sich zu einem künstlichen Gähnen. Er legte die Hand auf die Türklinke, aber bevor er die Tür öffnen konnte, drückte sie mit einer Hand dagegen.

»Gute Nacht. Von nun an kann es nur besser werden, oder?«

Einen Augenblick war er verwirrt. Dann gab er ihr den Kuss, um den sie bat. Sie legte die Hand um seinen Nacken und zog ihn mit sich. Dann spürte er ihre Zunge, und sein Herz überschlug sich.

»Jordi?« Sie sah ihm tief in die Augen. »Musst du wirklich schon gehen? Ich würde mich freuen, wenn du bleibst …«

Kazanski verspürte ein Schwindelgefühl, als stünde er neben sich. Wie bei diesen merkwürdigen, schwachen Bruchstücken, an die er sich aus der Stripbar erinnerte. Nur gab es keine Bilder, keine Gesichter in dieser ultrakurzen Sequenz – nur dieses saugende Gefühl des Schwindels. Er war nicht in der Lage zu antworten.

»Du musst nicht so schüchtern sein. Bleib bei mir … Wenn du Lust hast … Und die hast du. Das sehe ich in deinen Augen.« Sie nahm seine Hand und zog ihn ruhig hinüber zum Bett.

Kazanskis Hände zitterten leicht. Er hatte das Gefühl, als würden alle Nerven seines Körpers aus ihren Verstecken kriechen, um ihn zu verraten. Mit der Präzision eines Sensors registrierten seine Fingerspitzen jede einzelne Linie ihres Körpers, jeden brennenden Punkt und das kühle Gebiet von den Lenden bis zu ihrem festen Po.

Sein Bewusstsein verließ ihn, und obwohl er ihr Gewicht spürte, war er nicht da. Nur ein Teil von ihm.

»Oh, Gott, ist das lange her«, flüsterte sie.

»Ja …« Kazanski hörte, wie seine Stimme antwortete.

Xenia beugte sich vor und legte beide Hände auf seine Brust, die Muskeln spannten sich unter ihrer wiegenden Bewegung an. Vor und zurück. In sanften Kreisen.

Die beiden Körper verschmolzen, weit, weit entfernt.

Dann ließ sie sich nach hinten fallen und wurde zu einem gespannten Bogen aus Seide. Irgendwo draußen in der Dunkelheit warf eine Straßenlaterne ihr schummriges Licht durch das Fenster und traf auf eine Hälfte von ihr. Ihr langes Haar wogte herab und wurde in dem bleichen Schein zu einem illuminierten Wasserfall.

Sie presste ihren Schoß gegen ihn, wieder und wieder. Der Rhythmus wurde heftiger, der Wasserfall zu einer Kaskade von Lichtstrahlen.

Kazanski zündete sich eine Zigarette an. Er fühlte sich entspannt, sein Kopf war vollkommen leer. Langsam kam er wieder zu sich. Der Rauch tat ihm gut.

»Jordi?«

»Hm …«

»Musst du jetzt rauchen? Ich mag es nicht, wenn im Bett geraucht wird … Das war schön. Gute Nacht und schlaf gut.« Sie küsste seinen Nacken und drehte sich um – mit dem Rücken zu ihm.

… die Augen, Augen in Uniformen, Kitteln. Gedämpftes Murmeln, kein Wort dringt durch. Die Gedanken schießen Blitze ins Gehirn, Strom, der alles in Gang setzt. Die Absätze dröhnen. Die Treppe runter, hinunter, hinunter. Die Tiefe umschließt ihn. Dunkelheit – und dann plötzlich Licht. Weiße Fliesen, Fliesen, die ein Echo hinterlassen – die Hand auf der Schulter – wieder Murmeln. Zwei Tische, darauf weiße Tücher. Gelähmtes Schweigen. Das Tuch verschwindet, gleichzeitig, auf beiden Tischen. Verbrannt, aufgedunsen, gequält, kahl. Die Gesichter, ein großes und ein kleines. Schwarz, wie Mumien, leblos. Verschwunden das Lächeln, verschwunden das Lachen, verschwunden der Blick. Nichts, nichts ist geblieben. Etwas Dunkles, Diffuses … Weißes Grauen. Schwarzes Grauen.

Xenia erwachte abrupt. Kazanskis Arm traf sie im Gesicht, und als sie benommen die Augen öffnete, sah sie, wie sein Körper sich krümmte. Sie schaltete die Lampe auf ihrem Nachttisch ein. Jordi saß da, die Knie bis unters Kinn angezogen. Sein Körper bebte in Wellen, er verbarg sein Gesicht in den Händen. Sein Haar war feucht, der Schweiß rann ihm von den Schläfen.

»Jordi! Was hast du?«

Er antwortete nicht.

»Jordi! Sag etwas. Was ist denn?«

Xenia war beunruhigt, sie wusste nicht, was sie tun konnte. Als sie versuchte, ihn zu umarmen, stieß er sie weg. Einen Moment später stand er plötzlich auf, zog seine Hose an und sammelte sein Hemd und seine Schuhe auf. Sie starrte ihn fassungslos an. Endlich sagte Kazanski etwas.

»Ich muss gehen. Jetzt …«

»Willst du mir nicht erzählen, was mit dir los ist?«

»Ein Albtraum … ein Albtraum, der manchmal auftaucht. Du kannst nichts tun. Entschuldige …« Er flüsterte beinahe, und bevor sie etwas erwidern konnte, hatte er bereits die Tür hinter sich geschlossen.

Kazanski fummelte eine Ewigkeit mit dem Schlüssel, weil seine Finger ihm nicht gehorchen wollten. Als er schließlich die Zimmertür aufgeschlossen hatte, trat er beinahe auf einen Papierfetzen.

Das kleine Blatt Papier war einmal gefaltet und unter der Tür durchgeschoben worden. Er hob es auf und ließ sich aufs Bett fallen.

»*An J. J. Kazanski*«, stand auf dem Blatt. Er las die wenigen Zeilen, die in Blockschrift geschrieben waren.

»Heute Abend werden Sie und die Frau nach Podgórze ge-

bracht, ein Viertel südlich von Kazimierz – auf der anderen Seite des Flusses. Das Auto parkt im Hinterhof des Wirtshauses Sigismund, ulica Tatrzanska 32. Eine Seitenstraße der Rekawka. Grüße, ein Freund.«

11

Ukraine

Ein Uhu saß auf seinem Zweig und verriet seine Anwesenheit durch ein paar kurze, hohle Laute, die hin und wieder von einem schrillen Schrei unterbrochen wurden. Seine scharfen Augen suchten den Waldboden nach Leben ab, aber im Augenblick gab es nichts, auf das er sich stürzen konnte.

Längst hatte er ein großes, längliches Bündel nur wenige Meter von sich entfernt bemerkt. Ein Mann lag dort, eingerollt in eine Decke und gut versteckt in einem Gebüsch. Er störte den Uhu. Immer wenn der Mann kurz davor war einzuschlafen, stieß der Uhu einen Schrei aus, und wenn der Mann dann hellwach dalag und auf das nächste Geräusch wartete, gab der Uhu keinen Ton von sich.

Über ihm hing der weiße Kreis, dessen Licht sich von Zeit zu Zeit verdunkelte, wenn eine Wolke von der Seite heransegelte. Es war beinahe Vollmond, und der schwache Schein drang zwischen die Baumwipfel und verlieh dem Unterholz einen bleichen Glanz. Alles veränderte nachts sein Aussehen und wurde seltsam. Die Szenerie der schwarzen Stämme, die Schatten und die silbrig glänzenden Flecken schienen von einem anderen Planeten zu stammen, und gleich würde Juri Gagarin sich aus der Wostok 1 stürzen und schwerelos zwischen den Bäumen umherhüpfen.

Die Warterei machte den Mann verrückt. Nicht, weil er so ungeduldig war. Es lag eher an dem Gedanken, dass irgendetwas schiefgehen könnte. Dass sie verschwanden, während er schnarchte. Dieser Gedanke und der Uhu hielten ihn jede Nacht wach.

Zum x-ten Mal kontrollierte er, ob sein In-Ohr-Kopfhörer richtig saß und mit dem Empfänger verbunden war. Er lag etwa achthundert Meter von der Lichtung entfernt und hatte den Sensor so angebracht, dass er bei jeder Bewegung an der Hüttentür reagieren würde. Wenn sie geöffnet wurde, würde sich im selben Moment ein Heulton in seinen Gehörgang bohren.

Es konnte gar nicht schiefgehen … Er hätte Leonid Karpin ganz ohne weiteres umbringen können – aber er hatte es nicht getan. Er hatte sich und die Situation unter Kontrolle.

Dem Uhu hatte es offenbar die Sprache verschlagen. Dem Mann fiel es schwer, still zu liegen. Er beschloss, sich noch einmal an die Hütte heranzuschleichen.

Auch die Lichtung war in dieses seltsame Licht getaucht, wie eine verlassene Manege. Nichts wirkte verdächtig. Er schlich zu dem Lastwagen, den sie abseits der Straße im Gebüsch versteckt hatten. Auf dem Rücken liegend schob er sich darunter. Seine Augen fanden, was sie sehen wollten – das kleine Licht, das rot unter einem Holm leuchtete und ihm erzählte, dass alles in Ordnung war. Er kontrollierte zum dritten Mal, dass der Peilsender an seinem Platz war und funktionierte. Der Sender würde ihn in die Lage versetzen, Karpins und Sibis Gruppe in einem Radius von acht Kilometern zu folgen.

Es war beinahe 04:30 Uhr, als er abrupt erwachte. Der Heulton stach wie eine Ahle in seinen Kopf. Er griff nach Gewehr und Fernglas und lief auf die Hütte zu. Das letzte

Stück bis zur Lichtung legte er vorsichtig auf dem Bauch zurück.

Leonid Dom Karpin und Pawel Sibi Nikolajewitsch saßen auf der Treppe der Veranda, beide hielten einen Teebecher in der Hand. Sie unterhielten sich leise und rauchten Zigaretten. Es musste einen Grund haben, dass die Anführer des MAKU-90-Syndikats so früh aufgestanden waren und so ernst aussahen. An den anderen Tagen waren sie erst gegen 06:00 Uhr auf den Beinen gewesen. Vermutlich war heute der Tag, an dem sie ihren Plan weiterverfolgen würden.

Der Mann zog sich langsam zurück. Mehr musste er nicht sehen. Jetzt würde er seine wenigen Habseligkeiten packen und sein Motorrad aus dem Gebüsch holen und von dem Tarnnetz befreien. Es war seine letzte Nacht mit dem Uhu gewesen.

Die Stimmung an diesem Vormittag war entspannt, aber konzentriert. Dom und Sibi gaben knappe Befehle, jeder hatte seinen Verantwortungsbereich. Sorgfältig inspizierte Igor die Waffen ein letztes Mal. Jewgeni kontrollierte Elektrik, Wasser und Öl des Lastwagens und zog hier und da eine Schraube nach. Olga buk Brot und packte Vorräte ein, während Natascha hinter der Hütte ein Loch grub und ihre Kleidung bereitlegte.

Sibi ging im Geiste noch einmal den geplanten Ablauf der Aktion durch. Was sie tun würden, wenn alles glatt ging – und was sie tun könnten, wenn es irgendeine Panne gab. Er fuhr ein letztes Mal mit dem Finger über die Karte – überflüssig, er kannte jedes Detail.

Dom hatte ein längeres Gespräch mit Professor Vasiljew geführt, nachdem er ihm das Frühstück gebracht hatte. Er hatte ihm in groben Zügen erklärt, was in den nächsten vierundzwanzig Stunden passieren würde. Der Professor hatte lakonisch bemerkt, dass er hier zwar nicht mitzureden habe, aber wenn sie glaubten, er sei zweihundertfünfzig Millionen Dollar wert, seien sie schlicht wahnsinnig. Dom hatte nur verschmitzt gelächelt.

Sie frühstückten, ohne ein Wort zu wechseln, und als alle fertig waren, sah Dom in die Runde.

»Seid ihr bereit?«, erkundigte er sich. Die anderen nickten.

»Gut, dann lasst uns aufbrechen.« Er schlug mit der geballten Faust auf die Tischplatte und stand auf.

»Olga, hol die Tasche und bereite die Spritze vor. Du hilfst mir mit dem Professor.«

Es ertönte ein Poltern, als Sibi den Lastwagen anließ. Er wärmte ihn auf, walzte dann das Gebüsch nieder und bog auf den offenen Platz. Sie hatte den alten ZIL-157er über ihre Verbindungen in Kiew gekauft. Das rollende Monument der Sowjetzeit kam aus den Lichatschow-Fabriken und war ein ramponierter Militärlaster aus der Mitte der sechziger Jahre.

Die Registrierungsnummer der Roten Armee ließ sich noch immer an den Seiten der Ladefläche erkennen, obwohl irgendjemand sich erbarmt und die alte Nummer mit roter Farbe übermalt hatte. Es war lediglich eines von vielen tausend Fahrzeugen, die das Heer verkauft hatte, um Geld zu beschaffen. Alte ZILer und GAZer waren überall zu sehen, vor allem auf dem Land. Den Helikopter hatten sie den Leuten aus Kiew überlassen – als Dank für deren Hilfe.

Dom und Sibi trugen den reglosen Professor aus dem Schuppen und legten ihn vorsichtig ins Gras. Alle sechs packten mit an, um den schweren Sarg von der Ladefläche zu hieven.

»Der passt ja perfekt«, murmelte Jewgeni.

»Ja, wenn der Professor erst mal drinliegt, ist das eine richtige Scheißschatzkiste«, stellte Sibi fest, ohne eine Miene zu verziehen.

»Ziehen wir uns um und brechen auf«, befahl Dom. Dann sah er Natascha fragend an.

»Es liegt alles bereit. Das Loch für die Uniformen ist direkt hinterm …«

Mit Sibi am Steuer rumpelten sie auf einer schmalen Fahrspur durch den Wald. Neben ihm saß Olga. Die anderen hockten auf der Ladefläche auf ein paar Holzkisten. Alle trugen dunkle Kleidung, die nicht sonderlich vornehm, aber gepflegt wirkte – das, was arme Menschen zu besonderen Anlässen anzogen. Etwa wenn sie einem lieben Freund beim letzten Abschied den entsprechenden Respekt erweisen wollten.

Unter dem Sargdeckel lag der Professor auf einer Decke, der Kopf ruhte auf einem weichen Kissen. Er hatte eine ordentliche Dosis eines Schlafmittels bekommen, das dafür sorgte, dass er sich nicht rührte. Solange sie durch ukrainisches Gebiet fuhren, würde sie niemand kontrollieren. Neben ihm lagen die vier Kalaschnikow-Gewehre unter einer Decke.

Sie fuhren auf kleinen Straßen in Richtung Nordwesten bis zur polnischen Grenze. Nach einer Stunde hielten sie und vertraten sich die Beine. Sie mussten ihren Zeitplan einhalten. Ihnen blieb noch eine Stunde.

Exakt um 15:00 Uhr fuhren sie durch die Ortschaft Lopusnik, kurz darauf bog Sibi mit dem Lastwagen auf einen kleinen Feldweg ab und hielt an einer Baumgruppe. Igor und Jewgeni hoben den Sargdeckel ab, damit Olga sich um den Professor kümmern konnte. Sie fuhr als ausgebildete Krankenschwester mit.

Olga kontrollierte, ob mit dem Mann alles in Ordnung war, und spritzte ihm noch eine kleine Dosis. Dann nagelten sie ein Schild an den Sarg. Es stammte von den örtlichen Gesundheitsbehörden und galt als offizielle Plombe des Sargs. Olga hatte das Schild und die nötigen Papiere über eine Arbeitskollegin durch Bestechung beschafft. Bekämen sie Schwierigkeiten, konnten sie belegen, dass die zuständige Behörde den Sarg versiegelt hatte, da der Verstorbene an einer ansteckenden Krankheit litt, wie aus den Begleitpapieren hervorging. Abgesprochen war, dass Olga die Verhandlungen führte, wenn es so weit kommen sollte.

Sechs Kilometer weiter lag der kleine, wenig befahrene Grenzübergang. Die Zeit passte hervorragend. Die ukrainischen Grenzbeamten waren schon lange auf ihrem Posten, und auf der polnischen Seite hatte der Wachwechsel vor einer Stunde stattgefunden.

Sibi fuhr langsamer, als er den Schlagbaum sah, auf den Wink eines Wachpostens hin hielt er an. Hinten auf der Ladefläche hatten sie sich das letzte Stück nicht mehr unterhalten, jetzt taten sie so, als würden sie entspannt plaudern.

Sibi reichte dem Grenzposten die Papiere, der kaum eine Zeile davon las. Er sah sich bloß fragend um, und auf das kaum wahrnehmbare Nicken eines Mannes in dem kleinen Schuppen hin gab er die Papiere ins Führerhaus zurück. Dann wurden sie durchgewunken.

Der polnische Grenzbeamte war weitaus aufmerksamer, als der Lastwagen wieder gehalten hatte. Er forderte Sibi und Olga und die anderen auf auszusteigen, dann studierte er die Papiere, die in Drohobytsch ausgestellt worden waren, und rief einen Kollegen herbei, der die Pässe der sechs Reisenden kontrollierte.

»Wer ist der Tote?«, fragte er Sibi, dessen Miene aus gespielter Bedrängnis und Betroffenheit ihn in eine Ikone der Melancholie verwandelte.

»Wie es in den Papieren steht. Es handelt sich um Isac Bujak aus Drohobytsch, der neunundfünfzig Jahre alt geworden ist. Er war sehr schwer krank. Wir begleiten ihn nach Hause, nach Krakau. Dort soll er morgen begraben werden … Nach seinem Glauben …«

»Gehören Sie zur Familie?«

»Nein. Er hatte keine Familie mehr in Drohobytsch, aber enge Freunde. Wir waren seine Nachbarn«, erklärte Sibi leise und zeigte auf sich und Olga.

Der erste Grenzposten steckte seinen Kopf ins Führerhaus und ging dann nach hinten. Dom stand ganz ruhig da, aber in seiner Jackentasche schlossen seine Finger sich um den Pistolengriff. Olga wollte gerade lautstark protestieren, als der Wachposten auf die Ladefläche zu klettern versuchte, doch in diesem Moment stürmte ein Offizier aus der Mannschaftsbaracke.

»Was geht hier vor?«, brüllte er die beiden Grenzposten an. »Sie haben sich doch nicht etwa gedacht, den Leichnam zu kontrollieren? Kommen Sie sofort da runter. Wir müssen doch wenigstens ein bisschen Respekt zeigen.«

Dann wandte sich der Hauptmann an Sibi. Der barsche Wind der Kurilen hatte sein wettergegerbtes, zerfurchtes Gesicht geformt, und Sibi senkte schweigend den Blick.

»Reden Sie, was geht hier vor? Wo wollen Sie hin?« Der Hauptmann klang brüsk und blickte skeptisch auf die kleine Trauergemeinde.

»Sehen Sie, wir wollen lediglich unseren guten Freund das letzte Stück begleiten. Er soll morgen in Krakau zu Grabe getragen werden. Von dort kam er seinerzeit, und dort soll er für immer schlafen … Er hatte es nicht leicht. Seine

Frau starb vor einem Jahr, sie war die Patin meiner Kinder …«

»Hm, so, so. Tja, eine gute Patin zu haben ist wichtig.« Der Offizier studierte scheinbar die Papiere, aber er hatte gehört, was er wollte. »Patin« war das Codewort. Er hatte eine gute Bezahlung erhalten, und ihm war vollkommen egal, was sich tatsächlich in dem Sarg befand.

»Das ist ein feiner Zug von Ihnen, ihn nach Hause zu begleiten. Fahren Sie vorsichtig. Der alte ZIL sieht ziemlich mitgenommen aus.«

Sie fuhren durch Krościenko, die erste Stadt auf polnischer Seite, in Richtung Sanok. Auf einem kleinen Schotterweg hielten sie, um etwas zu essen.

»Sibi, ich habe fast geglaubt, dass du tatsächlich mit diesem Bujak verwandt bist«, kicherte Natascha erleichtert.

»Ja, unglaublich, wie unterwürfig du plötzlich warst, alter Junge«, lachte Dom und schlug Sibi auf die Schulter. Aber nicht einmal die geglückte Fahrt über die Grenze konnte dem Mann aus Sibirien ein Lächeln ins Gesicht zaubern.

»Einen Moment lang dachte ich, dass irgendetwas mit der polnischen Wachablösung nicht geklappt hat. Ich war bereit, ihm eine Kugel in den Kopf zu jagen«, erklärte er.

»Auf die Witwe kann – oder besser gesagt konnte – man immer zählen. Wir müssen herausfinden, was sie vorhat, und ihr zuvorkommen. In jedem Fall aber haben wir die Ware. Ohne die Ware kann sie nichts unternehmen. Deshalb war ich auch sicher, dass es glattgehen würde.« Dom zündete sich eine Zigarette an und lächelte selbstsicher.

12

Krakau, Polen

Der Bus von der Landebahn zum Terminal war gerade vorbeigefahren. Es kamen wie immer eine Menge Passagiere mit dem Mittagsflug von Warschau nach Krakau. Die junge Frau hatte mit den Taxifahrern geplaudert und mit zweien bereits vereinbart, dass sie ihre Besucher in die Stadt fahren würden.

Sie hatte ihnen genau erklärt, wie einer der Männer aussah, und nun stand sie einfach nur da und wartete. Zehn Minuten später kamen drei Männer mit ihren Koffern aus dem Terminal. Einer von ihnen musste es sein. Sie ging auf den dunkelhäutigen Mann im schwarzen Anzug zu.

»Herr Badrbeigi?«

»Ja?«

»Ich soll Sie abholen und dafür sorgen, dass Sie gut ins Hotel kommen.«

»Ausgezeichnet. Masoud Badrbeigi.« Der Mann lächelte, nahm die Sonnenbrille ab und streckte eine Hand aus. Mit einer Handbewegung stellte er seine Begleitung vor.

»Dies sind Professor Jean-Claude Mirecourt und Professor Göran Gustavsson.«

Sie begrüßte die beiden Wissenschaftler. Bei dem Franzosen handelte es sich um einen kleinen, spindeldürren Burschen mit Halbglatze, während der Mann mit dem nordisch klingenden Namen ein breit lächelnder Koloss war, ein Teenager im Körper eines Fünfzigjährigen.

»Ich habe bereits zwei Taxis besorgt. Wollen wir los? Im Hotel Orbis Holiday Inn, dem besten Hotel der Stadt, sind Zimmer für Sie reserviert. Vier Sterne, wir hoffen, es wird Ihnen gefallen. Ich soll Ihnen ausrichten, dass sich der Zeitplan ein wenig verschoben hat. Eine kleine Verzögerung, aber alles wird wie abgesprochen verlaufen.«

»Ah ja. Wann findet das Treffen statt?«

»Sie wird persönlich Kontakt zu Ihnen aufnehmen, Herr Badrbeigi. Möglicherweise liegt bereits eine Nachricht im Hotel.«

Achtung! Fertig! Los! Es war beinahe wie bei einem Hürdenlauf, aber für ihn war die Fähigkeit zu improvisieren, das Talent, das Unerwartete auszunutzen, mindestens ebenso wichtig wie Schnelligkeit und Sprungkraft.

Jan Jordi Kazanski stand auf dem Bürgersteig vor dem Hotel. Er war sich bewusst, dass mindestens eine Person wusste, wohin er im Laufe des Tages wollte. Der Betreffende hatte ihm die Nachricht unter der Tür hindurchgeschoben. Aber vielleicht war er nicht allein?

Irgendwo zwischen all den Menschen, die jetzt unterwegs waren, musste es jemanden geben, der ihn in diesem Moment beobachtete. Die Russen? Sie könnten ihn sehen. Er konnte sie nicht sehen. Ebenso wie er die Witwe nicht sah … verflucht irritierend.

Er hatte Xenia von der Nachricht erzählt. Sie hatten zusammen gefrühstückt und zu Mittag gegessen und waren zu einer Vereinbarung gekommen. Sie konnte nicht nach Hause fahren. Er konnte nicht nach Hause fahren. Sie mussten sich gegenseitig helfen und die Siegesprämie teilen, wenn einer von ihnen lebend über die Ziellinie gelangte.

Kazanski traf einen raschen Beschluss. Der Park. Ihn brauchte er für die einleitenden Manöver. Er ging um die Ecke und nahm die Treppe, um unter der Westerplatte hindurchzugehen. Im Park ging er zügig in Richtung Wawel.

Die ersten fünf Minuten sah er sich nicht um. Dann kam die Gelegenheit. Er bog rechts zur Dominikanischen Kirche ab, fing an zu laufen und drückte sich in eine Nische am Haupteingang, als er die Kirche erreichte. Dann zündete er sich eine Zigarette an und zog eine zerknitterte Zeitung aus der Tasche.

Eingehend betrachtete Kazanski die Personen, die an ihm vorbeigingen, auch die Frauen. Er wusste, wonach er Ausschau halten musste, aber er entdeckte nichts Verdächtiges.

Ein paar Jungen mit einem Fußball unter dem Arm. Ein Mann in mittleren Jahren mit schwarzem Bart und grauem Haar und einer Plastiktüte in der Hand. Ein Bauarbeiter mit einem Helm auf dem Kopf. Ein Künstler mit seiner Staffelei – vermutlich auf dem Weg in die Fußgängerzone, um Portraits zu zeichnen. Eine alte Dame in langem Mantel und mit Kopftuch. Eine junge Mutter mit einem kleinen Mädchen an der Hand.

Alles wirkte so normal, dass es ihm einen kurzen Moment Sorge bereitete. Hatte er sich geirrt? Oder war er gar nicht so smart, wie er glaubte?

Nach fünf, sechs Minuten ging er ruhig weiter. Er hatte sich jeden Menschen angesehen, der an der Kirche vorbeigegangen war; da waren keine hektischen Bewegungen, keine unbegründete Geschäftigkeit, kein Zögern und kein zweifelnder oder suchender Blick. Kazanski ging in Richtung Zentrum. Er wollte sich ein letztes Mal absichern.

Am Marktplatz lief er auf die Markthalle zu. Noch immer

hatte er sich nicht umgesehen, nun verschwand er unter den Rundbögen zwischen den Ständen in der Menschenmenge.

Als er sich seinen Weg durch Holzschnitzarbeiten, Bernsteinschmuck, Spitzenkrägen und anderen typischen Touristenjunk am Mittelgang gebahnt hatte, trat er nach dem letzten Stand zur Seite. Wie an der Kirche lehnte sich Kazanski in einer Ecke an die Mauer und wartete, dass irgendetwas passierte.

Dann war er plötzlich da. Der Herr im mittleren Alter mit dem grauen Haar, dem schwarzen Bart und der Plastiktüte. Sein Blick flackerte unruhig hinter der Brille mit Goldfassung. Die Augen, die Nase, der Mund. Einen Augenblick zweifelte Kazanski, dann war er sicher. Es war Eric Crankshaw. Offenbar hatte er einen Kostümkoffer aus Moskau mitgebracht.

Jordi versteckte sich hinter einem Stapel Decken. Dass Crankshaw ihn beschattete, musste nicht notwendigerweise bedeuten, dass auch die Nachricht von ihm war. Das dumme Schwein hätte ihn theoretisch schon seit mehreren Tagen beschatten können. Kazanski beschloss, noch ein bisschen mitzuspielen.

Auf dem Weg zur Floriańska überholte er seinen Verfolger und hätte beinahe laut gelacht. Er konnte sich gut vorstellen, ihm auf die Schulter zu tippen, leise den Kopf zu schütteln und nur zu sagen: Idiot …

Am Ende der Fußgängerzone blieb Kazanski am Florianstor stehen, einem der zwei erhaltenen Teile der alten Stadtmauer. Es war inzwischen eine buntscheckige Galerie, in der die Künstler der Stadt ihre Arbeiten ausstellten. Hier gab es alles, von dem klassischen, weinenden Rotzjungen mit den bettelnden Teetassen-Augen bis hin zu eher abstrakten und talentierteren Werken.

Kazanski ließ sich viel Zeit, die Bilder zu betrachten. In einem Spiegel an einem Sonnenbrillen-Stand hatte er bemerkt, dass Crankshaw nur ein paar Meter weiter intensiv die Preisliste von McDonald's studierte. Dann fasste er einen Entschluss. Er musste Crankshaw begrüßen.

In aller Ruhe ging Kazanski durch das Stadttor und trat dann zur Seite. Einen Augenblick später würde der alte Narr in seiner Karnevalsverkleidung an ihm vorbeigehen, dann war die Zeit gekommen, um Antworten auf ein paar Fragen einzufordern. Kazanski sah sich um. Unentwegt gingen Leute an ihm vorbei, aber glücklicherweise saßen nur zwei alte Männer auf einer Bank links von ihm. Es musste schnell und diskret vonstattengehen.

Er packte Crankshaw an einem Arm, zog ihn zu sich heran und drückte ihn gegen die Mauer.

»Ein einziges Geräusch und du spürst das hier«, flüsterte er und drückte Crankshaw die Klinge seines Taschenmessers an die Kehle. Dann presste er Daumen und Zeigefinger in Crankshaws Hals und fand einen Muskel, den er fest zusammendrückte. Das Gesicht seines Verfolgers verzog sich vor Schmerz, aber er blieb still.

»Ein paar rasche Antworten, verstanden?«

Crankshaw nickte.

»Warum bist du gekommen?«

»Kontrolle ... Backup, vielleicht ...«

»Hast du den Juden getötet?«

»Nein.«

»Wer hat dich geschickt?«

»McMullen ...«

»War die Nachricht in meinem Zimmer von dir?«

»Keine Ahnung, wovon du redest ...«

»Und wenn ich die Witwe finde, was dann?«

Crankshaw zögerte, und Kazanski drückte den Muskel mit aller Kraft zusammen.

»Berichten, beschatten …«

»Du bist der Einzige, den ich nicht sehen will. Du steigst aus und verschwindest. Verstanden?«

»Ja.«

Kazanski lockerte seinen Griff, und als sich Erleichterung in Crankshaws Gesicht zeigte, hämmerte er ihm eine Faust in den Schritt. Mit einem halb unterdrückten Schrei knickte Crankshaw zusammen, und Kazanski platzierte noch ein Knie im Bauch des falschen Greises.

Er sah sich rasch um. Ein paar Jungen beobachteten den Vorfall mit großen Augen. Kazanski rannte über den Rasen, blieb einen Moment stehen und wartete auf eine Lücke im Verkehr, dann überquerte er die Basztowa und verschwand in einem dunklen Tor.

Er zündete sich eine Zigarette an, während er Crankshaw beobachtete, der im Park wieder auf die Beine kam. Dann sah er, wie Crankshaw auf die Kreuzung zuschlingerte, als sei ein Teil seiner Rente heute dafür draufgegangen, sich einen gewaltigen Rausch anzusaufen.

Er sah ihm nach, bis Crankshaw über die Straße ging und um eine Ecke verschwand. Kazanski folgte ihm und sah gerade noch, wie Crankshaw eine Tür öffnete. Hotel Warszawski stand auf dem billigen Leuchtkasten, der über dem Eingang hing. Zufrieden mit seiner Ausbeute drehte er sich um und ging zurück zur Westerplatte.

Kazanski hatte erreicht, was er wollte. Obwohl Crankshaw möglicherweise gelogen hatte, so war es doch beruhigend zu wissen, wo der Kerl sich aufhielt. Xenia und er könnten ihn abwechselnd im Auge behalten. Knirschend und kreischend bremste die blaue Straßenbahn, Kazanski stieg lächelnd ein.

Er hatte keine Ahnung, wo er war, als er nach einer Viertelstunde die Straßenbahn zur Sicherheit wieder verließ. Kazanski hielt ein Taxi an und ließ sich nach Podgórze bringen. An der Rekawka stieg er aus. Den Wortlaut des Papierfetzens hatte er sich eingeprägt.

Den Gebäuden war deutlich anzusehen, dass er sich jetzt ziemlich weit außerhalb des Zentrums befand. Alles war grau in grau und alt und heruntergekommen. Um 16:30 Uhr hatte er die ulica Tatrzanska gefunden. Wie erwartet hatte das Sigismund bereits geöffnet, aber das Wirtshaus war noch relativ leer.

Kazanski stellte sich an den Tresen – und hatte plötzlich das eindeutige Gefühl, zu Hause zu sein. Vielleicht konnte er das inzwischen am allerbesten: mit aufgestützten Ellenbogen an einem Tresen stehen …

Er bestellte ein Bier und wartete einen Moment. Dann sprach er den Wirt an.

»Ich habe da eine Warenlieferung für die Witwe. Aber vielleicht habe ich sie ja auch missverstanden. Ich glaube, ich bin eine Stunde zu spät gekommen. Hat sie auf mich gewartet?«

»Nein.«

Die vier Buchstaben genügten, um den hageren Mann zu verraten, und er wusste es, sobald das Wort seinen mürrischen Mund verlassen hatte. Vergeblich versuchte er, sich herauszureden:

»Witwe, sagen Sie? Nein. Keine Ahnung, wovon Sie reden, mein Freund. Hier gibt's keine Witwen. Leider.«

Kazanski beobachtete den spindeldürren Wirt mit der Schürze. Der Mann war Mitte vierzig. Er ging ungerührt seinen Pflichten nach, trocknete Gläser ab, kommandierte einen jungen Burschen herum, der ihm zur Hand ging, und bediente alte Stammkunden. Er tat alles, um seine Dummheit wiedergutzumachen.

»Ich möchte mit dir gern unter vier Augen reden, wenn du verstehst, was ich meine.« Kazanski war hinter den Tresen getreten und presste den Schalldämpfer in den Bauch des Mannes. »Lass uns in den Keller gehen. Eine falsche Bewegung, und du hast dein letztes Glas abgetrocknet, mein Freund. Komm schon.«

Am Ende eines Flurs schob Kazanski den Wirt in einen Raum, den er sofort wiedererkannte. Die Stühle, der Tisch, die beiden Lampen. Alles stand dort, genauso, wie er es sich gestern Abend vorgestellt hatte. Er drückte den Mann auf einen Stuhl.

»Jetzt wirst du mir ganz schnell eine Antwort geben. Dann ersparst du uns beiden eine Menge Ärger. Wo kann ich die Witwe finden?«

Der Mann gab keinen Ton von sich. Auf seiner Stirn sammelte sich Schweiß.

»Wo finde ich die Witwe?«

Kazanski spürte, wie heftige Wut in ihm aufstieg. Eine so einfache Frage. Er hatte sie schon so oft gestellt. Und jedes Mal fühlte er sich dümmer und dümmer. Jetzt war damit endgültig Schluss.

»Zum letzten Mal. Wo ist die Witwe?«

Noch immer keine Antwort. Kazanski fühlte sich seltsam distanziert, wie abwesend.

Langsam hob er die Bernadelli und schoss dem Mann direkt in den Oberschenkel. Er gab einen schrillen Schrei von sich. Das Blut durchweichte sofort sein Hosenbein, Tränen flossen ihm über die Wangen.

»Nun. Wo finde ich die Witwe?«

Kazanski beherrschte sich. Sein gedämpfter Ton klang, als

hätte er die Angewohnheit, jeden Tag am Spätnachmittag einem Mann in den Oberschenkel zu schießen – und als würde es ihn unglaublich langweilen.

Der Mann vor ihm jammerte und stöhnte vor Schmerz und schüttelte verzweifelt den Kopf.

»Okay. Wenn du es so haben willst …«

Kazanski presste die Pistolenmündung hart in den Schritt des Mannes.

»Antworte! Oder du hast gleich drei Kugeln …«

»Nein, nein! Ich weiß nicht viel, ich weiß nicht viel über sie.« Die Stimme des Mannes brach, Kazanski erhöhte den Druck.

»Der Witwe gehört die Kneipe. Wir sehen sie aber nie. Ich liefere nur jeden Tag den Gewinn aus der Schmuggelware ab …«

»Sie kommt nie hierher?«

»Nein, ehrlich … Ich weiß nicht einmal, wie sie aussieht.«

»Wo lieferst du das Geld ab?«

»Bei einer alten Frau. Einer alten Frau, die ein kleines Stickereigeschäft hat.«

»Wo?«

»Oben an der Konopnickiej geht es direkt vor der Brücke am Wawel links ab zu Rynek Debnicki.«

»Wann musst du abliefern?«

»Um 18:00 Uhr, immer um 18:00 Uhr. Immer in einem braunen Umschlag …«

»Wie nimmst du Kontakt zur Witwe auf?«

»Das kann ich nicht. Wenn es etwas Besonderes gibt, kommt immer irgendjemand mit einer Nachricht.«

»Na gut. Dann komme ich mit.«

»Aber was ist mit meinem Bein?« Der Mann griff sich mit einem gequälten Gesichtsausdruck an den Oberschenkel.

»Es ist ein glatter Durchschuss. Wir legen dir einen Verband an, und du holst dir eine andere Hose. Je besser es läuft, desto schneller kommst du zu einem Arzt. Einverstanden?«

Kazanski drückte die Nase des Mannes mit dem Schalldämpfer flach, und ein schwaches Nicken zeigte an, dass seine Botschaft angekommen war.

Sie hatten den Fiat ein Stück weiter oben an der Straße geparkt. Der Wirt, der René hieß, hinkte vor Kazanski, bis sie kurz vor dem unauffälligen und bescheidenen Stickereigeschäft standen.

»Ich gehe jetzt rein und sehe mich um. Meine Frau ist ausgesprochen interessiert an Handarbeit. Du kommst in etwa zwanzig Sekunden, ich behalte dich im Auge. Solltest du abhauen, bekommst du noch eine Kugel. Verstanden?«

»Ja, ich hab's kapiert ...«

»Du machst nichts anderes, als den Umschlag abzuliefern. Wie gewöhnlich. Und wenn du wieder draußen bist, verschwindest du. Vielen Dank für die gute Zusammenarbeit.« Kazanski lächelte zynisch, ging über die Straße und betrat den kleinen Laden.

»Guten Tag. Womit kann ich Ihnen helfen?« Die alte Dame mit Apfelbäckchen lächelte freundlich.

»Ich wollte mich nur ein bisschen umsehen. Meine Frau stickt sehr viel, und ich habe mir gedacht, sie mit irgendetwas zu überraschen. Hätten Sie einen Vorschlag?«

Die alte Dame begann begeistert, Kissenbezüge und kleine bedruckte Deckchen auszubreiten, entschuldigte sich aber, als der Wirt eintrat. Die beiden grüßten sich kurz, erwähnten in einem Nebensatz das Wetter, und nachdem er den braunen Umschlag auf den Tresen gelegt hatte, verschwand der Wirt wieder.

Wenige Minuten später stand Kazanski auf dem Bürgersteig und betrachtete verwundert den gemusterten Kissenbezug, den er in den Händen hielt. Kreuzstich. Für die Füße. Er schüttelte den Kopf. Jetzt galt es zu warten. Die freundliche alte Dame war aller Wahrscheinlichkeit nach nicht die Witwe. Sie würde ihre Verbindungsleute nie so dicht an sich herankommen lassen.

Was hatte der arme Jakubik gesagt? »Immer ältere Menschen, Herr Kazanski.« Jetzt musste er Geduld haben. Und improvisieren.

Er sah sich um. Links gab es einen Laden, der aussah wie eine Cafeteria. Schmuddelig und wenig ansprechend, aber wenn es einen Fensterplatz gab, war es in Ordnung.

Kazanski aß die Hälfte eines unbestimmbaren Fleischlappens, der ein Wiener Schnitzel sein sollte. Das Aussehen der klumpigen Soße sorgte dafür, dass er sie nicht anrührte. Die ganze Zeit hielt er den Blick auf die Tür nebenan gerichtet. Er saß hier inzwischen fast anderthalb Stunden. Das Geschäft der alten Dame hatten in dieser Zeit lediglich zwei Kunden betreten. Kazanski trank einen Schluck seines dritten Bieres und zündete sich eine weitere Zigarette an.

Es musste bald Geschäftsschluss sein, aber tatsächlich hatte er keine Ahnung, wie es sich mit den Ladenöffnungszeiten in Polen verhielt. Das Stickereigeschäft war zumindest kein Kiosk, der bis spät am Abend geöffnet hatte, und die alte Dame musste doch allmählich müde sein.

Eine ältere Frau mit Stock und blauem Kopftuch betrat den Laden. Kazanski stoppte die Zeit, so wie er es mit den vorherigen beiden Kunden auch getan hatte, eigentlich eher um sich zu beschäftigen. Zehn und zwölf Minuten. Die ältere Frau mit dem Stock kam nach nur zwei Minuten wieder heraus. Jetzt hatte sie eine Plastiktüte in der einen Hand, die ihr aus den Fingern rutschte und auf den Bürgersteig fiel. Ein brauner Umschlag ragte zur Hälfte aus der Tüte.

Kazanski zog einen Zloty-Schein aus der Tasche und warf ihn auf die Soße. Niemand hatte sich die Mühe gemacht, das Geschirr abzuräumen. Vielleicht störte es sie auch nicht, Geldscheine aus dem Mehlkleister zu fischen. Er hatte es jedenfalls eilig.

Die alte Frau ging langsam und mit Mühe in Richtung Konopnickiej, wo sie lange warten musste, bevor sie über die Straße gehen konnte. Die Art, wie die Autos aus der Innenstadt von der Brücke auf die breite Straße nach Podgórze schossen, ließ ihn an eine Abschussrampe denken. Schließlich hatte sie die Straße überquert und ging die ulica Zamkowa hinunter, eine kleine Seitenstraße, an der ein Verkehrsschild verkündete, dass es sich um eine Einbahnstraße handelte. Es gab keinen Verkehr. Die Straße war eher ein Parkplatz für die Bewohner des Viertels.

Von der Ecke aus sah Kazanski, dass die Frau in dem ersten Gebäude auf der linken Seite verschwand, ein großer, grau verputzter Schuhkarton mit drei Etagen und Aussicht auf die Weichsel.

Jetzt konnte er triumphieren. Es hatte nach einer unmöglichen Aufgabe ausgesehen, sie hatte mit ihm gespielt. Aber jetzt war er in der Domäne der Witwe. So musste es sein. Er war dort, wo sie das Geld einsammelte und ihre illegalen Aktivitäten steuerte. Ein anonymer, farbloser Ort, und doch zentral und hübsch platziert mit freier Sicht auf den Wawel und das gegenüberliegende Flussufer. Ein ausgezeichnetes Versteck für eine mächtige und unsichtbare Frau.

Kazanski zog sich ein Stück zurück. Zunächst galt es, wieder zu warten. Er musste wissen, ob die alte Frau wieder herauskam. Hinterher musste er ein Telefon finden und Xenia anrufen, bevor er weitere Aktionen unternahm. So hatten sie es vereinbart.

Von der Straße aus gesehen war in keinem der Fenster Licht, vielleicht höchstens ein schwacher Schimmer im zweiten Stock. Ein hoher Drahtzaun hinderte Kazanski, auf die Rückseite des Gebäudes und in den Garten zu gelangen, aber von dem Weg am Fluss aus konnte er über eine helle Steinmauer schauen, die sich bis zur Brücke rechts des Wawel hinzog.

Er bekam einen Schock. Es klang wie schrilles Kindergeschrei, dann sprangen zwei fette Katzen auf den Abfallcontainer, hinter dem er sich versteckte. Ein paar Minuten wartete er in der Dunkelheit ab. Zwei riesige Bäume verdeckten zum Teil die Aussicht auf die Rückseite des Gebäudes. Ein junges Paar mit Hund ging auf dem Weg am Fluss spazieren. Kazanski trat auf den Weg, zündete sich eine Zigarette an und schlenderte ruhig zurück zur Brücke.

Die Haustür war unverschlossen und schwang mit einem leisen Knarren auf, das in Kazanskis Ohren wie mehrere hundert Dezibel klang. Er benutzte sein Feuerzeug, um sich zu orientieren. Am Ende eines schmalen, gefliesten Ganges gab es eine Tür zum Garten. In der Mitte des Ganges führte eine Treppe nach oben.

Er zögerte und blieb einen Augenblick stehen. Irgendwo dort oben erklang Musik. Er zog seine Pistole aus dem Schulterholster und ging vorsichtig die Treppe hinauf. Sie knarrte ebenfalls. Alles in Polen knarrte so verdammt laut.

Kazanski blieb stehen. Die Musik kam nicht aus dem ersten Stock, stellte er fest und ging weiter. Der zweite Stock war eine Kopie des ersten. Die gleiche moosgrüne Farbe, die gleichen Gardinen, und am Treppenabsatz zwei Türen, zwischen denen er die Wahl hatte. Langsam drückte er eine Klinke hinunter und schob die Tür auf, Zentimeter für Zentimeter. Sie knarrte nicht …

Die Musik war jetzt ganz deutlich zu hören. Im Flur brannte Licht. Es kam von zwei Lampen, die an beiden Seiten eines Spiegels hingen. Ein paar Mäntel hingen an einem Haken. Alles wirkte unverdächtig und normal. Nun gab es nur noch eine Tür, die ihn von dem Bewohner der Wohnung trennte.

Vorsichtig klopfte er an. Und wartete. Es geschah nichts. Noch einmal klopfte er, wieder vergebens. Dann öffnete er die Tür einen Spalt weit.

An den beiden Fensteröffnungen standen ein paar gewaltige, vielarmige Kerzenhalter und warfen einen flackernden Schein in das Zimmer. Davor stand eine Frau und spielte Geige. Ein ruhiges und friedliches Stück mit langen, intensiven Strichen mit dem Bogen. Sie war jung. Das sah er ihrem Kleid und ihrer Haltung an. Kazanski klopfte fest an die offene Tür.

»Entschuldigung …«

Die Frau drehte sich hastig zu ihm um. Ihr Gesicht konnte er nicht erkennen. Vor dem unruhigen Schein der Flammen war es lediglich eine schwarze Maske.

»Ich muss mich vertan haben. Ich wollte eine ältere Dame besuchen, die hier angeblich wohnt. Sie geht mit einem Stock.«

»Hier wohnt keine Dame. Nur ich. Wie heißt sie denn? Listkiewicz?«

»Ja, ja, so heißt sie wohl. Dann bin ich vielleicht doch nicht falsch? Kennen Sie sie?« Plötzlich sagte er »Sie«. Vielleicht, weil er sich wie ein Eindringling auf verbotenem Terrain fühlte.

»Selbstverständlich. Sie wohnt unten im Parterre.«

»Danke, und entschuldigen Sie die Störung. Sie spielen im Übrigen gut.«

»Händel, Concerti Grossi …«

Kazanski schloss die Tür und ging die Treppe hinunter. Listkiewicz. War das der Name der Witwe? Kaum … Sie betrieb ein viel zu großes Geschäft, um selbst das bisschen Geld aus dem Schwarzhandel abzuholen, aber die gebückt gehende Frau Listkiewicz war seine einzige Spur.

Er klopfte unten an eine Tür. Diesmal laut und deutlich. Ein Mal, zwei Mal, drei Mal. Niemand reagierte. Könnte sie das Haus verlassen haben, als er Xenia anrief? Oder war sie bereits zu Bett gegangen?

Die Tür war abgeschlossen, aber Kazanski beschloss, dass er die Wohnung betreten musste. Er zog das Schweizer Taschenmesser aus seiner Jackentasche, klappte die kleine Schere auf und steckte sie ins Schloss. Es war kinderleicht. Ein kurzes Drehen und er hörte, wie das Schloss klickte.

Kazanski schlich in den Flur und durch eine offene Tür in ein enges Wohnzimmer. Die Gardinen waren zugezogen, sodass er wieder sein Feuerzeug benutzen musste. Er ging in die Küche. Hier standen ein paar Teller am Spülbecken, ansonsten war alles aufgeräumt, nichts deutete darauf hin, dass hier gerade jemand gewesen war. Eine weitere Tür stand einen Spalt weit offen. Im schwachen Schein der Straßenlaterne konnte er ein Bett erkennen. Es war leer.

Kazanski ging wieder ins Wohnzimmer. Es war spartanisch möbliert, zwei zerschlissene Sessel und ein enormes Plüschsofa standen um einen Kachelofen. An den Wänden hingen ein paar Gemälde. Der alte Stadtkern. Kazanski fiel ein glänzender Sekretär auf, er hockte sich hin und zog eine der schweren Schubladen auf. Sie knarrte … Alles andere hätte ihn auch überrascht.

Rasch, aber behutsam durchsuchte er die Schubladen. Mützen, Fäustlinge und gestrickte Schals, ein paar Garnrollen und ein Stapel …

Er nahm gerade noch eine Bewegung hinter sich wahr, bevor der Schlag ihn traf und ein Feuerwerk hinter seinen Augen entzündete. Es dauerte nur den Bruchteil einer Sekunde. Nach der heftigen Lichtexplosion blieb nur Dunkelheit. Bewusstlos fiel Kazanski vornüber und schlug mit der Stirn gegen die Schublade.

»Dieser verrückte Amerikaner holt sich aber auch immer wieder ein paar Ohrfeigen.«

Einer der beiden Männer gluckste und schüttelte den Kopf.

»Ja, allmählich müsste er eigentlich genug haben. Aber schließlich ist es unser Verdienst, dass er noch am Leben ist. Oder?«

»Verflucht, ja. Aber erwarte bloß keinen Dank. So besoffen, wie der war, kann er sich an nichts erinnern. Egal, schleppen wir ihn hoch?«

Gemeinsam hoben die beiden Männer den schlaffen Körper hoch und bugsierten ihn die Treppe hinauf.

Kazanski blinzelte ein paar Mal, um den Schleier vor den Augen loszuwerden. Vor ihm brannten Hunderte kleiner Flammen. Vielleicht Tausende. Und es ertönte Musik. Er war in einer Kapelle. War er tot? Er wusste es nicht. Immerhin gab es hier keine waschpulverweißen Engel mit Harfen, und vielleicht noch beruhigender: auch keine rotglühenden kleinen Teufel mit dreizackigen Forken.

Dann erinnerte ihn ein jäher Schmerz im Hinterkopf daran, dass er noch immer unter den Lebenden weilte, unter Menschen aus Fleisch und Blut. Als er nach der Wunde tasten wollte, musste er feststellen, dass seine Hände auf dem Rücken gefesselt waren. Er saß auf einem Stuhl.

Kazanski blinzelte, bis er wieder scharf sehen konnte und die Kerzenleuchter und die Geige spielende Frau erkannte. Sie stand mit dem Rücken zu ihm.

Er sagte nichts, sondern ließ lediglich die Blicke durch das dunkle Zimmer wandern. Dann verebbten die Töne, und die Frau wandte sich langsam um und studierte ihn eingehend.

Auch sie sagte nichts. Es kam ihm ausgesprochen bizarr vor, aber seit er in Krakau gelandet war, hatte er sich beinahe daran gewöhnt, verprügelt zu werden und mit auf dem Rücken gefesselten Händen auf einem Stuhl zu sitzen – ohne auch nur ansatzweise zu verstehen, was eigentlich vor sich ging.

»Mozart, Quintett Nr. 4 in g-Moll, erster Satz …« Die Silhouette sprach mit ihm mit einer Stimme wie weiche Seide.

»Ja, sicher, und mein Name ist Johann Sebastian Bach. Merkwürdige Art, sich Publikum zu verschaffen. Du hättest mich nur beim ersten Mal fragen müssen, ob ich Lust hätte zu bleiben. Im Übrigen klingt es noch immer gut. Aber weshalb sitze ich hier?«

»Weil es unpassend ist, in anderer Leute Wohnung einzubrechen und in deren Sachen zu wühlen, Herr Kazanski.«

»Woher kennst du meinen Namen?«

»Wir sind nicht per du. Und es geht Sie gar nichts an. Außerdem glaube ich, dass Sie andere Sorgen haben.«

»Wer bist du, darüber zu entscheiden?«

»Sie entscheiden sich also bewusst dafür, unhöflich zu sein? Ich heiße Ewa.«

»Und ich bin vermutlich die Schlange mit den schlechten Manieren?« Kazanski schmunzelte.

»Kein schlechter Versuch.« Sie klang spöttisch, aber nicht

unbeeindruckt. »Ja, eher zumindest als Adam … Andererseits deutet wenig darauf hin, dass Sie jemals in der Nähe des Baumes der Erkenntnis waren.«

»Ein Apfel am Tag vertreibt den Kater und dämpft den Drang nach Nikotin. Früchte sind gesund. Warum sitze ich hier?«

»Das habe ich Ihnen doch bereits gesagt. Oder?«

»Und nun willst du gern wissen, warum ich unten eingebrochen bin?«

»Nein. Das ist vollkommen egal.«

»Zum Teufel …«

»Ja, nicht wahr? Sie müssen mich einen Augenblick entschuldigen.«

Die Frau legte ihre Geige und den Bogen vorsichtig beiseite und verschwand durch eine Tür am Ende des großen, hohen Raums.

Kurz darauf kam sie mit einigen Kleidungsstücken im Arm zurück und warf sie auf den Boden, ein paar Meter von Kazanski entfernt. Dann holte sie eine Flasche und ein Glas aus einem Schrank.

»Whisky?«

»Ja.«

»Mit Eis?«

»Nein, mit Strohhalm. Wie sonst?«

Sie kam zu ihm. So nah, dass er ihr Gesicht undeutlich erkennen konnte. Sie führte das Glas an seine Lippen und goss ihm ein wenig Whisky in den Mund. Ein leichter Duft nach einem würzigen Parfüm erreichte ihn. Dann drückte sie das Glas noch einmal an seine Lippen, stellte es auf dem Boden ab und trat ein paar Schritte zurück an den Haufen mit den Kleidungsstücken.

Sie streifte die flachen Schuhe ab, zog das geblümte Kleid

langsam über den Kopf und ließ es wie einen Fallschirm auf den Boden segeln. Dann schob sie die Träger des Büstenhalters über die Schultern, hakte ihn auf und warf ihn beiseite. Ihre Hände glitten den Körper hinab und hielten dort inne, wo sich der Rand ihres Höschens befand. Sie zog es herunter, noch immer provozierend langsam, und ließ es mit einem Fuß über dem Boden schwingen.

Kazanski war fassungslos. Er wollte nicht, aber er starrte sie an, und je mehr er es tat, umso dunkler wurde die Gestalt vor den Flammen. Jetzt war sie nur eine schwarze Silhouette, geschaffen aus feinen, runden Linien. Der Scherenschnitt eines wahren Meisters.

Sie stand ganz still. Die Pagenfrisur war kurz, und wo sie endete, zeichnete sich der schlanke Hals ab, um dann in einer weichen Kurve in die Schultern überzugehen. Zwischen ihren Armen und hinter ihr wogten die Flammen der Kerzen und betonten die Linie, die sich an der Taille verjüngte und bei den Hüften wieder breiter wurde.

Dann löste sich die Positur der Statue auf. Sie ging in die Knie, hob ihre Violine auf und spielte wieder mit langsamen, klagenden Bogenstrichen. Wieder kehrte sie ihm den Rücken zu. Sie schien keine Notiz mehr von ihm zu nehmen, beinahe, als sei er überhaupt nicht da.

Kazanski starrte sie unverblümt an. Nur ihr rechter Arm bewegte sich, sonst stand sie vollkommen ruhig.

Er hätte nicht sagen können, wie lange sie spielte. Vielleicht zehn Minuten, vielleicht zwanzig. Nach einem letzten langmütigen Strich über die Saiten legte sie die Geige wieder in ihren Kasten.

Sie trat auf ihn zu, nahm das Glas vom Boden und goss es voll. Zwischen ihren runden Brüsten schwebte ein Medaillon. Kazanski blickte auf und traf auf ihre Augen. In dem schwachen Licht waren ihre Züge nur undeutlich zu sehen, aber er meinte, hinter den langen Wimpern ein verschwommenes Déjà-vu zu erkennen.

Als sie das Glas abstellte, ließ sie absichtlich eine Brustwarze über sein Gesicht streifen – ganz langsam, über die Augenbrauen, die Nase bis hin zu seinen Lippen.

Sein Herz schlug, dass es in seinem gesamten Körper widerhallte. Brüste. Medaillon. Augen. Medaillon. Augen. Brüste.

Er wusste, diese Begriffe gehörten zusammen, aber wie identische Magnetpole stießen sie sich gegenseitig ab und weigerten sich, gemeinsam jenes Bild zu ergeben, das er einmal gesehen hatte und nicht wiederfand.

Dann glitt der Schatten zurück aufs Podium. Mit dem Rücken zu ihm und leicht gespreizten, aber gestreckten Beinen beugte sie sich hinunter und hob ein Kleidungsstück auf. Langsam drehte sie sich um neunzig Grad und bückte sich erneut, sodass ihre Brüste wie lockende schwarze Früchte aussahen. Wieder griff sie nach irgendetwas aus dem Kleiderhaufen.

Die drei Magneten kreisten in Kazanskis Kopf mit schwindelerregender Geschwindigkeit, jedoch ohne einander zu erreichen. Er schloss die Augen.

Kurz darauf spürte er das kalte Glas und roch den scharfen Schnapsgeruch. Sie hatte jetzt schwarze Strümpfe an, einen schwarzen Hüfthalter, ein schwarzes Höschen und einen schwarzen BH. Erneut kniff Kazanski die Augen zusammen und spürte den Whisky im Halse brennen.

Als er die Augen wieder öffnete, trug sie einen kurzen Rock, eine Bluse und eine Lederjacke. Er sah das Medaillon in dem Spalt zwischen ihren hoch gedrückten Brüsten. Sie ließ eine Hand zärtlich und suchend über seinen Oberschenkel gleiten, bis sie nicht weiterkam. Dann griff sie zu.

»Na so was, kleiner Jan Jordi. Du hast ja einen Ständer …«

Die Stimme reihte sich in den Kreislauf der Magneten ein. In der anderen Hand hielt sie ein merkwürdiges Bündel. Sie klatschte es ein paar Mal gegen ihren Arm und zog es dann über den Kopf. Eine gebleichte Perücke. Eine wilde, mit Aceton gebleichte Löwenmähne.

Die Pole knallten aufeinander. Nun saugten die Magneten eine Lawine von Punkten und Farben an sich. Gleich würde es zurückkommen. Gleich. Die Fragmente wirbelten herum, fanden ihren Platz und füllten das schwarze Loch aus. Jetzt war es so weit. Das Bild war da. Die Zeit war da. Der Ort war da. Cracovia Strip & Night Club.

»Lass ihn ruhig ein bisschen stehen und bleib brav sitzen. Es kommt gleich jemand und kümmert sich um dich. Ciao!«

Sie lachte höhnisch auf und ging.

Xenia saß auf dem äußersten Rand des Stuhls, direkt neben dem Telefon. Der kleine Aschenbecher war inzwischen voller Karamellbonbon-Papiere. Mit dem Rauchen hatte sie vor zwei Jahren aufgehört. Sie hatte jetzt lange genug gewartet. Sie band ihr Haar im Nacken zu einem Knoten, zog statt des Rocks eine schwarze Jeans an und überprüfte ihre Pistole, bevor sie sie in die Tasche ihrer Jeansjacke steckte.

Auf der Straße hielt sie ein Taxi an. Es war kurz nach 01:00 Uhr, und abgesehen vom Lärm einer Gruppe Roma an der Ecke des Parks war es still.

»Hier gleich links ist die ulica Zamkowa«, erklärte der Taxifahrer, nachdem sie nach knapp zehnminütiger Fahrt die Brücke überquert hatten.

»Gut. Lassen Sie mich ein Stück weiter vorn aussteigen. Dort, an der Bushaltestelle.«

Xenia ging langsam zurück, blieb stehen und betrachtete

das Haus, das Jordi bei seinem Anruf beschrieben hatte. »Ein grauer Kasten links, auf der anderen Seite der Brücke, mit einem Garten zum Fluss. Du kannst es nicht verfehlen, Xenia.« Er hatte recht gehabt.

Sie sah nirgendwo Licht und ging den Weg hinunter, um die andere Seite des Hauses zu kontrollieren. Eine Tür zum Garten stand offen, und auf der Treppe erkannte sie die schwachen Umrisse eines Mannes und eine brennende Zigarette, deren Glut in kurzen Abständen in der Dunkelheit aufleuchtete. Aus einem schmalen Kellerfenster fiel ein wenig Licht in Fächerform auf die Grasfläche.

Xenia schlich die Mauer entlang heran. Sie war so hoch, dass man sie nicht überwinden konnte, außerdem waren ganz oben große Glasscherben in den Zement gegossen, damit niemand sie als Bank mit Panoramablick auf den Wawel nutzen konnte.

Sie zögerte und blieb bei einem Abfallcontainer stehen. In dem Abfallhaufen daneben musste es doch irgendetwas geben, das sie verwenden könnte. Erschrocken zog sie die Hand zurück, als eine Ratte pfeifend zwischen einigen Plastiktüten hervorschoss und unter dem Container Schutz suchte. Beim dritten Versuch fand Xenia in dem Haufen einen Fetzen Teppichboden, den sie gebrauchen konnte.

Sie sah sich um. Eine Straßenlaterne warf ihr schwaches Licht auf sie und den kleinen Müllplatz. Sie wollte nicht von eventuellen Passanten oben auf der Brücke gesehen werden. Ihr Blick fiel auf einen verbogenen Fahrradrahmen, den man in den Container geworfen hatte. Sie zog ihn heraus und trug das Fahrradwrack und den Teppichboden zur Mauer.

Sie hatte das Gefühl, als wartete sie eine Ewigkeit. Ständig tauchen Leute auf, wenn man ungestört und allein sein will, ging ihr durch den Kopf. Und wenn man mal Gesellschaft braucht, ist niemand da. Sie stand bereits eine Viertelstunde an der Brücke, als eine schmächtige Gestalt unter einer Straßenlaterne an der Straße auftauchte. Es war ein abgerissen aussehender junger Mann, der offenbar sein ganzes Hab und Gut in einer Plastiktasche trug, die von einem Gürtel zusammengehalten wurde.

»He, du da!«

Der Mann blieb stehen und schaute sie verwundert an.

»Willst du hundert Zloty verdienen? Jetzt sofort?«

»Was? Hundert Zloty? Wie denn?«, erkundigte er sich mit einem einfältigen Gesichtsausdruck.

Xenia erklärte ihm, was er tun sollte, aber er schien ein wenig zurückgeblieben zu sein, denn sie musste es drei Mal wiederholen, bis sie den Eindruck hatte, dass er es begriffen hatte.

»Denk dran! Zähl bis dreihundert. Und dann pfeifst du, so laut du kannst.«

»Ja, ja, mach ich. Das ist doch leicht. Vielen Dank für das Geld …« Der junge Mann winkte ihr zu, beinahe übermütig, als hätte er gerade eine Freundin gefunden, mit der er ein neueres und besseres Leben beginnen könnte.

Xenia warf den Fetzen Auslegeware auf die Mauer und sorgte dafür, dass die Vordergabel des Fahrradrahmens fest auf dem Boden stand. Sie wartete und hoffte. Dann ertönte ein schrilles Pfeifen auf der Straße. Sie atmete tief ein und stellte sich auf das Tretlager. Mit den Händen an die Mauer gestützt, kletterte sie den Rahmen hoch. Einen Fuß auf die Sattelstütze, dann auf den Gepäckträger – mit einem kleinen Satz war sie oben auf der Mauer und zog sich über den Teppichboden.

Sie blieb einen Moment hängen. Der Mann an der Tür war bereits aufgestanden. Jetzt schaltete er das Licht im Flur ein und ging zur Vordertür, an die irgendjemand klopfte. Xenia ließ sich auf der anderen Seite der Mauer fallen. Sie rollte im Gras ab, kam auf die Beine und lief auf das Haus zu,

Jetzt hörte sie, wie der Mann im Flur den ungebetenen Gast abwies, der seine einhundert Zloty verdient hatte, als er gegen die Tür hämmerte und sich als so dumm ausgab, wie er vermutlich auch war.

»Das ist hier kein Hotel. Hau ab, du Idiot!«

Der Mann schlug wütend die Haustür zu, löschte das Licht und kam zurück, um seinen Platz an der Hintertreppe wieder einzunehmen.

Xenia traf ihn direkt hinter dem Ohr. Der Schaft der Pistole hinterließ eine blutende Wunde, und der Mann sackte im Türrahmen zusammen.

Sie ging in die Knie und schaute in den Lichtschacht. Jordi saß mit dem Rücken an die Mauer gelehnt. Seine Hände und Füße waren gefesselt. An der linken Seite sah sie ein Hosenbein, das einem Mann gehören musste, der als Wache auf einem Stuhl saß. Xenia wog die Situation ein paar Sekunden ab und traf eine Entscheidung.

»Hallo! Wo zum Teufel seid ihr denn alle?«, rief sie und klopfte an die Kellertür.

Sofort hörte sie schwere Schritte auf der Kellertreppe, und als der Mann die Tür öffnete, versetzte sie ihm einen heftigen Tritt mitten ins Gesicht. Er taumelte zurück, überschlug sich und stürzte auf den Zementfußboden. Xenia war bereits die ersten Stufen hinuntergelaufen, als sie sah, wie der Mann nach seiner Pistole griff. Es gelang ihm nicht, sie auf Xenia zu richten, denn sie versetzte ihm mit ihrem Pistolenlauf einen Schlag an die Schläfe, sodass er bewusstlos liegen blieb.

»Hej, Xenia! Nett von dir, dass du vorbeischaust. Ich habe dich schon ein wenig vermisst.« Kazanski lächelte sie an.

»Tag, Jordi. Ich hoffe, du sitzt gut.«

»Wie wäre es, wenn du mich auf der Stelle losschneidest? Ich habe ein Messer in der Tasche«, erwiderte er und streckte ihr die Hände entgegen.

»Nenn mir einen guten Grund, dich zu befreien?«

»Was soll denn das heißen?«

»Hast du die Witwe gefunden?«

»Nein!«

»Wen dann?«

»Nicht sie, vielleicht eine Vertraute.«

»Und du erzählst mir keine neue Lügengeschichte, oder?«

»Lügen? Du hast es mit der Wahrheit auch nicht so genau genommen, aber geh nur. Es war wirklich gemütlich hier, bevor du gekommen bist …«

»Beruhig dich. Das war nur Spaß. Ich würde nur gern wissen, was passiert ist. Wir sind schließlich in einem Team.«

»Ich ging hinauf und traf dort ein Mädchen, das Geige spielte. Sie erklärte, die einzige alte Dame im Haus wohne im Parterre. Also brach ich ein und durchsuchte ein paar Schubladen. Die beiden Kerle, die Wache gehalten haben, müssen mich niedergeschlagen haben. Als ich wieder zu mir kam, saß ich auf einem Stuhl gefesselt oben in der Wohnung dieser Göre. Sie hat mir einen Whisky gegeben und nur gesagt, ich soll nicht in anderer Leute Angelegenheiten herumschnüffeln. Dann ist sie plötzlich verschwunden und ich wurde hier in den Keller geschleppt. Länger ist die Geschichte nicht. Sollten wir nicht umgehend verschwinden? Was ist mit dem anderen Kerl?«

»Ich habe ihn auch niedergeschlagen … Du hast recht. Machen wir, dass wie wegkommen. Wo ist dein Messer?«

13

»Denk nicht so viel über die Dinge nach, Jordi. Nimm es, wie es kommt. Jetzt im Augenblick sind wir hier – zusammen –, also lass es uns genießen. Wenn du es nicht kannst, dann geh. Aber du tust nichts Verbotenes, wenn du bei mir bleibst.«

Er hatte sich bereits entschieden. Er wollte nicht bleiben. Er wollte lieber in seinem Zimmer sein. Und am Fenster sitzen.

Sie hatten sich jeder ein großes Glas Whisky Soda eingegossen, als sie zurück ins Hotel kamen. Ganz plötzlich hatten die Ereignisse Xenia eingeholt.

»Man lernt es nie, oder? Also, so unglaublich gewalttätig zu sein. Ich hatte ein bisschen Angst. Aber erst hinterher. Irgendwo im Hinterkopf ist etwas, das die Führung übernimmt. Immer wenn es ganz schlimm wird. Wenn eigentlich alle in Panik verfallen, bleibe ich normalerweise cool. Kennst du das?«

Kazanski antwortete nicht. Es war einen Moment still. Xenia drehte ihr Glas zwischen den Fingern. Dann fuhr sie leise fort:

»Ein Junkie hat mich in Kopenhagen während einer Razzia mal als Geisel genommen. Er war völlig durch, hielt mir eine Pistole an den Kopf. Ich konnte sie zur Seite schlagen, sodass er sie verlor. Und dann schoss ich auf ihn. Ich zog meine eigene Pistole und schoss ihm direkt in den Bauch, als er seine Pistole aufheben wollte. Ich habe es ohne nachzudenken getan, rein automatisch. Erst als ich nach Hause kam, bekam ich Angst. Er starb kurz darauf, aber das war nicht von Bedeutung. Sein Leben war mir egal, meines nicht. Man kann sich nicht zwingen, zu bereuen. Es ist eigenartig, aber es ist in Ordnung, Angst zu bekommen.«

»Keine Angst zu haben ist ein Zeichen mangelnder Intelligenz.« Kazanski zündete sich noch eine Zigarette an und blickte zum Fenster, das Xenia geöffnet hatte, noch bevor er sich die erste anstecken konnte. Wäre er doch nur in seinem eigenen Zimmer …

»Vermisst du etwas? Was würdest du dir wünschen, wenn du selbst bestimmen könntest?« Xenia wechselte ganz unbeschwert das Thema, wie er es schon öfter bei ihr erlebt hatte.

»Ich weiß nicht … Vielleicht mehr Übersicht. Mehr Kontrolle – sowohl hier wie ganz allgemein.«

»Faule Ausrede. Ich weiß genau, was ich vermisse.«

»Und was ist das?«

»Ich will genauso beurteilt werden wie ein Mann. Als Frau musst du schon Außerordentliches leisten, um akzeptiert zu werden. Männer kommen immer mit normalem Mittelmaß durch, und wenn eine Frau sie übertrumpft, kriegen sie es mit der Angst zu tun. Wie geht die CIA mit weiblichen Mitarbeitern um?«

»Ich weiß es nicht. Auf Augenhöhe vermutlich …« Kazanski hatte keine Lust auf eine Diskussion über Gleichberechtigung. Sobald sich die Gelegenheit ergab, wollte er sich verabschieden.

»Manchmal bist du so still und abwesend, Jordi. Hat das mit diesem Albtraum zu tun?«

»Ich bin eben manchmal einfach still. So bin ich. Der Albtraum kommt selten. Ein kleiner Raum, ich bin eingesperrt und bekomme keine Luft. Ich weiß nicht, warum. Er taucht einfach auf – aber es betrifft mich nicht wirklich. Es bedeutet nichts. Alle haben Albträume.«

»Bist du sicher?«

»Ja, vollkommen.«

»Frauen, was ist mit Frauen? Beim letzten Mal bist du nur ausgewichen. Warum bist du nicht verheiratet?«

»Das war ich fast einmal, es ist inzwischen lange her. Ich weiß nicht … Vielleicht ist es der Job. Ich war an mehreren Orten weltweit stationiert. Die meiste Zeit ging für den Job drauf.«

»War das mit ihr – der Letzten?«

»Nein, nicht sie. Eine andere. Wenn du nach unglücklicher Liebe oder einer jahrelangen Leidensgeschichte suchst, muss ich dich enttäuschen. Es gibt sie nicht.«

Er gähnte ausgiebig, das erste Manöver, um ihre Unterhaltung unauffällig zu beenden.

»Mir fallen gleich die Augen zu, Xenia. Ich will in mein Bett.«

Plötzlich war es ganz still im Zimmer. Nur der Verkehr war durch das offene Fenster zu hören. Er hatte das Gefühl, als müsse er noch etwas sagen, aber er schwieg. Stattdessen sagte sie:

»Gute Nacht. Schlaf gut.«

»Du auch.«

Als er die Tür hinter sich schloss, spürte er geradezu körperlich, wie erleichtert er war. Er hatte es geschafft. Das Fenster in seinem Zimmer rief bereits nach ihm.

Sie saßen beim Frühstück, als die Rezeptionistin zu ihnen kam. Kazanski klopfte gespannt an sein weichgekochtes Ei. Er hatte sich mit Xenia gerade darauf verständigt, dass es nur eine Möglichkeit gab: Sie mussten am Abend noch einmal zu dem grauen Gebäude an der Zamkowa zurück. Es war die einzige Spur, der sie nachgehen konnten.

»Entschuldigung. Ich wollte nur sehen, ob Sie hier sind, Herr Kazanski«, sagte die junge Frau lächelnd.

»Tja, hier bin ich. Was gibt's denn?«

»Vorhin ist ein Junge gekommen. Er hatte das hier dabei.« Die Rezeptionistin legte einen Umschlag auf den Tisch. »Er sagte, ich müsse Ihnen den Brief sofort überbringen, persönlich. Ich musste es ihm versprechen.«

»Gut, vielen Dank.« Kazanski blickte verwundert auf den Brief, öffnete ihn und las.

»Was steht drin?«, wollte Xenia ungeduldig wissen.

»Hör zu. ›*Lieber Jan Jordi Kazanski, ich möchte Sie und Xenia Pizlo Larsen heute Abend gern zum Essen einladen. Nun sind Sie verständlicherweise überrascht, aber ich habe meine Meinung geändert. Eine Zusammenarbeit wäre sicher vernünftig für alle Beteiligten. Lassen Sie uns darüber sprechen. Ich habe einen Tisch im Chez Christianne Y. an der Jagiellońska für 20:30 Uhr bestellt. Mit freundlichen Grüßen Die Witwe*‹.«

»Was sagt man dazu ...?«

»Das ist eine Falle. Weil wir nicht abgereist sind.« Xenia klang nicht sonderlich begeistert bei dem Gedanken an das Abendessen.

»Keine Ahnung, vielleicht. Hier ist offenbar alles möglich. Diese Witwe ist völlig unberechenbar. Sie liebt es zu dirigieren – und das macht sie in der Tat. Sie bestimmt Zeit und Ort, als wäre es ganz selbstverständlich. Lass uns hingehen, Xenia. Das ist okay, es ist ein öffentlicher Ort. Vielleicht hat sie ja wirklich ihre Meinung geändert, vielleicht braucht sie auch die Hilfe der CIA?«

»Ich mache für sie keinen Finger krumm, Jordi. Du bist hier, um ihr zu helfen. Ich bin hier, damit sie geschnappt werden kann. Ich gehe davon aus, dass wir auch weiterhin unsere jeweiligen Aufgaben respektieren. Auch wenn sich meine von deiner unterscheidet.«

Plötzlich klang Xenia reserviert und sah ihm direkt in die Augen. Jetzt war sie eine misstrauische Agentin mit tödlichen Ellenbogen, und vermutlich überlegte sie bereits, wie sie das Beste aus dieser neuen Situation herausholen konnte.

Kazanski kamen mit einem Mal Zweifel, er hielt mitten in der Bewegung inne, sodass eine Portion weiches Ei von seinem Teelöffel fiel und einen hässlichen Fleck auf der Tischdecke hinterließ.

Vielleicht wollte Xenia ihm jetzt in die Quere kommen? Eine ambitionierte Frau, die wusste, was für sie selbst auf dem Spiel stand. Könnte es sogar so sein, dass sie ihn vorgestern gebeten hatte zu bleiben, weil sie damit ein bestimmtes Ziel verfolgte? Normalerweise schätzte er sein Umfeld immer sehr rasch und sicher ein. Jetzt durfte er keinen Fehler machen …

»Ist irgendetwas nicht in Ordnung?« Sie hielt weiterhin ihren Blick auf ihn gerichtet.

»Alles okay, mir ist nur mein Ei vom Löffel gefallen …«

»Und ich kann dir sagen, warum. Du hast dich gefragt, ob ich für dich nun alles kaputtmachen würde. Betrachte unsere Vereinbarung als annulliert.«

Xenia blickte auf die Tischdecke, fegte mit den Fingerspitzen ein paar Krümel zusammen und schob ihren Teller beiseite. Dann hob sie den Kopf und sah ihn wieder an.

»Du denkst darüber nach, ob alles nur eine Farce gewesen ist. Ist doch so? Eine geschickte Methode, um mich an dich zu heften. Ob ich im Bett geschauspielert habe? Hör zu: Nein!

So war es nicht! Und im Übrigen hast du ja ohnehin kein Interesse, oder?«

Sie spürte, wie ihre Wangen verräterisch rot wurden, und wartete eine Sekunde ab, bevor sie leise und kontrolliert fortfuhr:

»Ich habe einen Chef in Kopenhagen. Er will Resultate sehen, und über ihm sitzt ein anderer Chef, der ebenfalls Resultate sehen will. Ich stelle dir nicht ganz plötzlich ein Bein, Jordi, aber ich brauche irgendetwas Vorzeigbares. Dir will ich gern helfen, aber die CIA ist mir vollkommen egal.«

»Beruhige dich. Wir haben vereinbart, uns gegenseitig zu helfen. Und das machen wir. Selbstverständlich kannst du nicht mit leeren Händen zurück nach Kopenhagen kommen. Aber siehst du denn nicht, dass wir mit dem Strom schwimmen müssen? Schau dir an, wie sich die ganze Geschichte entwickelt. Die Witwe hat alle Trümpfe in der Hand, und wenn sie uns einbestellt, müssen wir uns blicken lassen. Sie ist mir genauso gleichgültig wie Langley, aber ich muss denen verdammt noch mal zeigen, dass sie den Richtigen für diesen Job ausgewählt haben. Mich.«

Es entstand eine lange Pause. Die Luft zwischen ihnen vibrierte. Kazanski seufzte tief.

»Ja«, sagte er dann. »Ja, du hast recht. Einen Moment ging mir durch den Kopf, dass du möglicherweise dein eigenes Ding durchziehen willst, wenn sich die Gelegenheit ergibt.«

»Ich könnte dasselbe von dir denken, nicht wahr? Denn du bist ja nicht gerade der mitteilsamste Mann der Welt.«

»Damit habe ich nie geprahlt …«

»Nein. Du prahlst nicht einmal. Wenn es dir nicht gerade passt, bist du stumm wie ein Fisch. Das muss einen Grund haben … Aber den kannst du für dich behalten. Ich werde dich nicht weiter quälen. Damit höre ich jetzt auf!«

»Gut, mach das …«

»Bis später.«

Xenia stand hastig auf, knüllte ihre Serviette zusammen und warf sie in den Brotkorb. Dann drehte sie sich auf den Absätzen um und stolzierte aus dem Frühstückssaal, sichtlich verärgert darüber, dass sie die Fassung verloren hatte.

Kazanski ging den Rest des Vormittags im Zentrum spazieren. Er aß in einer der Milchbars, den staatlich unterstützten Volksküchen, die für größere polnische Städte typisch sind. Er wollte statt Hamburger oder Pizza einmal etwas essen, das nach den Wurzeln seines Vaters schmeckte.

Das Lokal lag in einer schlichten Seitenstraße des Parkrings, und mit den weißen Fliesen an den Wänden war es alles andere als gemütlich, aber hier bestand die Kundschaft aus gewöhnlichen Polen, die sich nichts anderes leisten konnten. Es war ein Stück Alltag in Krakau, das er in diesem Moment sehr schätzte.

Kazanski bekam eine Gemüsesuppe mit Buchweizen und hinterher ein undefinierbares Schmorgericht mit Wurst und Kohl. Es war schwere Kost für robuste Mägen, aber rührend billig. Und es schmeckte gut. Er dachte über die plötzliche Wendung des Falls nach. Xenia konnte er gut verstehen. Sie hatte im Grunde mehr Angst vor einem Fiasko, als dass sie wütend auf ihn war. Es wäre bei weitem einfacher gewesen, wenn sie ihn abstoßend gefunden hätte.

Kazanski verdrängte den Gedanken. Er war im Augenblick zu kompliziert, und es gab keinen Grund, sich mit Fragen zu quälen, deren Antwort er tief in seinem Inneren bereits kannte. Auch für den heutigen Abend konnte er keine Vorsichtsmaßnahmen treffen. Es war so, wie er es Xenia gesagt hatte. Sie waren gezwungen, auf die Gnade der Witwe zu setzen.

Kazanski spürte, wie sich eine angenehme Leere in ihm ausbreitete. Die Art Leere, die daher rührte, dass die Dinge in einer Reihenfolge geschehen würden, auf die er keinerlei Einfluss hatte. Ein Gefühl von Entlastung, das man möglicherweise auch Machtlosigkeit nennen konnte. Am späten Abend würde er sehr viel klüger sein.

Zurück im Hotelzimmer setzte er sich mit einem Bier aufs Fensterbrett, aber das grelle Tageslicht verscheuchte die Magie. Das Fenster sprach nicht mit ihm, es lockte nicht. Nicht mitten am Tag. Kazanski spürte noch immer nur Leere. Und das war gut so, denn er wollte nichts anderes. Er warf sich mit einer Zeitung aufs Bett, doch nach fünf Minuten hatten die Tausende kleiner Buchstaben ihn überwältigt, und er fiel in einen tiefen und ruhigen Schlaf.

Xenia hatte mehrmals an der Tür geklopft, bevor ihn das Geräusch erreichte.

Er hatte zu lange geschlafen. Während er unter der Dusche stand, rief sie ihm zu, dass er ihren morgendlichen Auftritt entschuldigen solle. Kazanski war so schlaftrunken, dass er kaum begriff, was sie sagte. Schließlich gelang ihm dann doch eine Antwort, die zu erkennen gab, dass er sie gehört hatte und keinen Anlass für ihre Entschuldigung sah.

Sie hatten sich verspätet, als sie Chez Christianne Y. erreichten. Der Name stand in runden Neonbuchstaben über dem Eingangsbereich des Restaurants.

»Guten Abend und willkommen. Haben Sie reserviert? Sonst tut es mir sehr leid, wir haben keinen freien Tisch mehr. Nicht einen einzigen.«

Der Kellner lächelte gekünstelt. Für Kazanski glich er einem traurigen Clown, dessen Schminke rissig zu werden drohte.

»Fuck you«, erwiderte Kazanski zuckersüß und spürte sofort Xenias spitzen Ellenbogen.

»Ausländer?«, fragte der Kellner nun auf Englisch und rümpfte die Nase.

»Aus Gottes eigenem Land, du kleines Arschloch.«

Kazanski warf Xenia einen Blick zu, um zu sehen, wie sie auf seine Abgeschmacktheit reagierte. Sie verzog keine Miene.

»Nein, wir haben keinen Tisch reserviert. Wir wurden von einer Dame eingeladen, die vermutlich bereits auf uns wartet.« Xenia lächelte entschuldigend.

»Lassen Sie mich nachsehen. Ja, jetzt verstehe ich. Wenn Sie mir bitte folgen würden.«

Die Witwe saß an einem Tisch in der hintersten Ecke. Kazanski konnte seinen Blick nicht von ihr abwenden. Er hatte das Gefühl, als hätte er sie jahrelang gejagt.

Sie war jünger, als er vermutet hatte. Ungefähr fünfundfünfzig Jahre, schätzte er, aber mit Bestimmtheit ließ es sich nicht sagen, da sie eine große Brille mit rauchfarbenen Gläsern trug. Ihr graues Haar war im Nacken zu einem Knoten gebunden, und ihr Kostüm hatte ebenfalls einen Grauton. Sie glich einer vornehmen Frau mit einem zurückhaltenden und diskreten Stil. Nun erhob sie sich und gab ihnen die Hand.

»Willkommen, setzen Sie sich. Ich hoffe, Ihnen gefällt das Lokal, es ist mein Favorit …« Sie winkte einem Kellner und bestellte Drinks.

»Eigenwillig«, sagte Xenia und sah sich um. Die Ecke, in der sie saßen, war aus Steinen gebaut, und rechts von ihnen gab es ein großes Bassin, ebenfalls aus Stein. Aus einem Rohr in der Wand rann ein kleiner Wasserstrahl in das Becken.

»Hübsch, nicht? Darin schwimmen Karpfen. Eine Vorspeise, die ich nur empfehlen kann«, sagte die Witwe mit einer Kopfbewegung in Richtung des Bassins. »Schauen wir mal in die Karte. Was könnten Sie sich vorstellen?«

»Wir bedanken uns zunächst einmal für die Einladung. Aber in Anbetracht des letzten Abends gibt es meiner Meinung nach keinen Grund, Komödie zu spielen. Ich bin weder wegen der Aussicht auf einen kulinarischen Genuss gekommen noch wegen einer gemütlichen Plauderei. Ich möchte eine klare Auskunft, und zwar jetzt. Warum hast du deine Meinung geändert? Was willst du? Hast du nun doch Interesse an der Hilfe des Dienstes?« Kazanski sprach gedämpft, aber bestimmt.

»Entschuldigen Sie mich … Mein Name ist Helga Nowak Helga Nowakowski. Der andere Name ist lediglich ein Spitzname, den ich nicht mehr loswerde.« Sie lächelte versöhnlich und fügte hinzu:

»Sie haben recht, Herr Kazanski. Ich bin auch nicht darauf aus, Sie hinzuhalten. Aber wollen wir nicht in aller Ruhe unsere Vorspeise genießen? Wie gesagt, ich empfehle den Karpfen. Er ist ganz frisch und wird von einer himmlischen Mandelsauce begleitet.«

Kazanski hörte einen undefinierbaren Akzent heraus, und hinter der dunklen Brille wirkte sie vollkommen unbeeindruckt von Kazanskis direktem Ton. Es trug nur noch mehr zu seiner Irritation bei. Kazanski konnte ihre Stimme und ihre Art zu sprechen nicht einordnen. Überhaupt nicht. Er glaubte, im Keller sehr konzentriert gewesen zu sein und sich alles eingeprägt zu haben. Aber dieser Akzent und die Tonlage passten in seinen Ohren nicht dazu.

Die Witwe erinnerte an jemanden mit einem geradezu krankhaften Drang zu herrschen. Kazanski warf Xenia einen Blick zu. Sie studierte die Speisekarte mit stoischer Ruhe. Sie musste es doch auch bemerkt haben. Ja, hatte sie. Sie spielte bloß mit, abwartend und freundlich reserviert.

»Karpfen … interessant … Es klingt nach einem spannenden Vorschlag. Ich würde den Karpfen gern probieren«, erklärte sie und hob den Kopf. »Was ist mit dir, Jordi? Was nimmst du?«

»Sie verpassen etwas, wenn Sie nein sagen«, sagte die Witwe lächelnd.

»Ich will keinen Karpfen. Ich hasse Fisch. Ich nehme den geräucherten Lachs.«

»Das ist doch auch eine Art Fisch, oder?« Die Witwe gluckste nachsichtig und schob die Brille den Nasenrücken hoch.

»Lachs ist kein Fisch … Verdammt, Lachs ist Lachs.« Kazanski zwang sich zur Ruhe.

»Traurig, die Sache mit Jakubik, nicht wahr?« Er wechselte plötzlich das Thema und sah sie fragend an.

»Ja, unheimlich. Das hatte er nicht verdient.«

»Du hast ihn wohl lange gekannt?«

»Ja, sehr lange, viele Jahre. Er war ein guter Freund … Lassen Sie uns anstoßen!« Sie hob ihr Glas, sie prosteten sich zu.

»Abgesehen davon, dass du kürzlich den Brief geschickt hast, hattest du offenbar viele Jahre keinen Kontakt zu Paul Trent?«, erkundigte sich Kazanski.

»Nein, natürlich nicht. In den letzten Jahren habe ich nicht mit Paul gesprochen.« Sie suchte etwas in ihrer Handtasche, holte ein Päckchen Zigaretten heraus und zündete sich eine an. Dann wechselte sie wieder das Thema.

»Wie gefällt Ihnen Krakau, Frau Larsen?«

Bevor Xenia antworten konnte, unterbrach sie Kazanski.

»Warum hast du dich entschieden, für das Pentagon zu arbeiten? Und wann?«

»Ich hatte meine Gründe, Herr Kazanski. Eine lange Geschichte. Haben Sie ein wenig Geduld, dann werden Sie sie erfahren.«

Wieder fragte sie nach Krakau, und als Xenia ausführlich geantwortet hatte, tauchte der Kellner mit den Vorspeisen auf. Während des Essens wurden nur Phrasen ausgetauscht. Kazanski fiel es schwer, Worte und Gedanken so zu verknüpfen, dass er über Stadterneuerung und Tourismus plaudern konnte. Er ärgerte sich über Xenias Entgegenkommen und wartete nur darauf, dass diese seltsame Nowakowski-Dame anfing zu reden. Er hatte beschlossen, nicht weiter zu bohren.

»Wenn Sie mich bitte einen Augenblick entschuldigen würden.« Die graue Frau tupfte sich die Lippen mit ihrer Serviette ab, erhob sich und ging auf die Toilette zu.

»Das ist doch nicht die Richtige, Xenia«, fauchte Kazanski.

»Nein, natürlich ist sie falsch. Das ist nicht die Frau aus dem Keller. Ich habe es gleich bemerkt …«

»Wieso hast du dann … Na, scheißegal. Da ist auch noch etwas anderes. Der Mann, den ich erwähnte, dieser Bursche der CIA. Es war der alte Jude, der ihm geschrieben hatte, und er heißt Alex Trend, nicht Paul, wie ich sagte. Und im Übrigen hatte die Witwe vermutlich nie Kontakt mit ihm. Außerdem ist das Pentagon das Verteidigungsministerium. Die CIA sitzt in Langley. Die beiden Behörden haben nichts miteinander zu tun. Ein Fehler, den sie nicht hätte begehen dürfen …«

»Nein, natürlich nicht. Ich habe es durchaus bemerkt. Aber wer ist sie?« Xenia stellte die Frage in einem beiläufigen Ton.

»Absolut keine Ahnung! Aber ich werde es ganz schnell herausfinden. Mal sehen, was sie noch erzählt. Ich habe mir gedacht …«

»Oh!« Xenia bückte sich plötzlich und verschwand beinahe unter dem Tisch.

»Was ist denn?«

»Augenblick …«

Alles ging blitzschnell, und Kazanski konnte nicht einmal fragen oder widersprechen. Xenia knallte mit dem Kopf an die Tischplatte, als sie sich abrupt wieder aufrichtete. Sie packte Kazanskis Jacke und riss ihn vom Stuhl. Dann schleuderte sie eine Tasche in das Bassin.

»Weg! Sofort!«

Sie zerrte ihn zwischen den Tischen hindurch in Richtung Tür. Dann spürte er, wie sie sich mit ihrem ganzen Gewicht nach vorn warf und ihn mit sich zog. Zusammen rutschten sie über den glatten Parkettboden.

Der Knall lähmte sie beinahe, im gleichen Moment registrierte er das Geräusch splitternder Weingläser. Dann ergoss sich eine Kaskade aus Wasser und Glasscherben über sie, mit den Armen über dem Kopf lag er fassungslos und benommen flach auf dem Boden.

Jetzt kamen die Schreie. Stühle und Tische fielen um. Die Gäste kämpften, um die Tür zu erreichen, es herrschte ein einziges Durcheinander. Die Schreie hielten an.

Jetzt würde es kommen. Jetzt musste es kommen. Kazanski wartete auf das schnarrende Geräusch einer Maschinenpistole – aber es kam nicht. Er schüttelte den Kopf, um die Haare von den Scherben zu befreien. Dann schaute er auf. Drei Zentimeter vor seiner Nase lag ein fetter Karpfen mit großen Schuppen. Dessen Kopf hing nur noch mit ein paar Fleischfäden an seinem Körper. Kazanski blickte ihm direkt in die toten Glasaugen. Der Fisch sah erschrocken aus, mit Schmollmund und blutigen Kiemen.

»Bist du okay?« Xenia fasste ihn an die Schulter.

»Ja, mir geht's besser als dem da.« Kazanski nickte dem Karpfen zu. »Ein bisschen nass, aber okay. Was ist passiert?«

»Ich kenne keine Frau, die ohne ihre Handtasche auf die Toilette geht. Keine einzige. Du?«

»Ich weiß nicht. Tja, aber ich hab's ja gesagt. Diese Witwe war nicht unsere. Das ist bombensicher …«

Die junge Frau an der Rezeption sah sie überrascht an und reichte ihnen umgehend die Schlüssel. Sie liefen zum Aufzug und fuhren nach oben. Beide Gäste aus dem Ausland waren nass – an einem lauen Abend mit Tauwetter. Sonderbar.

Kazanski war aufgekratzt, aber auf eine merkwürdig gleichgültige Art und Weise. Das Ganze war so schnell gegangen, dass die Szenerie künstlich und fern gewirkt hatte. Ein paar scharfe Bilder in einem blitzartigen Tempowechsel, und als es nach wenigen Sekunden vorbei war, blieb nur der tote Fisch zurück, der ihm schwachsinnig ins Gesicht glotzte. Komisch. Er hatte überhaupt keine Angst gehabt.

Er zog die einzige trockene Zigarette aus der nassen Packung.

»Ich muss jetzt rauchen. Vielleicht finde ich noch eine, die trocken ist und nicht nach Fisch schmeckt, wenn dir nach dieser Explosion auch danach ist?«

»Nein, danke. Ich rauche nicht mehr …«

Xenia war erschüttert. Wie am Abend zuvor, nachdem sie die beiden Männer niedergeschlagen hatte, erreichten die Nachwirkungen sie erst jetzt. Jordis Ungerührtheit zog sie an und stieß sie zugleich ab.

»Wieso bist du so munter? Hattest du keine Angst?«

»Nur nicht-intelligente Menschen haben keine Angst. Und Menschen, die nichts zu verlieren haben.« Er zündete die Zigarette an und inhalierte tief.

»Hattest du Angst?«

»Nein«, antwortete er leise und blies einen nervös zitternden Rauchring.

Sie gingen in sein Zimmer, zogen die Mäntel aus und schenkten sich zwei solide Whiskys ein.

»Man könnte zum Trinker werden, wenn man zu viel mit dir zusammen ist. Xenias Mund war ein strenger Strich. Sie trank selten Alkohol und mochte Whisky eigentlich gar nicht.

Kazanski schnipste den Zigarettenstummel aus dem offenen Fenster. In der Dunkelheit wirkte es verlockend.

»Was machen wir jetzt?« Sie klang müde.

»Das, was wir heute Morgen besprochen haben. Wir fahren noch einmal zu dem grauen Gebäude. Unsere Abendverabredung war eine Sackgasse. Im Moment fällt es mir schwer, diese Helga Nowakowski ins Gesamtbild einzufügen. Vielleicht war es ein russischer Akzent. Was meinst du?«

»Keine Ahnung. Sie könnte auch ein Handlanger der Witwe gewesen sein. Die Witwe hat uns ja gedroht, aber wir sind nicht verschwunden. Wer sagt, dass die Bombe nur dir galt? Vielleicht war sie für uns beide gedacht?«

»Ich weiß nicht. Ich stelle mir die Witwe als eine raffiniertere und professionellere Frau vor. Sie hat die Stadt in der Hand. Sie hätte uns nicht einzuladen brauchen. Wenn es eine Russin war, ergibt es einen Sinn, oder? Die Autobombe, der Überfall im Park, der Mordversuch im Fahrstuhl. Hast du in der Handtasche etwas gesehen?«

»Vier rote, leuchtende Zahlen, 00:06. Reicht das?«

»Und wie. Wie bist du auf die Tasche gekommen?«

»Sie hatte sie ans Tischbein gestellt, und als ich mein Bein ausstreckte, bin ich mit dem Fuß dagegengestoßen. Und sofort ging mir durch den Kopf, dass sie die Handtasche hätte mitnehmen müssen. Ich war schon vorher auf der Hut.«

»Weibliche Intuition lässt sich nicht verleugnen. Danke. Ohne dich wäre ich wie der Fisch geendet, Xenia. Nur in filetierter Form.

»Ich habe mich selbst gerettet. Ich lege Wert auf mein Leben. Und ich liebe meinen Sohn.«

Es klopfte an der Tür. Erst leise, dann fest und entschieden. Xenia zog ihre Pistole und gab Kazanski ein Zeichen, zu öffnen.

»Wer ist da?«, erkundigte er sich.

»Polizei. Seien Sie so freundlich und öffnen Sie.«

Kazanski erkannte sofort einen der beiden Beamten wieder. Es war derjenige, der ihm auf dem Parkplatz auf die Beine geholfen hatte. Kazanski sah aus den Augenwinkeln, wie Xenia rasch die Pistole unter die Bettdecke schob.

»Guten Abend. Die Explosion im Restaurant … Wir bitten Sie, uns aufs Revier zu begleiten.«

Zwei Stunden später kamen sie zurück ins Hotel. Xenia hatte an ihrer Geschichte festgehalten, dass sie die Produktionschefin einer Textilfirma sei; sie hatte erklärt, sie hätte lediglich eine Verabredung mit Kazanski zum Abendessen gehabt, weil sie im selben Hotel wohnten.

Kazanski selbst hatte in einer langen und blumigen Einlassung erklärt, dass Journalisten damit leben müssten, unbeliebt zu sein. Allerdings könne er sich wirklich nicht erklären, warum die Polizei nun zum zweiten Mal erlebte, dass jemand ihn umbringen wollte. Vielleicht waren amerikanische Geschäftsinteressen nicht überall in Polen gern gesehen? Ein toter Wirtschaftsjournalist der ›New York Times‹. Das würde nicht unbeachtet bleiben.

Die Fragen hatten gar nicht enden wollen. Sie seien aus dem Restaurant geflohen, sagte er, weil sie nicht in irgendwas verwickelt werden wollten. Ihm fehle nur noch ein Interview, dann würde er zurück in die USA fliegen.

Der Kellner hatte der Polizei eine exakte Personenbeschreibung von Kazanski gegeben. »Ein grober und streitlustiger Gast mit einem Pflaster auf der Stirn – aus den USA.« Es war nicht schwer gewesen, ein lädiertes Gesicht zu finden, das zu einem Amerikaner gehörte.

Schließlich ließ die Polizei sie gehen. Zurück blieb große Skepsis und die Drohung eines Beamten, dass man Kazanski in der amerikanischen Botschaft überprüfen lassen würde, auf die er ja selbst hingewiesen hatte. Möglicherweise würde man ihn noch einmal aufs Revier bitten. Kazanski hoffte, dass Smith-May richtig reagieren würde.

14

Irgendwo südlich von Krakau

Das Telefon klingelte, und der schrille Ton hallte in dem Raum mit den nackten Wänden wider. Sie hatten auf den Anruf gewartet, Leonid Dom Karpin hatte eine Stunde auf dem Fußboden neben dem Telefon gesessen. Er griff nach dem Hörer.

Viel sagte er nicht, aber die anderen konnten an seinem leisen Murmeln und seinem Gesichtsausdruck ablesen, dass er mit dem, was er hörte, ausgesprochen unzufrieden war. Nach einer Weile knallte er den Hörer auf. Sibi war der Einzige, der das Schweigen brechen durfte.

»Was ist, Dom? Schlechte Neuigkeiten?«

Karpin antwortete nicht, sondern stand auf und fing an, behäbig auf und ab zu gehen – wie ein Bär, den man in seinem Winterschlaf gestört hat. Nach ein paar Minuten machte er endlich den Mund auf:

»Es war Ludmilla. Die beiden anderen sind tot. Diese verfluchten Amateure. Ich dachte, sie wären in der Lage, einen versoffenen Amerikaner zu erledigen. Aber nein! Verflucht nochmal, nein!«

»Was hat sie gesagt?«, fragte Sibi ruhig.

»Renko wurde in einem Park erschossen von ein paar Fremden, die dem Amerikaner, der gewaltig einen sitzen hatte, offenbar zu Hilfe kamen. Juri wurde von dem Amerikaner selbst getötet, als er ihn im Fahrstuhl umbringen wollte. Und das ist noch nicht alles. Heute hat es auch noch Ludmilla selbst verbockt. Sie brachte eine Bombe an Kazanskis Tisch an. In einem Restaurant. Die Bombe hat den ganzen Laden zerlegt – nur den Amerikaner nicht. Ich habe Idioten ausgesandt ...«

»Hat unser lieber Freund Dixie sich wie vereinbart gemeldet?«

»Ja, von ihm haben sie die Informationen. Wenigstens das lief nach Plan.«

»Ziemlicher Scheiß, oder? Aber es lag schließlich auf der Hand, Ludmilla einzusetzen. Sie spricht fließend Polnisch. Wen hätten wir sonst auswählen sollen?«

»Du hast recht, Sibi. Vielleicht war es nur eine Reihe unglücklicher Umstände. Jetzt müssen wir ihn selbst erledigen. Jewgeni und Igor, ihr geht jetzt eine Runde, und du, Igor, übernimmst die erste Wache. Olga, sieh noch mal nach dem Professor. Gib ihm, was er haben will, und sorg dafür, dass er für die Fahrt bereit ist.«

Die kleine Trauergemeinde war am späten Nachmittag auf dem Hofplatz angekommen. Auf dem Bauernhof südlich von Krakau hatten sie alles wie im Vorfeld vereinbart vorgefunden.

Der Hof lag einsam und verlassen in einer Senke am Ende eines kilometerlangen Schotterwegs. Das Haupthaus stand an einer Gruppe von Laubbäumen, und das, was einmal ein kleines Stallgebäude gewesen war, war jetzt nur noch ein Haufen Steine und morsche Bretter. Rund um den Hof erstreckten sich offene Felder, so weit das Auge reichte. Nur vereinzelt Büsche oder ein Baum. Der Ort war perfekt.

In der verfallenen Küche, wo der Professor jetzt saß und

langsam wieder zu sich kam, hatten sie alles, was sie brauchten, vorgefunden. Diesen Teil ihrer Abmachung hielt sie also ein, und Dom war gespannt, wie der nächste Zug der Witwe aussehen würde. Es war an der Zeit, dass sie sich zu erkennen gab. Aber was auch immer als Nächstes kam, sie waren vorbereitet.

Der verbogene Fahrradrahmen und der Fetzen Auslegeware waren von der Mauer entfernt worden. Xenia und Kazanski sahen nirgendwo Licht. Das graue Gebäude am Fluss lag ruhig in der Dunkelheit.

Sie hatten bis weit nach Mitternacht gewartet, bevor sie das Hotel verließen. Im Werkstattraum des Hotels hatte Kazanski eine Beißzange gefunden, in wenigen Sekunden kniff er damit ein Loch in den rostigen Drahtzaun, der oben mit Stacheldraht umwickelt war.

So sah es an vielen Orten in Polen aus. Stacheldraht war eine Warnung vor der immer größer werdenden Kluft zwischen den Bevölkerungsgruppen in einem Land mit einem explosiven Wachstum und einem bröckelnden Sozialsystem. Privates Eigentum musste gegen die Übergriffe derer geschützt werden, die nur durch Diebstahl überleben konnten. Und diese Gruppe wurde immer größer. Kleine Gauner, Vagabunden und Obdachlose.

Xenia drückte die Klinke der Tür zum Garten herunter. Sie war verschlossen. An der Hotelrezeption hatte sie eine Rolle Klebeband bekommen, nun klebte sie rasch die Glasscheibe der Tür mit langen Bahnen zu. Vorsichtig schlug sie mit dem Ellenbogen die Scheibe ein, griff hindurch und drehte den Schlüssel herum.

Sie stolperte beinahe über das Bündel, als sie in den dunklen Gang trat. Es war ein Mensch. Ein lebloser Körper. Kazanski hielt sein Feuerzeug an das Gesicht des Toten. Xenia erkannte sofort den Mann, der in der Nacht zuvor auf der Treppe gesessen und geraucht hatte. Aus einem Loch am Hals war Blut geflossen und hatte eine dunkelrote Pfütze auf dem Boden hinterlassen. Jemand anderes hatte dafür gesorgt, dass er diesmal nicht wieder aufwachte.

Kazanski legte einen Finger an die Lippen und schritt über die Leiche zur Treppe. Einen Augenblick hielten sie inne. Dann hörten sie es beide – die klagenden Töne einer Violine irgendwo über sich.

»Das ist sie wieder«, flüsterte Kazanski und zeigte auf die Treppe. »Los, komm. Mir nach.«

Er hatte ein Déjà-vu. Der Weg hinauf in den zweiten Stock, der Treppenabsatz, die knarrende Tür und die jetzt laut schluchzende Violine. Kazanski zog seine Pistole und hörte, dass Xenia dasselbe tat. Dann drückte er vorsichtig die Klinke hinunter und schob die Tür auf.

In der entferntesten Ecke saß eine Gestalt mit dem Rücken an der Wand und zog mit langsamen Strichen den Bogen über die Saiten. Vor ihr zitterte die Flamme einer einzigen Kerze, die in einem kleinen Kerzenhalter auf dem Boden stand.

Sie gingen ein paar Schritte ins Zimmer und blieben dann stehen. Es konnte sich bei der Geigerin nur um die Frau vom Vortag handeln, und sie spielte ungerührt weiter. Schließlich wurden die Töne immer leiser, und nach einem langen Strich verschwand das letzte spärliche Vibrato.

»Franz Schubert, ›Der Tod und das Mädchen‹, 2. Satz, Streichquartett Nr. 14 in d-Moll … er starb im Alter von einunddreißig Jahren, an Typhus … Brahms hat über ihn gesagt: ›Es gibt nicht ein Lied von Schubert, aus dem man nichts lernen kann.‹ Und das stimmt …«

Sie starrte vor sich hin, als würde sie mit der Kerze sprechen. Erst jetzt wandte sie sich um und sah Kazanski und Xenia an.

»Willkommen … Ich wusste nicht, wann ihr kommen würdet, aber ich wusste, dass ihr kommen werdet. Früher oder später.«

Die Stimme war dieselbe. Sie war es. Das Chamäleon im Kerzenmeer.

»Möchtet ihr etwas trinken? Whisky? Nehmt euch eine Flasche und Gläser von dort drüben.«

Sie selbst trank einen Schluck aus einer Flasche mit einer Grimasse aus Genuss und Abscheu. Dann nahm sie einen großen, siebenarmigen Leuchter vom Fensterbrett, zündete sorgfältig die Kerzen an und stellte ihn vor sich auf den Boden.

»Wir haben einiges zu bereden, denke ich«, sagte Kazanski und wunderte sich über ihre Kerzen-Manie. Es erinnerte ihn an Spiritismus.

»Vielleicht. Nehmt erst einmal eure Waffen runter, ich beiße nicht. Kommt her und setzt euch.«

Sie trug eine anliegende, schwarze Bluse, die bis zum Nabel offenstand, sodass ihr BH zu sehen war. Das Silbermedaillon lag noch immer zwischen ihren Brüsten. Der kurze Rock hatte sich nach oben geschoben, sie hatte die Beine angezogen und sah zart und zerbrechlich aus. Einer ihrer Netzstrümpfe war zerrissen. Der andere hatte sich vom Hüfthalter gelöst und war den Oberschenkel hinuntergerutscht.

Xenia und Kazanski setzten sich auf den Boden und schenkten sich ein. Kazanski zündete sich eine Zigarette an und zog fest daran. Er hatte das Gefühl, dass das, was die mysteriöse Frau nun erzählen würde, bei der Jagd auf die Witwe entscheidend sein könnte. Die Witwe hatte eine Verbindung zu diesem Haus – vielleicht wohnte sie sogar hier.

»Die alte Dame, die hier wohnt. Erzähl uns mehr von ihr«, begann Kazanski mit leiser Stimme.

»Du meinst die Witwe, oder? Du glaubst, es ist die Witwe.«

Die Frau duzte sie diesmal. Gestern hatte sie ihn gesiezt, bis sie anfing, sich auszuziehen.

»Ja, die Witwe. Woher wusstest du …«

»Gut. Ich erzähle euch die Geschichte«, unterbrach sie ihn.

Sie zündete sich eine Zigarette an und stieß so etwas wie einen tiefen Seufzer aus.

»Einen Augenblick. Bleibt sitzen.«

Sie erhob sich und ging zu einem Regal an der gegenüberliegenden Seite des Raums. Als sie zurückkam und sich setzte, reichte sie Kazanski ein Foto, der es so hielt, dass auch Xenia es sich ansehen konnte.

»Die mit den schwarzen Haaren, die lächelt – das ist die Witwe. Martha Maria Siwonia …«

Beide betrachteten sie das Schwarz-Weiß-Foto im Goldrahmen. Eine lächelnde Frau, die ihre Arme um ein Mädchen gelegt hatte, das fünfzehn bis siebzehn Jahre alt sein mochte. Mutter und Tochter. Dieselben feinen Züge in beiden Gesichtern.

»Die Witwe ist deine Mutter …« Xenias Ausruf war eher eine Feststellung als eine Frage.

»Ja. Da habt ihr sie, meine Mutter, die offenbar alle erwischen wollen. Aber ich habe mich noch gar nicht anständig vorgestellt. Ich heiße Ewa – Ewa Theresa.«

»Wo ist sie jetzt?«

Kazanski blickte fragend in das halb verschattete Gesicht. Erst jetzt fiel ihm die Wunde über der Augenbraue und eine üble Schwellung an der Unterlippe auf.

»Sie ist tot … Es ist jetzt fünfzehn Tage her …«

Kazanski brachte kein Wort heraus. Alle seine Fragen waren mit nur drei Worten beantwortet. Und dann formten sich neue …

»Du warst das im Keller, nicht wahr?«, wollte Xenia wissen.

»Ja, ihr wart im Weg. Habt zu viel herumgeschnüffelt. Ich wollte euch warnen. Ihr solltet so schnell wie möglich verschwinden. Aber ihr wolltet offensichtlich nicht hören.«

»Der tote Mann unten im Gang?«

»Ich habe es nicht geschafft, mich mit ihm abzuquälen. Außerdem mag ich keine Toten.«

»Dein Gesicht?«

»Ich habe ziemlich viele Schläge abbekommen, Kazanski. Ich war wohl für kurze Zeit bewusstlos. Er hat die Witwe auch gejagt … Aber ich habe nichts gesagt. Ich habe ihm eine Lüge erzählt.«

»Wem, ihm?«

»Ein Amerikaner, ungefähr fünfundvierzig Jahre alt, mittelgroß, rote Wangen, dünnes, karottenrotes Haar. Er kam, als ich gerade aufbrechen wollte.«

»Verflucht! Es gibt nur einen Mann mit solchem Haar, Eric Crankshaw! Das verdammte Schwein. Ich verstehe nur nicht, wie er dich finden konnte. Er hat mich beschattet, aber ich habe ihn am Stadttor niedergeschlagen, sodass er zu seinem Hotel wanken musste …«

Etwas weiter entfernt saß ein Mann an der ulica Zamkowa in einem Auto. Eine antennenähnliche Konstruktion, die an ein feinmaschiges Drahtnetz erinnerte, war hinter dem Kühlergrill befestigt. Von dort zog sich ein Kabel durch den Motorraum, das zusammen mit einer Reihe anderer Verbindungen in einer Öffnung am Armaturenbrett mündete und an einem Empfänger endete, der auf dem Boden vor dem Beifahrersitz stand. Ein zweites Kabel führte zu einem Kopfhörer im Ohr des Mannes.

Die Worte waren nur schwer zu verstehen, und an der Grimasse des Mannes ließ sich ablesen, dass er sich konzentrieren musste, um dem Gespräch zu folgen. Während sie halb bewusstlos auf dem Boden lag, hatte er das Mikrofon unter dem Vorsprung des mittleren Fensterbretts hinter der Gardine angebracht.

Als er seinen eigenen Namen hörte, zeigte sich auf seinen Lippen ein schiefes Lächeln. Er hatte damit gerechnet, dass es länger dauern würde, bevor sie sich zu erkennen gab. Die verdammte Geige war nicht zu ertragen. Es war einfach gewesen. Er stellte mit einem Blick auf die Uhr fest, dass er nicht einmal zwei Stunden hatte warten müssen.

Kazanski war am Ende. Schlampig und untalentiert, wie er es immer gewesen war. Obwohl der Idiot am Stadttor triumphiert hatte, und obwohl er auf sein Zimmer gehen musste, um sich zu erholen, wurde es doch eine Niederlage für Kazanski. Es war eigentlich ganz logisch. Er hatte Kazanski bis zur Synagoge und in der Stadt beschattet. Er hatte die Nachricht mit der Adresse des Sigismund unter der Tür durchgeschoben. Er hatte nicht ganz sicher sein können, aber er durfte davon ausgehen, dass Kazanski in dem Wirtshaus auftauchen und für ihn die Arbeit erledigen würde: Früher oder später würde er ihn in die Nähe der Witwe bringen.

Nachdem er sich in seinem Hotelzimmer von Kazanskis Schlägen erholt hatte, war er mit seinem Leihwagen hierhergefahren. Und Kazanski war gekommen. Natürlich war er gekommen. Er hatte einfach kommen müssen. Perfekt inszeniert.

Xenia stand abwartend auf der Treppe. Sie waren zu Fuß zurück ins Hotel gegangen. Sie fragte ihn nicht. Sie wollte, dass er mit ihr kam, aber ihren Gefühlen würde sie nicht noch einmal freien Lauf lassen. Sie suchte nach Zeichen in seinen Augen und in seiner Mimik, aber es gab sie nicht. Nach einem Moment der Unentschlossenheit gab sie ihm einen Kuss auf die Wange und wünschte ihm eine gute Nacht.

Kazanski ging erleichtert in sein eigenes Zimmer. Zum Fenster.

Eric Crankshaw pfiff vergnügt, während er die Treppe hinaufging. Sie war mit einem abgetretenen Läufer überzogen, schäbig wie der Rest des Hotels Warszawski, das gerade noch einen Stern hielt. Aber für ihn hatte es die ideale Lage an der ulica Pawia, nicht weit vom Europejski entfernt, in dem Kazanski und die Europol-Agentin wohnten.

Er war euphorisch, denn er hatte das Rätsel gelöst, das zunächst wie der schwierigste Teil der Aufgabe ausgesehen hatte. Leider hatte dieses Siwonia-Flittchen keine weiteren wichtigen Informationen geliefert, nur, dass ihre Mutter an Lungenkrebs gestorben war. Plötzlich hatte sie Kazanski und diese Dänin gebeten zu gehen, weil sie sich nicht wohlfühlte und dafür sorgen musste, dass die Leiche im Flur vor Tagesanbruch abtransportiert wurde. Offenbar hatte er ihren Vetter umgebracht. Der Mord interessierte ihn nicht weiter. Er hatte nur schneller reagiert als der andere. So einfach war das.

In seinem Hotelzimmer goss er sich ein Glas Mineralwasser ein, suchte in seinem Koffer und fand das Buch und einen Schreibblock. Dann zündete er sich eine Zigarette an, setzte sich an den wackligen Schreibtisch und blätterte in John Steinbecks ›Tortilla Flat‹. Wie vereinbart, nutzte er von nun an die maximalen Sicherheitsvorkehrungen.

Er schrieb eine lange Reihe von Buchstaben- und Zahlenkombinationen auf und endete mit »*Ihr Ergebener, Pawia*«. Das Wort »*Ergebener*« gehörte wie viele andere Wendungen zu einem Code-System und bedeutete, dass alles in Ordnung war und er den Brief nicht unter Zwang geschrieben hatte. Pawia war der Straßenname und eine weitere Bestätigung, dass er am richtigen Ort war.

Wenn er seinen Job in Krakau beendet hatte, würde er nicht mehr übersehen werden. Er war schon einmal übergangen worden, aber wenn die Empfehlung auf dem Schreibtisch des stellvertretenden Direktors Christian Jannsen landete, würde seine entscheidende Rolle im Fall Kazanski so schwer wiegen, dass er auf einen leitenden Posten befördert wurde, sobald eine Versetzung möglich war. Das hatte man ihm versprochen. Und er hatte es verdient.

Hatte er nicht alles für den Dienst getan und sogar in Kauf genommen, dass Susann ihn deshalb verließ? Er hatte sich die Hacken abgelaufen, erst in Kairo, Tel Aviv und Budapest und später in Prag, Berlin und Moskau. Er hatte während des Kalten Krieges im Ostblock ausgeharrt. Und nun hatte er ein Alter erreicht, in dem sein Einsatz in all den Jahren belohnt werden sollte.

Eric Crankshaw ging zur Rezeption, wo ein junger Bursche sich einen Videofilm ansah. Demi Moore wand sich geschmeidig und mit verdächtig großen und festen Brüsten auf der Bühne. Crankshaw hatte den Film gesehen. Völlig sinnfrei, einzig und allein gedreht, um Moore nackt zu zeigen. Ein Blick auf einen Traum. Allein das war die Eintrittskarte wert gewesen.

»Darf ich mal das Telefax benutzen?«, erkundigte er sich.

»Ja, selbstverständlich. Wir schreiben es einfach auf die Rechnung. Kommen Sie allein zurecht?«, fragte der junge

Mann gedankenverloren, den Blick starr auf den Bildschirm gerichtet.

Erik Crankshaw tippte die Nummer ein. Wo die Faxnachricht letzten Endes landen würde, wusste er nicht. Nur, dass es ein »sauberes« Fax sein würde. In exakt sieben Stunden, um 09:00 Uhr polnischer Zeit, würde ein Fax für ihn eingehen, und er würde an der Rezeption bereitstehen, um es in Empfang zu nehmen.

Es könnte ein langer Tag werden. Er musste Kazanski beschatten, wenn er sich mit der Tochter der Witwe traf. Vielleicht würden sie irgendwann zu ihr nach Hause gehen. Vielleicht würde er den größten Teil des Abends und der Nacht im Auto verbringen. Im Moment wusste er es noch nicht, aber er hatte das Gefühl, voller Energie zu sein.

15

Wieder hatte der Albtraum ein Stück von ihm gefressen. Ein langgezogener Schrei, Herzklopfen, kalter Schweiß.

Alles fing von vorn an. Und diesmal war es schnell gegangen. Manchmal verging bis zu einem Monat, bevor der Traum ihn erneut quälte und verbrannte. Aber er wusste, wie er sich zu verhalten hatte. Mit der mechanischen Routine eines Fließbandarbeiters setzte er sich auf die Bettkante, zündete sich eine Zigarette an, erholte sich ein wenig – und ging dann ins Badezimmer. So reagierte er jedes Mal.

Vielleicht war der Traum wegen seines Schuldgefühls und den ganzen Spekulationen so bald zurückgekommen. Normalerweise glitten seine Tage einfach so dahin, abgesehen von seinen Besuchen in Jerry's Keller am Abend oder zur Not auch bei Old Mac, wenn Ian hinter dem Tresen stand.

Die Vereinbarung, um die Ewa Theresa Siwonia in der Nacht gebeten hatte, zielte nur auf ihn. Warum, wusste er nicht. Vielleicht weil es in erster Linie die CIA war, die ihre Mutter um Hilfe gebeten hatte – und nicht Europol. Die Tochter der Witwe hatte Xenia so gut wie ignoriert, aber das war nicht besonders überraschend. Ewa hatte bereits im Keller Xenias Absichten mit ihrem Besuch in Krakau benannt, und wenn Ewa die illegale Tätigkeit ihrer Mutter weiterführen wollte, waren Xenia und Europol verständlicherweise unerwünscht.

Xenia hatte nur ein paar Fragen gestellt. Ewa hatte sie ignoriert und Xenia hatte die Zurückweisung mit erstaunlicher Ruhe hingenommen.

Kazanski sollte Ewa um 18:30 Uhr bei der Drachenskulptur unterhalb des Wawel treffen, nur knapp dreihundert Meter Luftlinie von ihrem Haus auf der anderen Seite des Flusses entfernt. Er ging davon aus, dass er diesmal die ganze Geschichte erfahren würde. Weder er noch Xenia hatten protestiert, als Ewa sie plötzlich gebeten hatte zu gehen. Doch im Moment wusste er im Grunde nicht mehr, als dass die Witwe nicht mehr existierte – jedenfalls nicht jene Witwe, die für diese ganze verdammte Geschichte verantwortlich war.

Kazanski ging durch den Kopf, dass er sich am Morgen eigentlich bei David melden müsste, aber er entschied sich zu warten, bis er Ewa Theresa Siwonia getroffen hatte. Dann würde die Geschichte vielleicht einen Sinn ergeben. David Oakland musste ihm helfen, ihm einen Rat geben.

Es lag nahe, Langley Bericht zu erstatten. Er war gezwungen, den Anweisungen zu folgen, wenn der Job ihn weiterbringen sollte. Andererseits wollte er Patrick McMullen nicht zu viel erzählen, der ihm immerhin seinen Laufburschen Crankshaw auf den Hals geschickt hatte.

Kazanski musste gründlich nachdenken. Vielleicht konnten er und David ihr Wissen für sich behalten und einen Fehler auf McMullens Seite provozieren, um so mehr über dessen Absichten zu erfahren.

Er wurde den Verdacht nicht los, dass er lediglich der Dackel war, der den Fuchs aus seinem Loch treiben sollte. Die Alternative war, sich an den Vorgesetzten des Iren zu wenden, an Paul Crowley – oder gleich ganz oben an Christian Jannsen. Das allerdings wäre riskant. Er wusste nicht, ob Crankshaw mit deren Wissen eingesetzt wurde. Hallbrooke, der

Chef der Gegenspionage, war vollkommen ausgeschlossen. Er war ganz einfach allem und jedem gegenüber zu skeptisch.

An David konnte Kazanski nicht offiziell berichten, weil jeder wusste, dass sie enge Freunde waren und David trotz allem in der Hierarchie nicht so weit oben stand. Wenn er sich jedoch an McMullen wendete, müsste er automatisch sein Wissen verraten. Und Wissen war in der Welt der Intriganten Gold wert. In der Welt Langleys. Und wie wertvoll es war, sein Wissen für sich zu behalten, hatte er bereits vor vielen Jahren rausgefunden.

Während seines ersten Auslandseinsatzes, in einem so gottverlassenen Ort wie Karatschi, hatte er beinahe den Dienst und die Pakistaner am Hals gehabt, gerade weil er sich mit dem Verdacht auf Unregelmäßigkeiten bei der Rekrutierungsarbeit an seinen Vorgesetzten gewandt hatte. Es stellte sich heraus, dass sein Vorgesetzter selbst und ein hochrangiges Mitglied der Regierung Teil der Konspiration waren.

Hinterher hatte Kazanski begriffen, dass er die Alarmsignale überhört, das Muster nicht erkannt hatte.

Vermutlich war es Zufall, aber sowohl Karatschi als auch Krakau beginnt mit einem »K«, dachte er und lächelte vor sich hin.

Er frühstückte wieder mit Xenia. Sie war schweigsam und wirkte nachdenklich und bedrückt. Er selbst wusste auch nicht mehr zu sagen, als dass er sich bis zu dem Treffen mit Ewa in der Stadt die Zeit vertreiben wollte. Wenn er heute Abend wiederkam, würde er bei Xenia vorbeischauen und ihr von dem Treffen berichten.

Schließlich unterbrach Xenia das Schweigen:

»Findest du nicht, dass es schade um sie ist?«, fragte sie beiläufig.

»Um wen?«

»Die Tochter der Witwe, Ewa.«

»Was meinst du?«

»Ich habe schon viele wie sie gesehen, in Kopenhagen, auf der Straße oder in den Bars. Huren oder Stripperinnen, manche auch beides.«

»Ehrlich gesagt, habe ich keine Ahnung.«

»Manchmal ist es bloß eine bequeme Abkürzung, um zu Geld zu kommen, und das ist schade. Vor allem bei einer jungen Frau wie ihr. Ich finde sie hübsch. Du nicht?«

»Ich weiß nicht, es war ja halb dunkel. Warum fragst du?«

»Das ist doch eine ganz gewöhnliche Reaktion. Wenn sie hässlich wie der Teufel wäre, würde ich vielleicht kein Mitleid haben. Ungerecht, aber wahr. Was glaubst du, Jordi? Ist sie eine Nutte oder eine Stripperin?«

»Mir egal.«

»Ihre Kleidung … spricht für sich.«

»Keine Ahnung. Als ich sie das erste Mal sah, spielte sie Violine in einem langen Sommerkleid. Sie sah aus wie eine Erzieherin aus dem Kindergarten.«

»Ich glaube, davon solltest du nicht ausgehen. Hast du ihre Augen nicht bemerkt? Anziehend und abstoßend, würde ich sagen. Aber ziemlich intensiv. Wie ging es dir denn da, als Mann?«

»Darüber habe ich überhaupt nicht nachgedacht, Xenia. Ja, man könnte sicher sagen, dass ihr Aufzug ziemlich provokant war. Vermutlich werde ich heute Abend erfahren, was sie macht. Dann gebe ich dir Bescheid, wenn es so wichtig ist. Ich kann sie ja einfach fragen, ob sie eine Nutte oder eine Stripperin ist.«

»So war das nicht gemeint. Hauptsache, ich kann sie zur Zusammenarbeit bewegen.«

»Ich werde versuchen herauszufinden, ob sie plant, die Geschäfte ihrer Mutter weiterzuführen. Einverstanden?«

Kazanski ging gerade an der Marienkirche vorbei und musste nicht auf seine Uhr schauen, um zu wissen, dass ihm noch eine halbe Stunde blieb.

Jede Stunde, den ganzen Tag, jahraus, jahrein – bei Sonne, Schnee, Regen und verdammtem Frost. Immer ertönte das klare Trompetensignal vom Turm der Kirche über den Marktplatz und das Stadtzentrum. Eine verfluchte Aufgabe. Sklave der Zeit zu sein.

Das Signal gehörte zur Stadt der Könige. Der Trompeter blies aus der vollen Kraft seiner Lungen in alle vier Himmelsrichtungen. Laut der Legende warnte die Wache die Bevölkerung vor einem drohenden Angriff der wilden Tataren.

Kazanski hörte zu. Ja. Es war richtig. Das Signal endete abrupt – denn der Wachposten wurde von einem feindlichen Pfeil durchbohrt, und Legenden galt es zu bewahren. Auch im Jahr 1999.

Aber wen wollte der Mann dort oben warnen? Die Touristen und die Einwohner Krakaus unter den gelben Sonnenschirmen? Die Blumenhändler? Die Zigarettenverkäufer? Kaum. Vielleicht ihn selbst? Jan-mit-dem-spanischen-Vornamen-Kazanski, New York, United States of America, auf der Gehaltsliste der Lohnbuchhaltung der Central Intelligence Agency, eine Laus in einer Schraubzwinge … Wer wäre in der Lage, ein mikroskopisch kleines Ungeziefer mit einem Pfeil zu treffen?

Kazanski ging es immer am besten, wenn er den Überblick über die Situation hatte. Wenn er zwei Reihen Zahlen vergleichen konnte, Ergebnisse, minus und plus. Es war ein weiter Weg von den unheilverkündenden Trompetenklängen der

Vergangenheit bis zu dem festen Rahmen seines Jobs als Analytiker und Schreibtischstratege in Moskau während des UROCIS-Projekts. Und nicht zu vergleichen mit dem verrotteten Keller in New York, in dem er die letzte Zeit vor seiner Arbeitsunfähigkeit vertan hatte.

Zehn Minuten später hatte er den Wall erreicht und ging zum Drachen am Fuße des Schlosses. Vor dem Bronzeungeheuer stand eine Gruppe Menschen. Eis, bunte Luftballons und lärmende Kinder, die Fangen spielten.

Unter jedem einzelnen Pflasterstein Krakaus wartete eine verdammte Legende. Kazanski wusste, dass der Drache eine Hauptrolle in der Geschichte der Stadt spielte, er hatte es nur nicht geschafft nachzulesen, wo der Drache in dem ganzen Durcheinander hingehörte.

Er sah sich nach der jungen Witwe um, aber sie war nirgendwo zu sehen. Kazanski blieb bei den Menschen stehen, die offensichtlich auf irgendetwas warteten. Kurz darauf wusste er, worauf. Eine lange Stichflamme schlug einige Sekunden aus dem Maul des Drachens. Dann erlosch sie. Kurz darauf fauchte es erneut. Der Drache spie Feuer auf Kommando. Irgendwo versteckt steuerte eine Automatik das Sodbrennen des Biestes.

Er spürte eine leichte Berührung an der Schulter und drehte sich um.

»Tag, Kazanski.«

Ewa. Allerdings war sie mit ihrer dunklen Sonnenbrille nicht leicht zu erkennen. Das pechschwarze Haar war aus der Stirn gekämmt und an einer Seite hinters Ohr frisiert. Sie trug Jeans und ein weites Seemannshemd. Ewa war ungeschminkt. Ihre Oberlippe war angeschwollen, ebenso eine Augenbraue. Am Morgen hatte der Spiegel auch ihm gezeigt, dass er miserabel aussah.

Kazanski hatte es die Sprache verschlagen. Da war sie also. Sie, an deren Anblick im Dunkeln, im Nebel oder im Kerzenschein er sich allmählich gewöhnt hatte. Sie, zwischen deren Brüsten ein silbernes Medaillon lag. Sie, die ihn gereizt, mit ihm gespielt und ihn lächerlich gemacht hatte.

Als sie nun bei Tageslicht vor ihm stand, fand er nichts von dem Chamäleon an ihr. Aber es war da. Irgendwo.

»Hej …« Endlich brachte er die drei Buchstaben heraus.

»Du guckst so merkwürdig. Ich bin's wirklich. Glaub es oder lass es …«

»Natürlich. Ich hatte nur nicht damit gerechnet, dass …«

»Ich so aussehe? So sehe ich aber aus. Jedenfalls wenn es hell ist.«

»Was meinst du damit?« Er erinnerte sich an Xenias Frage nach der Hure oder Stripperin.

»Ach nichts … Gehen wir hoch zum Schloss? Von dort können wir die Stadt überblicken. Außerdem sind nicht so viele Leute da«, sagte sie und deutete zum Schloss hinauf, dessen Mauern sich über dem Drachen auftürmten.

Sie ging voran. An der Ecke gab es eine Steintreppe. Oben auf der Festungsanlage setzten sie sich auf die Mauer. Beide zündeten sich eine Zigarette an, und Kazanski war gespannt, was sie ihm zu sagen hatte.

»Gleich da drüben ist mein Haus. Kannst du dir eine bessere Lage vorstellen? Die schönste Aussicht in der ganzen Stadt.« Sie zeigte auf das gegenüberliegende Flussufer, wo er den grauen Kasten undeutlich zwischen den Bäumen erkennen konnte.

»Ja, schön. Du bist eine Nachbarin des Wawel«, bemerkte er nur und wartete wieder.

»Weißt du, was Red Mercury ist?«

»Red Mercury? Ja, ich weiß ein bisschen was darüber«,

antwortete er zögernd. »Red Mercury, rotes Quecksilber …« Er wühlte in seinem Gedächtnis. Dann fiel es ihm ein:

»Es ist ein Stoff. Ein mystischer Stoff. Kluge Köpfe behaupten, dass er nicht existiert. Dass es lediglich ein ›wissenschaftliches Einhorn‹ sei. Andere kluge Köpfe sagen, es gäbe ihn wirklich. Er könnte eine Bedrohung sein, ein Fluch, wenn er den Falschen in die Hände fiele. Terroristen zum Beispiel. Aber sie sind in der Minderheit.«

»Diese Leute haben recht. Hör gut zu. Denn all das, was du nicht verstehst, dreht sich um Red Mercury und um einen Mann, einen russischen Atomphysiker.«

Sie schob die Sonnenbrille in ihre Haare und sah ihn mit einem ernsten Ausdruck an. Dann fing sie an zu erzählen, konzentriert und mit gedämpfter Stimme.

Ewa redete lange. Wie lange, wusste er nicht genau, aber es gab kein Zögern, kein Suchen nach Worten. Es klang wie ein eindringlicher Appell. Kazanski unterbrach sie nur wenige Male mit kurzen Fragen. Die Antworten bestätigten, dass die Konsequenzen ihrer Geschichte enorm waren.

Als der Mann im Kirchturm am ersten Tag sein Warnsignal über den Platz geblasen hatte, hatte Kazanski noch vor der einfachen, aber nicht einfach zu lösenden Aufgabe gestanden, eine Frau zu finden, die sich »Die Witwe« nannte. Schließlich hatte er ihre Tochter gefunden und musste nur die Verbindung zu dem alten Juden knüpfen. Dann hätte er mit gutem Gewissen nach Hause fliegen können, um mit sich und allen offenen Fragen weiterzuleben.

Nach dem, was er jetzt erfahren hatte, sah alles wieder anders aus.

Kazanski kannte die Geschichte. Als Kind hatte sein Vater sie ihm erzählt, der Sagen und Mythen liebte. Die Pandora-Geschichte von der Frau, die Hephaistos, der Gott der

Schmiede, geschaffen und auf die Erde geschickt hatte, als Strafe der Götter für die Menschen, weil irgendein Kerl, an dessen Namen sich Kazanski nicht erinnern konnte, das Feuer vom Olymp gestohlen und den Menschen gebracht hatte. Pandora hatte eine Büchse geöffnet und alle bis dahin unbekannten Übel über die Menschen gebracht. Allerdings hatte dem alten Kazanski die Variante der Geschichte noch besser gefallen, die von den alten Kirchenvätern erzählt wurde – vor allem, wenn er sie mit einem Schalk in den Augen in Anwesenheit seiner Frau wiedergab: dass alles Böse von der Frau kam, von Eva. Ganz einfach.

Und nun hatte sie tatsächlich genau das getan. Ewa hatte die Büchse der Pandora geöffnet und das Böse herausgelassen.

Nachdem sie eine Weile schweigend nebeneinandergesessen hatten, fragte sie ihn, ob er bei ihr zu Abend essen wollte. Kazanski nahm die Einladung an und folgte ihr in Gedanken versunken.

Crankshaw hatte das Gefühl, als würde er die Szene durch eine starke Brille sehen. Er sah, wie sich Kazanski ständig über die Schulter blickte, während er zuhörte. Als könnten überall Russen sein. Er konzentrierte sich einen Augenblick auf die Frau. Sie war attraktiv, aber er bereute nicht, sie verprügelt zu haben.

Manchmal ging etwas so leicht, dass man misstrauisch wurde. Ein andermal trug gute Arbeit Früchte. Dieses Gefühl hatte Eric Crankshaw. Er war vorsichtig gewesen, und das hatte Früchte getragen. Er hatte die Dänin vor seinem Hotel gesehen und natürlich die Hintertreppe genommen. Vielleicht stand sie noch immer dort.

Aus weiter Entfernung hatte er die beiden oben auf der

Mauer durch sein kleines Fernglas beobachtet. Sie selbst hatten ihm die Zeit und den Treffpunkt am Vorabend mitgeteilt, und nun war er vorausgegangen und hatte seine Position im Auto eingenommen. Kurz darauf sah er, wie Kazanski und die Tochter der Witwe in die schmale Straße einbogen und auf das graue Haus zugingen.

Er schaltete das Gerät ein, die grüne Diode leuchtete. Dann steckte er einen Zeigefinger ins Ohr, schmierte einen Klecks Ohrenschmalz auf den Bezug des Beifahrersitzes und steckte den kleinen Ohrhörer vorsichtig ins Ohr. Aus der Tasche holte er eine Tonbandkassette und legte sie in den Empfänger.

Er war bereit. Sie konnten anfangen.

»Ich kann heute nichts Großes zaubern. Magst du Spaghetti mit Fleischsoße?«, rief sie aus der Küche.

»Ja. Ich esse beinahe alles. Außer Fisch. Vor allem keinen Karpfen …«

»Weshalb sagst du das?«

»Das erzähle ich dir beim Essen«, erwiderte Kazanski und sah sich im Wohnzimmer um. Es wirkte jetzt anders, ohne die zitternden Flammen. Es machte einen ebenso bodenständigen und verlässlichen Eindruck wie die Tochter der Witwe in lässiger Alltagskleidung.

»Ich habe dich noch gar nicht gefragt, was du eigentlich machst.«

Ewa erschien und lehnte sich an den Türpfosten, er spürte, wie sie ihn von oben bis unten musterte.

»Was ist? Habe ich etwas Falsches gesagt?« Er erwiderte ihren Blick.

»Männer werden einfach nicht damit fertig, wenn sie jemanden nicht in eine bestimmte Schublade packen können. Entweder bekommen sie es mit der Angst zu tun oder sie sind neugierig – wie kleine Kinder. Belassen wir es doch einfach dabei, dass ich … nun ja, speziell … bin.«

»Da wäre ich nie draufgekommen. Nenn mich im Übrigen bitte Jordi. Oder Jan, wenn du willst – oder beides.«

»Okay, Jordi. Hübsch – ein ungewöhnlicher Name. Nimm dir ein Glas, setz dich und entspann dich, während ich das Essen vorbereite.«

Sie verschwand wieder in der Küche. Kazanski schenkte sich einen Whisky ein, ging in dem großen Zimmer umher und betrachtete die Bilder, den Schmuck und die Bücher. Das Regal enthielt eine Reihe Biografien und Nachschlagewerke über klassische Musik. Und ein zweites Brett mit tiefsinnigen Titeln: ›Tractatus logico-philosophicus‹, ›Die Eroberung des Glücks‹, ›Die Entstehung der Moral‹, ›Alphabetische Vernunft‹. Einige Namen sagte ihm etwas, Namen wie Aristoteles, Descartes, Nietzsche, Voltaire, Kant oder Kierkegaard. Alles Philosophen. Andere hatte er nie gehört.

»Zeig mir dein Bücherregal, und ich sage dir, wer du bist.«

So etwas in der Richtung hatte wohl irgendjemand einmal gesagt. Man musste kein Philosoph sein, um den Sinn des Spruches zu begreifen. In diesem Moment hätte er allerdings doch gern eine vernünftige Interpretation gehabt, wie Ewa Theresa Siwonias viele Facetten sich zu einem Charakter zusammensetzten.

Kazanski zog ein Buch heraus, betrachtete das Bild auf dem Umschlag und konnte beinahe spüren, wie Rousseau alles tat, um sein Gesicht freundlich erscheinen zu lassen – nachsichtig und mitfühlend gegenüber dem Betrachter und dessen begrenzten Möglichkeiten. Red Mercury. Also war vielleicht doch etwas dran an den Geschichten über das rote Quecksilber?

Während seiner Zeit in Moskau hatte Kazanski mit dem Strom neuer Herausforderungen zu tun gehabt, der nach dem Fall des Giganten über Russlands Grenzen floss.

Red Mercury war lediglich eines von vielen angeblichen und tatsächlichen Problemen, aber es war das bekannteste. Cäsium, Rubidium, Scandium, Osmium. Ein Schwarm von Isotopen, angereichertes Uran und Plutonium. Irgendwann hatte die Europäische Union auf Veranlassung Deutschlands Großalarm ausgelöst. Täglich gab es Berichte, dass angereichertes Material der einen oder anderen Art bei dem Versuch, eingeschmuggelt zu werden, entdeckt worden war.

Die angespannte Stimmung war durchaus berechtigt. Freier Zugang zu den Komponenten für Atomwaffen. Ein Supermarkt des Todes für Terroristen, Diktatoren und religiöse Fanatiker.

Wer konnte sicher sein, dass Russland, die Ukraine und die anderen großen Nachfolgestaaten die innere Sicherheit im Griff hatten, wenn es um die Atomwaffenindustrie und die zahlreichen Produktionsanlagen ging, die verfielen, weil der Geldstrom ausblieb.

Wenn eine Regierung den Sold ihrer Soldaten nicht mehr zahlen konnte, waren die Soldaten gezwungen, ihr Überleben auf andere Art zu sichern. Etwa mit dem Verkauf von allen möglichen Stoffen an eifrige und häufig auch naive Käufer aus dem Westen.

Mitte der 1990er Jahre schien die Nachfrage nachzulassen. Der deutsche Zoll fand nur noch selten etwas, das Anlass zur Besorgnis gab, und je mehr beschlagnahmte Proben analysiert und für harmlos erklärt wurden, desto mehr verebbte die Debatte. Die Käufer hatten ihr Lehrgeld gezahlt, wenn sie Tausende von Dollar für einen unschuldigen Stoff investiert hatten, der bestenfalls ein wenig radioaktiver war als eine

Tafel Schokolade. Die Politik hatte eine Reihe von Kontrollmechanismen eingeführt und kümmerte sich längst um andere Themen. Aber das Rätsel um Red Mercury wurde nie gelöst. Niemand konnte beweisen, dass die Gefahr nicht existierte.

»Hast du herausgefunden, wer ich bin? Kannst du es an meinen Büchern ablesen?«

Kazanski hatte nicht gehört, wie sie gekommen war.

»Nee. Große Namen, schwere Themen.«

»Ja. Ich habe Philosophie an der Jagiellonen-Universität studiert. Sie liegt am Planty, dem Park. Die Uni gehört zu den ältesten Europas. Ich habe auch Sprach- und Kulturgeschichte studiert und bin ein Jahr auf das Musikkonservatorium gegangen. Siehst du, so viel erfährst du auf einmal.« Ewa lächelte verschmitzt.

Sie tranken Rotwein zu den Spaghetti. Ewa hatte den kleinen Esstisch in der Ecke gedeckt, das Licht gelöscht und einen siebenarmigen Kerzenleuchter auf den Tisch gestellt. Das Wohnzimmer war voller siebenarmiger Leuchter. Es grenzte ans Okkulte – oder Überreligiöse.

Als sie sich gegenübersaßen, hatte Kazanski die Gelegenheit, Ewa zu betrachten.

Es waren vor allem ihre Augen. Kraftzentren, die ihn anzogen. Wenn sie blinzelte, sah er den Widerschein des Lichts unter den langen Wimpern, die ihre Augen verschatteten. Sie hatte noch immer ihr Haar aus der Stirn und auf der einen Seite hinters Ohr gekämmt.

Zwei schwere silberne Ohrringe schimmerten, wenn sie ihren Kopf bewegte. Sie hatte sie nicht getragen, als sie sich am Wawel trafen. Ihr Gesicht wirkte scharf und sanft zugleich, mit hohen Wangenknochen, einer geraden Nase und einem runden Kinn.

Und dann doch wieder nicht.

Wenn eine Bewegung die sieben Flammen flackern ließ, schmiegten sich Licht und Schatten über ihr Gesicht und verwischten den Eindruck, den er gerade gewonnen hatte. Dann konnte er von vorn anfangen.

»Der Mann auf dem Foto dort drüben. Der bei deiner Mutter steht, mit dir als Baby. Ist es dein Vater?« Kazanski nickte in Richtung des Sekretärs.

Sie nickte. »Ich kann mich überhaupt nicht an ihn erinnern. Leider. Mein Vater starb, als ich acht Monate alt war. Ein Herzfehler. Damals ließ sich so etwas noch nicht operieren. Tatsächlich ist sein früher Tod der eigentliche Grund dafür, dass wir heute hier sitzen.«

»Warum?«

»Er war bei der Verwaltung der Region Krakau angestellt. Und ganz plötzlich stand meine Mutter allein da. Eine alleinstehende Mutter unter Władysław Gomułka und seinem scheiß Kommunismus. Ohne Ausbildung. Das sah hoffnungslos aus, sie würde am Fließband enden. Die Familie meiner Mutter kommt aus dem Norden, von der Ostsee, aber wir hatten hier eine Tante und einen Onkel, die sich unserer angenommen haben.

Mein Onkel war nach und nach zu einer großen Nummer im Schwarzhandel geworden. Tauschhandel, Valuta und das, wofür wir Polen so berühmt sind: Schmuggel. Mutter tauchte allmählich in die Unterwelt ein und wurde ein Teil von ihr, obwohl sie eine Frau war – ganz unerhört … Unter anderem leitete sie die beiden Bordelle meines Onkels. Offiziell war sie eine Näherin, die zu Hause arbeitete.«

»Den Cracovian Strip & Night Club?« Kazanski hob die Augenbrauen und sah sie fragend an.

»Ja, so heißt er heute, mit Musik, Strip und allem, was dazugehört. Damals wurde er heimlich betrieben. Ebenso heimlich wie mein anderes Bordell. Ein großes Palais in der Innenstadt. Sieht fast so aus wie eine Art Club, ist aber ein exklusives Bordell für diejenigen, die Geld genug haben.«

»›Mein Bordell‹ sagst du? Gehört es dir?«

»Ja, so wie alles andere. Aber im Moment weiß ich nicht weiter. Noch weiß niemand, dass Mutter tot ist, aber früher oder später wird das Gerücht sich verbreiten, und dann ist vermutlich Schluss mit den Geschäften. Es gibt viele, die meine Mutter schon lang am liebsten tot gesehen hätten, um den Markt zu übernehmen.«

»Was ist mit deinem Onkel?«

»Der ist schon lange tot. Die alte Dame, nach der du gefragt hast, als du das erste Mal hier warst, ist meine Tante. Sie ist zu krank, um noch eine Hilfe zu sein.«

Während Ewa das Weinglas zwischen den Fingern drehte und hin und wieder ein Stück Brot aß, erzählte sie, wie die junge Martha Maria Siwonia im Alter von fünfundzwanzig Jahren langsam zur Witwe von Krakau wurde, zu einer ebenso bekannten wie mysteriösen Frau.

Nach und nach hatte sie die Buchhaltung übernommen, außerdem organisierte sie große Teile der illegalen Aktivitäten. Sie bewies einen Geschäftssinn, der weit über das Übliche hinausreichte, und mit den Jahren verschwanden auch sämtliche Skrupel. Sie konnte in einer Männerwelt überleben, einzig und allein, weil sie die Männer an Brutalität noch übertraf.

Sie bestrafte unnachgiebig jeden, der sich ihren Befehlen widersetzte oder versuchte, ihr in den Rücken zu fallen. Sogar ihr Onkel begann, sie zu fürchten, und weder er noch seine Frau begriffen, wie sich diese schmächtige Frau so hatte verändern können.

Als er vor fünfzehn Jahren gestorben war, hatte es nur dazu geführt, dass sie ihre Kontrolle über die Krakauer Unterwelt weiter verschärfte. Zuletzt kontrollierte sie die gesamte organisierte Kriminalität im südlichen Teil des Landes. In Warschau war sie mit taktischem Gespür eine Zusammenarbeit mit der leitenden Organisation der Hauptstadt eingegangen.

»Warum hat deine Mutter damals Kontakt zur CIA gesucht?« Kazanski hatte Ewas Geschichte aufmerksam zugehört, aber das Motiv war ihm nicht klar geworden.

»Meine Mutter war gegen das Regime. Gegen die Ideologie. Sie waren alle gleich, Gomułka, Gierek und Jaruzelski. Und sie hasste eine Regierung, deren Staatssicherheitsdienst einen Mann wie Jerzy Popiełuszko ermordete. Einen kleinen Priester, der es gewagt hatte, den Mund aufzumachen. Sie hatte nur Verachtung übrig für ein System, das durch und durch korrupt war, auch wenn sie sich genau das zunutze machte, etwa mit Bestechung. Bestechung öffnete Grenzübergänge, und die örtliche Polizei guckte in die andere Richtung.« Ewa sah Kazanski nachdenklich an. »Auch wenn du es nicht für möglich hältst: Meine Mutter hatte Moral. Sogar eine sehr hohe. Deshalb half sie der CIA mit Informationen, von denen sie meinte, dass sie der Welt oder zumindest Osteuropa einen kleinen Schubs hin zu einem besseren Kurs geben könnten. Sie wurde zynisch und eiskalt gegenüber ihrer Umgebung, aber sie behielt einen Blick auf das große Ganze, der sehr viel nuancierter war, als es den Anschein hatte. Die Einzige, der sie in all den Jahren ihr wahres Gesicht zeigte, war ich.«

»Das muss eine merkwürdige Kindheit und Jugend gewesen sein?«

Kazanski füllte noch einmal sein Glas. Sie hatten bald zwei Flaschen getrunken.

»Die meiste Zeit über war ich bei meiner Tante, also, als

ich noch klein war. Oder bei den Schwestern meiner Tante. Meine Mutter war sehr gläubig und spendete der katholischen Kirche hier in der Stadt große Summen – aber sie hatte auch jüdische Verbindungen in Kazimierz. Die Kirche wusste genau, woher das Geld kam, aber sie sorgte mit ihrem enormen Einfluss auch für einen gewissen Schutz.

In dem Viertel hier wohnten viele alte Menschen, denen die Witwe half. Nach der Wende kaufte sie zwei Häuser auf dieser Seite und die drei gegenüber und ließ die Alten darin umsonst wohnen. Dafür nutzte meine Mutter sie als ihre Augen in der Stadt und als Kontaktpersonen. Ältere Menschen fallen nicht auf, und sie waren ihr ergeben. Außer mir und meinen Leuten wissen nur sie, dass Mutter gestorben ist.«

Kazanski bemerkte, dass Ewas Blick ein wenig fern geworden war. Sie machte eine kleine Pause, prostete ihm zu und fuhr dann leise fort:

»Es ist unfassbar … Ganz plötzlich ging es so schnell mit dem Krebs. Beinahe von einem Tag auf den anderen. Kurz bevor sie einschlief, sprach sie noch einmal von meinem Vater. Nach ihm hat sie nie mehr einen Mann gehabt. Niemals. … So war sie auch.«

»Aber was jetzt? Wieso hast du nicht Kontakt mit uns aufgenommen, wenn es der Wunsch deiner Mutter war?«

»Es war ihr Wunsch, ja. Sie hatte verstanden, wozu Red Mercury benutzt werden könnte, wenn es in die falschen Hände geriet. Und es war ihre Hoffnung, dass die CIA Professor Vasiljew herausbringen könnte – in die USA. Sie wollte diesen Karpin und seine Bande austricksen.«

»Karpin? Hast du Karpin gesagt?«

»Ja, ein Oberst Karpin. Er ist der Kopf eines Syndikats, mit dem Mutter schon früher Geschäfte gemacht hat. MAKU 90 heißt es. Wieso ziehst du so ein Gesicht?«

»Leonid Dom Karpin und Pawel Sibi Nikolajewitsch?«

»Ja …«

»Hast du eine Ahnung, wer diese Männer sind?«

»Mafiosi aus Moskau.«

»Ja, aber noch viel mehr. Es sind möglicherweise die beiden gefährlichsten Männer Russlands. MAKU 90 ist die mächtigste Mafiaorganisation in Moskau. Allerdings ist es bisher niemandem gelungen, ihnen ihre kriminellen Geschäfte nachzuweisen. Sie sind zu gerissen. Und sie haben das Geld und die Macht, um ihre Ankläger, ja, um den ganzen Apparat zu kaufen.«

»Woher weißt du das?«

»Ich habe damals mit der Mafia gearbeitet, als ich in Moskau eingesetzt war.«

Kazanski zündete sich eine Zigarette an, öffnete die dritte Flasche und füllte ihre Gläser wieder. Dann erzählte er kurz, was er als Analytiker bei dem Projekt UROCIS getan hatte, das intern auch »Iwan Capone« genannt worden war.

»Mutter hat nur gesagt, ich soll vorsichtig sein und den Juden kontaktieren. Er würde den Rest erledigen. Aber was würdest du tun, wenn du zwanzig Prozent von zweihundertfünfzig Millionen bekommen könntest? Ich traue niemandem, auch der CIA nicht.«

Sie sah ihn direkt an, beinahe feindlich, fand Kazanski. Im Schein der Kerzen ahnte er, dass ihre Augen vom Rotwein schimmerten.

»Zweihundertfünfzig Millionen?« Die Höhe der Summe schockierte ihn.

»Ja, und die Provision ist hoch bei dieser Art Geschäfte. Zwanzig Prozent für mich, dann könnte ich daran denken, alles aufzugeben und abzuwickeln. Ich will jetzt ein anderes Leben haben, Jordi. Ein ganz anderes Leben …«

»Wer ist der Käufer?«

»Das weiß ich nicht. Die Provision ist so hoch, weil Mutter über ihre zahlreichen weltweiten Kontakte den Handel organisiert hat. Und sie hat auch dafür gesorgt, dass es an den Grenzen keine Schwierigkeiten gibt. Im Augenblick sitzt ein Mann im Hotel Orbis Holiday Inn. Ich glaube nicht, dass er der Käufer ist – nur ein Zwischenhändler. Ich habe ihn am Flughafen abgeholt. Er heißt Badrbeigi und wird von einem schwedischen und einem französischen Wissenschaftler begleitet. Sie sollen Professor Vasiljew ausfragen. Aber ich schaffe das einfach nicht. Ich weiß nicht, was ich machen soll. Ich vermisse sie … Hilf mir, Kazanski. Willst du?«

Sie legte ihre Hand auf seine. Es war eine Bitte. Die Bitte einer ganz gewöhnlichen Frau. Keines Chamäleons. Einer verzweifelten und traurigen Frau.

»Ich muss Kontakt mit den USA aufnehmen. Und ich muss darüber nachdenken, Ewa. Wann soll der Handel stattfinden?«

»Laut Plan morgen – aber ich habe es bereits um zwei Tage verschoben. Ich war mir einfach nicht sicher, ob ich das Richtige tue. Also moralisch … Ich hätte sie beinahe verraten …«

»Im Moment weiß ich nicht, was wir unternehmen können. Aber eins ist sicher: Wir müssen den Professor befreien. Dann halten wir die Trumpfkarte zu den Millionen in der Hand. Und wir müssen sehen, was wir gegen Dom Karpin und Sibi tun können.«

Kazanski blickte auf seinen Finger, den er auf dem Rand des Glases hatte kreisen lassen, während er redete. Dann hob er den Kopf.

»Lass uns morgen einen Plan erarbeiten. Heute haben wir zu viel getrunken«, erklärte er, obwohl das nicht für ihn galt, wie er meinte. »Die Informationen. Deine Mutter hat der

CIA Informationen über zwei Morde in Moskau versprochen. Was weißt du darüber?«

»Einen Moment.«

Ewa stand auf und ging in die Küche. Kurz darauf kam sie mit einem Umschlag zurück.

»Hier. Nimm ihn. Ich musste schwören, dass ich ihn nicht öffne. Und ich habe es auch nicht getan. Ich habe keine Ahnung, was da drinsteht.«

Kazanski nahm den Umschlag. Er war versiegelt. Er hätte ihn gern sofort geöffnet, steckte ihn aber in die Innentasche seiner Jacke.

Ewa goss noch ein Glas Whisky ein. Sie hatte die Flasche geholt, als er keinen Rotwein mehr wollte. Es war ihr drittes Glas, und er hörte, dass sie nicht mehr ganz nüchtern war. Hier und da verschliff sie ein Wort. Er selbst spürte nichts. Er konnte nur nicht mehr klar genug denken, um eine Lösung zu finden.

»Bist du verheiratet?«

Der plötzliche Themenwechsel überraschte ihn, aber sie sah ihn nur mit einem Lächeln an, ein wenig verschmitzt und ungeniert. Xenia hatte auf die gleiche Art und Weise gefragt, vielleicht noch eine Spur inquisitorischer.

»Nein, bin ich nicht. Und du?«

»Ich bin auch nicht verheiratet. Ich habe nicht mal einen Freund. Wie alt bist du? Siebenunddreißig?«

»Sechsunddreißig.«

»Bei dir gibt es einen Grund dafür. Richtig?«

»Hm. Das geht dich nichts an.«

»Nein.«

Jetzt war es ein Duell. Die ängstliche junge Frau war wieder verschwunden. Das Chamäleon hatte ihren Platz eingenommen. Sie schenkte Whisky ein und hielt wieder seinen Blick fest.

»Männer sind Schweine. Alle zusammen. Schweine. Männer regieren die Welt. Klug und überlegen, glauben sie. In Wahrheit geht es um Sex und Geld. Geilheit und Bares. Ich weiß das, Jordi. Ich bin mittendrin aufgewachsen … mitten in der Scheiße …«

»Und Frauen sind anders? Unschuldsrein? Sieh dich selbst an. Was hast du in dem Nachtclub getan? Wie weit wärst du gegangen? Wie weit wärst du eigentlich mit mir gegangen?«

»Das willst du wohl gern wissen, was? So weit wie nötig. Wer weiß? Vielleicht habe ich ja Lust auf dich? Ich nehme mir, was ich haben will. Und dann werfe ich es weg. Ich mache mir keine Hoffnungen, und ich habe keine Illusionen.«

»Ich sage es noch mal, sieh dich doch selbst an. Sex und die Aussicht auf das große Geld durch den Verkauf eines unschuldigen Menschen. Und du sagst, Männer sind Schweine.«

Kazanski sprach leise und hielt ihrem Blick stand. Sie schwieg einen Augenblick, dann fuhr sie fort:

»Ich wurde als Vierzehnjährige vergewaltigt. Von zwei Männern. Von zwei Polizeibeamten. Hast du jemals von zwei Frauen gehört, die einen vierzehnjährigen Jungen vergewaltigt haben? Abwechselnd? Hast du?«

»Nein … entschuldige, das konnte ich nicht …«

»Nein, du konntest es nicht wissen, und du musst dich auch nicht entschuldigen.« Es war etwas Sanftes und Versöhnliches in ihrer Stimme, als sie weiterredete.

»Es ist viele Jahre her. ›Ich habe mich an die Unordnung des Körpers und der Seele gewöhnt‹, wie Voltaire gesagt hat. Ich stelle es lediglich fest. Verstehst du. Lediglich eine Feststellung. Sie haben das Leben einer Vierzehnjährigen genommen – und es zerstört. Aus Spaß. Manche Spuren werden immer bleiben. Sie haben mein Innerstes gestohlen. … Jetzt ist es an mir, zu nehmen und nie irgendetwas zurückzugeben.

Ich habe nichts abzugeben. Nichts. Ich kann jemanden ausnutzen und bloßstellen. Ich kann einen gefesselten Mann auf einen Stuhl setzen, Geige spielen, mich ausziehen – und ihn wegen seines Ständers verhöhnen. Begreifst du das, Jordi? Ich habe nie irgendeinen Mann geliebt. Niemals.«

Kazanski fühlte sich nicht wohl. Er würde nie über die Voraussetzungen verfügen, verständnisvoll zu sein.

»Es muss dir nicht unangenehm sein. Sag einfach nichts. Sei still … Ich habe das noch nie jemandem erzählt. Vielleicht tu ich es, weil du ein Fremder bist. Oder vielleicht, weil da etwas in deinen Augen ist. Etwas anderes, etwas Verlorenes. Schmerz, glaube ich. Etwas, das jemand wie ich verstehen kann. Worin ich mich spiegeln kann. Vielleicht bist du mein Spiegel, Jan Jordi Kazanski.«

»In gewisser Weise haben …«

Weiter kam er nicht. Sie unterbrach ihn.

»Sag jetzt nichts. Ich verlange keine Antwort. Im Augenblick will ich nicht mehr wissen.« Sie hielt einen Zeigefinger an die Lippen.

»Meine Mutter hat Rache genommen. So war sie auch. Ich hörte, wie sie meinem Onkel gegenüber schwor, dass sie die beiden Beamten finden und ihnen die Schwänze abschneiden würde. Sie wollte sie den Fischen in der Weichsel vorwerfen. Und sie hat es getan. Eines Nachts hörte ich von unten Lärm. Ich schlich zum Kellerfenster. Sie hat das Messer selbst geführt. Hinterher wurden sie in die Gosse vor dem Polizeirevier geworfen, damit ihre Kollegen erfuhren, was sie getan hatten.«

Hastig leerte sie ihr Glas mit einem Zug und blickte eine Weile vor sich hin. Dann sagte sie:

»Jetzt musst du gehen, Jordi. Danke für den Abend.«

Auf Eric Crankshaws Gesicht breitete sich ein Lächeln der Erleichterung aus. Es war anstrengend, über eine so lange Zeit konzentriert zuzuhören.

Zwei Bänder waren jetzt voll. Das meiste war belangloses Gerede, doch bei weitem nicht alles. Er wagte nicht, daran zu denken, was hätte passieren können, wenn sie plötzlich auf die Idee gekommen wären, das Radio einzuschalten. Dagegen hätte er trotz allem nichts machen können. Es war reines Glück gewesen, dass sie einfach nur am Tisch gesessen und sich unterhalten hatten. Aber Glück brauchte man hin und wieder, sogar er selbst war darauf angewiesen.

Crankshaw hörte eine Tür zufallen, dann eine Frauenstimme ausrufen: »Oh, verflucht …«

Das war sie. Das Flittchen. Dann meinte er, ein Schluchzen zu hören – ganz dicht am Mikrofon. Ein Poltern, dann war es ein, zwei Minuten still. Und dann erklang die klagende Violine schrill in seinen Ohren.

Jetzt fing sie wieder mit dieser kranken Geige an. Er riss die Ohrhörer heraus.

Crankshaw packte die Ausrüstung im Auto zusammen. Er brauchte sie nicht mehr. Dann schaute er auf die Uhr. Es war spät. Der zweite und dritte Sendezeitpunkt war längst vorbei, aber es gab noch einen vierten, und den schaffte er bequem. Er hatte noch zwei Stunden Zeit und es würde höchstens eine halbe bis dreiviertel Stunde dauern, um die Codes aus Steinbecks ›Tortilla Flat‹ zusammenzusetzen. Crankshaw glaubte zu wissen, wie die Antwort ausfallen würde.

Der Gedanke störte ihn nicht. Im Gegenteil.

16

Leonid Dom Karpin war irritiert. Die Frau am Telefon hatte gesagt, das Treffen müsse um drei Tage verschoben werden. Die Witwe bestand darauf, sie befahl es regelrecht, da die Käufer noch nicht gekommen waren. Aber wenn Karpin etwas nicht ertrug, dann waren es Zivilisten, die ihm gegenüber einen solchen Ton anschlugen. Er würde später mit ihr abrechnen.

Sibi spielte mit Natascha, Igor und Jewgeni Karten. Trotz der Verzögerung war Sibi nicht nervös. Jedenfalls war seine Stirn glatt, keine Falten, die eine etwaige Besorgnis verrieten. Er befand sich wie immer im völligen Gleichgewicht. Von sich wusste Karpin, dass sein Temperament alles zum Einsturz bringen konnte, aber er verlor nie die Beherrschung. Nur Verlierer handelten im Affekt.

Olga saß in der Ecke und las irgendeinen dummen Roman. Romantischer Unfug für Frauen. Sie hatte gerade nach dem Professor in der Küche gesehen. Er hatte ein Schlafmittel bekommen und schlief ruhig. Nun saß sie neben einer der beiden Petroleumlampen, die man ihnen hingestellt hatte.

Die Fenster waren mit schwarzer Plastikfolie beklebt. Nicht, dass er glaubte, jemand würde an dem verlassenen Hof, der so weit von der öffentlichen Straße entfernt lag, vorbeikommen – zumal jetzt, in der Dunkelheit. Aber trotzdem. Vorsicht und sorgfältige Planung hatten ihn schon früher gerettet.

Dom drückte die Zigarette in der Erde zwischen den verwitterten Bodendielen aus und zog die Decke über sich.

Er konnte nicht wissen, dass sich eine Gestalt ganz nah an den Hof heranschlich, als er gerade einschlief. Die Gestalt kam aus der Dunkelheit über die Felder und bahnte sich nun vorsichtig einen Weg durch die kleine Gruppe von Laubbäumen hinter dem Hof.

Es war ein schwarzgekleideter Mann mit einer schwarzen Sturmmütze über dem Kopf. Durch einen Schlitz in der Folie über den Fenstern konnte er ins Zimmer sehen.

Der Mann schaute auf die Uhr. Sie würden sicher wie letzte Nacht abwechselnd Wache halten, sobald sie das Kartenspiel beendet hatten. Er schlich zurück und legte sich etwas oberhalb auf der bewachsenen Böschung auf den Bauch.

Dann zog er sein Nachtsichtgerät aus der Tasche am Schenkel. Die Wache würde eine Runde gehen, und von seinem Posten aus konnte er deutlich sehen, wer die erste Schicht hatte. Wenn er Glück hatte, würde die Wartezeit nicht allzu lang werden. Hatte er Pech, müsste er vielleicht bis zum frühen Morgen hier liegen bleiben. Im schlimmsten Fall müsste er es in der kommenden Nacht noch mal versuchen.

Der Mann hatte problemlos den Signalen des alten Lastwagens folgen können. Nicht ein einziges Mal hatte er sie verloren. Selbst an der Grenze war er sofort weitergewunken worden, nachdem der oberste Wachhabende einen Blick in seine Papiere geworfen hatte.

Nun wollte er nur das kleine Ding abliefern, das in seiner Brusttasche steckte. Es war ein Sender von der Größe eines Spielwürfels. Und er sah auch genauso aus. Weiß mit schwarzen Punkten. Die verrückten Typen aus der Spezialabteilung hatten das Ding konstruiert. Im Inneren des Würfels befand sich einer dieser neumodischen Mikrochips, allerdings funktionierte die Kommunikation nur einseitig. Der Würfel hatte ein Mikrofon, mit dem er an seinen eigenen Empfänger sendete, aber er war so klein, dass er über keine Empfänger- und Lautsprechereinheit verfügte. Stattdessen war im mittleren Auge der Fünf eine Lichtdiode, die blinken und Morsesignale geben konnte.

Er hörte, wie die Tür aufging. Fünf Minuten später sah er den flackernden Umriss von Pawel Sibi Nikolajewitsch in dem infraroten Licht. Der ehemalige Spetsnaz-Hauptmann ging hinters Haus, um zu pinkeln.

Der Mann in Schwarz seufzte. Zwei Stunden bis zum nächsten Wachwechsel. Glücklicherweise war er ausgeruht. In der kleinen, ungefähr einen Kilometer entfernten Baumgruppe, wo er sein Lager aufgeschlagen hatte, gab es niemanden, der ihn hätte stören können. Keine schreienden Eulen. Und keinen schwebenden Gagarin.

Jan Jordi Kazanski hockte sich vor seine Zimmertür. Die Augen fanden rasch, wonach sie suchten – ein langes schwarzes Haar, das zwischen Tür und Rahmen klemmte. Wenn er den Rest seines Lebens diese Vorsichtsmaßnahmen befolgte, würde es mit einer Glatze enden. Es waren keine ungebetenen Gäste in seinem Zimmer gewesen. Ruhig öffnete er die Tür.

Er hatte genau so viel getrunken, dass er die Stufe der Skala bereits hinter sich gelassen hatte, wo Alkohol sedierend wirkt. Er fühlte sich hellwach und rastlos, ziellos kreisten die Gedanken in seinem Kopf. Einen Augenblick wusste er nicht, was er tun sollte.

Dann zog er den Umschlag der Witwe aus der Tasche und warf sich aufs Bett. Nachdem er die eng beschriebenen Seiten überflogen hatte, las er sie ein zweites Mal.

Nun verstand er, warum Paul Crowley nicht auf seine Frage nach den Morden antworten wollte.

Kazanski blickte auf. Das offene Fenster rief ihn. Er hatte keine Chance. Er musste gehorchen – wie ein Sklave seinem Herrn. Kazanski holte die Flasche »Captain St. Johns« aus dem Kleiderschrank, setzte sich aufs Fensterbrett und zündete sich eine Zigarette an.

Die Dunkelheit war dieselbe. Die Lichter waren dieselben. Nur die menschlichen Ameisen wechselten voller Zweifel die Pfade auf dem Weg hin zum Unumgänglichen – dem Ende des Lebens.

Irgendwo dort draußen lag irgendjemand im Sterben. Vielleicht tat es weh, vielleicht war es eine Erlösung. Irgendwo weinte jemand. Ein anderer jubelte. Einer saß auf der Toilette. Einer schnarchte. Zwei schliefen miteinander. Vielleicht spielte jemand Violine. Vielleicht ein Russe, der ihn töten wollte. Und Eric Crankshaw war dort draußen. Was wollte er? Einen Moment lang überlegte Kazanski, in Crankshaws Hotel zu gehen und dem Mann in den Oberschenkel zu schießen.

Er hielt die Whiskyflasche am ausgestreckten Arm. Zögerte ein wenig. Tief unten im Hof hörte er das Geräusch von splitterndem Glas. Dann schloss er das Fenster und zog die Gardine vor.

Xenia hatte den größten Teil der Nacht wachgelegen. Dieses Gefühl hatte sie zumindest. Vier Mal hatte sie in der Rezeption angerufen, ob Kazanski schon zurück sei. Umsonst.

Eine schleichende Unruhe hatte Besitz von ihr ergriffen und da waren diese Bilder und Gedanken, die sich nicht verdrängen ließen. Sie konnte es eine Million Mal leugnen, aber sie wusste genau, warum sie entstanden.

Sie ärgerte sich über sich selbst wegen der offensichtlichen Schwäche, die sie zeigte. In diesem Augenblick, während sie wachlag, war er bei der Tochter der Witwe. Einer Frau mit einer imponierenden verdorbenen Macht. Und von solcher Intensität, dass Xenia ihre Kräfte schwinden fühlte, wenn sie nur an sie dachte.

Irgendwann war sie eingeschlafen.

Sie wurde einen langen Flur hinunterbegleitet. Die freundliche Dame vom Empfang blieb an einer Tür stehen. »Kriminalinspektor J. Dworaczek« stand auf dem Schild. Die Dame klopfte vorsichtig an.

Xenia hoffte, dass er ihre geschwollenen Augenlider nicht bemerkte. Sie hatte den Namen Dworaczek während der Vernehmung auf dem Polizeirevier gehört.

»Herein«, ertönte es von der anderen Seite der Tür. Hinter einem Stapel Papier saß ein Mann, der Mitte vierzig sein mochte. Er hatte einen Schnauzbart, der ein wenig wippte, als er Xenia lächelnd willkommen hieß und sie bat, sich zu setzen.

»Danke für den Anruf, Frau Larsen. Pizlo … ist das ein polnischer Name?«

»Ja, ich bin polnischer Abstammung«, antwortete sie und musste zunächst einmal die Geschichte erzählen, wie polnische Frauen vor ein paar Generationen nach Dänemark kamen, um Zuckerrüben auf Lolland-Falster zu ernten.

»Ah ja. Na, kommen wir zur Sache. Sie haben gesagt, Sie arbeiten für Europol. Und Sie waren bei der Bombenexplosion im Chez Christianne Y. dabei, sehe ich in den Berichten?«

»Ja, aber das war reiner Zufall. Ich bin verschwunden, weil ich meine Identität nicht enttarnen wollte. Das war natürlich nicht korrekt, ich bitte um Entschuldigung. Aber seitdem habe ich mir einige Gedanken gemacht …«

»Aha. Und womit kann ich Ihnen helfen, Frau Larsen. Pizlo Larsen …?« Inspektor Jacek Dworaczek sah sie mit seinen sanften blauen Augen fragend an.

Xenia verschwieg Kazanskis CIA-Status und die Mordversuche. Auch das Engagement von Europol und den Verdacht gegen die Witwe spielte sie herunter, ebenso wie ihre eigene Rolle und das Mandat, das sie hatte. Sie hatte Angst, den polnischen Inspektor zu kränken.

»Interessante Geschichte über diese Witwe. Und sie soll sich also in Krakau befinden, wenn Ihre Quellen korrekt sind? Ich bin versucht zu glauben, dass Sie und Europol auf dem Holzweg sind. Eine so einflussreiche illegale Organisation kann nicht von hier aus operieren, ohne dass wir es wüssten … unmöglich. Aber ich weiß besser als jeder andere, dass die Dinge manchmal anders liegen, als es zunächst aussieht. Das darf ein Kriminalbeamter nie vergessen, nicht wahr? Wie also kann ich Ihnen helfen?«

»Ich finde es erstaunlich, dass Ihnen nicht einmal Gerüchte über die Witwe bekannt sind, Inspektor.«

»Wie ich bereits sagte: Ich habe noch nie von ihr gehört. Aber noch einmal, ich bin nicht allwissend. Was kann ich für Sie tun?«

»Ich möchte, dass Sie das Haus durchsuchen, von dem ich erzählt habe.«

»Wenn Sie das tatsächlich für nötig halten … In Warschau hatten wir ja großen Erfolg bei der Zusammenarbeit mit Europol in den letzten Jahren, warum also nicht auch hier? Wenn Sie bitte dieses Formular ausfüllen würden. Und ich benötige die Adresse des Hauses am Fluss, außerdem müsste ich mir für einen Moment Ihre Legitimation ausborgen.«

Xenia reichte ihm ihren Ausweis, füllte die Papiere aus und gab als Adresse das Hotel Europejski an. Einen Versuch war es wert. Es gab nur einen Haken. Der freundliche Inspektor war viel zu freundlich. Er reagierte nicht wie die Männer reagiert hätten, die sie kannte. Schweigen konnte durchaus gekauft werden, und alle Erfahrungen zeigten, dass es – statistisch gesehen – leichter war, sich Schweigen in Krakau zu erkaufen als in Kopenhagen. Oder war ihre Sichtweise nicht ganz frei von Vorurteilen? Vielleicht war Dworaczek anders als die meisten und einfach als freundlicher Mensch geboren. Sie konnte es ebenso gut auf den Versuch ankommen lassen.

Wenn die Witwe ihr ganzes Leben in dem Haus gewohnt hatte, musste es irgendwo Spuren geben, denen man nachgehen konnte. Zum Beispiel im Keller. Dort waren sie nicht gewesen. Sie hatten ihn nicht untersuchen können, als sie Jordi befreite. Vielleicht ließen sich im Keller Beweise finden.

Sie hatte kein Interesse daran, zu einer Figur zu werden, die vom CIA aus dem Spiel genommen wurde, nur weil die Amerikaner meinten, ihre Angelegenheiten wären wichtiger. Und egal, was es kostete, sie wollte mit einem Ergebnis nach Hause kommen. Das musste Jordi verstehen.

Inspektor Dworaczek kam zurück und erklärte, ihre Papiere seien in Ordnung.

»Heute können wir allerdings noch nichts unternehmen, das schaffen wir nicht. Aber vielleicht morgen, Frau Larsen. Ich halte Sie auf dem Laufenden.«

»Danke, sehr freundlich. Hoffen wir, dass Sie Erfolg haben.«

»Ja. Nun werde ich …« Er öffnete die Tür und begleitete sie bis zur Treppe.

Als er wieder in seinem Büro saß, stopfte er sich sorgfältig eine Pfeife, lehnte sich zurück und zwirbelte nachdenklich die Bartspitzen. Nach einer kurzen Bedenkzeit zog er den großen Keramikaschenbecher über den Schreibtisch, zerknüllte das von Xenia ausgefüllte Formular und setzte es mit einem Streichholz in Brand.

Es würde niemals eine Hausdurchsuchung in der ulica Zamkowa geben.

Kriminalinspektor Jacek Dworaczek war ein freundlicher, aber entschiedener Mann. Er war ein Familienmensch, der seine Frau und seine beiden Töchter über alles liebte. Er selbst hielt sich für rechtschaffen und erfolgreich. Sonst hätte er es nie bis an die Spitze geschafft. Er hatte nur einen einzigen Fehler begangen. Er hatte nachgegeben. Ein einziges Mal. Einmal zu viel. Er würde es sich nie verzeihen, aber er hatte es getan.

Nach einem Fest hatte er unter zu viel Alkohol zugestimmt, als ein paar Kollegen ihn in einen Club in der Innenstadt mitnehmen wollten. Es war allerdings kein gewöhnlicher Club, der in dem vornehmen Palais untergebracht war.

Eine unbändige Lust, Lack, Leder und Haut zu spüren. Brüste, Hintern, Schenkel. Die beiden hübschen Frauen im Keller. Die Unterwerfung. Nur dieses eine Mal.

Wenn er den Lauf seines Lebens verändern könnte, genau da würde er eingreifen. Der Brief und die Kopie des Videobands hatten ihm mehrere Wochen Albträume verschafft. Es war inzwischen einige Jahr her. Die Sache war vergessen. Er wollte sich nicht daran erinnern. Die Witwe existierte nicht. Die ulica Zamkowa existierte nicht.

Im Aschenbecher lagen jetzt nur noch einige schwarze Flocken Papier. Er trug ihn hinaus und spülte die Reste die Toilette hinunter.

Die junge Frau an der Rezeption schüttelte nur leicht den Kopf. Sie verstand nicht ganz, warum der Mann mit dem roten Haar sich nicht einfach entspannte, sich setzte und in Ruhe auf dieses blöde Telefax wartete. Er war jetzt fünf Minuten auf und ab gegangen, und es irritierte sie, dass er dabei unablässig mit den Fingern auf den Empfangstresen trommelte.

Eric Crankshaw war die Frau egal. Er sah noch einmal auf die Uhr. In zwei Minuten war es exakt 14:30 Uhr polnischer Zeit. Er zündete sich eine Zigarette an und verfolgte die Zeiger, die sich ihren Weg durch die Sekunden bahnten.

»Hier. Entschuldigen Sie die Umstände.«

Crankshaw warf einen Fünfzig-Zloty-Schein auf die Theke, trat dahinter und stellte sich neben das Faxgerät. Kurz darauf leuchtete eine Lampe auf, und auf dem Display sah er, dass das Gerät sich eingeschaltet hatte. Langsam rollte das Papier über die Walze heraus, viele Zahlen- und Buchstabenkombinationen waren zu sehen. Er faltete das Papier zusammen und steckte es in die Tasche. Dann wartete er einen Moment und nahm auch die Quittung mit.

Nach einer guten halben Stunde Arbeit mit Steinbeck war der Code übersetzt. Crankshaw lächelte. Der Befehl lautete, wie er es erwartet hatte. In einem der letzten Sätze hieß es:

»Schick einen Strauß an deine spanisch/polnische Familie.«

Der Code enthielt einige ganz klare Standardwendungen, die immer in einen unschuldigen Text passten, falls die Nachricht in falsche Hände fallen sollte. Die Phrase *»schick einen Strauß«* war schlicht. Sie bedeutete *»töte«*. Und mit Familie war natürlich Jan Jordi Kazanski gemeint.

Crankshaw spürte, dass es gerechtfertigt war. Das Geld, die Gier musste Kazanski dazu getrieben haben. Obwohl er den höchsten Preis bezahlt hatte, war er noch nicht zufrieden. Oder war es vielleicht Rache? Nach mehreren Jahren falschen Spiels hatte das Schicksal Kazanski endlich eingeholt. Nach der Nummer in Moskau hatte er nicht verdient, noch einen einzigen Tag zu leben. Und nun, nun sollte Crankshaw selbst den Scharfrichter spielen. Es störte ihn nicht.

Er griff an seine Hoden. Sie waren noch immer empfindlich, und sein Bauch fühlte sich an, als sei er von einem Rammbock malträtiert worden. Im Grunde genommen gefiel ihm die Rolle des Scharfrichters besser als je zuvor.

Er entfernte den doppelten Boden seiner Diplomatentasche und holte eine längliche Schachtel heraus. Sie enthielt einen Bausatz, der aus drei Metallrohren in verschiedener Länge, einer kleinen viereckigen Box mit Abzug- und Schlagstiftmechanik, einem Aluminium-Stützbügel und einem Mikrofernrohr bestand. In einem separaten kleinen Fach lagen zwei lange, schlanke Spezialpatronen mit Kupferummantelung. In die stumpfen Spitzen war ein Kreuz gefeilt. Eine derartige Patrone würde einen nicht wiedergutzumachenden Schaden anrichten und einen Vesuv-Krater hinterlassen.

Nun galt es nur, Geduld zu haben, einen passenden Ort und den richtigen Zeitpunkt zu finden.

Der schwarzgekleidete Mann stand gebückt über der Yamaha 750. Ein einzigartiges Motorrad, von denen nur wenige angeschafft worden waren. Er summte eine traurige Melodie, obwohl er eigentlich Grund hatte, zufrieden zu sein. Er hatte in der Nacht zuvor den Peilsender abgeliefert, sodass bisher alles nach Plan lief.

Er reinigte die Kette gerade von Erde, als der Heulton ertönte.

»M-X ruft M-A.« Die Stimme war deutlich zu verstehen, aber es gab auch ein lärmendes Knistern. Der Mann drückte ein paar Mal auf einen Knopf seines Empfängers. Er morste das Signal »kommen«. Dann erklang die knisternde Stimme erneut:

»Karpin hat eine telefonische Nachricht bekommen. Die Witwe, die Kontaktfrau, und ein CIA-Agent namens J. J. Kazanski wollen den Professor befreien. Karpin denkt über eine Aktion gegen das Haus ulica Zamkowa Nr. 4 nach. Erwarte Befehle. Ende.«

Die Wangen des Mannes flammten auf. Nach einigen Sekunden des Nachdenkens drückte er mehrfach auf den Knopf. Es wäre einfacher, wenn der Würfel Gespräche hätte empfangen können.

Ein Stück von dem verlassenen Hof entfernt hielt eine Gestalt den Würfel hinter ihrer Jacke verborgen. Jetzt blinkte das mittlere Auge der Fünf. Es erforderte Konzentration, dem Blinken zu folgen. Die Morsesignale waren ein Befehl: treffen-heute-nacht-bei-ruine- -ende.

Der Mann in Schwarz bekam eine rasche Bestätigung. »Heute Nacht, verstanden und Ende.« Die knisternde Stimme verschwand, er legte den Sender beiseite und fuhr mit seiner Arbeit fort, die Kette des Motorrads zu säubern. Dann setzte er sich mit einem besorgten Gesichtsausdruck auf seinen Schlafsack. Wie war das möglich? Woher hatte Dom Karpin diese Information? Irgendetwas lief vollkommen falsch, und er musste umgehend eingreifen, wenn der Plan doch noch aufgehen sollte. J. J. Kazanski … Er pfiff vor sich hin. Jan Jordi Kazanski. So etwas …

Er musste versuchen zu schlafen. Eine weitere lange Nacht wartete und vorher hatte er noch etwas vorzubereiten.

Kazanski klopfte an Xenias Tür. Er hatte sich gewundert, dass sie nicht zum Frühstück aufgetaucht war, und im Laufe des Tages hatte er zwei Mal erfolglos versucht sie zu erreichen.

»Hej, Jordi.«

»Hej. Darf ich reinkommen?«

»Natürlich. Und, wie lief es gestern Abend? Ich war so müde, dass ich es nicht geschafft habe, auf dich zu warten. Ich habe geschlafen wie ein Stein. Entschuldige. Oder bist du spät nach Hause gekommen?«

»Ja. Es wurde spät, und ich wollte dich nicht wecken.«

»Gut, dass du so rücksichtsvoll warst. Ich kann ziemlich unmöglich sein, wenn ich geweckt werde.«

Kazanski sah ihr an, dass sie verwirrt war. Er hatte den Eindruck, dass ihre Augenpartie leicht geschwollen war. Er strich ihr über die Wange, aber sie wich zurück.

»Um Himmels willen, Xenia, vergiss es. Ich bin es nicht wert. Ich bin vom Kurs abgekommen und ich lebe nicht in deiner Welt. Du musst verstehen, dass ich …«

»Was wird denn das? Pass auf, dass deine Gefühle nicht mit dir durchgehen, Jordi. Du musst mir nichts erklären. Lass es uns einfach vergessen. Entspann dich und erzähl mir von gestern Abend. Du möchtest doch sicher einen Whisky haben?«

»Nein, danke.« Kazanski setzte sich auf die Bettkante und zündete sich eine Zigarette an.

»Wenn ich rotes Quecksilber sage, was sagst du dann?«

»Dann sage ich Red Mercury 20/20, 16/24 oder 18/22 – und sicher gibt es noch viel mehr. Die vielen Fälle von illegaler Ausfuhr von Plutonium und anderen Stoffen aus der ehemaligen Sowjetunion, vor allem nach Deutschland, wurde mit einem Schlag eines der wichtigsten Arbeitsgebiete von Europol. Tatsächlich hatten es die Politiker plötzlich unglaublich eilig, etwas dagegen zu unternehmen. Deshalb weiß ich auch von rotem Quecksilber«, antwortete Xenia.

Im August 1994 hatten sich die Ereignisse überschlagen, und in den Medien war beinahe täglich von Atomschmuggel und neuen Enthüllungen die Rede. Die deutsche Polizei hatte drei Schmuggler aus Russland festgenommen und ungefähr dreihundert Gramm Plutonium 239 beschlagnahmt, das angeblich aus Russland stammte. Zur Konstruktion einer Atombombe brauchte man über fünf Kilo, um die sogenannte »kritische Masse« zu erreichen, die eine Kernexplosion auslösen kann. Die zahlreichen Versuche der illegalen Einfuhr von verschiedenen Substanzen führten jedoch zu einer Reihe von politischen Explosionen. So verlangte Bundeskanzler Kohl unter anderem umgehend eine erhöhte Kontrolle und er forderte die Russen auf, die Situation ernst zu nehmen und zu kooperieren.

Die Stimmung hatte ihren Siedepunkt erreicht, als die Wochenzeitung Die Woche ein Interview mit dem ehemaligen Chefliquidator des Atomkraftwerks Tschernobyl Wladimir Tjernosenko veröffentlichte. Er sagte, es sei bereits mehr Atommaterial zum Bau von Waffen nach Deutschland gelangt, als es sich die Behörden überhaupt vorstellen könnten. Die bisherigen Funde seien lediglich die Spitze des Eisbergs.

All dies hatte Xenia aus nächster Nähe erlebt, als sie als dänischer Verbindungsoffizier in der Europol Drugs Unit im Jesuitenkloster von Den Haag arbeitete. Der August 1994 hatte die polizeiliche Zusammenarbeit in hohem Maße befördert. Im Dezember wurde schließlich grünes Licht gegeben, dass die Einheit sich auch mit anderen Delikten befassen durfte als mit Drogen.

»Die drei Typen, die ich gerade genannt habe, sind die bekannten Substanzen. Red Mercury in dieser Form könnte ein unüberschaubares Risiko bedeuten. Wenn es denn existiert. Aber die meisten Wissenschaftler gehen vom Gegenteil aus. Warum fragst du plötzlich danach?«

Xenia sah Kazanski verwundert an.

»Sieht so aus, als hätten die Skeptiker unrecht. Als hätten die Russen Red Mercury. Atomwaffen von der Größe einer Handtasche sind kein Hirngespinst mehr. Auf einem verlassenen Bauernhof irgendwo südlich der Stadt halten sie einen russischen Atomphysiker fest, der das Geheimnis von Red Mercury kennt. Und in einem Hotel in Krakau wartet ein iranischer Zwischenhändler, der bereit ist, der russischen Mafia zweihundertfünfzig Millionen Dollar für den Professor zu zahlen.«

»Was? Noch mal von vorn, bitte. Aber langsam ...«

Xenia glich einem großen Fragezeichen, als er von vorn begann und Schritt für Schritt erklärte, was Ewa ihm erzählt hatte.

»Um Himmels willen!«, rief sie, als er fertig war. »Und die Witwe, also die alte, wollte, dass die CIA den Professor herausschafft?«

»Ja. Laut Ewa hatte sie begriffen, zu welcher Katastrophe Red Mercury in den falschen Händen führen könnte. Aber da ist noch etwas. Kurz bevor die Witwe starb, gab sie Ewa einen Brief an die CIA mit Informationen über zwei Morde, die vor kurzem in Moskau begangen wurden. Ein Major Soloschenko wurde in die Luft gesprengt – von einem Hund.«

»Ja, wenn es nicht der Weihnachtsmann war ...«

»Nein, es stimmt, jemand hat eine Bombe am Halsband eines Golden Retriever angebracht, und das haben weder der Major noch der Hund überlebt. Beinahe gleichzeitig wurde ein Mann in einem Café der Moskauer Innenstadt erschossen. Laut der Witwe war es einer unserer Leute. Ein Kurier der Botschaft, der darauf wartete, einen Bericht über die russische Mafia und das Syndikat MAKU 90 entgegenzunehmen. Einen Bericht, den Major Soloschenko verfasst hatte.

Die Witwe erklärt, dass MAKU 90 für beide Morde verantwortlich ist. MAKU 90 ist das mächtigste aller Mafia-Syndikate in Moskau. Es wird von Leonid Dom Karpin gesteuert, einem Mann, dem du nicht begegnen möchtest, Xenia. Aber nun ist das gar nicht mehr so unwahrscheinlich. Denn in diesem Moment sitzt er auf dem Hof südlich der Stadt und passt auf seinen kostbaren Professor auf.«

»Das ist doch nicht wahr!«

»Doch. Ich habe über nichts anderes nachgedacht, seit ich heute Nacht nach Hause kam. Aber es gibt noch etwas, worauf ich mir keinen Reim machen kann.«

»Was denn?«

»Warum hat die CIA einen internen russischen Untersuchungsbericht über die Mafia beauftragt?«

»Keine Ahnung …«

»Als ich die Aufgabe hier in Krakau übernahm, sollte ich lediglich den unterbrochenen Kontakt zur Witwe wiederherstellen und nicht weiter nachforschen. Ich bekam Informationen über die Mafia und die beiden Morde, aber niemand war bereit, mir zu beantworten, warum zwei Tote in Moskau für die CIA von so großem Interesse waren. Aber das verstehe ich jetzt vielleicht besser. Entweder stand Major Soloschenko auf unserer Gehaltsliste oder es existiert eine geheime Verbindung zwischen der CIA und dem russischen Inlandsgeheimdienst FSB, dem Nachfolger des alten KGB.«

»Was glaubst du?«

»Eher Letzteres. Aber was geht die russische Mafia die CIA an? Der Dienst hat kein Interesse an der Mafia. Wenn es nicht noch immer eine Zusammenarbeit gibt …«

»Zwischen CIA und Mafia?« Xenia bemühte sich, Jordis Gedankengängen zu folgen.

»Nein, zwischen der CIA und dem FSB. Es gibt viele Dinge, die du nicht über mich weißt, Xenia. Ich habe dir zum Beispiel nie erzählt, dass ist zuletzt in Moskau stationiert war. Ich arbeitete für ein Projekt, das UROCIS genannt wurde – US Russian Organized Crime Investigations Support. Bei uns hieß es nur das ›Iwan Capone‹-Projekt. Es handelte sich um eine streng geheime Zusammenarbeit zwischen Russland und den USA nach dem Zusammenbruch der Sowjetunion und der damit verbundenen großen Instabilität. Die USA streckte helfend die Hand aus, weil es in ihrem ureigenen Interesse lag, die wackelnde Demokratie zu unterstützen.

Die CIA war besorgt über die Auflösungserscheinungen ihres alten Feindes. Der Kalte Krieg und die klaren Fronten hatten trotz allem ein gewisses Gleichgewicht unter den Weltmächten geschaffen. Die Falken behaupteten sogar, die unheimliche Perspektive eines alles auslöschenden Atomkrieges hätte dazu beigetragen, den Frieden zu sichern.

Nach 1985 hatte Michail Gorbatschow klar gemacht, dass die Zeit für Reformen gekommen war. Die westliche Welt freute sich, während die CIA ihre Analysearbeit fortsetzte und abwartete, was passieren würde.

1991 wurde Gorbatschow von Boris Jelzin abgelöst, der zusammen mit seinen Amtskollegen aus Weißrussland und der Ukraine das Ende der Sowjetunion verkündete.

Nun gab es Demokratie in einem Land ohne demokratische Traditionen und das freie Spiel der Marktwirtschaft in einem Land ohne Gesetze, um sie zu regulieren. Diese plötzliche Mischung aus ungleichen Größen schuf eine Entwicklung, die das Eingreifen der USA und der CIA erforderlich werden ließ. Russland war ein Land im Chaos.

Das FBI war ehrlich besorgt, als es bekannt gab, man hätte Beweise gefunden, dass eine Welle von Russen nach 1991 dabei seien, kriminelle Basen in den beiden russischen Kolonien in New York aufzubauen. Von den ungefähr fünftausend Banden, die nach dem Zusammenbruch der UdSSR entstanden waren, hatte das FBI die Mitglieder von neunundzwanzig Banden in den USA observiert. Auf längere Sicht musste man eine neue und mächtige Mafiaorganisation in den USA fürchten.

Schließlich musste das Weiße Haus reagieren. Bill Clinton, der Präsident der USA, reiste am 9. Mai 1995 nach Russland, um seinen Freund Boris Jelzin aus Anlass des fünfzigsten Jahrestags des Sieges der Alliierten über Nazideutschland zu besuchen. Er brachte einen Plan mit, den er bereits mehrere Monate vorher mit Jelzin besprochen hatte.

Während die Russen der sechsundzwanzig Millionen Sowjetbürger gedachten, die während des Zweiten Weltkrieges getötet wurden, legte Clinton eine Aktenmappe auf Jelzins Schreibtisch. Sie enthielt den Plan für ›Iwan Capone‹ – US Russian Organized Crime Support.

Ein halbes Jahr später waren alle Details geklärt. Jelzin hatte sich längst entschieden und bereits im August den Kriminellen den Krieg erklärt – in der Hoffnung auf amerikanische Hilfe und harte Valuta.

Und Hilfe war notwendig. Einige Wochen zuvor hatte der damalige Innenminister Kulikow ein kleines Experiment vorgenommen. Er ließ einen Lastwagen voller Wodka durch den Süden Russlands fahren. Er passierte vierundzwanzig Posten mit Verkehrspolizisten, und in zweiundzwanzig Fällen verlangten die Beamten Bestechungsgeld, um den Transport passieren zu lassen.

Die Absicht war möglicherweise gut, doch das Beispiel war

schlecht gewählt. Denn es gab eine Menge Gerüchte über Jelzins großen Alkoholverbrauch, und bei mehreren Gelegenheiten war der Präsident regelrecht peinlich aufgefallen. Doch er überreichte Clinton die unterschriebene UROCIS-Vereinbarung beim fünfzigjährigen Jubiläum der UN in New York.

Am 16. November kam ein Kontingent neuer Mitarbeiter in die amerikanische Botschaft in Moskau. Es waren sorgfältig ausgewählte Spezialisten von der CIA und dem FBI. Die private Investition der USA in ein demokratisches und stabiles Russland. Eine stabile Welt.

Es waren fünf Sekretärinnen, vier Finanzexperten und Analytiker, vier EDV-Spezialisten, sechs Agenten, die sich auf Infiltration spezialisiert hatten, drei Techniker, drei Führungskräfte auf mittlerer Ebene und ein operativer Leiter. Ich war einer der drei Vorgesetzten, die den Einsatz koordinieren und den Kontakt zum FSB auf der russischen Seite halten sollten. Leiter von »Iwan Capone« war mein enger Freund David Oakland. Einer der sechs Agenten war Eric Crankshaw.

Es gab genügend zu tun. General Wladimir Ruschailo stand an der Spitze der Abteilung des Innenministeriums zur Bekämpfung der organisierten Kriminalität im Oblast Moskau, der Hauptstadtregion. Als ich ihn irgendwann kurz vor Weihnachten in seinem Büro besuchte, konnte mir der General Berichte von zweihundertacht Fällen von Kidnapping allein in den ersten acht Monaten des Jahres 1995 zeigen – und weitere Berichte standen noch aus.

Die gedungenen Mörder waren meist ehemalige Elitesoldaten der Spetsnaz-Kräfte, dem Stolz der Roten Armee. Ihre Dienste standen hoch im Kurs. Die Georgier hatten sich aufs Kidnapping spezialisiert, die Aserbeidschaner handelten mit Narkotika und gestohlenen Autos, und die Tschetschenen, die Dagestaner und die Armenier machten von allem ein bisschen.

Es wurde angenommen, dass achthundert der zweitausendfünfhundert russischen Privatbanken den Befehlen der Mafia gehorchten, als die »Iwan Capone«-Leute begannen. Und ich sehe noch die Verzweiflung im Gesicht des Generals, als er mir berichtete, dass die Mafia achtundvierzigtausend private und ungefähr tausendfünfhundert Firmen im Staatsbesitz kontrollierte.

Am 4. Januar 1998 wurde mir eine »Freistellung von meinem Posten und Heimsendung aus persönlichen Gründen« bewilligt.

Ein halbes Jahr später konnten die russischen Fernsehzuschauer verfolgen, wie eine Spezialeinheit der amerikanischen Botschaft ihre Ausrüstung einpackte und zur Abreise bereitstand. Nach weniger als drei Jahren Arbeit wurde »Iwan Capone« aufgegeben.

Der Rausschmiss der USA wurde von der Kreml-Propaganda genutzt, die erklärte, nun könnten die Russen selbst für Ordnung im eigenen Haus sorgen. Man brauche dazu keine Amerikaner …«

Kazanski hielt nachdenklich in seinem Bericht inne. »Ich verstehe nicht, was wir mit Major Soloschenkos Bericht über MAKU 90 wollen, Xenia. Wir wurden schließlich in aller Öffentlichkeit rausgeworfen, während der Kreml von erneuertem Selbstrespekt und Stolz auf das russische Volk faselte.«

Er schnitt eine Grimasse, sein Blick wurde fern.

Xenia kamen Zweifel, dass es eine gute Idee gewesen war, den Inspektor um eine Hausdurchsuchung zu bitten. Sie verdrängte den Gedanken sofort. Es war ein großer Fall für die CIA und die USA, aber auch für Europol – und Europa war ihr Arbeitgeber.

Noch einmal dachte sie über ihre Situation nach. Zog man die großen Perspektiven und politischen Obertöne ab, blieben letzten Endes nur sie und ihre Aufgabe übrig. Und sie war in Krakau, um diese Aufgabe zu lösen. Alles andere war Spekulation.

17

Zunächst hatten sie beim Essen über alles Mögliche geplaudert, als hätten beide gewusst, was kommen würde – aber keiner von ihnen wollte den Anfang machen.

Sie hatte ihn fragend angesehen, als er sich erkundigte, ob sie einen Polizeiwagen und ein paar schwer bewaffnete Männer beschaffen könnte. Das war durchaus möglich. Nachdem er ihr seinen Plan erklärt hatte, nickte sie ernst. Kazanski war der Erste, der zugegeben hätte, dass es riskant war. Ewa meinte nachdenklich, es sei die einzige Chance, um den Professor zu befreien. Sie wirkte anders als am Tag zuvor. Verschlossen und einsilbig. Alles andere als provokant. Nun saßen sie sich gegenüber und tranken Kaffee. Er im Sofa, sie im Sessel. Sie hatten den Plan noch einmal durchgesprochen. Alles sollte morgen vonstattengehen. Am späten Abend.

Ewa stand langsam auf. Zögerlich. Dann setzte sie sich neben ihn, zog die Beine an und lehnte sich an Kazanski.

»Ich habe Angst, Jordi. Höllische Angst. Ich weiß, dass ich sterben werde. Schon bald … Halt mich fest.«

»Wenn wir aufpassen, wird alles gutgehen.« Er strich ihr übers Haar. Wieder hatte sie sich verwandelt. Vielleicht war aber auch die Frau, die er jetzt im Arm hielt, die echte.

»Für dich vielleicht. Nicht für mich. Das spüre ich. Ich habe oft an den Tod gedacht und wie es ist zu sterben …« Sie streckte ihren linken Arm aus und zog den Ärmel hoch.

»Schau, wie dumm ich war.«

Kazanski blickte auf ihren Arm. Eine ausgefranste, bräunliche Narbe zog sich quer über die Unterseite ihres Handgelenks. Er sagte nichts.

»Eine unendliche Wanderung. Ich tastete mich vor. Jeden einzelnen Tag. Hoffte einfach auf Licht. Dunkles Frühjahr, dunkler Sommer, dunkler Himmel und dunkle Sonne. Immer. Unmöglich, mich daraus zu befreien. Schließlich gab ich auf … Eine Depression wird psychogen genannt, wenn es an äußeren Ursachen liegt, und endogen, wenn sie angeboren ist oder es keinen eigentlichen Grund gibt. Wusstest du das? Sie fanden mich bewusstlos. Ich hatte Glück. Sonst hätten sie über mich triumphiert, oder?«

Kazanski antwortete nicht. Es war keine an ihn gerichtete Frage. Es war überhaupt keine Frage. Sie strich mit einem Finger über die Narbe, dann blickte sie auf.

»Seit damals habe ich nie jemanden in die Nähe eines Sieges kommen lassen …«

Ewa spielte nachdenklich an einem ihrer Ohrringe.

»Pascal sagte einmal etwas über den Tod. Er sagte, alles, was ich weiß, ist, dass ich bald sterben werde, aber das, was ich am wenigsten kenne, ist der Tod selbst, dem ich nicht zu entfliehen vermag. Ich mag die Philosophie, weil sie Gedanken in Worte fassen kann. Große Gedanken können formuliert und in Worten festgehalten werden. Wie der Tod … Und nun weiß ich, dass er kommen wird. Und obwohl ich viel darüber gelesen habe, weiß ich doch nichts über ihn.«

»Ich habe keine Angst vorm Sterben. Das ist ein ungesundes Zeichen.« Kazanski starrte leer in das dunkle Zimmer, das nur durch den Kerzenhalter auf dem Esstisch erleuchtet wurde.

Der Tod unterbrach lediglich eine Lebensbahn. Das Leben

war nur ein Strich auf einem Stück Papier, und wenn der Bleistift angehoben wurde, war es zu Ende. Was bedeutete es schon, wie lang der Strich ausfiel. Aber gerade jetzt wäre kein guter Zeitpunkt, schien es ihm.

»Jordi? Merkwürdiger Name. Oder?«

Ewa versuchte zu lächeln, als sie das Schweigen unterbrach.

»Es ist Spanisch. Meine Mutter stammt aus Katalonien, aus Barcelona. Mein Vater ist Pole, aus Olsztyn. Deshalb Jan. Ich heiße Jordi, weil ich am 23. April geboren wurde. An dem Tag feiert man in Katalonien den Schutzheiligen Sankt Jordi und schenkt sich Rosen und Bücher. Die Tradition besagt, man soll seinem Liebsten eine Rose als Zeichen der Liebe schenken, und ein Buch, weil man Respekt vor dem Intellekt seines Liebsten hat. Deshalb schenkt man sich Rosen und Bücher an meinem Geburtstag.«

»Schöne Tradition … Jordi?«

»Hm?«

»Willst du mit mir schlafen?«

Er musterte sie mit zusammengekniffenen Augen, ohne eine Miene zu verziehen.

»Damit du dir nehmen kannst, was du haben willst? Nein.«

»Nicht so, du missverstehst mich.«

Sie setzte sich mit gespreizten Beinen auf ihn und legte die Hände um seinen Nacken.

»Du bist ein Fremder, aber ein vertrauter Fremder. Es liegt an dir, Jordi. Ich will geben … verstehst du? Ich möchte versuchen zu geben, bevor es zu spät ist. Wer von uns weiß, was morgen passiert? Willst du mich? Sag ja. Ja, ich weiß, dass du es willst. Jetzt, Jordi. Behutsam. Und leise …«

Ewa knöpfte ihre Bluse auf. Seine Hände legten sich auf

ihre weiche Hüfte. Sie küssten sich – intensiv und ruhig. Sie kam ihm entgegen, schemenhaft und fließend. Vielleicht kam sie irgendwo aus dem Horizont. Er fühlte sich seltsam befreit. Es war schön, und er tat es, weil er es gern wollte.

Sie zog ihren BH herunter, sodass die braunen Knospen an beiden Seiten des Medaillons sich einladend vor seinem Gesicht aufrichteten. Dann drehte sie den Oberkörper ein wenig und presste eine Brustwarze auf seine Lippen. Er nahm sie in den Mund und ließ die Zunge wandern. Knabberte sanft mit den Zähnen.

Ihre Atemzüge wurden schwer und heftig. Dann knöpfte sie die Bluse ganz auf und ließ sie fallen. Ihre Hände griffen in seinen Schritt und fummelten am Gürtel und den Knöpfen. Sie zog ihr Höschen ein wenig zur Seite, stützte sich auf die Knie und glitt Millimeter um Millimeter über ihn, mit einer jahrtausendealten Geduld.

Ein langgezogenes, erfülltes Seufzen drang aus ihrem Mund, als sie sich auf ihn presste. Ihre Nase drückte sich dicht an seine, er spürte, wie ihre Augen sich gegenseitig streichelten. Er registrierte es in dem Moment, als sie sich nach hinten lehnte. Es saßen zwei blitzende Diamanten in ihren Augen. Jetzt lösten sie sich auf und zogen eine schimmernde Spur über ihre Wangen.

Dann hörte alles auf zu sein.

Nun lag sie mit dem Kopf an seiner Brust. Sie waren beide nackt unter der Bettdecke. Seine Muskeln waren schwer, er spürte ein angenehmes Schnurren in den Beinen. Er würde nicht aufstehen können, ohne dass ihm die Knie zitterten. Ewa fühlte sich an, als ob sie glühte.

»Willst du eine Geschichte hören, Jordi?«

»Gern, erzähl.«

»Es ist eine Legende, hier aus Krakau. Hörst du zu?«

»Ja.«

»Gut … In der alten Zeit, die so weit zurückliegt, dass es nirgendwo niedergeschrieben steht, wurde Krakau von Prinz Krak gegründet. Nach seinem Tod regierte seine Tochter Wanda die Stadt. Sie war eine liebenswürdige, hübsche und kluge Frau. Aufgrund ihrer großen Weisheit, aber auch wegen ihrer Augen, die so blau waren wie die Wellen der Weichsel, und ihres langen goldenen Haars, das wie der Flachs war, der auf den Feldern ihrer Untertanen wuchs, wurde sie auch in anderen Ländern berühmt.

Prinzen aus fremden Königreichen hielten um ihre Hand an, darunter ein junger, gutaussehender Mann namens Rydygier. Er schickte seine Gesandten mit kostbaren Geschenken nach Krakau und bat sie, die Hochzeit zu arrangieren. Aber er drohte auch: Wenn Prinzessin Wanda ihn nicht haben wollte, würde er in ihr Land einmarschieren. Als Wanda von dem Ultimatum hörte, wollte sie nicht einmal einen Blick auf die Edelsteine, den Schmuck und die Goldmünzen werfen, die er ihr anbot. Sie weigerte sich, seine Frau zu werden, und nahm die Herausforderung an.

Prinz Rydygier hatte es ernst gemeint und befahl seinen Truppen, die Grenze zu Wandas Reich zu überqueren. Die Prinzessin aber blieb bei ihrem Entschluss und ihre Untertanen akzeptierten ihn. Sie sammelte ihre Ritter, die in großer Zahl kamen, denn für sie war es eine Ehre, ihre geliebte Prinzessin zu verteidigen. Wanda selbst zog eine Rüstung an und führte sie in die Schlacht. Sie begegnete dem Feind mit großem Mut und besiegte ihn.«

Eric Crankshaw stand an der Rezeption des Hotels Europejskij und sah, dass Kazanskis Schlüssel nicht am Brett hing. Er war also noch immer auf seinem Zimmer, aber es war lediglich eine Frage der Zeit. Er würde schon auftauchen.

Er ging hinunter zur Brücke und setzte sich in ein kleines Café. Von hier aus konnte er sehen, wann Kazanski aufbrach, um seine neue Freundin zu besuchen. Um 20:04 Uhr war es so weit.

Mit der zunehmenden Dunkelheit wurde der Verkehr auf der Brücke langsam weniger, die Abstände zwischen den weißen Streifen der Frontscheinwerfer und dem roten Schein der verschwindenden Rücklichter wurden größer.

Alles war minutiös geplant. Er hatte die wenigen Teile seines Spezialgewehrs geölt und zusammengesetzt. Für Crankshaw war es ein Job, der getan werden musste. Wenn aber ein Gefühl im Spiel war, dann war es ganz einfach nur Hass.

Merkwürdig, vom Schicksal solch ein Mandat bekommen zu haben. Da geht er, hatte er gedacht, als er Kazanski am Café vorbeigehen sah. Ein Mann, der nicht weiß, dass er kein Morgen mehr erleben wird. Vor allem musste er den Abend abwarten. Noch waren zu viele Menschen unterwegs. Je später, desto besser.

Nun saß Crankshaw auf einer Bank auf dem Wall an der gegenüberliegenden Seite des Flusses. Er wartete darauf, dass Kazanski auf dem Rückweg über die Brücke unter den Straßenlaternen entlangging. Crankshaw saß bereits ein paar Stunden dort. Zwischendurch war er aufgestanden und hatte sich ein bisschen die Beine vertreten, um nicht die Aufmerksamkeit der Schachspieler zu erregen, die im Schein von Petroleumlampen über ihren nächsten Zug grübelten. Sie waren inzwischen längst nach Hause gegangen. Er zündete sich noch eine Zigarette an. Crankshaw war nicht ungeduldig. Er hatte alle Zeit, die er benötigte.

»Hörst du immer noch zu, Jordi?«

»Selbstverständlich. Wanda hat gewonnen – und was dann?«

Er küsste ihren Hals, ließ die Zunge über ihr Kinn zu ihren Lippen wandern, wo sein Mund sich um ihren schloss. Sanft schob sie ihn weg.

»Krakau wurde überspült von einer Woge der Freude, die nicht enden wollte. Die Bürger feierten den Sieg, indem sie in den Straßen tanzten, sangen und jubelten. Wanda stand am Fenster ihrer Gemächer und sah die Freude des Volkes als einen Beweis ihrer Liebe und Ergebenheit. Aber sie war traurig und konnte die Freude ihrer Untertanen nicht teilen. Sie wusste, dass sie den Göttern als Dank für ihren Sieg ein Opfer bringen musste.

In der Dämmerung, als das Volk noch immer feierte, zog sie sich ein weißes Kleid an, ließ ihr goldenes Haar auf die Schulter fallen und verließ heimlich die Burg. Sie lief hinunter zum mit Gras bewachsenen Flussbett und pflückte einen Strauß wilder Blumen, die dort wuchsen. Sie band einen Kranz und schmückte damit ihren Kopf. Zum Abschied warf sie einen letzten Blick auf die Stadt. Dann warf sie sich in den Fluss, dessen Wellen sich über ihrem Kopf schlossen. Die Götter hatten ihr Opfer angenommen.

Am Morgen wurde Wandas Verschwinden entdeckt. Man begann zu suchen, aber niemand fand die Prinzessin. Erst am Abend, als es dunkel geworden war, sahen die Menschen ein seltsames Licht, das aus dem Fluss kam. Alle liefen dorthin. Ein ergreifender Anblick bot sich ihren Augen. Wandas Leib trieb ruhig auf den Wellen des Flusses und strahlte dieses fremdartige Licht aus. Die Menschen wurden von großer Trauer übermannt, ihr Schluchzen war weithin zu hören. Sie holten Wanda aus dem Wasser und legten sie in den Sand.

Die Leute vom Hofe wie gewöhnliche Menschen hielten die ganze Nacht Wache am Fluss.

Bei Tagesanbruch streute ein Schwarm Lerchen Blumen über ihren Körper. Dann wurde sie an einem Ort aufgebahrt, wo ihre treuen Untertanen ihr zu Ehren ein Hünengrab errichtet hatten. Bis heute singen dort die Lerchen an sonnigen Frühlingsmorgen ihr Lied für die tapfere Prinzessin Wanda.«

»Eine hübsche Geschichte.«

»Ja, nicht? Meine Mutter hat mir unglaublich viele Geschichten über Krakau erzählt. Ich mag Legenden sehr, vor allem die von Wanda. Ich würde dir ein andermal gern mehr erzählen, aber dazu wird es leider nicht kommen …«

Kazanski wunderte sich. Ewa klang traurig. Als wäre ihr Tod eine Tatsache.

»Bist du Wanda?« Er ließ seine Finge über ihr Ohr streichen. »Hast du deshalb Angst? Sprichst du deshalb vom Tod?«

Sie antwortete nicht, sondern stand auf und trat ans Fenster, von dem aus man über den Fluss und auf den erleuchteten Wawel sehen konnte. Sie blieb einen Moment dort stehen. Es war still im Zimmer. Dann beugte sie sich vor, stützte sich mit gespreizten Beinen und den Händen am Fensterbrett ab und flüsterte:

»Jordi … lieb mich noch einmal. Nimm mich von hinten, sodass ich den Fluss und das Schloss sehen kann. All das, was mir gehört. Komm …«

Sie spürte seine warmen Hände in ihrem Nacken, an ihren Schultern. Sie fühlte, wie er über ihre Haut strich, bis zu der Stelle an ihren Lenden, wo das Rückgrat verschwand. Die heimliche Stelle, wo der Tanz der Finger Lavaströme durch sie jagte und ihre Atemzüge intensiver werden ließ. Dann glitten die Hände suchend weiter.

Ewa zog eine Decke über sie, als sie wieder auf dem Sofa lagen. Es gab keinen Widerstand mehr, nur noch Hingabe und Genuss. Und dieses quälende Gefühl, dass nach dieser Nacht nichts mehr kommen würde.

»Ich kenne auch eine Geschichte. Willst du sie hören?« Kazanski flüsterte ihr ins Ohr.

»Gern«, gurrte sie und fuhr mit einer Hand durch die Haare auf seiner Brust.

»Es war einmal ein Agent aus den USA, der nach Russland ging. Er sollte dort seinen neuen Freunden bei der Bekämpfung von Verbrechen helfen. Er nahm seine Frau Alicia und seine kleine Tochter Rosa mit. Eine glückliche kleine Familie, die sich darauf freute, einen neuen Teil der Welt zu sehen.

Der Agent arbeitete Tag und Nacht. Manchmal so sehr, dass er seine Familie beinahe vergaß. Aber die Arbeit lief gut, und alle waren glücklich. Nach vielen Monaten fand der Agent eine Spur. Einen Beweis, der in die Richtung des größten Verbrechers von allen zeigte. Es war ein Riese namens Leonid Karpin. Er wurde Dom, »das Haus«, genannt, weil er so groß war. Aber er war auch clever. Deshalb war er nie verhaftet worden. Die wenigen Male, wo es kurz davor war, hatte er einfach eine große Tüte Geld aus seiner Kiste gezogen und sich freigekauft – und alle waren wieder glücklich.

Aber der Agent aus Amerika wollte kein Geld. Und als der Riese hörte, dass der Agent ihm auf den Fersen war, wurde er wütend. Er schickte dem Agenten einen Brief und drohte ihm. ›Wenn du mich nicht in Ruhe lässt und mir deine Informationen gibst, dann könnte es deiner hübschen Frau und deiner netten Tochter sehr übel ergehen‹, schrieb er.«

Kazanskis Kehle schnürte sich zusammen. Er konnte nichts dagegen tun. Mühsam fuhr er fort:

»Der Agent aus Amerika bekam Angst. Große Angst. Und

er sorgte dafür, dass seine Frau und seine Tochter beschützt wurden. Er sagte ihnen, dass sie nirgendwohin allein gehen sollten. Das würden sie nicht tun, versicherten ihm beide. Aber eines Abends, kurz vor Weihnachten, waren sie zusammen mit anderen Amerikanern auf dem Land gewesen. Sie wollten gern nach Hause und vergaßen die Warnung. Sie fuhren allein zurück nach Moskau. Irgendwo tauchten dann die Verbrecher auf und drängten ihren Wagen über einen Abhang.

Am späten Abend klingelte das Telefon im Büro des Agenten. Statt bei seiner Familie zu sein, hatte er sich wie gewöhnlich in seiner Arbeit vergraben. Das Letzte, was er von ihnen sah, als der Rechtsmediziner zwei weiße Tücher abdeckte, waren ihre verbrannten Gesichter. Diesen Anblick würde der Agent nie mehr vergessen, und bis heute verfolgt er ihn in seine Träume.«

Kazanski sprach immer langsamer, die Worte wollten nicht heraus.

»Der Agent war untröstlich, trank viel, kämpfte vergeblich gegen das Gefühl von Schuld, und schließlich wurde er gefeuert. Die ganze Zeit über hatte er einen Verdacht, der ihm im Kopf herumging und ihn nie in Ruhe ließ. Was, wenn einer der anderen Amerikaner dem Riesen etwas von der Arbeit des Agenten erzählt hatte? Aber der Agent hatte keinerlei Beweise. Schließlich faselte er so viel darüber, dass die anderen meinten, er werde verrückt. Nur David, der beste Freund des Agenten, glaubte an ihn. Der Agent mochte nicht mehr leben, aber er wollte auch nicht sterben, bevor er herausgefunden hatte, wer die Schuld am Tod Alicias und der kleinen Rosa trug.«

Kazanski spürte, wie aufgewühlt er war. Er rang regelrecht um Atem, als er Ewa die Geschichte erzählte.

»Ich wusste es, Jordi. Ich habe es in deinen Augen gesehen. Ich wusste genau, dass da irgendetwas war. Etwas unendlich Trauriges … Es tut mir leid. Manchmal verstehe ich Gott nicht … Wer war der Agent, der geredet hat?«

»Er heißt Eric Crankshaw. Es kann nur er gewesen sein. Es ist der, der dich verprügelt hat. Er ist hier in der Stadt. Ich weiß zwar wo, aber ich weiß nicht, warum. Die Verbrechen innerhalb der eigenen Reihen sind die schlimmsten, denn an wen könnte ich mich wenden und um Antwort bitten?«

Die Uhr zeigte beinahe 01:00, als er sich anzog und aufbrechen wollte. Sie hatten sich auf dem Sofa noch einmal geliebt, ruhig und intensiv. Er war in ihren nachtschwarzen Augen versunken, hatte das Perlentor hinter ihren roten Lippen durchbrochen, war im Sturm getrieben, schiffbrüchig, und hatte endlich Ruhe gefunden, als sein Ohr auf der sanften Rundung ihres Bauches lag.

Ihre Magie verdrängte alles andere. Am liebsten wäre er bei ihr geblieben. Jetzt saß sie auf dem Sofa und hatte die Decke um sich gelegt. Sie sah nachdenklich aus.

»Sag der Dänin, dass ich darüber nachdenken werde. Vielleicht kann sie ein paar Informationen bekommen.«

»Werde ich ausrichten. Bis morgen Vormittag.«

»Ja. Komm her.« Sie umarmte und küsste ihn.

»Danke. Du bist wunderbar, Jordi. Der Erste, dem ich mich hingegeben habe. Und der Letzte.«

»Vertrau mir. Es wird gutgehen.«

Kazanski war schon auf dem Flur, als sie ihn noch einmal rief. Er drehte sich um.

»Professor Vasiljew …« Sie zögerte.

»Ja, was ist mit ihm?«

»Er heißt nicht Vasiljew. Er heißt Edward Janecka. Und er ist auch kein Russe, er ist Tscheche. Er kommt aus Prag.«

»Was zum Teufel redest du da?«

»Es stimmt, ich weiß es. Er ist mein Vater …«

Wären weitere zehn Minuten vergangen, wäre Eric Crankshaw zurück in sein Hotel gegangen. Das hatte er beschlossen, als er den Mann in der hellen Jacke sah, der unter einer Straßenlaterne stehenblieb, um sich eine Zigarette anzustecken. Der Mann blieb einen Moment stehen. Es war Kazanski. Gleich würde er über die Brücke auf ihn zukommen.

Kazanski sog den Rauch ein. Nachdem Ewa es ihm erzählt hatte, war er noch beinahe eine Stunde geblieben. Ihr Vater … Jetzt konnte er einige Puzzleteile zuordnen. Was für eine traurige Geschichte …

Es hatte in Prag begonnen. 1968 im August. Der junge und vielversprechende Wissenschaftler Edward Janecka wohnte zusammen mit seiner Frau Marthe Maria und der wenige Monate alten Tochter auf der Kleinseite, wo er geboren und aufgewachsen war. Die Familie war bis dahin glücklich und zufrieden gewesen.

Der Kommunismus, den Stalin der Tschechoslowakei aufgezwungen hatte, bröckelte allmählich, der »Prager Frühling« brach an. Die Bevölkerung erinnerte sich plötzlich an ihre intellektuellen Kräfte. Schriftsteller und Intellektuelle forderten Reformen. Im Januar 1968 wurde Alexander Dubček zum Ersten Sekretär der Kommunistischen Partei gewählt, er versprach einen »Sozialismus mit menschlichem Antlitz«.

Überall verbreiteten sich Optimismus und Hoffnung auf bessere Zeiten. Auch bei dem jungen Wissenschaftler und seiner Familie. Es sah so aus, als könne er nun endlich in die USA reisen, wo die Cornell Universität in New York ihn zu einem Studien- und Forschungsaufenthalt eingeladen hatte. Völlig umsonst. Und genau das war der Grund, warum Edward Janecka so traurig war, als er am 23. August sagte, er wolle kurz auf die Straße gehen, um Luft zu schnappen.

Zwei Tage zuvor hatte Breschnew den Truppen des Warschauer Pakts befohlen, in die Tschechoslowakei einzumarschieren; er hatte Angst vor einer Konterrevolution. Truppen aus der Sowjetunion, Polen, der DDR, Bulgarien und Ungarn sorgten dafür, dass der »Prager Frühling« an einem Tag zur Eiszeit wurde. Und der Traum der Familie Janecka von Amerika zerplatzte.

Edward Janecka küsste seine Frau, bevor er das Haus verließ. Sie sah ihn nie wieder.

Kazanski wollte eigentlich über die Brücke gehen, doch dann entschied er sich anders. Er brauchte ein wenig frische Luft. Einen langen Spaziergang, um die Dinge ein wenig zu verdauen. Statt direkt in die Innenstadt zu gehen, ging er die Treppe hinter Ewas Haus zum Fluss hinunter, in den sich Prinzessin Wanda geworfen hatte.

Crankshaw setzte gerade sein Gewehr zusammen, als er sah, wie Kazanski nach links abbog und auf die nächste Brücke zuging. Die unvorhergesehene Änderung der Ereignisse beunruhigte ihn nicht. Es würde nur leichter für ihn. Auf der nächsten Brücke gab es nicht so viel Verkehr, außerdem lag sie sehr dicht am Wawel und den Bäumen am Fuße der Festung.

Kazanski war in Gedanken vertieft, er bemerkte die Gestalt mit der Schultertasche nicht, die auf der anderen Seite des Flusses in dieselbe Richtung schlenderte. Es dauerte auch einen Augenblock, bis ihm klar wurde, dass es nach einem ungewöhnlich milden Frühlingstag angefangen hatte zu nieseln.

Freunde und Familienmitglieder suchten in den Straßen von Prag vergeblich nach Edward Janecka. Die junge Ehefrau bedrängte die Polizei und verteilte Fotos ihres Mannes – ebenfalls ohne Ergebnis. Erst drei Wochen später erfuhr sie von einem russischen Offizier, dass ihr Mann tot sei. Von einem Panzer in der Innenstadt überfahren. Jedenfalls sei er auf dem Foto wiedererkannt worden, das sie den Behörden überlassen hatte.

Es gäbe keinen Leichnam, den man ihr aushändigen könne, erklärte der Mann. Da Edward Janecka seinen Ausweis nicht dabeihatte, war er zusammen mit anderen unbekannten Opfern in einem Loch verscharrt worden. Und es sei ausgeschlossen, diese Grube wieder zu öffnen, nur weil das Foto einem der Toten ähnelte. Sie wusste, dass es eine Lüge war. Ihr Mann hatte seine Papiere bei sich, als er zu seinem Spaziergang aufbrach.

Ein gutes halbes Jahr später hielt sie es nicht mehr aus. Weder die Wohnung noch, dass sie eine Last für andere war. Sie traf an dem Tag ihre Entscheidung, an dem sich ein junger Student aus Protest gegen die Invasion selbst anzündete.

Zwei Wochen später reiste Martha Maria zurück nach Polen, wo sie herkam. Mit ihrer Tochter, zurück nach Krakau. Aber sie hatte niemals Zweifel. Ihr Mann musste am Leben sein, entführt von den Russen.

Eric Crankshaw fluchte, als ihn die ersten Tropfen trafen. Das sah nicht nach einem Schauer aus. Der Regen kam ihm ausgesprochen ungelegen.

Er blieb an der Steintreppe stehen, die hoch zur Mauer führte, und folgte Kazanski mit dem Blick. Kazanski ging ungewöhnlich langsam. Jetzt hatte er endlich die Brücke erreicht. Wenn er jetzt am Ufer unterhalb des Wawel weitergehen würde, wäre es perfekt. Dann konnte Crankshaw der Regen egal sein.

Er wartete – und hoffte. Kazanski hatte die Mitte der Brücke erreicht. Crankshaw ließ sich auf eine Bank fallen, holte die Schachtel heraus, legte sie auf die Knie und öffnete sie. Kazanski hatte noch fünfzig Meter, um sich zu entscheiden, ob er weiterhin geradeaus ging oder zum Flussufer abbog.

Für Ewas Mutter, die wieder ihren Mädchennamen Martha Maria Siwonia angenommen hatte, war es so gut wie unmöglich, in der hermetisch abgeriegelten Sowjetunion nach Spuren ihres Mannes zu suchen. Doch sie hielt Kontakt zu ihrem Bekanntenkreis in Prag, von denen einige Wissenschaftler wie Edward waren. Als es unter Gorbatschow zu Lockerungen kam, hörten ihre Freunde von russischen Kollegen Gerüchte über einen Physiker, der kein Russe war. Einige hatten von ihm gehört, aber niemand hatte ihn je gesehen.

Crankshaws geübte Finger arbeiteten schnell. Er schraubte den kurzen Sockellauf in das Metallrechteck mit dem Schlagstift, darauf das letzte Stück des Laufs und ganz vorn den Schalldämpfer. Dann ließ er den Bügel einrasten und schob das Zielfernrohr in die Schiene.

Er hatte Glück. Zwischen den Bäumen ließ sich die helle Jacke erahnen, die auf ihn zukam.

Crankshaw legte die Patrone in die Kammer und zog den kleinen Aluminiumbügel zurück. Dann sprang er die Treppe hinauf, lief über die Pflastersteine und schwang sich über die kleine Absperrung zum Eingang des Schlossbereichs.

Er blieb ungefähr an der Stelle stehen, an der Ewa und Kazanski auf der Mauer gesessen hatten. Von hier aus hatte er eine freie Sicht, egal ob Kazanski in die Allee bog oder weiter am Fluss entlangging. Der Idiot schlurfte dahin, als wüsste er, was ihn erwartete, als würde er versuchen, das Unvermeidliche noch ein wenig hinauszuzögern.

Fünf Jahre später war die Witwe überzeugt. Ein Freund aus Prag hatte angerufen. Nun herrschte überall die Freiheit der Wissenschaft, und dieser Freund hatte an einem Seminar in Moskau teilgenommen.

Der mysteriöse Physiker, über den so viel geflüstert wurde, beschäftigte sich angeblich mit streng geheimer militärischer Forschung. Er hieß Stanislaw Vasiljew, sprach aber Russisch mit einem sonderbaren Akzent. In Wahrheit sei er ein Tscheche aus Prag, hieß es.

Von diesem Tag an bediente die Witwe auch den Schwarzmarkt für Atommaterial. Dadurch bekam sie Kontakt zu MAKU 90, Leonid Karpin und anderen Verbrechern. Nur mit dem Ziel, Informationen zu beschaffen und ein Netzwerk an Kontakten zu knüpfen. Jetzt wusste sie, nach wem sie suchen musste.

Ein Jahr zuvor hatte sie ihn gefunden. Durch einen Mittelsmann der Tschetschenen-Mafia und seine korrupten Kontakte im Militär gelang es ihr, ein Foto des Mannes zu beschaffen, der Vasiljew hieß. Es hatte sie ein Vermögen gekostet, aber es war jeden Dollar wert. Es war ihr Mann. Nach einunddreißig Jahren sah sie ihn wieder. Nun musste sie ihn nur noch befreien.

Deshalb bestach sie einen russischen Offizier, MAKU 90

vom Wissen des Professors über Red Mercury zu informieren. Karpin, der inzwischen das Gehirn des am besten organisierten Syndikats in Moskau war, witterte sofort das große Geschäft. Professor Vasiljew war ein Vermögen wert, und über die Witwe ließ sich der richtige Käufer finden.

Doch der Krebs hatte Marthe Maria Siwonia nur ein paar Wochen vor dem großen Augenblick eingeholt, von dem sie so viele Jahre geträumt hatte, auf den sie so viele Jahre hingearbeitet hatte.

Kazanski fuhr sich mit der Hand durch das klatschnasse Haar. Er war nass bis auf die Haut, aber es war ihm egal. Tatsächlich hatte er es bis jetzt gar nicht bemerkt. Er dachte an Ewa und ihren Vater – und an ihre Mutter. So kurz davor zu sterben. Weinend zu sterben.

Der Regen wurde jetzt heftiger und prickte Löcher in die blanke Oberfläche des Flusses. Direkt unter ihm lag ein Touristenboot am Ufer. Er hätte an Bord springen und unter einer Persenning abwarten können, bis der Regen aufhörte. Wenn er denn aufhören würde.

Er erstarrte mitten in der Bewegung, als ihm der Gedanke durch den Kopf ging, nach oben zu schauen. Vielleicht war es ja nur ein Schauer? Oder schwarze Wolkenfetzen flogen vor dem Mond?

Ein ohrenbetäubender Knall ertönte, als die Planke an der Reling des Bootes zersplitterte. Den Bruchteil einer Sekunde hatte Kazanski das hässliche Zischen einer Kugel gehört, die von Metall abprallte. Instinktiv warf er sich hinter einen Baumstamm und blickte die Mauer hinauf, von der der Schuss gekommen sein musste. Im Schein einer der Kuppelleuchten konnte er gerade noch sehen, wie eine Gestalt hinter der Mauer verschwand.

Kazanski sprang auf und rannte im Schutz der scharfen Winkel der sternförmigen Festungsmauer zur Treppe. Er stürmte die Treppe hinauf und sah einen rötlichen Schopf mit flatterndem Mantel im Schlosshof verschwinden.

Es musste Crankshaw sein. Es konnte nur er sein.

Kazanski ging vorsichtig weiter und presste sich dabei an die Mauer. Der Schlossgarten badete in schläfrigem Licht, links von ihm schimmerte das goldene Dach der Zygmunt-Kapelle. Die vielen Büsche und Staudenbeete glichen einem schwarzen Dschungel, der Crankshaw die besten Möglichkeiten bot, sich zu verstecken.

Kazanski hielt sich im Schatten und schlich mit beiden Händen an der Bernadelli am Rande des Gartens entlang zur kleinen Steinterrasse am Kiosk. Er fand eine Flasche, die das Personal übersehen haben musste, und warf sie über einen Busch auf den Platz.

Crankshaw ließ sich nicht täuschen. Der Ziergarten war still wie die Unterwelt. Kazanski war gezwungen, sich zu zeigen, um in die Deckung der Büsche am eigentlichen Schlossgebäude zu gelangen. Es ertönten zwei hohle Schläge und über seinem Kopf rissen die Kugeln Brocken aus der Mauer, als er sich in voller Länge hinter ein Gebüsch warf. Crankshaw war also im Garten, mitten zwischen Büschen, Staudenbeeten und japanischen Kirschbäumen.

Kazanski verfluchte sich selbst, dass er sich in eine so gefährliche Situation gebracht hatte, als er das Geräusch von Schuhsohlen auf Fliesen hörte. Crankshaw versuchte, den Kampfplatz auf demselben Weg zu verlassen, auf dem er in den Garten gekommen war.

Kazanski setzte ihm nach, und es gelang ihm, einen Schuss abzugeben, während Crankshaw über die Schlossauffahrt floh, die ganz unten an einer Ampel begann. Es sah, wie sein

Gegner die Tür eines Autos öffnete, das bei Rot hielt, und den Fahrer brutal auf den Asphalt zerrte. Dann trat Crankshaw das Gaspedal durch, und der kleine Polski Fiat verschwand auf der Stradomska.

Kazanski sah sich ratlos um. Der Besitzer des Wagens lag mitten auf der Straße und stöhnte, und Kazanski wollte sich gerade bücken, um ihm zu helfen, als er hörte, wie jemand hinter ihm bremste. Ein Motorradpolizist mit weißem Helm verlor beinahe das Gleichgewicht, als seine MZ mit dem Hinterrad auf der feuchten Fahrbahn ausrutschte. Kazanski wurde von einer der Seitentaschen getroffen.

Der Beamte griff nach seiner Pistole im Gürtel, doch es gelang ihm nicht, das Holster aufzuknöpfen. Kazanski trat den Mann unter eine Achselhöhle und versetzte ihm einen Faustschlag in die Nierengegend. Der Polizist schrie vor Schmerz auf und fiel samt seiner hellblauen MZ um. Kazanski richtete das Motorrad wieder auf und trat auf die Gangschaltung, dass ein Ruck durch die grobe Mechanik ging. Dann gab er Gas und fuhr langsam an. Er hatte nicht den ersten Gang getroffen, aber das Motorrad wurde rasch schneller. Kazanski hoffte, nicht allzu viel Zeit verloren zu haben.

Er bremste an einer großen Kreuzung an der Stradomska. Vor sich entdeckte er den Fiat nicht, doch als er in Richtung Fluss blickte, sah er das gelbe Heck.

Kazanski beugte sich vor, um Schutz hinter dem Windschutz des Motorrads zu finden. Es war, als würde er durch einen Wasserfall blicken. Der Regen hämmerte gegen das Plexiglas, als er in voller Fahrt auf die Brücke zufuhr, über die er gerade erst zu Fuß gegangen war.

Der Fiat bog rechts ab, den Fluss entlang. Der Wagen schleuderte, und Crankshaw verlor kostbare Sekunden, um ihn wieder zu stabilisieren. Zwischen ihm und Kazanski lagen jetzt nur noch fünfzig Meter.

Mit der rechten Hand am Gasgriff, fummelte er mit der linken nach seiner Pistole. Er stützte sie auf dem Seitenspiegel ab. Vor ihm pulverisierte die Heckscheibe zu Eiskristallen, als die Kugel einschlug.

Sie hatten jetzt beinahe die andere Brücke bei Ewas Haus erreicht. Kazanski drückte noch einmal ab, er feuerte mehr oder weniger ins Blaue, da er außer den roten Rücklichtern so gut wie nichts erkennen konnte. Vielleicht hatte er die Frontscheibe getroffen, vielleicht Crankshaw. Denn als ein anderer Wagen aus der Stadt in hohem Tempo die Brücke hinunterfuhr, verlor Crankshaw die Gewalt über den Fiat. Er schleuderte am Beginn des Brückengeländers gegen eine Straßenlaterne.

Kazanski zog den Bremshebel. Hinter der Regengardine erkannte er einen dunklen Schatten, dann traf eine Kugel einen der beiden zusätzlichen Scheinwerfer des Motorrads und eine zweite riss ein Stück des Windschutzes ab.

Die Gestalt rannte die Brücke hinauf. Kazanski traf eine rasche Entscheidung, trat die Gangschaltung der MZ und fuhr Crankshaw hinterher. Der Regen schmerzte in seinem Gesicht, er kniff die Augen zusammen. Crankshaw blieb erneut stehen, um zu schießen, aber er traf nicht und lief weiter über den Fluss.

Vielleicht schaffte er es, vielleicht aber auch nicht. Kazanski wollte es zumindest versuchen. Die linke Hand am Gasgriff, nahm er die Pistole in die rechte Hand. Dann beugte er sich über den Tank, um seine rechte Seite so gut wie möglich abzuschirmen. Er fuhr direkt auf Crankshaw zu. Als er nah genug herangekommen war, krümmte sich sein Finger um den Abzug, Crankshaw strauchelte mitten im Lauf und krachte ans Brückengeländer.

Das war das Letzte, was Kazanski sah. Er konnte das Motorrad nicht in dieser schrägen Stellung halten. Das Vorderrad rutschte weg, und während die MZ verschwand, verlor Kazanski den Halt und rutschte über den nassen Asphalt.

Er hatte sich nichts gebrochen, aber seine Kleidung hatte der grobe Belag der Brücke in Fetzen gerissen. Eine Schulter tat höllisch weh. Das Ganze konnte nur wenige Sekunden gedauert haben. Er blickte auf und sah, wie Crankshaw sich am Geländer abstützte. Crankshaw beugte sich über das Geländer, und dann sah Kazanski, wie dem Mann die Beine wegrutschten. Kopfüber verschwand er von der Brücke. Kazanski humpelte bis zur Mitte der Brücke, wischte sich den Regen aus den Augen und sah Crankshaw undeutlich im dunklen Wasser.

Mühsam stieg er über das Geländer, spürte den freien Fall wie ein Saugen in der Bauchregion und traf mit dem Rücken auf die Wasseroberfläche. Einen kurzen Moment nahm er nur Blasen und Verschwommenes wahr, dann kam er wieder an die Oberfläche – nahe bei Crankshaw, der hektisch mit einem Arm paddelte, um nicht unterzugehen.

Kazanski packte ihn am Kragen, drehte sich auf den Rücken und zog Crankshaw an seine Brust. Mit langen Beinschlägen arbeitete er sich mit dem verletzten Mann wie eine Kröte voran.

Er bekam keine Luft. Die Lungen schmerzten, aber mit einer letzten Kraftanstrengung zog er den schlaffen Körper ans Ufer. Er rollte Crankshaw auf die Seite, steckte eine Hand in seinen Mund und zog die Zunge heraus. Dann schlug er ihm auf den Rücken, und Crankshaw gab auf der Stelle ein hustendes Geräusch von sich. Dünnes Erbrochenes floss ihm aus dem Mund.

Ein paar Minuten später bekam Kazanski Augenkontakt

mit Crankshaw, der schwer atmete und sein Gesicht vor Schmerzen verzog. Aus einer Wunde an der Stirn floss Blut über sein linkes Auge, und am linken Schlüsselbein war seine Kleidung eine rote, klebrige Masse.

»Warum? Warum?«

Kazanski schrie ihm ins Gesicht, bekam aber keine Antwort. Dann packte er Crankshaws Schulter und drückte zu.

»Warum bist du hier, du Schwein? Warum sollte ich erschossen werden? Warum hat McMullen dich geschickt? Antworte mir! Sofort!«

Plötzlich spürte Kazanski einen jähen Schmerz in seiner Schulter. Er hatte Crankshaws Hand in der Tasche nicht gesehen, der versuchte, ihn mit einem kraftlosen Stoß in Richtung Nacken zu erstechen. Kazanskis Hände schlossen sich im Crankshaws Hals zu einem einfachen Beschluss. Irgendwo in der Ferne war eine heulende Sirene zu hören. Es musste jetzt sein. Und schnell gehen.

»Du verdammtes Schwein. Jetzt wirst du bezahlen. Für Alicia. Und für Rosa …«

Es war gegen 04:00 Uhr, als das Yamaha-Motorrad mit den beiden Männern in die kleine ulica Zamkowa direkt an der Brücke einbog.

Ein Stück weiter entfernt schickte ein Rettungsfahrzeug sein nervöses gelbes Blinken in die Dunkelheit. Neben dem kleinen Auto, das gegen eine Straßenlaterne geprallt war, hielt ein hellblauer Polski mit einem Blaulicht auf dem Dach. Unter dem weißen Streifen an der Seite des Autos stand mit weißen Buchstaben »*Policja*«. Ein paar Männer schüttelten sich im Regen, während andere im Licht eines Scheinwerfers arbeiteten. Niemand sagte ein Wort. Die Arbeiter im Kranwagen waren von den Polizisten beschimpft worden, weil sie erst nach ein paar Stunden aufgetaucht waren. »Zu wenig Leute«, hatten sie erklärt und bedauernd die Arme ausgebreitet. Die Polizei war allerdings auch nicht sonderlich schnell vor Ort gewesen.

Der Fahrer des Motorrads, ein Mann in schwarzer Lederkombi, stellte den Motor vor dem grauen Gebäude mit der Hausnummer 4 ab und ließ den Offroader das letzte Stück bis zum Haus rollen. Dann half er dem älteren Mann beim Absteigen, hakte ihn unter und stützte ihn auf dem Weg zur Tür.

Der Mann in dem schmutzigen grauen Anzug war vollkommen durchnässt und zitterte heftig. Der Fahrer wollte gerade klopfen, als er die Klingel entdeckte.

»Hören Sie genau zu, Professor Vasiljew. Ganz genau. Gleich, wenn ich verschwunden bin, klingeln Sie. Es kommt eine Frau und öffnet die Tür. Sagen Sie ihr, dass Sie umgehend fortmüssen. Dass Sie irgendwo anders hinmüssen, Sie sind hier vor Karpin nicht in Sicherheit. Er kennt die Adresse. Haben Sie verstanden?«

»Ja, ich habe verstanden. Ich weiß nicht, wer Sie sind oder warum Sie das für mich getan haben. Aber ich danke Ihnen von ganzem Herzen.«

Kurz darauf hörte er das polternde Geräusch des Motorrades, und der unbekannte Retter war verschwunden. Er drückte einen Finger auf die Klingel. Als die Tür kurz darauf von einer jungen Frau geöffnet wurde, stürzte er in den Flur.

Sie sah ihn erschrocken an. Das Gesicht des Mannes war verzerrt, er gab ein sonderbar zischendes Geräusch von sich. Er bekam keine Luft. Während er mit einer Hand gegen seine Brust drückte, suchte er mit der anderen in seiner Tasche. Er schüttelte eine Tablette aus einer kleinen Schachtel und platzierte sie unter seiner Zunge.

Der Mann in der Lederkombi fuhr auf die Brücke. Auf der anderen Seite bog er rechts ab. Er wusste, dass er auf dem Parkring bis zum Bahnhof fahren musste. Dort hielt er und orientierte sich einen Augenblick. Dann sah er ein leuchtendes Schild, auf dem Hotel Europejskij stand.

An der Rezeption saß ein alter Mann, der schlief. Der Mann mit dem Sturzhelm tippte ihm auf die Schulter, der Alte schreckte auf.

»Ich suche nach einem Herrn Kazanski«, sagte er in gebrochenem Englisch.

Der alte Mann verstand nur den Namen. Es war der Name des Mannes, der vor einer Stunde humpelnd das Hotel betreten hatte, die Kleider zerrissen und eine Hand auf die Schulter gedrückt. Er sei im Park überfallen worden, hatte er in fehlerfreiem Polnisch erklärt, als er ihn gefragt hatte, ob alles in Ordnung sei. Aber die Polizei – nein, er wollte nicht, dass die Polizei gerufen wurde. Er wollte nur seinen Schlüssel, telefonisch geweckt werden und ein bisschen Ruhe, um wieder auf die Beine zu kommen.

Der Alte nickte mehrmals, zog ein Gästebuch hervor und ließ den Zeigefinger die vielen Namen ablaufen. Er stoppte bei J. J. Kazanski und sah den großen Mann in der Motorradkombi an.

Der Helm nickte. Dann zog der Mann einen Brief aus der Innentasche und legte ihn auf die Theke. *Jan Jordi Kazanski* stand auf dem Umschlag.

Der alte Mann an der Rezeption nickte noch einmal. Er hatte verstanden. Als ihm zehn Dollar in die Hand gedrückt wurden, zeigte sich ein zahnloses Lächeln in seinem Gesicht. Er bedankte sich bei dem Fremden, der aber bereits wieder auf dem Weg nach draußen war.

Eric Crankshaw nahm drei der Schmerztabletten, die der Arzt ihm gegeben hatte. Er beugte sich über das Waschbecken und starrte das Gesicht im Spiegel an.

Er sah die Blutergüsse am Hals. Dort, wo Kazanskis Finger sich in reiner Raserei ins Fleisch gebohrt und ihm beinahe das Leben genommen hätten. Es war ein Wunder, dass er ein Wort hatte herauspressen können. Das Wort, bei dem Kazanski seinen Griff lockerte.

Der Mann, den er schon so lange hasste, hatte ihn zu dem grauen Haus auf der anderen Seite des Flusses gebracht, zu der Siwonia-Tochter. Sie hatte sofort einen Arzt gerufen. Einen erschrockenen kleinen Doktor, der erst kürzlich einen Mann hatte verarzten müssen, der mit einer Schusswunde im Oberschenkel zu ihm gehumpelt war. Den Wirt irgendeines Gasthauses, den die junge Frau kannte.

Dort, wo das Glas der Frontscheibe die Haut aufgerissen hatte, musste der Arzt Crankshaws Stirn mit vierzehn Stichen nähen. Außerdem musste eine Wunde am Hinterkopf mit sechs Stichen genäht werden.

Schlimmer sah es mit der Schulter aus. Die Kugel hatte das Schlüsselbein und das Schulterblatt durchschlagen. Der Arzt hatte die Wunde gereinigt, einen strammen Verband angelegt und ihm eine Armschlinge gegeben. »Sie müssen ins Krankenhaus. Sie haben bestimmt auch eine Gehirnerschütterung«, hatte der Arzt gesagt, der zu ängstlich zu sein schien, um auch nur eine Frage zu stellen.

Crankshaw studierte sein Spiegelbild. Obwohl es so schiefgegangen war, hatte er noch Glück gehabt. Dann riss er sich zusammen, widerstand der Versuchung, sich ins Bett zu legen, und setzte sich stattdessen mit John Steinbecks Buch an den Schreibtisch.

Eine halbe Stunde später war seine Nachricht kodiert. Sie

war kurz. Und sie lautete so, wie er es mit Kazanski vereinbart hatte. Es war lediglich die Bestätigung, dass *»der Strauß bei der Familie abgeliefert«* und er *»ein wenig erkältet«* sei. Damit hatte er mitgeteilt, dass er sich verletzt hatte, allerdings nicht ernsthaft.

Crankshaw sah auf die Uhr. Der Zeitpunkt passte ausgezeichnet. Nun musste er nur die Nachricht versenden und auf den neuen Befehl warten, um den er gebeten hatte.

Sechs Stunden später wachte Kazanski zu einer schmerzhaften Begegnung mit seinem Körper auf, der heftig gegen die erste Bewegung protestierte.

Der Arzt hatte die oberflächlichen Wunden gereinigt und ihm einen Verband angelegt. Fünf Stiche in der Schulter hatten das Loch von Crankshaws Messer geschlossen, doch die Schulter war tatsächlich die Stelle, die am meisten wehtat.

Der Kopf pochte ebenfalls heftig, aber aus einem völlig anderen Grund. Er hatte die Gardine aufziehen müssen. Was in der Nacht geschehen war, hatte ihn so erschüttert, dass er dem Fenster nicht hatte widerstehen können. Während er den Schnaps der Minibar leerte, hatte sich die Dunkelheit wie ein Mantel um ihn gelegt – und sein Innerstes zur Ruhe kommen lassen.

Erst das Klingeln des Telefons hatte ihn zurückgebracht. Eine irritierend muntere Frauenstimme teilte ihm mit, dass ein Brief für ihn an der Rezeption läge. Er sei in der Nacht gebracht worden. Ob sie ihn hochbringen solle.

»Ja, danke«, antwortete er verschlafen. Kurz darauf stutzte er und wurde neugierig. Als an seine Tür geklopft wurde, stand er leicht benommen auf, um den Brief entgegenzunehmen.

»Das gibt's doch nicht!«

Sein Ausbruch war spontan, nachdem er die wenigen Zeilen gelesen hatte. Dann schüttelte er den Kopf, als wollte er möglichst viele lose Puzzleteile an ihren Platz befördern. Es fiel ihm schwer, dem Brief Glauben zu schenken. So schwer, dass er nicht überzeugt war. Vielleicht war es eine Lüge, eine irrsinnige Erfindung. Kazanski legte sich wieder aufs Bett und schloss die Augen.

Fünf Minuten später klingelte wieder das Telefon. Ewa.

»Jordi. Wir müssen uns treffen. Sofort. Ich bin in der Straße zwei Häuser weiter gezogen. In Sicherheit bei einem älteren Ehepaar, alte Freunde von Mutter. Mein Vater ist heute Nacht gekommen. Spät. Plötzlich klingelte er an der Tür. Ein Mann auf einem Motorrad hat ihn gebeten, auszurichten, dass Karpin unsere Adresse kennt und wir in Gefahr sind. Er schläft jetzt. Also mein Vater … Er weiß nicht einmal, dass ich seine Tochter bin. Wer kann der Motorradfahrer gewesen sein?«

»Es dauert nicht mehr lange, dann weiß ich es, Ewa. Ich soll mich mit ihm um 12:00 Uhr in der Marienkirche treffen.«

»Was heißt das?«

»Das erkläre ich dir später. Bleib einfach, wo du bist. Ruf Karpin an. Erzähl ihm, dass die Witwe tot ist und du ihre Tochter bist. Sag ihm, du hättest den Professor, um sicherzugehen, dass du die Bezahlung bekommst. Mach ihm klar, dass der Handel stattfinden soll und du später noch einmal anrufst, um nähere Details mitzuteilen. Ich komme, so schnell es geht.«

Kazanski legte auf und dachte eine Sekunde später an Xenia. Er wählte ihre Nummer und bat sie, sofort zu ihm zu kommen. Dann rief er in der Rezeption an und bestellte ein Frühstück aufs Zimmer.

Xenia hörte aufmerksam zu, ohne Fragen zu stellen, während er die Ereignisse der Nacht referierte. Nach und nach spürte er, wie gut ihm der schwarze Kaffee tat. Er hoffte, dass gestern Abend sein letztes Rendezvous mit dem Fenster stattgefunden hatte. Dass es fortan nicht mehr nötig war. In einer halben Stunde musste er in der Kirche sein.

18

Aufmerksam blickte Xenia über das Gewimmel von Menschen in der Floriańska. Jordi ging ungefähr zehn Meter vor ihr. Sie hatte zugestimmt, ihm während des Treffens in der Marienkirche den Rücken freizuhalten. Kazanski wollte wissen, ob er beschattet wurde. Außerdem fühlte er sich mit Waffendeckung wohler.

Als sie die Kirchentür erreichten, ertönte vom Kirchturm das Trompetensignal. Es endete abrupt und setzte aufs Neue an. Sie wusste, dass es eine Warnung vor den Tataren war.

Die meisten Menschen hatten sich vor dem geschlossenen Altar versammelt, und Kazanski sah jetzt, warum. Um Punkt 12:00 Uhr öffnete ein Kirchendiener die Flügel des Altars, und unter dem bewundernden Murmeln der Menge war nun eine Reihe von Skulpturen zu sehen. Es mussten die Apostel sein. Und Maria. Die zwölf Apostel in voller Lebensgröße sahen verzweifelt aus. Es gab nichts, was sie für die sterbende Jungfrau Maria tun konnten.

»Hübsch, nicht wahr? Folgen Sie mir«, hörte er eine Stimme in gebrochenem Englisch. Kazanski folgte dem Mann.

»Rede ruhig Russisch«, sagte er, als sie sich setzten. Erst jetzt sah er das Gesicht des Mannes. Er zuckte zusammen, das konnte nicht sein. Von allen Menschen – nicht er …

»Guten Tag, Herr Kazanski. Wir haben uns bereits kennengelernt. Erinnern Sie sich?«

Der Mann lächelte und streckte die Hand aus. »So sieht man sich wieder … Ziemlich weit von zuhause entfernt, oder?«

Kazanski war nachdenklich. Er hatte den Eindruck, dass der Drang der alten Königsstadt, Mystik und Magie zu verbreiten, so stark war, dass er bis in die Gegenwart hineinreichte. Wenn er zurückdachte, so hatte Krakau ihn vom ersten Tag an in ihren Bann gezogen. Von dem ersten Moment an, als er zögernd nach der Witwe gefragt hatte.

»Jordi, ich glaube, du bist nur eine kleine Schachfigur«, sagte Xenia verwundert.

Kazanski wusste es. Niemand musste ihm erzählen, dass er eine Figur auf einem Spielbrett war. Darüber war er sich immer im Klaren gewesen. Aber nun spielte er selbst mit. Noch ein verdammtes Zusammentreffen. Denn hatte er nicht in der Nacht unten an der Biegung des Flusses, am Ufer, wo die alten Männer Schach spielten, plötzlich ein Muster gesehen? Er hatte gesehen, wie König und Königin diskret umherschlichen und mit dem Springer und dem Turm als willigen Söldnern Intrigen schmiedeten, während sie die Reihe der nichtsahnenden Bauern wie Schlachtvieh vorschoben.

Jetzt war er am Zug.

»Wohin gehen wir, Jordi?«

Xenia entschied sich, die Hausdurchsuchung zu vergessen. Führte sie zu einem Ergebnis, war es okay. Ansonsten war es egal. Jetzt musste sie Jordi helfen, wenn sie selbst eine Chance auf Erfolg haben wollte.

»Wir müssen zu Crankshaw. Danach muss ich telefonieren, dann gehen wir zu Ewa und ihrem Vater. Sprich es aber nicht an, sie hat es ihm noch nicht erzählt.«

Eric Crankshaw lag vollständig bekleidet im Bett. Er stöhnte, als er sich auf die Bettkante setzte.

»Sie sehen nicht gut aus«, bemerkte Xenia, als sie das verzerrte Gesicht mit dem großen Pflaster auf der Stirn sah.

»Nein, vermutlich nicht«, erwiderte Crankshaw müde.

»Das hast du noch nie getan, du Arschloch. Niemals.«

Kazanski grunzte höhnisch. Die nächtliche Episode würde nichts ändern. Eric Crankshaw war als dummes Schwein geboren worden – mit oder ohne Pflaster.

»Meine Schulter tut höllisch weh«, jammerte Crankshaw und fummelte eine Zigarette aus der Packung. »Ich glaube, die Tabletten helfen nicht besonders.«

»Hör auf zu flennen. Wenn du mit bloßen Händen eine Frau halb totschlagen und dich außerdem als Heckenschütze versuchen kannst, dann nimm eine Kugel, ohne zu heulen. Ein jämmerliches Stück Scheiße bist du!«

»Können wir die Streitereien nicht verschieben? Wir müssen jetzt klar denken.« Xenia setzte sich auf einen Stuhl.

»Europol hat recht. Aber ich gebe es zu, Kazanski. Ich habe mich geirrt. Entschuldigung. Ich konnte es nicht wissen.«

»Ist mir egal. Hast du die Nachricht abgeschickt?«

»Ja, und ich habe auch eine Antwort bekommen.«

»Und?«

»Sie lautet so, wie du es vermutet hast. Er kommt selbst. Ich habe den Befehl zu warten. Er wird heute Nachmittag hier sein.«

»Dann klappt es, oder, Jordi?« Xenia sah ihn fragend an.

»Bisher schon. Aber noch kann alles schiefgehen. Kannst du aufrecht stehen, Crankshaw?«

»Sicher. Aber in ein paar Tagen muss ich wieder zum Arzt oder besser noch in ein Krankenhaus, um …«

»Halt jetzt die Klappe. Es passiert morgen Abend. Ich rufe

an und gebe dir genaue Instruktionen, bevor er kommt. Und denk dran: Ich bin tot. Du bist der Nächste auf der Liste.«

Kazanski drückte mit dem Zeigefinger auf Crankshaws verletzte Schulter, der Mann zuckte zurück wie eine erschrockene Krähe.

Es war genau 15:00 Uhr, als Kazanski sich in seinem Zimmer ans Telefon setzte. 09:00 Uhr amerikanische Ostküstenzeit.

»Mein Name ist Jan Jordi Kazanski. Ich würde gern mit dem stellvertretenden Direktor sprechen.«

Eine Frauenstimme am anderen Ende der Leitung erklärte, Herr Jannsen sei noch nicht gekommen, aber er würde jeden Moment erwartet.

Kazanski gab ihr seine Telefonnummer und schärfte ihr ein, es sei extrem wichtig, dass der Vizedirektor umgehend zurückrief. Dann lehnte er sich in seinem Stuhl zurück und wartete. Eine Viertelstunde später klingelte das Telefon. Es war der stellvertretende Direktor der CIA, Christian Jannsen.

Sie sprachen lange miteinander, ungefähr eine Dreiviertelstunde. Kazanski hatte viel zu erzählen. Der Vizedirektor war recht einsilbig. Erst als Kazanski Red Mercury erwähnte, meinte er eine unverhohlene Überraschung in Jannsens Stimme zu hören.

Kazanski zündete sich eine Zigarette an, als er aufgelegt hatte. Er hatte die Erlaubnis des Vizedirektors, seinen Plan umzusetzen. Dennoch war es Jannsens letzter Satz, der Kazanski am meisten beschäftigte. Jannsen hatte so etwas gesagt wie: »Sie sind weiter gekommen, als ich gedacht hätte, Kazanski. Tatsächlich einen Schritt voran. Aber das ist auch gut so.«

»Was meinst du damit?«, hatte er gefragt. Nicht einmal ein stellvertretender Direktor konnte ihn dazu bringen, ihn zu siezen.

»Reden wir darüber, wenn Sie zurückkommen, okay? Hals- und Beinbruch.« Dann hatte er das Gespräch beendet.

Fünf Minuten nachdem Jannsen aufgelegt hatte, bat er seine Sekretärin mit einem breiten Lächeln, umgehend General Valeri Afanasjew anzurufen, den Leiter des russischen föderalen Geheimdienstes FSB.

Danach rief Jannsen im Archiv an und bat um sämtliche Akten zum UROCIS-Projekt, US Russian Organized Crime Investigations Support. Es war durchaus nicht das erste Mal, dass er sich das »Iwan Capone«-Material ansehen wollte.

Ewa Theresa Siwonia hatte die ganze Nacht kein Auge zugetan. Sie hatte allein in der Dunkelheit gesessen, Kaffee getrunken und Zigaretten geraucht, nachdem Herr und Frau Cukier zu Bett gegangen waren.

Ihren Vater, den Professor, hatten sie sofort zu Bett gebracht. Der Mann war todmüde und durchgefroren. Er musste jetzt sechzig Jahre alt sein, wenn sie richtig rechnete, aber tatsächlich sah er älter aus. Sie hatte ihn betrachtet, als er schlief. Es schien so fern zu sein. So unwahrscheinlich. Ihre Mutter hätte das erleben sollen. Sie hätte hier sitzen und die Hand des alten Mannes halten sollen.

Ewa waren bei diesen Gedanken die Tränen gekommen.

Als es hell wurde und die Vögel zu singen anfingen, traf sie eine Entscheidung. Vielleicht keine kluge Entscheidung, aber eine notwendige.

»Ist Ewa Theresa zu Hause?«

Kazanski sprach in den Spalt zwischen Tür und Rahmen. Sie sahen, dass die Tür mit zwei Ketten gesichert war. Ein runzliges Frauengesicht zeigte sich.

»Wer sind Sie?«

»Mein Name ist Jan Jordi Kazanski. Das ist Xenia Pizlo Larsen.

Die Frau studierte sie einen Moment eingehend.

»In Ordnung. Einen Augenblick. Kommen Sie herein.«

Am mit einer Wachsdecke bedeckten Küchentisch saß ein älterer Herr mit silberfarbenem Haar. Beiden kam er bekannt vor. Dann erinnerte sich Xenia. Es war einer der Schachspieler. Der Wortführer.

»Wir haben uns schon einmal gesehen, nicht wahr? Setzen Sie sich. Mögen Sie eine Tasse Kaffee?«, fragte der Mann lächelnd.

»Ja, danke. Aber wo ist Ewa?« Kazanski setzte sich.

»Sie ging rüber ins Haus, um irgendetwas zu holen. Und der Mann, mit dem sie heute Nacht kam, hat sich gerade hingelegt, um sich ein bisschen auszuruhen. Ein Stück Kuchen?« Er schob ihnen die Platte zu.

»Ja, danke. Es ist nicht klug, das Haus allein zu verlassen. Das gefällt mir nicht, Xenia.«

»Ich gehe rüber und sehe nach, ob sie noch dort ist. Du kannst einfach hierbleiben, Jordi.«

»Sei vorsichtig.«

Ewa war vorsichtig, als sie kurz nach dem Abendessen zurück zu ihrem Haus ging. Sie hatte mit Karpin geredet und versucht, ihn zu beruhigen. Er hatte sich aufgeführt wie ein Wahnsinniger. Rasend wütend – und im nächsten Moment beunruhigend kühl. Man wusste nie, woran man bei diesem Mann war.

Soweit sie es feststellen konnte, war niemand im Haus. Sie ging in den Keller und schloss das geheime Archiv auf. Ihre Mutter hatte das Archiv bis zuletzt äußerst sorgfältig gepflegt. »Es ist unsere Lebensversicherung«, hatte sie einmal gesagt.

Ewa suchte gezielt. Nicht unter den Namen, sondern in der Liste der Berufe, die mit L begannen. Sie ließ den Zeigefinger über die Namen gleiten und hielt bei *»Dariuz Turnau«* inne.

Dann suchte sie in dem Archivschrank unter T. Dort lagen eine kurze Biografie, ein Videoband und ein Stapel Fotos mit den dazugehörenden Negativen. Sie blätterte die Bilder durch.

Der Mann war circa fünfzig Jahre alt und fast kahl. Die Frau lag auf dem Rücken, die Hände an das Kopfteil des Bettes gefesselt. Seine Augen quollen hervor.

Ein weiteres Foto. Eine andere Frau. Es war Tracy. Ihre Zunge glänzte. In der einen Hand hielt sie seine Eier.

Ewa verspürte einen plötzlichen Anfall von Übelkeit und Ekel. Alles in ihr drehte sich um.

Ihre Mutter hatte immer gesagt, bei ihr hätten es die Mädchen gut, weil sie trotz allem ein Leben führen konnten, das in vieler Hinsicht geordneter und sicherer war als das Leben, das sie sonst erwartet hätte. Es war nur ein Job. Und die Männer waren einfach Schweine, die ihnen egal sein konnten.

Das waren die Worte der Witwe gewesen. Nicht die Worte einer treuen Ehefrau, die über dreißig Jahre nach ihrem verschwundenen Gatten gesucht hatte. Nicht die Worte ihrer Mutter. Und dennoch …

Im Wohnzimmer hatte Ewa lange mit einem Foto in der Hand dagestanden. Dem Foto vom Sekretär. Das junge Paar mit dem Baby. Sie musste es mitnehmen. Damit könnte sie vielleicht erklären …

Außerdem brauchte sie ihre Violine. Sie wollte heute Abend spielen. Sie musste spielen und die Saiten spüren. Sie musste die Geige an der Wange fühlen. Schon bald würde es zu spät sein.

Sie wollte gerade den Geigenkasten öffnen, als die Frau eintrat. Es ging so schnell, dass sie ihre Pistole nicht mehr ziehen konnte. Die Fremde richtete eine Pistole auf sie.

Nun saß sie auf dem nackten Boden des Kellers und starrte auf die leuchtende rote Zahl, die hastig die verbliebene Zeit ihres Lebens hinunterzählte.

Es war unverzeihlich, dass sie so unvorsichtig gewesen war zurückzugehen. Unverzeihlich. Und nun sollte sie sterben. Früher, als sie gedacht hatte. Bevor sie es ihm erzählen konnte. Der Gedanke erstickte sie regelrecht.

Die Frau hatte die Bombe an einer Gasflasche befestigt und sie grinsend so aufgestellt, dass die Uhr sich genau auf Ewas Augenhöhe befand. Ewas Mund war mit Tape verklebt, ebenso wie ihre Hände mit Tape an den Pfosten, an dem sie lehnte, gefesselt waren. Sie konnte sich nicht bewegen. Die Frau hatte ihr keine Chance gelassen. Selbst ihre Knöchel hatte sie gefesselt.

»Jetzt kannst du mitzählen«, hatte die Frau gesagt, bevor sie verschwand.

Die Zahlen liefen, als wären sie auf der Flucht. 12:48, 12:47, 12:46, 12:45. Nur noch Zehntelstellen eines Lebens, das sie nie wirklich gelebt hatte. Sie hatte es nur mit Jordi auf einer Sternschnuppe reitend gestreift. Sonst nicht.

Xenia wunderte sich, dass die Tür offenstand. Sie horchte, hörte aber nichts. Dann ging sie vorsichtig die Treppe hinauf.

Oben blieb sie stehen. Mit angehaltenem Atem lauschte sie angespannt, während ihre Finger in die Jacke glitten und die Pistole im Schulterholster fanden.

Das einzige Geräusch war das leise Knarren der Dielen, als sie ihr Gewicht auf das andere Bein verlagerte. Sie öffnete die

Tür und schlich durch den Flur zur Wohnzimmertür. In diesem Zimmer hatte sie zusammen mit Kazanski die Tochter der Witwe gefunden, die Geige spielend auf dem Boden saß.

Es war niemand da. Xenia ließ den Blick durchs Zimmer schweifen und blieb an einem Foto hängen, das auf dem Geigenkasten lag. Es war das Bild von Professor Janecka mit seiner Frau und ihrer neugeborenen Tochter. Merkwürdig … Außerdem lag eine Tüte auf dem Boden – mit einem Videoband, einigen Papieren und ein paar Kodak-Fotoumschlägen. Vermutlich Familienfotos.

Plötzlich fiel ihr der Keller ein. Sie lief hinunter. Warum sollte sie nicht die Gelegenheit nutzen, um sich den Keller anzusehen? Vielleicht fand sie etwas, was sie gebrauchen konnte. Von dem polnischen Kriminalinspektor hatte sie schließlich noch überhaupt nichts gehört.

Die Kellertür war verschlossen. Xenia trat ein paar Mal dagegen, bis die dünne Leiste des Rahmens zersplitterte.

Auf halber Treppe sah sie Ewa. Sie saß gefesselt auf dem Boden und starrte sie mit Panik in den Augen an. Kurz darauf kannte Xenia den Grund. Ein Klumpen Plastiksprengstoff, ein Zünder, Batterie, Uhr und eine Gasflasche. Die Bühne war sorgfältig aufgebaut, sodass der Zuschauer den Countdown mitverfolgen konnte.

Vorsichtig entfernte sie das Klebeband von Ewas Mund.

»Die Bombe! Die Bombe!« Ewa schrie und wies mit dem Kopf hektisch auf die Gasflasche. »Die Uhr! Um Gottes willen!«

»Ich hab's gesehen. Bleib ruhig. Es sind noch fast fünf Minuten …«

»Dann trenn es doch, verdammt!«

»Im Augenblick habe ich das Sagen, oder? Du weißt, weshalb ich hier bin. Und ich habe nicht vor, mit leeren Händen nach Hause zu fahren. Die Papiere? Ich will Namen und Listen. Käufer. Verkäufer. Zwischenhändler. Kontakte. Verstehst du?«

Xenia sah sie fragend an.

»Hinterher! Jetzt haben wir keine Zeit!«

»Wir haben jede Menge Zeit. Komm schon. Denk nach. Deine Mutter muss eine Karte gehabt haben, eine Buchführung oder irgendetwas, das ich gebrauchen kann.«

»Der Schrank dort drüben in der Ecke. Schließ ihn auf! Links am Boden. Zieh an dem Handgriff!«

»Okay, ich hab's gefunden.«

»Zieh ihn raus. Fest. Und dann dreh den Schrank von der Wand weg. Schnell, verdammt!«

Xenia sah überrascht zu, wie der massive Holzschrank sich spielend leicht von der Wand wegdrehen ließ. Dahinter zeigte sich eine Stahltür in der Wand.

03:35, 03:34, 03:33.

Es existierten nur noch Zahlen. Ewas Herz hämmerte, sie japste nach Luft.

»Geh rein. Rechts, alle Ringordner. Das ist alles. Und jetzt hilf mir, ich bitte dich. Ich will noch nicht sterben …«

»Sterben? Wer redet vom Sterben?«

Xenia schaute auf die Uhr und trat dann in den Raum.

»Wo ist das Licht?«

»Links, an der Tür. Schnell! Willst du selbst in die Luft fliegen, du blöde Kuh?«

Xenia bediente den Schalter, eine Leuchtstoffröhre blinkte ein paar Mal. Dann verbreitete sich Licht in dem niedrigen Betonraum. An den Wänden standen Regale und Archivschränke.

Xenia zog irgendeinen Ordner aus dem Regal. Deutschland. Orte und Namen. Jahreszahl und Datum. Alles Autos.

Hunderte von Autos. Sie griff zu einem anderen Ordner. Die Namen kamen ihr bulgarisch vor – oder rumänisch … Es war offenbar Bulgarien, denn sie las mehrfach »Sofia«. Mercedes, Ford, Volkswagen, Fiat. Eine lange Reihe von Automobilproduzenten. Alles war ausgezeichnet. Die Witwe war eine systematische Geschäftsfrau.

00:58 zeigte die Uhr, als Xenia auf die Stopptaste drückte.

»Gute Zeit, oder?« Xenia grinste Ewa an.

»Ich hatte in jedem Fall vor, dir die Papiere zu geben, Idiotin!«

»Bist du dir da auch ganz sicher?«

»Ja.«

»Warum?«

»Weil ich sie nicht mehr brauche. Hättest du zugelassen, dass der Scheiß gesprengt wird?«

»Nein, natürlich nicht. Das wäre Mord gewesen. Unpraktisch, sein Gewissen mit so etwas zu belasten. Wer war das?«

»Eine Frau im mittleren Alter.«

»Grauhaarig?«

»Ja, woher weißt du das?«

»Sie hat versucht, Jordi und mich in die Luft zu jagen. In einem Restaurant. Sie hat behauptet, die Witwe zu sein … Wir wussten es nicht besser. Du hast uns ja nicht geholfen. Erst jetzt bist du plötzlich dazu bereit.« Xenia bückte sich, um das Klebeband zu durchschneiden.

»Sie sagte nur, sie hätten gute Kontakte und würden den Professor schon bekommen. Sie wollte mich umbringen. Die Bombe war ein Gruß von Karpin«, sagte Ewa und rieb ihre schmerzenden Handgelenke.

»Besser, ich entferne ein, zwei Leitungen, damit das Mistding nicht doch noch hochgeht.«

»Willst du eine?« Ewa bot Xenia eine Zigarette an, als sie

sich an die Wand lehnten, um einen Moment zu verschnaufen.

»Ich rauche nicht, nicht mehr.«

Ewa zündete ihre Zigarette an und genoss das beruhigende Gefühl. Der Gedanke, vor der Zeit zu sterben, hatte sie vollkommen aufgerieben.

»Gib mir trotzdem eine.«

Ewa reichte Xenia das Päckchen und bot ihr Feuer an. Xenia hustete heftig, als sie den Rauch einzog.

»Es ist lange her, seit ich aufgehört habe.«

Sie rauchten, ohne ein Wort zu sagen. Dann unterbrach Xenia die Stille.

»Ich frage mich …« Sie zögerte.

»Hm?«

»Du musst nicht antworten …«

»Frag schon.«

»Hast du … warst du im Bett mit ihm?«

Ewa sah Xenia überrascht an. Dann legte sie den Kopf in den Nacken und brach in ein kurzes Gelächter aus, dass ihr der Rauch aus dem Mund wirbelte.

»Ach, darum geht's. Bist du verliebt in den Burschen – den melancholischen Helden?«

»Warst du?«

Es dauerte einige Zeit, bis Ewa antwortete.

»Ja.«

»Warum? Hast du dich in ihn verliebt?«

Xenia hatte nachgedacht. Sie hatte an die unberechenbare Tochter der Witwe gedacht – und an ihre Augen. Eigentlich hatte sie nicht so direkt fragen wollen, aber sie kam nicht dagegen an.

»Nein, bleib ruhig. Ich bin nicht verliebt. War es nie. Und werde es nie sein. Ich bin keine Konkurrentin. Wir haben es getan, weil es sein musste. Es war ein Erlebnis aus einer anderen Welt, einer besseren … Aber das wirst du nie verstehen.«

»Er ist hart, aber auch sanft, und manchmal einfach abwesend und merkwürdig traurig. Vielleicht gleichgültig.« Xenia hielt die Zigarette zwischen zwei Fingern und starrte mit Unbehagen auf den Filter, der sich vom Nikotin braun verfärbt hatte. »Ich werde aus ihm nicht klug. Ich weiß nicht, wo dieses Traurige herkommt … was meinst du?«

Xenia wandte ihr den Kopf zu und blickte in die schwarzen Augen. Diese Augen, in die er so tief geblickt hatte. Er hatte es getan.

»Ist doch klar, der Mann ist traurig.« Ewa klang gereizt.

»Was meinst du?«

»Na, seine Frau. Und das Kind …«

»Keine Ahnung, wovon du sprichst.«

»Hat er es dir nicht erzählt?«

19

Langley, Virginia, USA

Der stellvertretende Direktor der CIA Christian Jannsen hatte einen arbeitsreichen Tag, der noch lange nicht zu Ende war, hinter sich. Nach einer Stunde im Fitnesskeller kam er gerade aus dem Bad. Er fühlte sich am wohlsten, wenn er sich in Form hielt, außerdem hatte er bemerkt, dass er bei den nichtssagenden Übungen mit den Hanteln am besten nachdenken konnte.

Er hatte Michael W. Max, dem Direktor, seinen Plan vorgelegt, der ihm zustimmte. Jannsen hatte von vornherein damit gerechnet, dass Max die Angelegenheit früher oder später klären würde, aber die neuen Informationen von Kazanski erforderten unmittelbare Unterstützung. Unterstützung von ganz oben.

Jannsen mochte das Spiel im Spiel. Die Vereinbarung mit Valeri Afanasjew hatte er ohne jeden Hokuspokus getroffen.

Man konnte dem Chef des FSB nicht vorwerfen, dass er nicht von den tatsächlichen Qualifikationen des Professors gesprochen hätte. Andererseits würde der sympathische Russe eines Tages sicher verstehen, dass Jannsen seine Trümpfe auch nicht alle ausgespielt hatte. Er hatte den Kontakt bestätigt und grünes Licht gegeben, dass die Aktion fortgesetzt werden sollte – Red Mercury war allerdings nicht erwähnt worden.

Valeri Afanasjew würde einen Schock bekommen. Aber diese eine Niederlage würde vermutlich durch einen anderen russischen Sieg aufgewogen, sodass sein Kopf sicher war.

Auf Jannsens Schreibtisch lagen zwei Stapel Aktenmappen. Der linke Stapel gehörte zu den ersten Jahren bis zum Ende von UROCIS. »Iwan Capone« war sein persönliches Schmerzenskind. Ein bedeutendes und bahnbrechendes Projekt.

Moskau zu schließen und die Abreise zu einer Medienshow zu machen, war sein erster großer taktischer Beschluss gewesen. Eine Inszenierung.

Der Aktenstapel rechts auf seinem Schreibtisch behandelte das wieder eingerichtete »Iwan Capone II«-Projekt. Die Tafel zu putzen, um dann in Zusammenarbeit mit den Russen ein neues geheimes Team zu entsenden, war seine zweite große Entscheidung gewesen – und es lag in der Natur der Sache, dass beide untrennbar verbunden waren.

Lange Zeit hatte es so ausgesehen, als sei die Operation ausgesprochen erfolgreich. Abgesehen von dem großen PR-Wert für den bedrängten Kreml hatten die Russen tatsächlich einige der größeren Mafia-Syndikate unterwandert.

Wären da nicht das Bombenattentat auf Major Soloschenko und die Erschießung des Boten der Botschaft gewesen, wäre der Begriff »Fiasko« nie aufgekommen. Und jetzt? Jetzt könnte es doch noch mit einem durchschlagenden Erfolg enden, der in der Tat sämtliche Unkosten wert wäre.

Die CIA, diese enorme Organisation, war mehrere Jahre in einem apathischen Zustand gewesen. Jannsen wusste genau, dass es an einer langen Reihe von Faktoren lag. Vor allem zwei Dinge wogen schwer, und die waren eher psychologischer Natur:

Der Aldrich-Ames-Skandal hatte die CIA handlungslahm

und mit Minderwertigkeitskomplexen hinterlassen. Vollkommen verständlich, dass alle erschüttert waren. Denn wenn so etwas möglich war, dann war alles denkbar.

1993 wurde Ames als russischer Doppelagent enttarnt; die Sowjetunion hatte ihn angeworben, als er Chef der Gegenspionage für den Ostblock war. Seine Tätigkeit hatte dazu geführt, dass eine Reihe von CIA-Agenten enttarnt und hingerichtet wurden. Es war eine Wiederholung des Kim-Philby-Skandals beim britischen MI-6. Nun konnten die Briten frohlocken, so wie es die CIA 1951 getan hatte.

Und obendrein glich die ganze Geschichte einer Farce. Ames war ein miserabler Mitarbeiter, der durch Nepotismus aufgestiegen war, obwohl seine Fähigkeiten ihn dazu keineswegs prädestinierten. Dass er und seine Ehefrau eine dreiviertel Million Dollar für ein neues Haus bar bezahlten, dass sie Aktien kauften und dass Ames einen roten Jaguar fuhr – dass ein Mann mit einem mittleren Einkommen sich all das leisten konnte, hatte niemanden interessiert.

Aldrich Ames war ein Maulwurf der Größe, die der alte, legendäre CIA-Chef James Angleton immer gefürchtet hatte. Angletons Paranoia und sein Verdacht gegen alles und jeden war so krankhaft gewesen, dass er 1974 rausgeschmissen wurde. Angleton selbst war Leiter der Spionageabwehrabteilung gewesen, wie Ames. Angleton starb 1987, nicht wissend, dass sein schlimmster Albtraum Wirklichkeit werden sollte.

Es war die Ironie des Schicksals, dass jeder Amerikaner auf der Straße begriff, was sich bei der CIA abspielte. Jeder, von Harlem bis Palo Alto. Und die Aufarbeitung des Falls Ames und seines ganzen zweifelhaften Aufstiegs war dermaßen amateurhaft, dass die Enttarnung des Maulwurfs die CIA mattsetzte. Die Organisation war mehrere Jahre lang groggy.

Im November 1996 wurde mit Harold J. Nicholson ein

weiterer Doppelagent enttarnt. Die Konsequenzen waren nicht so groß, aber erneut wurde das Vertrauen in die Institution geschwächt.

Nicholson war ein Karrierist, der sechzehn Jahre im Dienst verbracht hatte und ehemaliger Stationschef in Rumänien gewesen war. Am Dulles International Airport von Washington klappte die Falle zu, als er mit geheimem Material verhaftet wurde. Er brauchte offenbar Geld für eine Affäre mit einer Frau in Thailand. Das doppelte Spiel begann er nur zwei Monate nachdem Ames zu lebenslanger Haft verurteilt worden war. Es war nicht besonders gut für die Moral der Firma … Immerhin war der Dienst mit den dreiundzwanzig Jahren und sieben Monaten Gefängnis für Nicholson wegen Spionage zufrieden.

Der zweite entscheidende Faktor, der zu Frustration führte, war der Zusammenbruch der Sowjetunion.

Während des gesamten Kalten Krieges hatte eine paradoxe Form von Sicherheit geherrscht, da es klare Fronten gab. Aber die großen Schurken, die Kommunisten, die roten Feinde spielten ihre Rolle nicht mehr. Dass man obendrein in bestimmten Zusammenhängen mit ihnen zusammenarbeiten sollte, machte das Leben nicht einfacher. Wenn alte Warschauer-Pakt-Länder im Laufe von so wenigen Jahren zu NATO-Ländern wurden, konnte das Weltbild sehr schnell verschwommen werden.

All das sah Christian Jannsen als seine großen Herausforderungen an. Die CIA musste wieder selbstbewusster werden. Er musste Verständnis schaffen für die neue Zeit und die damit verbundenen neuen Aufgaben.

Ohne nachzudenken, hatte er drei Köpfe in seinen Notizblock gezeichnet. Drei mit einem Lächeln und einen mit heruntergezogenen Mundwinkeln. Er kreuzte den letzten Kopf aus, knüllte das Blatt zusammen und warf es in den Papierkorb.

Jannsen sah auf die Uhr. Die beiden Wissenschaftler mussten bald auftauchen.

16:30 zeigte die Uhr, als seine Sekretärin ihn anrief. Das nannte er wissenschaftliche Präzision. Einer der Professoren war ein älterer Herr mit wirrem, flatterndem Haar, der andere war zu Jannsens Überraschung eine junge, hübsche Frau mit einer schmalen Brille.

»Christian Jannsen, willkommen und danke, dass Sie so kurzfristig kommen konnten. Das ist sehr freundlich.«

Er gab ihnen die Hand und führte seine Gäste zur Sofaecke.

Bei dem Mann handelte es sich um Professor Martin Brunswick vom Oak Ridge National Laboratory in Knoxville, Tennessee. Die Frau war Professorin Sarah Russel von der Critical Technologies Division des Alamos National Laboratory. Jannsen kannte sie nicht, aber sie waren ihm als herausragende Kapazitäten empfohlen worden. Und er war nur interessiert an den Besten.

Moskau, Russland

Zur selben Zeit, als die beiden Wissenschaftler mit Vizedirektor Jannsen als konzentriertem Zuhörer in einer Besprechung saßen, schloss General Valeri Afanasjew die schwere Tür hinter sich. Er entschied sich, zu Fuß nach Hause zu gehen, und schickte seinen Fahrer zurück zur Lubjanka.

Der Fahrer lächelte. Er könnte vermutlich gerade noch bei einer Runde Karten in der Wachstube des Hauptquartiers mitspielen, bevor sein Arbeitstag zu Ende ging.

Es war bereits nach Mitternacht. Der Leiter des föderalen Geheimdienstes FSB schlug den Kragen hoch. Mit der Dunkelheit kam die Kälte, nach den Stunden im erstickenden Zigarrenrauch im Ministerium in der Zjitnaja ulitsa brauchte er dringend frische Luft.

Er ging zum Fluss hinunter. Hinter ihm ragte der beleuchtete Kreml auf. Es war eine Befreiung, dem stinkenden Büro entkommen zu sein.

Das Treffen mit dem launischen Innenminister Anatoli Petruschkin war hervorragend verlaufen. So gut, dass der alte Bär eine Pranke durch die Rauchwolken gesteckt und ihm väterlich auf die Schulter geklopft hatte, als er ging.

»Hervorragende Arbeit, Valeri. Hervorragend«, hatte er gesagt. Petruschkin duzte die meisten im Kreml, aber niemand duzte ihn. So konnte man auch seine Überlegenheit manifestieren.

Es gab durchaus unsichere Punkte in Afanasjews Plan. Niemand beherrschte den Zufall. Aber bisher hatte der General den Fall geschickt behandelt, und wenn die Amerikaner ihren Teil der Vereinbarung einhielten, würde es ein Triumph werden. Dann konnte der Innenminister einmal mehr die Arme ausbreiten und im Scheinwerferlicht der Medien seine Havanna genießen, während der Geheimdienstchef im Hinterzimmer der Macht seinen Ruf festigte und seine ohnehin schon starke Position ausbaute.

Valeri Afanasjew schlenderte entspannt weiter, die Hände tief in den Taschen seines Mantels. Er war zufrieden und im Gleichgewicht – und dennoch gespannt. Er hatte noch immer keinen Zeitpunkt aus Krakau genannt bekommen.

Krakau, Polen

Der iranische Zwischenhändler war so wütend, dass er nur mit Müh und Not seine überhöfliche Fassade aufrechterhalten konnte. Wäre Ewa nicht eine Frau gewesen und hätte sie weniger attraktiv ausgesehen, wäre Masoud Badrbeigi vermutlich explodiert. Stattdessen hatte er sich damit begnügt, die Tür hart hinter ihr zuzuwerfen, als er sie bat einzutreten.

Als sie ihm mitteilte, dass die Verhandlungen für den folgenden Abend festgesetzt worden waren, beruhigte er sich und sein Lächeln schaltete auf Autopilot.

Die beiden Professoren Mirecourt und Gustavsson saßen auf dem Sofa und sahen erleichtert aus, als sie Ewas Nachricht hörten. Sie waren es leid zu warten, obwohl die ersten Nächte im Cracovian Strip & Night Club wie im Flug vergingen und sie in dem luxuriösen Palais im Zentrum wie Ehrengäste behandelt und bedient worden waren.

Nachdem Ewa das Hotel verlassen hatte, fuhr sie zum Wirtshaus an der Tatrzanska. Im Sigismund waren viele Gäste. René, der Wirt, der übel hinkte, hatte eine Menge zu tun.

Sie ging suchend durch die Kneipe und fluchte leise. Er war nicht da, er hatte sich nicht an die Absprache gehalten. Ihr Kopf begann zu schmerzen, als sie ihn ein einer dunklen Ecke entdeckte. Er trug eine Schirmmütze. Deshalb. Sie grüßte leise und forderte ihn auf, ihr nach oben zu folgen, ins Büro.

Dort unterhielten sie sich eine halbe Stunde. Ewa hörte konzentriert zu und machte sich ein paar Notizen auf einem Zettel. Schließlich schob sie einen großen Umschlag über den Schreibtisch und bemerkte das zufriedene Lächeln, als der Mann den Inhalt kontrollierte.

Dann zog er eine kleine Schachtel auf der Tasche und legte sie in ihre Hand. Wieder lächelte er. Ein kaltes Lächeln.

»Ich will dich nicht noch einmal sehen, widerlicher Kerl. Hast du verstanden?«

Der Mann nickte, das Lächeln verschwand.

»Gut. Verschwinde.« Ewa scheuchte ihn mit einer Handbewegung weg. Der Mann schien erleichtert zu sein, als er die Tür hinter sich schloss.

Herr und Frau Cukier waren ebenso wie ihr Vater längst im Bett, als sie nach Hause kam. Sie hatte es ihm noch immer nicht erzählt. Es würde so unendlich qualvoll werden.

Xenia lag unruhig im Bett. Sie musste ständig daran denken, was Ewa ihr im Keller erzählt hatte.

Nun verstand sie, was ihr vorher unklar gewesen war. Aber es hatte keine Bedeutung mehr.

Als sie zurück zum Hotel gingen, hätte sie gern etwas zu Jordi gesagt, aber der Zeitpunkt erschien ihr falsch. Die Stimmung war so angespannt. Hauptsache, es ging morgen Abend gut. Vielleicht konnte sie danach mit Jordi sprechen …

Sie sah sein Gesicht in der Dunkelheit vor sich.

Er würde sich niemals entschuldigen. Der Mann würde auch nie versuchen, etwas zu erklären.

Er hatte es Ewa erzählt – aber er hatte sie belogen. Das war der ganze Unterschied. Er konnte zu nichts gezwungen werden, und nun verstand sie den Grund. Wenn Jan Jordi Kazanski jemals auf irgendjemanden zuging, dann nur aus eigenem Willen. Wenn er beschlossen hatte, sich zu zerstören, dann würde er dies mit einer selbstironischen Bemerkung tun, einem schiefen Lächeln – und einer wahnsinnigen Entschlossenheit.

Langsam begriff sie, dass das Archiv der Witwe für sie den

ganz großen Coup bedeuten könnte, bei diesem Gedanken fühlte sich Xenia besser. Sie allein würde die Ware abliefern. Ein umfassendes Archiv, in dem jedes verdammte Blatt Papier ein greifbarer Beweis und eine entscheidende Spur war. Typenbezeichnungen und Karosserienummern, Kontakte, Zwischenhändler, Auslieferer, Zielorte, Adressen. Seitenweise.

Sie stand auf, holte sich ein kaltes Bier aus der Minibar, zündete sich eine Zigarette an, die sie von der vampirhaften Tochter der Witwe erhalten hatte, und ließ sich in den Sessel fallen. Ihr Blick hielt einen Punkt im Spiegel fest. Sie starrte lange auf den schwarzen Schatten an der Wand, sie wusste, was es war. Der gekreuzigte Jesus.

Kazanski wickelte sich das Badehandtuch um den Bauch. Barfuß ging er in dem kleinen Zimmer auf und ab. Durch die eiskalte Dusche kribbelte sein ganzer geschundener Körper.

Er hinkte leicht. Bei dem Sturz vom Motorrad war er doch mit einem Knie schwerer aufgeschlagen als zunächst gedacht. Aber erst jetzt hatte es angefangen zu schmerzen.

Er hatte einen tiefen Schlaf hinter sich. Aber der Albtraum hatte sich wieder in seinen Kopf geschlichen. Er war in diese unendliche Sequenz geraten, in der Schnee seine Frontscheibe bombardierte und Blitze helle Streifen durch die Nacht zogen, während er wie ein Wahnsinniger zum Ersten Medizinischen Institut fuhr.

Alles war wieder da gewesen, jede einzelne Sekunde. Der harte glänzende Fußboden, die gekachelten Wände, die frostklare Akustik. Und schließlich: die weißen Laken, Alicias und Rosas zerstörte Gesichter.

Kazanski war einmal mehr schweißgebadet erwacht. Aber irgendetwas war anders gewesen. Irgendein Detail in der Abfolge der Ereignisse. Er hatte eine Weile auf der Bettkante gesessen und überlegt, was es gewesen sein könnte.

Dann wurde es ihm schlagartig bewusst. Es waren Augen. Lebendige Augen. Schimmernde Augen. Waren es Alicias? Und wenn ja, warum sah er sie plötzlich? Oder verhielt es sich ganz anders? Waren es Ewas Augen? Und was machten sie in diesem immer gleichen zerstörerischen Ablauf, der sich ansonsten in keinem einzigen Punkt geändert hatte, seit der Nacht nach ihrem Tod?

Wenn es Ewas Augen waren, hatten sie kein Recht, dort zu sein. Dieser Raum war Teil seines Innersten. Alles, was schmerzte, war dort eingezäunt.

Kazanski hatte nicht mehr die Kraft und Energie, weiter zu spekulieren. Jetzt ging es darum, es morgen Abend zu beenden. Er hatte die Gedanken mit dem kalten Wasser vertrieben, das auf der Kopfhaut beinahe wehgetan hatte.

Morgen war der wichtigste Tag in seinem Leben. Bis dahin blieben nur noch sechzehn, siebzehn Stunden. Diese Gewissheit beruhigte ihn, er blieb stehen, warf das Handtuch auf den Boden und kroch wieder unter die Decke.

Kurz darauf atmete er tief und gleichmäßig, Jan Jordi Kazanski war in einen ruhigen Schlaf gefallen.

Eric Crankshaw hatte eine der Schlaftabletten genommen, die Kazanski von der Tochter der Witwe bekommen hatte.

Ein Stockwerk über ihm lag ein Mann im Bett, der erst am Abend angekommen war. Der Mann, auf den er morgen Abend besonders aufpassen musste.

Crankshaw musste dann frisch und ausgeruht sein. Die Tablette würde ihn für eine Weile die Schmerzen vergessen lassen und ihm zu dem Schlaf verhelfen, den er so dringend brauchte.

Der Mond war beinahe voll. Er stand hoch oben am Himmel und schien auf die Erde hinunter. Auf den Feldern war kein Laut zu hören. Nicht einmal in dem kleinen Hain, in dem er sein Motorrad versteckt hatte und wo er selbst in einem Gebüsch lag.

Nun, da alles so kurz bevorstand, nun, da er nur noch Stunden von seinem Ziel entfernt war, hätte er gern die Gesellschaft des Uhus gehabt.

Vor einigen Stunden hatte er über seinen kleinen Empfänger eine Botschaft erhalten. Zeit und Ort. Morgen Abend. Er hatte in aller Kürze zurückgemorst: »Empfangen und verstanden. Ende.«

Der Mann zog den Schlafsack über den Kopf und drehte sich auf den Bauch. Er hatte einen Anflug von Melancholie. Der Mond in seiner Unendlichkeit machte ihn nachdenklich. Wie klein er letztendlich war und wie unvorhersehbar das Schicksal dort draußen in der Dunkelheit mit den Menschen umsprang. Er brauchte jetzt Besonnenheit und Schlaf. Also kehrte er dem Mond den Rücken zu.

Die Dielen knarrten unter Karpin, wenn er seinen enormen Körper bewegte. Er schien der Einzige zu sein, der noch wach war, denn ringsum hörte er nur Schnarchen und gleichmäßige Atemzüge.

Er hatte sich wieder beruhigt. »Dixie« hatte vor ein paar Stunden angerufen, kurz nachdem er gelandet war. Es war eine Wendung, deren Ergebnis Karpin genießen wollte.

In letzter Zeit hatte es zu viele Fehler gegeben. Karpin hatte getobt, als der Professor entkommen war – oder besser, als diese Göre ihn entführt hatte. Wie sich zwei seiner besten Leute hatten niederschlagen lassen, war ihm unbegreiflich. Er wollte und konnte so etwas nicht hinnehmen.

Das waren Wermutstropfen in der Freude über das geglückte Attentat und die sonst so minutiöse Vorbereitung der Operation.

Das Haus der Göre war auch nicht in die Luft geflogen. Dort hatte Ludmilla erneut versagt, wie bei der Bombe im Restaurant. Sie hatte in Moskau ausgezeichnete Arbeit geleistet, aber nun war sie zu nachlässig oder zu alt. Wäre sie ein Mann, hätte er sie lange aus dem Weg geschafft. Stattdessen hatte er sich bereits entschieden, sie an die Garderobe von La Scala zu versetzen. Eine angemessene Strafe.

Mit der verdammten Tochter der Witwe würde er nicht so nachsichtig verfahren. Sie war noch gieriger als ihre Mutter. Dreißig Prozent Provision hatte sie bei ihrem letzten Telefonat verlangt. Und sie hatte den Professor, also hatte er eingewilligt – nach kurzer Bedenkzeit. Solch ein Weibsstück sollte Oberst Karpin keine Bedingungen stellen. Das würde sie morgen Abend schon begreifen.

Leonid Dom Karpin grunzte. Zufrieden mit dem Gedanken an das Schicksal der Göre und des Amerikaners, und auch damit, dass er bald ein extrem reicher Mann sein würde. So reich, dass er wieder das Gras riechen wollte – weit weg von Moskau.

Langley, Virginia, USA

Die Professorin Sarah Russel zeichnete einen Kreis. Sie hatte eine Weile an der Tafel mit der Papierrolle gestanden und Christian Jannsen etwas erklärt. Zwischendurch flocht Professor Brunswick weitere Kommentare zu ihren Ausführungen ein.

»Dieser Kreis zeigt eine Neutronenbombe der Sorte, über

die wir gesprochen haben. Sie kann ein Gewicht von ungefähr drei bis vier Kilo erreichen. Ganz außen haben wir die Hülle. Und dies ist die zweite Schicht.« Die Professorin zeichnete einen kleineren Kreis ein und sah den Vizedirektor der CIA fragend an. Er nickte.

Jannsen hatte den Erläuterungen der beiden Atomphysiker konzentriert zugehört. Bisher waren sie einer Meinung gewesen.

Der zentrale Punkt war, ob es möglich wäre, eine alles vernichtende Neutronen- oder Wasserstoffbombe mit einem minimalen Gewicht herzustellen. Eine Bombe auf der Basis von Quecksilber, Red Mercury, einem Material, das sich in jeder Schultertasche transportieren und in jedem Abfalleimer verstecken ließ.

Diese Perspektive hatte Red Mercury zu einer großen, offenen Frage werden lassen und die Expertenwelt in zwei Lager geteilt. Die meisten hielten den Stoff für eine reine Erfindung, Teil einer Drohung von exotischem Charakter.

Und dann gab es die andere Fraktion, darunter Kapazitäten wie Sam Cohen, den Vater der Neutronenbombe, der davor warnte, die Möglichkeit der Existenz von rotem Quecksilber in einer bisher unbekannten und verhängnisvollen Form zu unterschätzen.

Als der Rüstungswettlauf der beiden Großmächte sich beschleunigte, forschte Lawrence Livermore in den sechziger Jahren an Professor Russels derzeitigem Arbeitsplatz, Los Alamos Laboratory, über die Entwicklung einer auf Fusion basierenden Waffe. »DOVE-Projekt« wurde es genannt.

Fusion und Fission. Verschmelzung und Spaltung. Die beiden Begriffe zogen sich durch die Ausführungen der beiden Professoren. Eine Neutronenbombe mit ihrer tödlichen Strahlung – aber mit einer kleinen Sprengkraft – war der

Traum der Generäle. Sie würde alles Lebendige töten, aber die Gebäude unbeschädigt hinterlassen. Und sie wäre kein Hindernis für das Vorrücken der Truppen, da die radioaktive Verunreinigung gering war.

Aber eine Bombe, die ausschließlich auf Fusion basierte, war unmöglich. Der Prozess erforderte so viel Energie, so hohe Temperaturen, dass man notwendigerweise eine konventionelle Atombombe als Zünder benötigte. Sie basierte auf Fission, auf der Spaltung von Atomkernen, in erster Linie durch die Nutzung von Uran-235 oder Plutonium-239. Eine konventionelle Atombombe würde gewaltige Zerstörungen und umfassende Verunreinigungen hinterlassen, an denen niemand Interesse haben konnte.

Nach einigen Jahren wurde das »DOVE-Projekt« beendet, und die Amerikaner arbeiteten weiter daran, die Sprengkraft und Verunreinigung durch die Spaltung zu minimieren, die für die notwendige Energie sorgte, um den Fusionsprozess in Gang zu setzen. Das Ergebnis waren unter anderem die Neutronensprengköpfe W70 Mod 3, die von Lance-Boden-Boden-Raketen transportiert wurden. Die Idee der reinen Fusionswaffe wurde aufgegeben.

Wenn die Theorie über Red Mercury in einer bisher unbekannten Konsistenz korrekt war, dann vermutlich deshalb, weil die Sowjetunion im Gegensatz zu den Amerikanern bei den Versuchen, eine leichtgewichtige Neutronenbombe zu entwickeln, eine glücklichere Hand hatte.

»Dies ist der eigentliche Kern der Bombe.«

Die Professorin zeichnete einen weiteren Kreis im Inneren des zweiten. Sie zeigte auf den Zwischenraum zwischen dem äußeren und dem zweiten Kreis.

»Hier befindet sich eine Schicht von hochexplosivem Sprengstoff. Er wird ausgelöst durch eine Reihe von Detonatoren. In der nächsten Schicht haben wir Red Mercury. Es wird aktiviert von dem Schockeffekt des Sprengstoffs und produziert danach diese enorme Energie, die die Fusion im eigentlichen Kern auslöst, der aus Deuterium und Tritium besteht. Bei Deuterium handelt es sich um schweren Wasserstoff, ein Isotop mit einem Neutron. Tritium ist ebenfalls ein Wasserstoffisotop – aber mit zwei Neutronen im Kern. Zusammen ist es die größte potenzielle Energiequelle.

Weil nicht sehr viel Red Mercury benötigt wird und weil auch die Menge der beiden Isotope minimal ist, dürfte das Ergebnis nicht mehr als vier Kilo wiegen. Am Ende fliegt der ganze Mist in die Luft und setzt Neutronenstrahlung frei, die alles vernichtet. Selbst eine Ameise.«

Die Professorin bürstete diskret einen Fussel von ihrem Rock und schob mit einem Finger die Brille auf der Nase zurück, scheinbar ungerührt von den unheimlichen Perspektiven, die ihre Ausführung eröffnete. Wieder sah sie Christian Jannsen fragend an.

»So sieht's also aus, Herr Vizedirektor. Keine ermutigenden Aussichten, aber meiner Ansicht nach nicht unrealistisch. So, und jetzt sind Sie an der Reihe, Professor Brunswick, denn hier hört unsere Übereinstimmung auf, nicht wahr?

Die bekannten Theorien über das rote Quecksilber operieren mit der Annahme, dass der Stoff eine Verbindung zwischen Quecksilberoxid und Antimonoxid sei, das in Quecksilber verteilt einer intensiven Reaktorbestrahlung ausgesetzt wird, die das überschüssige Quecksilber verdampfen lässt. Das Ergebnis soll eine kirschfarbene gelee- oder honigartige Substanz sein, die bei weiterer chemischer Behandlung hochexplosiv wird und als Katalysator für eine Fusion funktionieren könnte.«

Professor Brunswick teilte diese Ansicht nicht. Er weigerte

sich, die Theorie über diesen Typ Red Mercury anzuerkennen. Seiner Meinung nach sei Red Mercury schlicht Lithium-6, eine Substanz, die die Russen in der Atomwaffenindustrie verwendeten. Für die Anreicherung des natürlichen Lithiums wurden große Mengen Quecksilber benötigt, dessen Verunreinigungen den Stoff rötlich färbten. Daher der Name. Aber von sich aus sei der Stoff keineswegs explosiv.

Lange nachdem die beiden Wissenschaftler gegangen waren, saß Christian Jannsen hinter seinem Schreibtisch und dachte nach. Er sah auf die Uhr. Nach polnischer Zeit war es Nacht, aber das ließ sich nicht ändern. Er blätterte in seinem Notizblock und fand die Nummer des Hotels Europejskij in Krakau.

Er musste mit Jan Jordi Kazanski reden. Diesem unglücklichen, aus der Bahn geworfenen Mann, der ihn so überraschte. Nicht nur, weil er noch am Leben war – sondern auch, weil er die Situation noch immer unter Kontrolle hatte.

20

Krakau, Polen

Ewa hatte nicht mitgezählt, wie viele Tassen Kaffee sie schon getrunken hatte. Der Haufen an Zigarettenstummeln, der sich wie der Eiffelturm im Aschenbecher auftürmte, sprach hingegen eine klare Sprache.

Sie saß in der Küche des Hauses von Herrn und Frau Cukiers. Es war nach 02:00 Uhr, die Standuhr hatte gerade zwei Mal geschlagen.

Es war überall ruhig, nur in ihrem Kopf herrschte ohrenbetäubender Lärm. Wenn die Gedanken und Bilder sie weiter so bestürmten, würde sie morgen Abend zu nichts zu gebrauchen sein.

Sie stand auf, nahm das Familienfoto und den Geigenkasten und ging die Treppe hinunter in den Keller, wo sie als Kind so oft gespielt hatte.

Sie stellte das Foto mit den beiden jungen Eltern und ihrem Baby auf den Boden, sodass sie es sehen konnte. Dann setzte sie sich auf eine Apfelkiste und spielte. Hier unten störte sie niemanden.

Die Bogenstriche über die Saiten und das wohlbekannte Gefühl der Violine an der Schulter beruhigten sie. Langsam ließ der Druck nach. Der Bogen wurde zu ihrem verlängerten Arm. In diesem Moment gab es nur die Musik. Nichts anderes.

Vielleicht war eine Stunde vergangen, vielleicht anderthalb. Ewa hätte es nicht sagen können, aber plötzlich ging die Tür mit einem knarrenden Geräusch auf. Der Professor, ihr Vater, stand schlaftrunken und mit einem überraschten Gesichtsausdruck in der Tür. Er trug einen alten Schlafanzug und die Pantoffeln von Herrn Cukier.

»Meine Güte! Hier sitzen Sie und spielen … Ich dachte, ich hätte etwas gehört. ›Der Tod und das Mädchen‹. Schubert, nicht wahr?«

»Ja …«

»Sie spielen schön. Sehr schön sogar.«

»Danke.«

»Eine traurige, aber fantastische Musik.«

»Ja …«

»Warum sitzen Sie hier, so mutterseelenallein?«

»Ich … Ich wollte niemanden wecken, deshalb bin ich in den Keller gegangen.«

Der Professor sah die hübsche, blasse junge Frau mit dem schimmernden schwarzen Haar verwundert an. Dann fragte er zögernd:

»Sie haben mir gar nicht erzählt … wer Sie eigentlich sind? Was haben Sie mit dieser unsäglichen Affäre zu tun?«

»Das ist eine lange Geschichte. Sehr lang. Aber wenn Sie mögen, erzähle ich sie Ihnen gern.«

Der Ältere lächelte.

»Ja, sehr gern. Ich kann schlecht schlafen. Ich denke daran, wie es morgen gehen wird.«

»Ich auch.«

»Na, lassen Sie mich hören. He, was steht denn da?«

Ewa wurde schwarz vor Augen. Ihr Herz wurde zu einem klopfenden Muskel, der alles beherrschte. Sie hatte das Gefühl, dass man ihren Puls am Hals hämmern sah.

Der Professor setzte sich auf eine Apfelkiste neben sie. Jetzt. Jetzt nahm er das Foto in die Hand.

Sie sah ihn an.

Es dauerte den Bruchteil einer Sekunde. Dann hatte er begriffen. Ewa sah es an seinen Augen.

Immer wieder blickte er von ihr zu der Fotografie. Seine Hände zitterten, dann fiel die erste Träne auf das Glas des Fotorahmens.

»Nein … Wie?«

Sein Gesicht war zu einer Maske erstarrt, als er wie mit größter Anstrengung den Kopf hob und sie ansah. Er tat nichts, um seine Tränen zurückzuhalten.

Ewas Hals schnürte sich zusammen. Wie ein fernes Echo klang das eine Wort in ihren Ohren nach. »W-i-e?«

»Du bist mein Vater …«

Sie sah, wie er um Luft rang und seine Hände auf die Brust presste.

»Die Tabletten. Schnell!«

Er brachte die Worte mit Mühe heraus.

»Wo?

»Auf dem Nachttisch.«

Er lag auf dem Boden, sein Kopf auf ihren Knien. Er war während des Anfalls gestürzt, aber sie hatte die Tabletten sofort gefunden. Die Wirkung trat umgehend ein.

Jetzt war er einfach nur müde. Er hatte geschluchzt, dass der ganze magere Körper bebte. Ewa strich ihm vorsichtig über die Wange. Sie bemerkte, wie die Streifen seines Schlafanzugs vor ihren Augen flimmerten und sich in Tränen auflösten, als ihre Hand seinen Arm streichelte.

Sie hatte keine Worte.

In diesem Moment konnte sie nichts anderes tun, und sie

hatte das Gefühl, es sei ausreichend. Es gab nur eine Hand und eine Bewegung, die zu beruhigen versuchte.

Mit großer Mühe hob er irgendwann den Kopf.

»Ewa … Meine kleine Ewa?«

»Ja …«

»Wo ist Mutter?«

21

Kazanski stand an der CPN-Tankstelle, wo er sich mit Ewa am Nachmittag getroffen hatte, um in die Werkstatt zu fahren. Hinterher hatte er noch ein kurzes Treffen in der Marienkirche gehabt, das sie am Vortag vereinbart hatten.

Es hätte merkwürdig ausgesehen, lange nach Feierabend mit einem Taxi in das halbtote Industriegebiet zu fahren, und er wollte keinen Verdacht erregen. Von der Tankstelle hatte er nicht weit zu gehen. Sein Knie tat ihm jetzt höllisch weh. Die Werkstatt lag im nördlichen Teil Krakaus, nahe der Eisenbahnlinie, von der die beiden Stadtteile Kleparz und Krowodrza getrennt wurden.

Die große fabrikähnliche Halle war der Eckstein im Imperium der Witwe. Hier wurden der legale Teil ihres Gebrauchtwagenimports abgewickelt und Westautos von Güterwaggons rangiert. Aber die Werkstatt diente auch als Tarnung für den Autoschmuggel im großen Stil. Ewa hatte erzählt, dass es ähnliche Werkstätten in einer Reihe anderer größerer Städte gab, aber diese Werkstatt war der Dreh- und Angelpunkt.

Kazanski blieb an dem Drahtzaun stehen, der das große Areal umgab. Die Autos standen dicht an dicht auf der anderen Seite. Es war auffällig, dass es sich meist um Volkswagen, Opel, Ford und Fiat handelte. Er warf einen Blick auf den Stacheldraht ganz oben am Zaun, der das Gelände wie eine militärische Garnison aussehen ließ. Grotesk. Ein Krimineller umgab sich aus Angst vor Kriminellen mit einem Zaun. Nicht viele hatten es gewagt, die Witwe zu bestehlen, und den armen Teufeln, die es in all ihrer Unwissenheit getan hatten, war keine Gnade gewährt worden.

In der Werkstatt gingen die Arbeiten trotz des Todes der Witwe weiter, ebenso wie an allen anderen Orten, an denen sie Geschäfte gemacht hatte. Niemand sorgte sich. Niemand kannte sie. Niemand vermisste sie.

Ewa hatte Kazanski eine neue Pistole verschafft. Eine Neun Millimeter Makarov, das Stasi-Modell, das allerdings nichts mit der ehemaligen DDR zu tun hatte, abgesehen vom Namen der verhassten Nutzer. Die Pistole wurde in den KEG-Fabriken in Ungarn produziert und war eine exakte Kopie der gewöhnlichen Walther PP. Kazanskis eigene Pistole musste in die Weichsel gefallen sein, als er auf der Brücke mit dem Motorrad gestürzt war.

Er schlug den Pistolenlauf gegen einen Pfeiler des Tores, und die Reaktion blieb nicht aus. Sekunden später kamen zwei Rottweiler um die Ecke und warfen sich wie rasend gegen den Drahtzaun.

Kazanski sah sich um, holte zwei Fleischklumpen aus einer Plastiktüte und warf sie den geifernden Kopien von Satan persönlich hin. Kurz darauf konnte er das Tor öffnen, die Schnauzen und Beine der bewusstlosen Hunde mit Klebeband fesseln und sie unter einen Pick-up schleppen, der abseits der Straße stand.

Die Halle hatte beinahe die Größe eines Fußballfelds. Der Chef und der Werkführer kannten Ewa nur als die Tochter der Besitzerin. Bei ihrem Besuch am Nachmittag hatte man sie freundlich herumgeführt, sodass er sich die wesentlichen Details einprägen konnte.

An einer Wand stand eine lange Reihe von Autos. Einige

waren abgeschliffen und standen für eine neue Lackierung bereit. Das Areal war aufgeteilt in vier kleinere Einheiten, jede hatte eine hydraulische Hebebühne. Auf diese Weise beherbergte die Halle vier kleinere Werkstätten in einer.

Am Kopfende der Halle gab es einen versteckten Aufzug in eine besondere Lackierhalle. Kazanski hatte gesehen, wie er benutzt wurde. Ein Knopfdruck – und Auto und Boden verschwanden langsam in den geheimen Keller.

Die Werkstatt war intelligent eingerichtet. Alles, was ebenerdig vor sich ging, war legal. Der Rest passierte eine Ebene tiefer. Im Keller wurden die geschmuggelten Fahrzeuge zum Umlackieren vorbereitet und, wenn nötig, die Motor- und Karosserienummern abgefeilt.

Im Laufe der Jahre waren eifrige Behörden mit im Spiel gewesen, denn da der Lohn in der Werkstatt extrem hoch war, hatten einige Angestellte mit ihren Einnahmen geprahlt. Aber mit Bestechung hatte man die Angelegenheit wie so oft regeln können. Im schlimmsten Fall half kompromittierendes Material, damit jemand nicht so genau hinsah, und die Witwe war eine Meisterin im Aufstellen derartiger Fallen. Zwei Mal hatte sie laut Ewa die Liquidation von Polizisten anordnen müssen, aber selbst das hatte ihr keine großen Kopfschmerzen bereitet.

Die Vergewaltigung ihrer Tochter hatte eine Grenze verschoben – oder besser, sie hatte die Grenze eliminiert. Die Witwe kannte keine Grenzen mehr.

Kazanski drückte auf einen Knopf. Eine Wandhälfte mit Werkzeug glitt zur Seite und präsentierte eine Treppe in den Keller. Er ging hinunter und schloss die Wand hinter sich.

Nur eine einzelne Glühbirne verbreitete ein äußerst sparsames Licht auf der Treppe. Die Szenerie schien wie eine Grabkammer aus der Zeit zu sein, als der Mensch sich in etwas bewegt hatte, das er Auto nannte.

Er fand den Lichtschalter, und nachdem er ein paar Mal geblinzelt hatte, sorgten große Leuchtstoffröhren dafür, dass auch der letzte Rest der unheimlichen Atmosphäre verschwand. Die Autos bestanden aus schlichtem Blech und wurden an einem Schweiß-Fließband zusammengeschraubt.

Kazanski nahm einen Schraubenzieher von einer Werkzeugtafel. An der gegenüberliegenden Wand gab es insgesamt sechs riesige Lüftungsschlitze in Bodenhöhe, im Lackiersaal weitere drei. Einige dienten zum Absaugen der Auspuffgase, andere sorgten für die Zufuhr von Frischluft. Kazanski zählte. Dann begann er, das vierte Drahtgitter von links abzuschrauben. Er steckte die Schrauben in die Tasche und versicherte sich, dass das Gitter nur noch lose auf dem Rahmen saß.

Bei der letzten hydraulischen Hebebühne lag ein kleines Büro mit Fenstern, davor waren ein paar Tische als behelfsmäßige Kantine aufgestellt. Hier war der richtige Ort. Es war Crankshaws verdammte Aufgabe, dafür zu sorgen, dass es genau hier stattfand.

Kazanski sah auf die Uhr. Er hatte nur noch eine halbe Stunde Zeit, er konnte ebenso gut seinen Platz einnehmen.

Er löschte das Licht, und im Schein seines Feuerzeugs fand er zurück. Er griff nach dem Steuergerät des Aufzugs, das an einer Leitung von der Decke hing. Dann setzte er sich auf den Fahrersitz eines VW Golfs, der ohne Frontscheibe und Motor auf dem Aufzug stand. Ein einziger Knopfdruck, und er spürte, wie der Wagen langsam hochgefahren wurde. Nach etwa zwei Metern stoppte er den Aufzug. Er wagte nicht einmal, sich eine Zigarette anzuzünden, aus Angst, dass der Tabakgeruch ihn verraten könnte.

Mit einem Mal überkamen Kazanski eine verhaltene Wut und gleichzeitig diese Trauer, die ihn innerlich zerriss. Vielleicht, weil er nun so nah dran war. In seinem Inneren drehte und beschleunigte sich alles, wie bei einem Orkan, der all seine Kraft für den Aufprall auf der Küste sammelt.

Wieder benutzte er sein Feuerzeug und betrachtete seine Hände. Sie zitterten.

Endlich. Nur die Wartezeit blieb noch. Dreißig Minuten und ein halbes Leben. Er war achtzehn Jahre alt gewesen, als er ihr zum ersten Mal begegnete. Es war im Mai gewesen, beim Nelkenfest in Sitges. Er hatte die Lokalbahn von Barcelona genommen. Es war Frühling. Sonne, Hitze und der Geschmack von Freiheit und Salzwasser.

Das weiße Tuch schwebte hinaus in die Dunkelheit. Er sah die beiden Gesichter, und ihr helles Lachen klang in seinen Ohren.

Ewa hatte lange geschlafen. Sie war erst eine halbe Stunde bevor Kazanski sie abholen wollte, aufgestanden. Den größten Teil der Nacht hatte sie mit ihrem Vater im Keller gesessen.

Sie hatte kein Verhältnis zu dem fremden Mann, der für sie immer Teil eines Mythos gewesen war, und doch hatte er etwas Vertrauenerweckendes und Herzliches.

Sein Leben war seit dem Tag vor vielen Jahren, als er in Prag auf die Straße ging, nichts mehr wert gewesen. Die ersten beiden Briefe, die er herauszuschmuggeln versucht hatte, waren gefunden worden. Daraufhin hatten sie ihm ein Foto seiner Frau und seiner Tochter gegeben, auf der Straße aufgenommen. Sollte er noch einmal versuchen, Kontakt zu ihnen aufzunehmen, würde er damit selbst ihr Todesurteil anordnen.

Es gab für ihn keinen Grund, daran zu zweifeln. Die einzige Möglichkeit, sie zu retten, war zu schweigen. Das war das Mindeste, was er für sie tun konnte. Dafür sorgen, dass sie am Leben blieben. Dafür sorgen, dass diejenigen, die er liebte, nicht zu Schaden kamen.

An dem Tag, an dem sie ihm das Foto zeigten, hatte er sein Schicksal akzeptiert.

Im Laufe der Jahre hatten sie ihn mehrfach verlegt. Von einer geheimen Stadt in die nächste. Krasnojarsk-26, Penza-19, Tomsk-7, Arsamas-16. Er war in all diesen Städten gewesen. Und anderen.

Der KGB hatte ihm eine Leibwächterin zur Seite gestellt, die ihn rund um die Uhr bewachte. Und mit den Jahren hatten sie ein Verhältnis begonnen, das für beide praktisch war. Sie war an ihn gebunden, er an sie. Es hatte nie große Gefühle gegeben, aber doch eine zwar aus der Not geborene, aber herzliche Beziehung, aus der ein Sohn hervorgegangen war, der inzwischen auf ein Internat ging.

Als Karpin und seine Männer das Institut angriffen, wurde sie getötet – an seiner Seite im Bett. Sie hatte versucht, ihn zu schützen.

Er hatte Ewa seine Lebensgeschichte so erzählt, als sei er selbst die ganze Zeit über nur Zuschauer gewesen. Er hatte nicht um ihr Verständnis oder Mitleid gebeten, sondern einfach alles dargelegt wie die Ergebnisse einer wissenschaftlichen Arbeit. Aber sein Blick sprach eine andere Sprache.

Ewa fühlte sich in einer Weise abgeklärt, die sie nicht genau erklären konnte. Das Gefühl, dass sie bald sterben würde, nahm in ihrem Bewusstsein immer größeren Raum ein. Inzwischen hatte es beinahe etwas Unumstößliches für sie, wie eine Tatsache. Sie hoffte nur, dass es nicht vergeblich sein würde.

Es wurde langsam dunkel. Zusammen mit Xenia und den beiden jungen Helfern Marek und Robert wollte sie zum Hotel fahren, um die beiden Professoren und den Zwischenhändler abzuholen. Um 22:00 Uhr sollten sie sich mit Karpin und seinen Leuten an der Werkstatt treffen.

Kazanski zuckte zusammen, als er das Geräusch der Wand wahrnahm, die zur Seite glitt. Dann hörte er Schritte auf der Stahltreppe.

Er atmete tief durch, kniff die Augen zusammen und konzentrierte sich, um alle störenden Elemente aus seinem Kopf zu verbannen.

»Gut, dass ich von der Treppe gehört habe, sonst hätten wir diese Tür nie gefunden.«

Eric Crankshaw redete. Kazanski drehte sich um und sah durch die Heckscheibe, wie zwei Gestalten ihre Feuerzeuge anmachten. Kurz darauf fanden sie den Lichtschalter, das Licht stach ihm in die Augen. Seine Handfläche war feucht vor Schweiß, als er zu seiner Pistole griff.

»Kontrollieren wir erst einmal den Raum, damit wir ein ordentliches Versteck finden, bevor sie kommen.«

Kazanski kannte die Stimme. Sie war tief und klar, und es musste schon etwas wirklich Unerhörtes passieren, bis sie einen scharfen Klang annahm. Er kannte sie so gut, dass ihn ein Schwindelgefühl überkam.

Nach ein paar Minuten kamen sie an die Tische und das kleine Büro. Nun musste Crankshaw aktiv werden. Und er tat es.

»Es dauert noch fast eine Stunde. Wollen wir uns nicht setzen und den Plan noch einmal durchgehen?«, schlug er vor.

»Okay. Du bist doch kein Linkshänder, oder?« Keine Spur von Misstrauen. Die Stimme klang freundlich, interessiert.

»Nein, glücklicherweise hat es die linke Schulter erwischt. Solange ich die Schlinge trage, geht es. Wir können doch sicher noch eine Zigarette rauchen, was meinst du?«

»Ja, eine. Was ist mit Kazanski. Hat ihn jemand gefunden?« Die Stimme war noch immer umgänglich, mit einem Anflug von leichter Besorgnis.

»Tja … Vermutlich hat der Fluss die Leiche aus der Stadt getrieben. Ich glaube nicht, dass sie gefunden wurde.«

»Konnte er noch etwas sagen?«

»Nein.«

»Überhaupt nichts?« Die Stimme behielt ihren vollen Klang, trotz des inquisitorischen Untertons.

»Nein. Der zweite Schuss traf ihn direkt in die Schläfe. Du kennst die Kugel. Kein schöner Anblick … Aber er hat sicher bekommen, was er verdient hat, das beschissene Arschloch.«

»Ja, unglaublich, er war bereit, für Geld seine Familie zu opfern.« Die Stimme klang verwundert.

»Ich dachte immer, ihr seid gute Freunde? Das wart ihr doch damals, als wir nach Moskau kamen. Oder, Oakland?«

Er hatte es gewusst. Er hatte gewusst, dass es ein Schock sein würde. Egal wie. Und doch kam der Schock erst, als Kazanski den Namen hörte. Oakland. David Oakland. Kazanski biss seinen Zeigefinger blutig in der Anstrengung, nicht die Kontrolle zu verlieren.

»Wir waren gute Freunde. Ja. Aber hinterher … Es gab niemanden, der etwas beweisen konnte. Ich mochte seine Frau gern, und die Tochter war wunderbar.«

Kazanski schrie. Ein stummer Schrei, der durch seine Adern rollte, auf jede Zelle traf, zurückgeworfen wurde und an Stärke zunahm. Sein ganzer Körper schrie.

»Du musst schießen können, Crankshaw. Ich hoffe, du überschätzt dich nicht. Was für eine Pistole hast du dabei? Automatisch?«

»Meine alte Beretta.«

»Hm. Wie alt ist sie?«

»Acht oder neun Jahre, glaube ich.«

»Oh, eine von den guten alten. Darf ich sie mal sehen?«

Crankshaw zog mühsam die Pistole aus dem Schulterholster und reichte sie über den Tisch.

»Ah, ja. Dieses Modell. Danke. Die brauchst du nicht mehr, du Trottel.«

»Was meinst du?«

Crankshaws Stimme klang verwundert. Ehrlich verwundert.

»Du bist einfach nicht intelligent genug, Crankshaw. Deshalb bist du auch nicht befördert worden. Oder besser: Deshalb wirst du auch nicht mehr befördert.«

»Was zum Teufel soll das heißen?«

»Das heißt, ich möchte dir gern danken, dass du Kazanski aus dem Weg geräumt hast. Er könnte mir leicht Schwierigkeiten bereiten. Und Dom.«

»Dom?«

»Ja, Leonid Dom Karpin. Ihn kennst du doch noch, oder?«

»Heißt das …? Du bist ein Schwein, Oakland!«

»Hören wir auf zu spielen, Crankshaw. Du wurdest ausgenutzt, weil die Klügeren die weniger Klugen zum Narren halten, idiotisches Fußvolk. Steh auf! Wir gehen jetzt zur Abschmiergrube. Abschmiergrube … Siehst du die Komik? Dort ist für dich Schluss. Steh auf!«

Der Knall war ohrenbetäubend. Er verbreitete sich in der ganzen Werkstatt und schlug gegen die nackten Betonwände. David Oakland verlor das Gleichgewicht, als die Kugel seinen rechten Oberarm heftig zucken ließ. Er landete auf dem Rücken zwischen den Stühlen, die Pistole rutschte über den Boden.

In dem Moment, als er den Finger um den Abzug krümmte, hatte Kazanski die Vordertür geöffnet. Nun warf er sich aus dem Golf. Das verletzte Bein knickte ab, als er landete, aber Crankshaw hatte Oaklands Pistole bereits an sich genommen.

David Oakland stand benommen auf und starrte Kazanski ungläubig an.

»Jordi! Wie? Du bist doch tot …«

Er schüttelte den Kopf, als traute er seinen Augen nicht. Wie versteinert blickte er Crankshaw an.

»Ihr seid zusammen …«

Mehr brachte er nicht heraus. Kazanski schlug ihm die Pistole ans Kinn, und als Oakland zusammenknickte, rammte er ihm mit voller Kraft sein Knie in den Bauch.

Es war jetzt ganz still in der Halle. Nur Oaklands schweres Japsen war zu hören.

Kazanski wischte seine Tränen mit dem Ärmel ab. Er spürte, wie sie liefen. Oakland war wieder auf die Beine gekommen.

»Jordi! Ich wusste nicht, dass es so laufen würde. Sie sollten nicht sterben. Das war nicht beabsichtigt. Hörst du!«

Kazanski sagte nichts, sondern ging nur auf den Mann zu, der sein bester Freund gewesen war. Oakland trat einen Schritt zurück.

»Hör mir doch zu! Es war nicht geplant! Es war Karpins Schuld. Er hat den Befehl gegeben!«

Schritt für Schritt. Tief in Kazanskis Innerem war die Zeit aufgehoben. Um ihn herum zerfloss jetzt alles.

»Du hast die Särge getragen. Du hast geweint. Du hast meine Hand gehalten. Du hast Blumen auf ihre Särge gelegt. Das alles hast du getan! Wie um alles in der Welt konntest du es nur wagen, du verdammtes Schwein!«

Kazanski trat Oakland erneut in den Bauch. Er hatte das Gefühl, nun von allem überspült zu werden. Von allen Erinnerungen. Wie oft »Onkel« David sie besucht hatte. Rosa, die David entgegenlief und ihn umarmte.

»Für Geld. Verflucht, wie konntest du es tun? Von allen Menschen auf der Erde. Du! Ausgerechnet du! Der einzige auf der ganzen Welt, der es einfach nicht sein konnte …«

Oakland fasste sich an den Arm. Er war wehrlos und fertig, und als ihn ein Faustschlag traf, taumelte er rückwärts durch einen Plastikvorhand in die Lackierabteilung und fiel über einen Stapel Eimer.

»Steh auf!«

Oakland reagierte automatisch auf Kazanskis scharfes Kommando. Irgendwo registrierte er ein turbinenartiges Geräusch eines elektrischen Kompressors. Es sah die seltsame Staubwolke, als er auf die Beine kam. Seine Augen wurden getroffen, er schrie auf vor Schmerz.

Kazanski trieb sein Opfer mit einer Spritzpistole durch den Raum. Der gelbe Nebel klebte an Oakland, der jammernd die Hände vor die Augen hielt.

»Stopp, Jordi! Hör auf!«

»Gelb. Die Farbe der Falschheit. Gelb ist für Verräter … Du hast Rosen auf ihre Särge gelegt. Rosen auf die Särge …«

Wieder und wieder schlug und trat er Oakland, der zusammengekrümmt auf dem Boden lag, von Lack durchtränkt.

»Kazanski! Stopp! Hörst du! Hör auf!« Eric Crankshaws Stimme drang zu ihm durch. Jetzt packte er ihn am Arm.

»Hör jetzt auf. Sie müssen bald hier sein!«

Leonid Dom Karpin stieß ein erstauntes Grunzen aus, als er die gelbe Gestalt sah, die mit dem Kopf nach unten von der Decke hing.

Kazanski und Crankshaw hatte Oaklands Füße an einen

Flaschenzug gebunden, der eigentlich dafür da war, Motorblöcke aus den Autos zu heben. Nun hing er am Ende der Kette, Blut tropfte von seinem Arm.

»Dixie! Verflucht, was soll das?«

Ein verwirrter Karpin starrte ihn an. Dann kam Sibi zusammen mit Jewgeni, Igor, Natascha und Olga. Alle blickten erstaunt auf den hängenden Mann.

»Dom. Lass mich runter«, flehte Oakland.

»Ach, du heißt ›Dixie‹ bei deinen Freunden, du Scheißkerl«, spottete Kazanski, der auf einem Stuhl saß und rauchte. »Nur der guten Ordnung halber, Karpin, will ich dir sagen, ich weiß, dass du meine Frau und meine Tochter ermordet hast, damals im Auto. Und dass Oakland sie verraten hat. Er hat alles gestanden. Vielleicht schaffst du es, von hier wegzukommen, wenn du dein Geld für den Professor bekommen hast, aber ich werde für dein Urteil sorgen. Du bekommst lebenslänglich.«

»Mein Urteil? Wie denn, Amerikaner.« Karpin lachte.

»Der Zeuge hängt direkt vor dir …«

»Welcher Zeuge, Amerikaner?«

Karpin zog seine Pistole, setzte sie David Oakland auf die Stirn – und drückte ab.

Alle zuckten zusammen. Oaklands Leiche schaukelte vor ihnen, sanft wie ein blutiges Pendel. Karpin sah Kazanski ruhig in die Augen und wiederholte:

»Welcher Zeuge, Amerikaner?«

Der große Russe hatte so reagiert, wie sie es erwartet hatten. Es war die unumgängliche Lösung. Die einzige Lösung für die CIA.

Es war eine sonderbare Vorstellung. Ein Treffen auf höchstem Niveau. Ein offenes Duell – nachdem die beiden Parteien zusammenkommen waren, war nur ein einziger Schuss gefallen. Sie saßen an je einem Tisch und bewachten die Gegenseite, während der französische und der schwedische Wissenschaftler mit Professor Janecka in dem Büro saßen. Der spielte seine Rolle als Vasiljew weiter, wie Kazanski ihn angewiesen hatte.

Xenia hatte Kaffee gekocht, sie ging herum und füllte die Plastikbecher. Man hörte nur hin und wieder ein leises Murmeln. Dann brach Leonid Karpin plötzlich die Stille.

»Amerikaner. Du glaubst es möglicherweise nicht, aber es war Oakland, der anrief und die Sache mit dem Auto vorschlug. Er war ja selbst bei dieser Weihnachtsfeier für die Botschaftsangestellten. Hinterher sagten meine Leute, er hätte erzählt, der Befehl, den Wagen von der Straße abzudrängen, wäre von mir gekommen. Aber so war es nicht … Oberst Karpin ermordet keine unschuldigen Frauen und Kinder. Verstanden? ›Dixie‹ war erbärmlich. Nur ein praktisches Werkzeug, gekauft und bezahlt. Niemand wird ihn vermissen. Man verrät seine Freunde nicht.«

»Lass es, Karpin. Du, Sibi und MAKE 90, ihr seid am Ende.«

»Dass wir hergekommen sind, verändert gar nichts. Niemand kann uns irgendetwas nachweisen.« Karpin trank ruhig seinen Kaffee und blickte Kazanski selbstsicher an.

Nun kamen die drei Wissenschaftler aus dem Büro. Sibi erkundigte sich in gebrochenem Englisch nach ihrem Gespräch.

»Ausgezeichnet. Hochinteressant, hochinteressant«, antwortete Professor Gustavsson.

»Sind Sie bereits fertig?« Badrbeigi wirkte angespannt. Der Iraner war mehrfach im Büro gewesen, um zuzuhören.

»Nein, es fehlt noch eine ganze Menge, aber wir machen eine kleine Pause. Können wir einen Kaffee bekommen?«

Professor Mirecourt setzte sich an den leeren Tisch in der Mitte, der die neutrale Zone markierte.

»Wollen Sie auch einen Kaffee, Vasiljew?« Ewa fragte ihren Vater und goss einen Becher ein. Der Professor nickte und lächelte.

Wieder war es ganz still. Eine flimmernde Stille. Igor stand mit seinem AK 74 im Arm in einer Ecke. Hinter Xenia, Ewa, Kazanski und Robert lehnte Marek mit einer Mini-Uzi an der Wand des Büros. Den Finger am Abzug.

»Ah, jetzt wäre ein Stück von Schubert schön. Gibt es dort, wo ich hinsoll, die Möglichkeit, Musik zu hören?«

Edward Janecka sah Badrbeigi fragend an, der sich auf dem Stuhl zurücklehnte und gähnte.

»Sie nehmen's leicht, was, Vasiljew? Antworten Sie bloß auf die Fragen.«

Sie hatten eine Weile schweigend dagesessen, als der Iraner die Wissenschaftler ungeduldig aufforderte weiterzuarbeiten.

»Fünf Minuten, Badrbeigi. Ich will nur meine Notizen beenden.«

Jean-Claude Mirecourt hatte während des Kaffees eifrig in sein Notizbuch geschrieben. Er und sein schwedischer Kollege steckten jetzt die Köpfe zusammen. Flüsternd diskutierten sie irgendetwas.

»Haben Sie Interesse an Musik, Professor Vasiljew?«

Ewas Frage verwunderte Kazanski. Entweder war sie sich ganz sicher, dass alles gutgehen würde – oder sie war so nervös, dass sie das Gefühl für die aktuelle Situation verloren hatte.

»Ja, ich mag die großen Meister sehr. Und Sie?«

»Schubert spiele ich am liebsten. Vor allem seine dritte Symphonie.«

»Die Dritte? Ja, sie ist auch ausgezeichnet ...«

Ewa setzte sich neben den Professor, und erneut war es einige Minuten still. Nur Badrbeigi war nervös. Kazanski spürte, dass er unruhig wurde, als Ewa erneut und unmotiviert die Stille unterbrach.

»Und welche Symphonie mögen Sie am liebsten?« Sie sprach eigenartig mit ihrem Vater. Sie musste so nervös sein, dass sie ihre Rolle übertrieb.

»Was bilden Sie sich eigentlich ein? Was soll dieser gesellige Ton? Ich bin kein Mensch für Sie – nur ein Objekt, das Sie verkaufen und mit dem Sie viel Geld verdienen. Das Ganze ist ein Zirkus. Meine eigene Tochter. Du hattest gar nicht vor, dich an den Plan zu halten, oder? Ich habe dich durchschaut. Du hasst mich. Du bist bloß eine plumpe Nutte!«

Der kultivierte Ton schlug nach und nach um und verschwand gänzlich, als der Professor wütend wurde und Ewa duzte. Nur ein Gedanke setzte sich in Kazanskis Hinterkopf fest. Irgendetwas lief hier komplett aus der Spur. Folgenschwer.

Jetzt schlug Ewa ihren Vater mit dem Handrücken an die Schläfe. Dann spuckte sie ihm ins Gesicht und fing an zu schreien.

»Du hast uns im Stich gelassen, du Scheißkerl! Du hättest kommen können, aber du hast es nicht getan! All die Jahre. Mutter hat die Hoffnung nie aufgegeben, aber du hast auf uns geschissen. Du und deine russische Nutte und euer Hurensohn! Mutter war blind, aber ich kann sehen. Ich durchschaue deine elenden Entschuldigungen. Ha! Und heute Nacht hast du geheult. Lügner … Das hier ist das Einzige, was du verdienst …«

Sie gab ihm eine schallende Ohrfeige, packte ihn am Hemd und schüttelte ihn wie eine Wahnsinnige.

»Ein dummes Schwein! Genau das bist du. Ein Schwein!«

Der Mann in der Lederkombi kroch über den Kellerboden näher heran, die ganze Zeit im Schutz der Autos. Er hatte das Motorrad ein gutes Stück entfernt abgestellt und ein Loch in den Zaun geschnitten. Er zählte die Lüftungskanäle von links ab und glitt leise in den vierten Schacht. Am anderen Ende war das Gitter gelöst. Kazanski hatte seine Aufgabe erfüllt.

Der Mann hatte gehört, wie die Situation plötzlich eine unerwartete Wendung bekam. Wie die Frau anfing, Professor Vasiljew zu beschimpfen. Jetzt schrien sie sich gegenseitig an. Er entsicherte seine Maschinenpistole.

Es könnte sein, dass er lange vor dem vereinbarten Zeitpunkt eingreifen musste.

Wenige Sekunden lang waren alle auf ihren Positionen wie festgefroren. Passiv und schockiert. Badrbeigi reagierte zuerst. Er schlug Ewa hart in den Bauch und schubste sie fort von Professor Vasiljew.

Der alte Mann kniff vor Schmerz die Augen zusammen. Nach Luft japsend, glitt er vom Stuhl und wälzte sich verkrampft auf dem Boden, die Hände vor der Brust.

»Verflucht, was denkst du dir eigentlich, du wahnsinnige Idiotin!«

Karpin war auf die Beine gekommen. Blitzschnell war er bei dem Professor und kniete an seiner Seite. Kazanski starrte Ewa fassungslos an, brachte aber keinen Ton heraus. Sie hatte alles zunichtegemacht. Der Plan war gescheitert. Sie hatte nie die Absicht gehabt, ihm zu folgen. Sie hatte sie alle zum Narren gehalten. Er hatte ihr geglaubt …

Der Professor wühlte hektisch in seiner Tasche nach der Schachtel mit den Nitroglycerin-Tabletten. Sie waren nicht da. Die Hand glitt von Tasche zu Tasche, verzweifelnd fummelnd.

»Es ist das Herz! Die Tabletten! Die Tabletten, zum Teufel! Er braucht seine Tabletten!«

Karpin brüllte. Dann durchsuchten seine großen Hände die Kleidung des Professors. Alle Taschen waren leer.

»Du feister Narr! Du suchst vergebens.«

Mit heiserer Stimme verhöhnte Ewa Karpin. Er sah sie an.

»Sie sind weg, Karpin. Der Mann ist mein Vater. Ein Lügner. Er hat meine Mutter und mich im Stich gelassen. Sie hat ihn geliebt, all diese verlorenen Jahre. Aber er hatte eine andere gefunden. Ich habe seine Tabletten genommen und ins Klo gespült. Es gibt keinen Handel. Vergesst eure scheiß Millionen!«

Ewas Stimme brach, während ihr der Triumph aus den Augen leuchtete und aus der geballten Faust wuchs, die sie dem enormen Russen entgegenstreckte.

Die Arme des Professors wurden schlaff, die Hände glitten von der Brust. Er lag ganz still am Boden.

Crankshaw, Kazanski, Badrbeigi und Karpin beugten sich über den Professor, der noch immer schwach atmete. Der Iraner versuchte es mit Mund-zu-Mund-Beatmung, Karpin mit Herzmassage. Alles war vergebens. Nach einigen Sekunden hörte man ein Seufzen, und der Kopf des alten Mannes fiel zur Seite.

»Es ist vorbei. Er hat keinen Puls mehr.«

Crankshaw schüttelte den Kopf. Kazanski und Karpin nickten mit ernstem Gesichtsausdruck.

Kazanski wandte sich Ewa mit einem vorwurfsvollen Blick zu. Er begriff nichts.

»Wahnsinniges Weibsstück!« Karpin schüttelte Ewa. Dann schlug er sie hart mit seiner flachen Hand ins Gesicht.

»Er war mein Vater! Er hat es verdient. Glaub mir, Jordi. Er hat es verdient!«, schrie sie.

»Du hast uns ein Vermögen gekostet, Miststück! Dafür sollst du bezahlen!« Sibi zielte auf sie und drückte ab.

Der Knall erfüllte den Raum wie ein Donnerschlag. Kazanski warf sich vor Ewa. Sie war vor Schreck wie gelähmt. Nun sollte sie sterben.

Er landete hart vor ihren Füßen. Es war, als würde sie Geräusche und Bilder nicht mehr parallel wahrnehmen. Alles ging ruckartig vor sich. Kazanskis Stöhnen. Das Blut auf seiner Brust. Dann folgte von links ein ohrenbetäubendes Knattern. Feuerstöße. Irgendwo hinter einem Auto. Im gesamten Raum herrschte ein Unwetter, das über sie hereinbrach.

»Runter!«

Xenia warf sich auf Ewa und riss sie herunter auf den Boden. Wie Jordi es ihr gesagt hatte, trat plötzlich ein Mann aus seinem Versteck hintern den Wagen. Alles andere ging im Chaos unter. Vollkommen gegen Jordis Plan. Xenia verstand überhaupt nichts.

Die Salve aus der Maschinenpistole des Unbekannten zerriss Sibi. Er konnte gerade noch den einen Schuss auf Ewa abfeuern, bevor er gegen die Mauer geworfen wurde. Karpin erhob seine Pistole gegen den fremden Mann in der Lederkombi. Dann sank er zusammen, als Natascha mit aller Kraft ihren Pistolenknauf auf seinen Hinterkopf schlug.

Igor, der beinahe von Sibis Körper umgeworfen worden war, feuerte eine Salve ab. Dann wurde auch er getroffen und sank in die Knie.

Ewa blinzelte. Es war still geworden. Xenia lag über ihr. Sie war nicht tot. Sie hätte tot sein sollen. Das wusste sie. Stattdessen war Jordi gestorben. Er hatte sie gerettet.

Ewa sah ihn schockiert an. Sein blutiges Hemd. Er hob den Kopf ein wenig. Sie kroch zu ihm.

»Er lebt, Xenia, er lebt!«

Sie hielt seinen Kopf in ihren Händen und sah ihn verständnislos an.

»Warum, Jordi? Warum?«

»Warum nicht? Du hast vom Sterben geredet ... Ich habe gesagt, es würde schon gutgehen. Warum die Tabletten, Ewa?« Er hustete schwach. Sie blickte auf das Loch im Hemd. Er war fast genau in der Mitte der Brust getroffen.

»Robert, Marek! Kommt her! Fahrt ihn ins Wojskowy. Das ist hier in der Nähe. Es muss verdammt schnell gehen! Hinterher kommt ihr zurück und bringt den Leichnam meines Vaters nach Hause. Los! Und seid vorsichtig!«

Die beiden Männer schleppten Kazanski zu dem Aufzug. Dann lief Marek nach oben und fuhr den Wagen durch die Werkstatt. Erst jetzt nahm Ewa die anderen wahr. Der unbekannte Mann, der plötzlich mit seiner Maschinenpistole erschienen war, kniete bei ihrem Vater. Er hielt zwei Finger an seinen Hals.

»Er ist tot ...«

»Scharfsinnig. Er war ein dummes Schwein ...«

»Ich wusste nicht, dass er Ihr Vater war. Ich dachte, Vasiljew gehörte zu uns.«

»Nein, er war Tscheche. Er hieß Edward Janecka ... Was meinen Sie mit uns? Wer sind Sie?«

»Mein Name ist Soloschenko. Vladlen Soloschenko.«

»Sind Sie okay, Major?« Die junge Frau, Natascha, erkundigte sich.

»Ja, alles in Ordnung. Gut, dass du eingegriffen hast. Ganz plötzlich lief die ganze Geschichte ja aus dem Ruder.« Er warf Ewa einen skeptischen Blick zu.

»Glotzen Sie nur. Ich bin es, der hier in Krakau das Sagen hat. Ich konnte mich nicht an Kazanskis Plan halten. Ich musste meine Mutter rächen, ich musste für all die Jahre Rache nehmen. Aber das werden Sie nicht verstehen …«

Als Leonid Karpin die Augen aufschlug, schoss ein Schmerz durch seinen Kopf. Seine Hände waren auf dem Rücken gefesselt, auch seine Füße waren zusammengebunden. Mühsam richtete er sich auf und saß nun mit dem Rücken an die Mauer gelehnt. Neben ihm saßen Jewgeni und Olga.

»Na, bist du wieder zu dir gekommen?«

Natascha stand vor ihm und betrachtete ihn kühl, wobei sie ihm eine Rauchwolke ins Gesicht blies.

»Natascha! Du Miststück … Hast du mich niedergeschlagen?«

»Ja.«

»Luder! Wer bist du? Warum?«

»Weil Natascha für mich arbeitet. Ich habe sie mir vom FSB ausgeliehen.« Der Mann in der schwarzen Motorradkombi trat vor.

»Soloschenko! Verflucht … Du bist tot …«

»Das wäre durchaus möglich, Karpin. Aber meine Frau Natalia ist tot. Und mein enger Freund Andrej ist tot. Und mein Chauffeur ist tot … Alle tot. Und das ist deine Schuld.«

»Das mit deiner Frau tut mir leid. Das war nicht beabsichtigt. Sie war Zivilistin. Aber du? Die Bombe hat dich getötet. Das stand in den Zeitungen. Das Begräbnis. Ich weiß es … mit Sicherheit …«

»Von deinem Freund im Kreml? Nein, mein Adjutant Andrej Romenski wurde getötet.«

»Warum?«

Karpin wiederholte verblüfft seine Frage.

»Es hat an dem Tag Bindfäden geregnet. Andrej war als Erster fertig. Ich sah, wie er meine Frau küsste. Ich hörte, wie sie sich verabschiedete. Dann lief er mit meinem Schirm über dem Kopf zum Auto. Dann muss der Hund gekommen sein … Ich habe es nicht selbst gesehen. Alle glaubten, ich sei tot. Ich war mit Valeri Afanasjew einer Meinung, dass wir es auch so aussehen lassen wollten. Der Sarg war leer …«

»Und Natascha?«

»Sie hat dafür gesorgt, dass ich euch den ganzen Weg folgen konnte.«

»Luder! Was ist mit Sibi?«

»Er ist tot. Igor ebenfalls.«

»Du hast meinen einzigen Freund getötet, meinen Bruder, Soloschenko. Dafür wirst du bezahlen …«

»Heuchler. Du hast meine Frau auf dem Gewissen. Und Andrej. Du bist fertig, Karpin. Ich werde für deine Verurteilung sorgen. Ich werde persönlich dafür sorgen, dass MAKU 90 ausgemerzt wird. Wir haben deinen Freund im Rat eingekreist. Er wird wie ein kleiner Vogel singen, wenn Afanasjew ihn in die Finger bekommt. Ein Aufenthalt im Keller bewirkt bei manchen Leuten Wunder. Du bist am Ende, du Schwein!«

22

Sie sahen sich an, als der Mann im weißen Kittel auf sie zugeschwebt kam. Der Gang war Tausende Kilometer lang, und es schienen Stunden zu vergehen, bis er endlich vor ihnen stehenblieb. Er sah ernst aus. Xenia nahm als Erste ihren Mut zusammen:

»Sagen Sie. Ist er …? Wie sieht es aus …?«

Der Mann mit der Brille zog sich die Haube vom Kopf und trocknete sich die verschwitzte Stirn mit einem Taschentuch.

»Ich kann noch nichts sagen. Wie haben Herrn Kazanski lange operiert. Er lebt, aber es ist noch zu früh, um zu sagen, wie es weitergeht. Ich möchte Ihnen keine falschen Hoffnungen machen.«

»Aber wie stehen seine Chancen? Was glauben Sie?« Ewas Stimme brach.

»Wie gesagt. Ich würde gern etwas versprechen, kann es aber nicht. Er hat große Mengen Blut verloren. Die Kugel hat unter anderem die Vena cava zerrissen, die große Vene zum Herzen. Deshalb kam es zu schweren inneren Blutungen. Wir mussten den Brustkorb öffnen und nähen. Wir haben auch eine Bluttransfusion vorgenommen. Die nächsten Tage sind am kritischsten. Manchmal ist es so, als ob so etwas eine Frage des Willens ist, wenn Sie verstehen? Er liegt jetzt unter dem Respirator.«

»Wie lange wird das sein?«

»Das weiß ich nicht. Wir können ihn nicht aufwecken, denn durch die Operation ist seine Atmung gehemmt. Es wäre ihm Übrigen auch zu schmerzhaft. Alles hängt davon ab, wie stabil er wird. Ich hoffe, ich habe mich klar genug ausgedrückt. Wenn Sie keine Fragen mehr haben, bitte ich Sie, mich zu entschuldigen.«

»Dürfen wir bleiben? Das würden wir gern, nicht wahr?« Ewa sah Xenia fragend an.

»Natürlich. Im Besucherzimmer. Ich veranlasse, dass Ihnen Bescheid gegeben wird, sobald wir wieder nach ihm gesehen haben.«

Es waren seitdem wohl drei Tage vergangen, aber es hatte keinen besonderen Unterschied zwischen Tag und Nacht gegeben. Wenn sie nicht beide im Krankenhaus waren, so waren sie es abwechselnd, damit sie zwischendurch ein wenig schlafen konnten. Xenia verbrachte einen Teil der Zeit im Archiv, und sie hatte es rundweg abgelehnt, nach Hause zu fliegen, bevor sie nicht wusste, ob Kazanski gesund würde. Nun sahen sie ihn zum ersten Mal.

Es war erschreckend. Kazanski lag in dem Krankenhausbett wie auf einem Totenlager, angeschlossen an einen Tropf und verschiedene Leitungen. Er war reduziert auf eine grüne Kurve, die in einem hüpfenden, aber offenbar regelmäßigen Rhythmus über einen Monitor lief. Die pulsierende Linie war das Einzige, das ihn von einem Toten unterschied.

Zwei Mal war sein Zustand als äußerst kritisch bezeichnet worden. Zuletzt in der Nacht, als Ewa Xenia angerufen und sie gebeten hatte zu kommen. Nun sah es so aus, als hätte der Mann auch diese Krise überwunden. Es war ebenso friedlich wie unheimlich. Sie konnten nichts tun. Hinter den geschlossenen Augenlidern kämpfte Jan Jordi Kazanski seinen stillen Kampf. Entschlossen.

Gestern hatte ihr Retter, Major Soloschenko, Xenia im Hotel besucht. Er hatte sich nach Kazanskis Zustand erkundigt und ihr einen Brief für ihn gegeben. Und er hatte nach Ewa gefragt.

Der Major hatte offenbar inzwischen die Wahrheit über den Professor erfahren. Dass er während der Besatzung von Prag gekidnappt und von Frau und Kind entführt worden war. Er bat Xenia, Ewa dies zu sagen – er entschuldigte sich. Dass sie den Professor umgebracht hatte, verstand er nicht, aber er wollte sich damit auch nicht weiter beschäftigen.

»Es ist auch eine peinliche Angelegenheit für uns, wenn Sie verstehen. Der Mann ist tot, aber offiziell hat er gar nicht existiert«, hatte Soloschenko erklärt.

Xenia hatte auch nicht fassen können, warum Ewa es getan hatte. Ihm die Tabletten vorzuenthalten, war eine vorsätzliche Handlung, Mord. Im Augenblick war es aber nicht an der Zeit, die Sache näher zu diskutieren.

»Niemand kann mir etwas anhaben. Weshalb sollten sie mich anklagen? Ich erwarte nicht, dass jemand es versteht. Würdest du die Geschichte kennen, würdest du mich vielleicht ein bisschen verstehen, Xenia.«

Das war alles, was Ewa gesagt hatte, als Xenia danach fragte. Am Nachmittag sollte ihr Vater begraben werden.

»Das Schwein soll neben meiner Mutter liegen. Das wäre ihr Wunsch gewesen. Es ist genügend Platz. Jetzt, nach all den Jahren, begegnen sie sich wieder …«

Ewa hatte traurig geklungen, aber auch kühl und sachlich.

Xenia fühlte sich erschöpft. Es war der dritte Abend, an dem sie das Archiv sichtete, nicht systematisch, sondern nur, um einen besseren Überblick über das Material zu bekommen. Sie machte sich Notizen. Es war spät, beinahe halb zwölf. Sie hatte den ganzen Nachmittag im Krankenhaus gesessen, bis Ewa sie ablöste.

Xenia wollte gerade abschließen und zurück ins Hotel gehen, um zu schlafen. Es gab eine Menge praktischer Dinge, die sie mit Kopenhagen klären musste. Da hörte sie Schritte auf der Treppe, ein Mann stand in der Tür. Er zielte mit einer Pistole auf sie. Es war Kriminalinspektor Dworaczek. Der Mann, der eine Hausdurchsuchung versprochen und gelogen hatte.

»Sie sind das. Damit habe ich eigentlich gerechnet«, sagte er und nahm die Pistole herunter.

»Sie haben lange gebraucht, um zu kommen.«

»Wir mussten uns erst um die Werkstatt kümmern. Ich rechnete damit, dass irgendwas im Imperium der Witwe nicht in Ordnung war. Und so ist es. Sonst wären Sie nicht hier.«

»Die Witwe ist tot. Sie starb vor drei Wochen an Krebs. Ihre Tochter kümmert sich jetzt um die Geschäfte. Wollen wir uns nicht setzen?« Xenia schob Dworaczek einen Hocker zu. Sie selbst setzte sich an den Schreibtisch.

»Rivalen? Es gibt viele, die die Rolle der Witwe einnehmen wollen.«

»Ganz sicher. Die russische Mafia und andere. Die Witwe hat schließlich ein Vakuum hinterlassen.«

»Sie war knallhart. Unmöglich zu überführen.« Der Inspektor zog seine Pfeife heraus und stopfte sie sorgfältig.

»Hier haben wir also das berühmte Archiv«, stellte er in einer Wolke aromatischen Rauchs fest. »Haben Sie etwas Interessantes gefunden, Frau Larsen?«

»Nur Larsen … Ja, hier findet sich alles. Warenverzeichnisse, Lieferanten, Kontakte, Sie wissen schon …«

»Es soll auch ein örtliches Archiv geben, habe ich mir sagen lassen. Ein Archiv über … sagen wir hiesige Persönlichkeiten und deren exotische Erlebnisse.«

»Das ist dort drüben«, antwortete Xenia und zeigte auf einen grünen Schrank. »Ich weiß, wovon Sie sprechen. Für mich ist das nicht von Interesse. Europol will die eigentliche Organisation. Nichts anderes.«

»Darf ich?« Dworaczek ging zu dem Schrank. Er zog Schubladen heraus und blätterte in den Mappen.

»Und warum wurde die Hausdurchsuchung nicht durchgeführt, um die ich Sie gebeten hatte?«

Xenia betrachtete einen Fingernagel, der abgebrochen war, weil eine der Schubladen geklemmt hatte. Sie würde ihn zurechtfeilen müssen.

Dworaczek blätterte weiter.

»Wir hatten eine Art gemeinsame Vereinbarung. Ein paar ungeschriebene Regeln. So etwas ist durchaus üblich hier in Osteuropa. Sie sind vermutlich der Meinung, damit mache man sich angreifbar … Moral und so etwas …«

Er antwortete unkonzentriert, eher für sich. Dann zog er einen dicken braunen Umschlag aus einer Schublade und leerte dessen Inhalt auf dem Schrank aus. Er warf einen kurzen Blick darauf und steckte alles wieder in den Umschlag zurück.

Xenia bemerkte seinen Gesichtsausdruck, als er sich wieder ihr zuwandte. Kaum verhohlener Triumph – und Erleichterung.

»Was haben Sie denn da?«, fragte sie leichthin.

»Nur einiges Beweismaterial. Im Übrigen haben wir eine Menge zu besprechen, Larsen.« Er setzte sich wieder auf den Hocker.

»Was meinen Sie?«

»Was haben Sie mit dem Archiv vor?«

»Ich habe mir gedacht, es mitzunehmen …«

»So wird hier nicht gespielt. Sie sind dabei, wichtiges Beweismaterial auszuführen, das der Polizei von Krakau gehört. Das ist illegal. Sie hindern uns an der Ausführung unserer Arbeit. Wenn ich Sie anzeige, könnte das schwere Konsequenzen für Sie haben. Sie sind weit außerhalb Ihres Zuständigkeitsbereichs, das ist Ihnen doch wohl klar?«

»Natürlich. Was schlagen Sie vor?«

»Ich bin kein Unmensch. Ich werde Sie gehen lassen. Wenn wir das Material bearbeitet haben, werden wir Kontakt zu Europol aufnehmen, und Sie bekommen natürlich ein besonderes Lob, sobald das Netzwerk der Witwe aufgelöst ist. Sie haben ja trotz allem dazu beigetragen.«

Xenia fummelte an ihrem Nagel. Vielleicht war er doch eingerissen. Dann blickte sie auf und sah ihm direkt in die Augen.

»Werden Sie gern verprügelt, Inspektor?«

»Was meinen Sie?«

»Mögen Sie es, wenn man Ihnen den Hintern versohlt? Sie wissen schon, Leder, Peitsche und blanker Po. Masochismus, heißt das wohl.«

Sie bemerkte, dass eine Hand in den Mantel fuhr.

»Werde ich jetzt erschossen? Herrgott, Inspektor Dworaczek. Wofür halten Sie mich? Morgen landet ein großer Umschlag auf meinem Schreibtisch in Kopenhagen. Darin liegen die Reste der Negative und eine Kopie des Videobandes. Also ziehen Sie Ihre Hand wieder aus der Tasche.«

Dworaczeks Pfeife hing seltsam schief in einem Mundwinkel. Mit einem Mal wirkte er viel weniger viril. Xenia hatte diesen Augenblick erwartet. Ja, geplant, als sie über seinen Namen im Archiv stolperte.

»Jetzt hören Sie mir mal gut zu, Dworaczek. Die Bedingungen sehen so aus: Ich nehme sämtliche Archivschränke mit. Sie bekommen die grünen Schränke. Die mit den Schwänzen und Titten aus dem Puff. Machen Sie damit, was Sie wollen. Wenn wir so weit sind, um zuzuschlagen, werden Sie natürlich informiert. Ich werde Ihre wohlwollende Einstellung gegenüber Europol in meinem Bericht hervorheben, und Sie werden natürlich besonders gelobt.«

Zunächst war es lediglich ein weit entferntes Murmeln. Dann kam das Geräusch näher, brach durch den Nebel, wurde deutlicher und nahm die Form eines Wortes an, das auf ihn zuschwebte. Viele Worte, direkt hintereinander.

»... bei Tagesanbruch kroch der hungrige Drache aus seiner Höhle und sah das grasende Tier. Das Biest tötete den Widder und fraß das Tier gierig, das voller Schwefel war. Kurz darauf bekam er furchtbares Sodbrennen. Der Durst war unerträglich, und der Drache taumelte zum Fluss und fing an zu trinken. Und er trank immer weiter – bis er mit einem gewaltigen Knall explodierte ...«

Das Bild war verschleiert, aber es war ein roter Mund, der sich bewegte. Und darüber erkannte er zwei dunkle Augen. Hübsche Augen. Wie Perlen.

Langsam kam Kazanski zu sich.

»Der Knall zog große Scharen von Bürgern aus der Stadt an, und ihre Freude war riesig, als sie herausfanden, was passiert war. So wie Prinz Krak es versprochen hatte, bekam der Schumacher seine Tochter zur Braut und dazu das halbe Königreich. Und als der Prinz gestorben war, regierte der Schuhmacher viele Jahre gerecht über die Königsstadt Krakau.«

Ewa hatte gesehen, dass er die Augen leicht geöffnet hatte. Nun sah er sie mit diesem schiefen Lächeln an, das er schon früher bei ihr aufgesetzt hatte. Ein beinahe unschuldiges Lächeln. Sie verspürte eine unbändige Freude.

»Hej, Jordi …«

»Hej …«

»Sag jetzt nichts.« Ewa hatte die ganze Zeit seine Hand gehalten. Nun drückte sie sanft zu. »Bleib einfach still liegen. Dann erzähle ich dir noch eine Geschichte.«

»Die Tabletten. Warum?«

»Er war doch nichts als ein dummes Schwein. Ich habe ihn hereingelegt. Ich werde es dir eines Tages erzählen. Vergiss es jetzt.«

»Bleibst du?«

»Ja, ganz ruhig. Ich gehe nirgendwohin.«

»Versprichst du es?«

»Aber sicher.«

Wenige Minuten später schlief Kazanski tief.

Nach einer Woche konnten Xenia und Ewa ihn gemeinsam besuchen. Jetzt hatte er längere Phasen, in denen er wach war. Laut den Ärzten würde er wieder völlig gesund werden. »Ich glaube, er hat das Leben gewählt«, hatte der Arzt gesagt, mit dem sie nach der Operation gesprochen hatten.

»Dieser Major Soloschenko hat mir diesen Brief für dich gegeben, Jordi. Wenn du überlebst, sollte ich dich herzlich grüßen und gute Besserung wünschen. Hier.«

Xenia gab ihm den Brief, er las konzentriert. Dann legte er ihn lächelnd beiseite.

»Wieso lachst du? Was schreibt er?«

»Er schreibt, dass Leonid Dom Karpin und die beiden anderen in der Nacht aus der Werkstatt entkommen sind.«

»Ich dachte, der Major hätte die Sache im Griff. Mist … Dann ist es also missglückt. Alles ging schief, oder?«

»Nein. Überhaupt nicht. Im Gegenteil. Das verlief genau nach Plan.«

Zwanzig Minuten später ging Xenia. Sie war mit ihren Abreisevorbereitungen beschäftigt. Ewa blieb auf der Bettkante sitzen, stumm.

»Was ist los?«

»Sie hat mich verarscht. Ich sollte einen Teil des Archivs durchsehen dürfen und mir nehmen, was ich wollte. Das Archiv aus dem Bordell. ›Die Lebensversicherung‹, wie meine Mutter es nannte.«

»Ja, und?«

»Es fehlt etwas. Die wichtigste Mappe von allen ist verschwunden. Die über Kriminalinspektor Jacek Dworaczek. Ohne sie bin ich am Ende. Sie war viele Jahre Gold wert.«

»Ich werde mit ihr reden.« Kazanski ließ sich mühsam aus der sitzenden Position auf den Rücken gleiten. Seine Eingeweide schmerzten, und er war unendlich müde.

Es war Xenias letzter Tag in Krakau. Sie hatte alle notwendigen Unterlagen verpackt. Mit Ewa hatte sie vereinbart, Kazanski allein zu besuchen. Nun saß sie auf einem Stuhl neben seinem Bett.

»Jordi … Dies ist ein Abschied. Ein bisschen schwer … und traurig … Aber ich bin froh, dass du es geschafft hast.«

»Es war nett von dir, dass du geblieben bist, Xenia. Du hättest längst abreisen können.«

Er griff nach ihrer Hand.

»Ich konnte nicht abreisen, bevor alles geklärt und vereinbart war. Ich habe sehr viel Zeit mit Telefonaten verbracht, sowohl mit Dänemark als auch mit Holland. Ich habe auch einiges von dem Archivmaterial überprüft.«

»Die Mappe von Dworaczek ist weg, sagt Ewa.«

»Nein, die hat er selbst. Aber erst, nachdem ich mir genommen habe, was ich brauchen kann.«

»Ungewöhnlich, dass du Beweismaterial außer Landes bringen kannst, oder?«

Kazanski gluckste, dass es irgendwo in ihm wehtat.

»Ich sagte doch, ich will einen Erfolg.«

»Ewa ist ohne das Material über Dworaczek am Ende.«

»Ja, das ist sie.«

»Hilf ihr.«

»Sie hat ihren Vater umgebracht. Was zum Teufel ist mit ihr los?«

»Wer versteht das schon? Niemand. Was wissen wir schon von den Hintergründen ihrer Tat. Ewa hat viel durchgemacht. Hilf ihr.«

»Gut. Wenn du mich darum bittest. Ich rufe Dworaczek an.«

Er sah sie an und nickte anerkennend.

»Danke.«

»Noch etwas, Jordi. Ich wollte es längst gesagt haben.«

»Was gesagt haben?«

»Dass ich dich gut verstehen kann, Jordi. Ewa hat mir von deiner Frau und deiner Tochter erzählt. Es tut mir leid.«

»Ich bin nicht der, den du zu kennen glaubst. Ich kann es einfach nicht sein.«

»Was meinst du?«

Er breitete resignierend die Arme aus.

»Ach, du und ich? Nein, natürlich würde das nicht gehen. Hör auf, dir darüber den Kopf zu zerbrechen. Betrachte es als ein Erlebnis, ja? Was ist mit Ewa?«

»Keine Ahnung. Ich muss vor allem hier raus. Nach Hause. Es ist so viel passiert. So viel, worüber ich nachdenken muss. Dass es David war, macht das Ganze nicht besser. Ein verfluchtes Leben. Verflucht beschwerlich, aber ich muss damit zurechtkommen, jetzt, da mir eine Rückfahrkarte vergönnt war.«

»Ich hoffe, du kommst wieder zu Kräften, Jordi. Du hast es verdient. Ich muss jetzt gehen …«

»Schon?«

»Ja. Auf mich wartet ein Umzugslastwagen voller Archivschränke. Damit fahre ich ins Hauptbüro nach Den Haag.«

»Ein großer Erfolg für dich.«

»Ja, enorm.«

»Grüß Michael, wenn du ihn siehst.«

»Meinen Sohn? Mach ich.«

»Grüß auch den anderen, an den ich eigentlich dachte.«

»Den anderen? Wen meinst du?«

»Laudrup natürlich …«

»Oh, du bist noch nicht wirklich gesund, das hör ich. Versprich mir, dass du gut auf dich aufpasst, okay? Tschüss, Jordi.«

»Wiedersehen. Und danke, dass du Ewa hilfst.«

Xenia küsste ihn. Ein Kuss außerhalb ihres Zuständigkeitsbereiches. Dann verließ sie rasch das Zimmer.

Moskau, Russland

Major Vladlen Soloschenko saß in Gedanken vertieft an seinem Schreibtisch. Er war wieder einmal auf dem Friedhof gewesen. In den drei Wochen seit seiner Rückkehr aus Krakau war er täglich dort gewesen.

Nach dem Mord an Natascha war alles so hastig und heimlich vonstattengegangen. Er hätte sich am liebsten zurückgezogen, aber er musste Karpin fassen, wenn er die Mörder und den Mann, der die Schuld trug, fassen wollte.

Die Nächte waren am schlimmsten gewesen. Nachts hatte er seine Gedanken und Gefühle kaum unter Kontrolle gehabt. Trauer und Dunkelheit. Er hatte sich noch nie so einsam und klein gefühlt. Erst im Wald zusammen mit dem Uhu. Dann auf dem Feld, im Mondenschein. Erst jetzt hatte er sich von ihr verabschieden können. Und erst jetzt war er ihr wieder begegnet.

Das Telefon riss ihn aus seinen Gedanken.

Soloschenko nickte mehrmals, dann gab er ein paar kurze Befehle und legte auf. Nun würde es passieren. Er hatte es erwartet.

Mit dem Tod des Professors hatte er Glück im Unglück gehabt. Der Tauschhandel, den er mit Kazanski auf eigene Faust vereinbart hatte, war nicht zustande gekommen. In der Kirche hatte er dem Amerikaner den Professor versprochen, wenn er Leonid Dom Karpin und Pawel Sibi Nikolajewitsch bekam. Erst als er wieder in Moskau war, erfuhr er, dass der Professor an absolut geheimen Forschungen gearbeitet hatte. Alles in allem war es also gut, dass Vasiljew oder Janecka nicht in die Hände der Amerikaner gefallen war.

Die Sache mit der Tochter hatte der Geschichte ein ziemlich theatralisches Ende bereitet. Aber im Grunde war es ein ausgesprochen praktisches Ende.

Nun ging es um den Wichtigsten von allen. Soloschenko hatte Karpin und die anderen in jener Nacht in der Werkstatt zurückgelassen. Am nächsten Morgen sollten sie zurück nach Russland transportiert werden, hatte er ihnen erklärt. Jeder wusste, dass ein Mann von Karpins Kaliber sich befreien würde. Seit sie geflohen waren, hatte der Leiter des FSB Valeri Afanasjew sie rund um die Uhr beschatten lassen.

Es war eine glatte Lüge, als Soloschenko Karpin erklärt hatte, sie hätten den Maulwurf ausfindig gemacht. Im Gegenteil, sie hatten keine Ahnung, aber mit einer Ausnahme standen alle Mitglieder des Rats unter Verdacht. Sogar Innenminister Petruschkin, dem Afanasjew allerdings vertraute, könnte theoretisch der Schuldige sein. Es hätte Soloschenko mehr als gefreut, wenn er diesen arroganten, nach Zigarre stinkenden Idioten hätte verhaften können …

Es gab sechs Mitglieder im Rat, die die Strategie für die übergeordneten und geheimen Aktivitäten bei der Bekämpfung der organisierten Kriminalität festlegten. Initiativen, die parallel zu den offiziellen Bestrebungen vorgenommen wurden, um der Unterwelt zu Leibe zu rücken.

Ratsmitglied und Chef des FSB Valeri Afanasjew war der Einzige, zu dem Soloschenko Vertrauen hatte. Daher hatte er ihn direkt nach dem Bombenattentat aufgesucht, und gemeinsam waren sie zu dem Entschluss gekommen, dass Soloschenko seine Arbeit am effektivsten fortsetzen konnte, wenn er offiziell für tot erklärt würde.

Die übrigen fünf Mitglieder des Rats waren Innenminister Anatoli Petruschkin, Generalstaatsanwalt Iwan Wolkow, der Chef der Moskauer Miliz, Polizeigeneral Viktor Mawrodi, Moskaus Chefankläger Boris Bukowski und Zentralbankchef Aleksander Fadeew.

Der Zentralbankchef war Mitglied des Rats, da der infiltrierte und korrumpierte Teil der Banken eines der größten und undurchschaubarsten Probleme darstellte. Fadeew war der ehemalige Leiter einer Gruppe, die aus Repräsentanten der fünf größten Banken Russlands bestand und die eingesetzt worden war, um illegale Geschäfte der Banken aufzudecken.

Nur die sechs Mitglieder des Rats wussten, dass Major Soloschenko die alternativen Ermittlungen gegen das MAKU-90-Syndikat leitete. Vladlen Soloschenko gehörte eigentlich dem Auslandsgeheimdienst an. Und in dieser Rolle war er für die Mafia nicht besonders interessant. Das Risiko, dass er gekauft war, ging gen null.

Nur die Mitglieder des Rates waren darüber informiert, dass Soloschenko an dem Tag, an dem das Bombenattentat stattfand, seinen Bericht über MAKU 90 hätte abliefern sollen. Und schließlich wussten nur die Ratsmitglieder, dass die Zusammenarbeit mit den Amerikanern bei UROCI, dem »Iwan Capone«-Projekt, weiterhin bestens funktionierte.

Es war eine Kopie von Soloschenkos Bericht, den der Bote der amerikanischen Botschaft an jenem Vormittag im Café Rioni hatte überbringen sollen. Stattdessen wurde er am Tresen des Cafés hingerichtet.

Die beiden Männer waren Boris Bukowski zu Fuß gefolgt. Nach einigen kleinen Besorgungen im Zentrum stieg der Moskauer Chefankläger in die rote Sokolnicheskaja-Linie der Metro. Die ganze Zeit über achteten die beiden Männer darauf, Abstand zu wahren.

An einem der großen Verkehrsknotenpunkte des Stadtrings, dem Komsomolskaja-Platz, dem Platz der jungen Kommunisten, sah es so aus, als wollte Bukowski aussteigen – aber er blieb sitzen.

Die Säufer und Prostituierten, die sich in der Station aufhielten, glitten an ihnen vorbei, als sie weiterfuhren. An der Station Krasnoselskaya stand Bukowski ruhig auf und blickte aus dem Fenster. An der Station Sokolniki stieg er aus, sah sich um und ging die knapp fünfhundert Meter zum Park.

Sie kamen an der Auferstehungskirche mit ihrer zwiebelförmigen Kuppel vorbei, und direkt vor dem Eingang zum Sokolniki Park blieben die Männer einen Moment stehen. Einer der Männer sprach diskret in die Innentasche seiner Jacke. Er bat um Verstärkung. Umgehend.

Bukowski saß eine Viertelstunde auf einer Bank und las Zeitung. Dann tauchte ein Mann auf. Er kam auf einem Weg aus einem der beiden riesigen Sportanlagen des Parks. Ruhig schlenderte er dahin, blieb stehen, um sich eine Zigarette anzuzünden, und setzte sich dann auf die Bank neben Bukowski.

Der gewaltige Mann hatte halblanges, rötliches Haar und einen Vollbart, doch allein seine Größe verriet ihn. Leonid Dom Karpin würde man immer erkennen.

Die beiden Verfolger trennten sich. Einer ging an der Bank vorbei, während der andere sich in einem Gebüsch versteckte. Von dort konnte er mit dem Teleobjektiv seiner Kamera die beiden Männer auf der Bank wunderbar einfangen.

Bukowski schien weiter Zeitung zu lesen, während Karpin die grüne Umgebung mit Birken, Ahorn und Sibirischer Zeder betrachtete. Die Gegend war einmal ein Wald gewesen, in dem die Falken des Zaren gehalten wurden. Nun war es ein sogenannter Kulturpark. Vor allem ein Ort für Sportler, aber auch eine Art Hyde Park mit einer Speakers' Corner. Eine Ecke, in der auch der größte Trottel sich auf eine Holzkiste stellen und Brandreden halten konnte, wie es sich in einer richtigen Demokratie gehörte. Hier erklang der Ruf nach Freiheit, der Ruf nach Gott – oder billigerem Wodka. Tatsächlich war der Ultranationalist Wladimir Schirinowski hier einmal aufgetreten. Auch so ein Trottel …

Durch sein Objektiv verfolgte Georgi Lagutow von der Überwachungsgruppe des FSB das Gespräch. Er hatte sechs oder sieben Fotos geschossen, als irgendetwas passierte. Karpins Mundwinkel hatten sich die ganze Zeit bewegt, aber plötzlich senkte Bukowski die Zeitung und sah Karpin schockiert an.

Wie sein Gesichtsausdruck genau aussah, konnten sie sich

später ansehen, denn in der Sekunde, in der Bukowski aufblickte, drückte Lagutow mit einem scharfen Klick auf den Auslöser.

Nach einer Viertelstunde stand der große Mann auf und ging den Weg hinunter, den er gekommen war. Inzwischen war die Verstärkung vermutlich eingetroffen, sodass sie nun zu viert waren, um Karpin zu beschatten. Er durfte auf keinen Fall entkommen. Es wäre zu gefährlich für Soloschenko. Und Afanasjew würde toben.

Georgi Lagutow konnte es ruhig angehen. Mit Bukowski gab es nach dem Gespräch mit Karpin vermutlich keine Probleme, und sollte er ihn verlieren, war es nicht so schlimm. Drei Wochen harte Arbeit mit nur wenigen Stunden Schlaf waren vorbei. Er freute sich auf seine Frau, die ihn wieder freundlicher empfangen würde, und er freute sich darauf, mit den Kindern zu spielen. Bald würde es vorbei sein.

Der Maulwurf hatte sich gezeigt. Er saß auf einer Bank im strahlenden Sonnenschein.

Die herabgelassenen Jalousien ließen nur wenig gleißendes Vormittagslicht in Valeri Afanasjews dunkles Büro, wo er mit Vladlen Soloschenko saß. Sie hatten den Erfolg am Abend mit einer Flasche Wodka gefeiert – nur sie beide. Nun verfolgten sie den Weg des großen Zeigers auf der Uhrscheibe. Um genau 10:00 Uhr wollten sie das Büro des Chefanklägers anrufen. In wenigen Sekunden.

»Hier ist General Afanasjew. Ich würde gern mit Boris Bukowski reden.« Nach einer kurzen Pause fuhr er fort:

»Guten Tag, Bukowski. Hier spricht Valeri Afanasjew. Sie haben eine halbe Stunde, um zu packen und Ihre Familie zu informieren. Dann kommen wir und holen Sie ab.«

Soloschenko sah auf seine Uhr, als der Wagen vor dem Büro des Chefanklägers einbog. Es war 10:30 Uhr. Bukowski hatte genau die halbe Stunde bekommen, die Afanasjew ihm versprochen hatte.

Sie meldeten ihre Ankunft bei einer Sekretärin an, einer älteren Frau, die den Hörer abhob, auf einen Knopf drückte und ihren Chef informierte, dass er Gäste hätte.

Afanasjew und Soloschenko gingen an der Spitze. Hinter ihnen folgten drei bewaffnete Männer in Zivil. Sie gingen um eine Ecke in einen langen Flur, als sie den Knall hörten. Er kam aus dem Büro am Ende des Ganges.

Der Chef des FSB legte eine Hand auf Soloschenkos Schulter und flüsterte zufrieden:

»Tja, das war's. Wer hat gesagt, dass die menschliche Natur unberechenbar ist?«

Am späten Nachmittag war das Lächeln verschwunden. Afanasjew tobte vor Wut, als der Leiter der kleinen Alpha-Gruppe bedauernd die Arme ausbreitete.

»Er war nicht da, Herr General. Es gab Spuren von ihm, aber das Haus war leer. Kein Mensch. Er war weg.«

Valeri Afanasjew sah die Männer der Überwachungseinheit vorwurfsvoll an. Einer nahm seinen Mut zusammen:

»Wir verstehen es nicht. Er ging hinein. Und er kam nicht wieder heraus. Garantiert. Ich begreife es nicht …«

Afanasjew trat mit aller Kraft gegen den Autoreifen und hämmerte seine Faust auf die Kühlerhaube. Soloschenko wirkte gefasst, aber nachdenklich.

»Ich werde ihn schnappen, Valeri. Und wenn ich ihm bis ans Ende der Welt folgen muss. Karpin gehört mir.«

23

Krakau, Polen

Jan Jordi Kazanski sah es, als das Flugzeug sich schräg legte und kurz nach dem Start den Kurs änderte. Die Weichsel lag wie eine fette Silberader in der Landschaft. Dort unten an der sanften Kurve beim Königsschloss wohnte sie.

Ewa hatte ihn in den vergangenen vier Wochen jeden Tag im Krankenhaus besucht. Auch gestern, als sie ihn bei seiner Entlassung abgeholt hatte.

Wenn sie nicht da war, hatte er sie schmerzlich vermisst. Und wenn sie eine gewisse Zeit bei ihm gewesen war, hatte er wieder allein sein wollen. Wenn sie zu nett war, hatte er sie angeknurrt. Und wenn sie traurig war, tat sie ihm leid, und er hatte versucht, sie aufzumuntern.

Ich bin schon ein gewaltiger Idiot, ging ihm durch den Kopf.

Kazanski hatte in der letzten Nacht bei ihr geschlafen. Als sie unter die Decke zu ihm glitt, hatte er eine gewaltige Lust auf sie bekommen. Sinnlich und weich, hart und zynisch – und nachdenklich. Die Tochter der Witwe war ein unverständliches, vielfarbiges Mosaik.

Sie hatten nicht miteinander geschlafen. Leider. Seine Nähte waren noch zu frisch. Er hatte lediglich mit dem Kopf in ihrem Schoß gelegen, und als er versuchte, seine merkwürdige Art zu entschuldigen, hatte sie nur gesagt: »Psst, keine Erklärungen.«

Kazanski wusste nicht, was er davon halten sollte. Sie brach auch jedes Gespräch über ihren Vater ab. Im Moment tendierte er zu der Ansicht, dass es einen Fremden wie ihn nichts anging. Trotzdem nagte es an ihm.

Könnte er sich doch nur damit begnügen, ein Bild auf einmal zu sehen. Nur an einem Ort zu sein – aber das war unmöglich, und vielleicht war er deshalb ungerecht. Der Albtraum war nicht verschwunden, obwohl sie gerächt waren und der Strom der Spekulationen ausgetrocknet. Tatsächlich war der Traum schlimmer geworden, komplexer.

Früher kannte er die Sequenzen, und vielleicht hatte ihm das trotz allem ein merkwürdiges Gefühl von Sicherheit gegeben. Dann waren die Augen dazugekommen, die zugleich die Augen Ewas waren. Und während der Zeit im Krankenhaus stieß er auf dieses gelbe Gesicht, dem das Entsetzen mit einem roten Punkt auf die Stirn gemalt war. David … Onkel David …

Die Chronologie war zerstört. Das Ende wurde zum Anfang, und die Sequenz, mit der es angefangen hatte, kam manchmal gar nicht, manchmal mittendrin.

Kazanski fühlte sich müde wie ein Hundertjähriger. Er hatte die Ordre, umgehend nach Langley zu kommen. Jannsen wollte ihn sofort sehen. Kazanski hörte nicht einmal, wie der Kapitän über die Flugzeit nach Warschau informierte, er war mit einem Abdruck von Ewas feuchten Lippen auf seiner Wange nach dem Start eingeschlafen.

Als er sie fragte, wie ihre Mutter die Informationen über das Bombenattentat in Moskau beschafft hatte, erzählte Ewa, dass eines Abends ein kleiner Mann zu ihnen gekommen wäre. Ein Russe. Er kam, um die einzige Belohnung abzuholen, die er verlangt hatte. Einen Hundewelpen. Einen Golden

Retriever. Als der Mann ihn in den Arm nahm, weinte er wie ein kleiner Junge.

Vielleicht war dies der Gedanke, mit dem Kazanski im Flugzeug eingeschlafen war – mit einem schwachen Lächeln um den Mund.

Langley, Virginia, USA

»Willkommen, Kazanski. Setzen Sie sich. Gute Arbeit.« Vizedirektor Jannsen drückte ihm die Hand. Er schien aufrichtig erfreut zu sein. »Setzen Sie sich doch. Sie müssen müde sein? Mein Gott, wie dünn Sie geworden sind.«

»Elf Kilo leichter, glaube ich. Fangen wir an. Ich habe ein Bett, das auf mich wartet.«

»Ausgezeichnet. Schön, dass Sie jetzt hier sitzen. Ich will ganz offen zu Ihnen sein. Als wir uns das letzte Mal gesehen haben, hätte ich damit nicht gerechnet. Ich benötige einige Antworten von Ihnen. Umgekehrt schulde ich Ihnen auch einige Antworten, nicht wahr?«

»Ja, es gibt tatsächlich ein paar Dinge, die ich gern wissen würde.«

»Kennen Sie Valeri Afanasjew?«

»Er sitzt in der Lubjanka, oder? Er war stellvertretender Leiter des FSB, als ich in Moskau war.«

»Jetzt ist er der Chef. Ich habe erst vorgestern mit ihm gesprochen. Ich soll grüßen.«

Wie lange das Gespräch dauerte, wusste er nicht genau, aber als Kazanski das Hauptquartier der CIA verließ, war ihm ein wenig schwindelig. Nicht weil etwas angesprochen worden war, das ihn schockierte. Er war einfach nur müde.

»Sehr ärgerlich, die Sache mit dem Professor. Ich hätte mich sehr gern mit ihm unterhalten«, hatte Jannsen gesagt.

»Nun ist er tot, rotes Quecksilber hin oder her …«

»Crankshaw und Soloschenko haben die Geschichte erzählt. Dann streiten wir uns zumindest aus diesem Grund nicht mit den Russen.« Jannsen hielt Kazanski die Tür auf.

»Äh, eine Sache noch.« Der stellvertretende Direktor legte ihm die Hand auf die Schulter. »Ich weiß, dass David Oakland Ihr guter Freund war. Oder besser: Sie dachten, er wäre es. Es tut mir leid. Die ganze Geschichte tut mir leid. Das Leben kann manchmal so falsch sein. Immerhin haben wir einen Skandal vermieden.«

»Ja, Skandale zu vermeiden, ist wichtig …«

»Er wurde vor vierzehn Tagen begraben.«

»Ah, ja.«

Auf dem Weg aus dem Gebäude begegnete Kazanski dem Psychologen Dick T. Motherwell.

»Hej, Freundchen. Was meinst du, wie bewältigst du deinen Alltag?«, fragte Kazanski ihn.

Er konnte es nicht lassen. Die Segelohren des Pickligen flammten auf, aber er blickte stur geradeaus und ging direkt an Kazanski vorbei.

»Wie geht's deiner Mutter? Grüß sie, du geistiger Pygmäe!«

»Was ist denn so komisch?«, erkundigte sich der Fahrer, als Kazanski sich in den Wagen setzte.

»Ach, nichts Besonderes. Eigentlich gar nichts … Es ist überhaupt nichts komisch.«

Es gab keinen Ort auf der Welt, der genauso roch. Oder besser: stank. Die Kellertür fiel hinter ihm zu. Kazanski blieb einen Moment stehen und ließ den Blick umherschweifen.

Es sah aus, als seien die braunen Blumen auf der Tapete gewachsen, während er fort war. Hinter ihnen waren die Wände so feucht, dass sie sicher genügend Wasser bekommen hatten. Auch der Spiegel war noch da. Er grinste ihn noch immer an, und Kazanski war seit seiner Abreise auch nicht gerade hübscher geworden. Im Gegenteil. Er hatte hohle Wangen und war noch bleicher als sonst.

Auch der Kühlschrank war sich treu geblieben. Es gab nichts Ess- oder Trinkbares. Nur Inlandeis, so weit das Auge reichte.

Kazanski warf sich aufs Bett. Im Augenblick war er zu müde, um sich aufzuregen, zu müde, um sich um seinen heruntergekommenen Hausrat zu kümmern. Morgen vielleicht, oder übermorgen. Er wollte sich mit einem solchen Empfang in seinen eigenen vier Wänden nicht abfinden. Er wollte nicht mehr unter der Erde wohnen.

Kazanski schlief siebzehn Stunden, tief, ohne Augen, ohne Gesichter und ohne den roten Punkt.

In den folgenden Tagen lief er rastlos umher. Am dritten Tag ging er in Jerry's Keller. Auf Tubbys Gesicht zeigte sich ein breites Lächeln, als er ihn sah.

»Meine Güte, Kaz' … Wo bist du gewesen? Du siehst aus wie eine Leiche. Willkommen, mein Freund. Einen doppelten Whisky? Ich gebe einen aus.«

»Nee, nicht jetzt …«

»Was denn, bist du krank?« Tubby sah ihn besorgt an.

»Nein, aber ich war's. Ich war kurz davor abzutreten. Drüben in Polen. Verdammt weit weg von zuhause, um zu sterben. Also, es gibt keinen Grund, sich gleich zu Tode zu saufen. Oder?«

Sie unterhielten sich eine Weile. Dann setzte sich Kazanski mit einem Bier in die Ecke. Dort hatte er seine Ruhe. Und

Ruhe – die musste er finden. Jannsen hatte ihm zwei Monate Urlaub bei vollen Bezügen gegeben. In dieser Zeit sollte er sich erholen und über die Zukunft nachdenken. Jannsen hatte ihm ein besonders gutes Angebot gemacht.

Kazanski konnte zwischen Madrid, Wien, Santiago, Buenos Aires und Stockholm wählen – oder sich entscheiden, hierzubleiben und einen ordentlichen Job im Hauptquartier oder in New York zu bekommen. Das psychologische Profil hatte der Vizedirektor bereits zerrissen.

Eigentlich hatte Kazanski gewonnen. Er dachte an den alten Kazanski senior. In diesem Moment vermisste er den barschen und direkten Polen. Einen »Pyrrhus-Sieg« hätte der Alte mit seiner Vorliebe für die griechischen Sagen es genannt. »Noch so ein Sieg – und ich bin verloren«, ging es Kazanski durch den Kopf.

Es war ein teuer erkaufter Sieg. Alicias und Rosas Tod war aufgeklärt, aber er hatte seinen besten Freund verloren. Seinen einzigen Freund. Die wahren Gewinner waren der FSB und die CIA. Die Männer an der Spitze, die im Moment lächelten. Valeri Afanasjew und Christian Jannsen.

Es war offensichtlich. Zwei Männer, die sich über alle Grenzen früherer Zeiten zusammengetan hatten. Um ihren eigenen Job zu retten und ihren Diensten eine Demütigung und einen enormen Prestigeverlust zu ersparen.

Es hatte zwei Maulwürfe in den langen, verwinkelten Gängen gegeben, und Kazanski war in den Hügel gekrochen, um sie aufzuscheuchen. Dass die Erde über seinem Kopf nicht eingestürzt war, widersprach jeder Wahrscheinlichkeit. Schließlich war er durchaus verzichtbar. So war das mit den kleinen Schachfiguren. Er war lediglich ein Bauer, der einen Tritt in den Arsch bekommen hatte, sodass er direkt aufs Brett flog, ohne zu wissen, welche Farbe er trug.

Das Attentat auf Soloschenko hätte ebenso gut die Folge eines internen Lecks auf russischer Seite sein können. In ihrem eigenen Laden war es nicht so eindeutig. Enttäuschende Resultate des »Iwan Capone«-Projekts, der Fall Kazanski und mehrere fehlgeschlagene Operationen in den ehemaligen Ostblockländern hatten bei Vizedirektor Christan Jannsen die Alarmglocken schrillen lassen.

Bereits als Kazanski mit der Autobombe auf dem Parkplatz des Hotels in Krakau in die Luft gesprengt werden sollte, war sich Jannsen seiner Sache sicher gewesen. Es war eine ausgesprochen sensible Geschichte, denn er musste unter den eigenen Leuten suchen. Schließlich wussten zu diesem Zeitpunkt lediglich Crowley, McMullen, Hallbrooke und Oakland von Kazanskis Einsatz. Nicht einmal Afanasjew war so früh informiert.

David Oakland wäre es beinahe gelungen. Kazanskis Verdacht, dass der Autounfall in Moskau kein Unfall war, hatte Oakland offensichtlich nervös werden lassen. Eine versoffene und verkrachte Existenz aufs Spiel zu setzen, war weder ein Risiko für Oakland noch für Karpin und MAKU 90. Und der Job in Krakau war eine glänzende Gelegenheit.

Oakland schickte Crankshaw los, um Kazanski zu töten. Wenn Oakland anschließend Crankshaw aus dem Weg geräumt hätte, wäre alles in Ordnung gewesen. Kazanski wäre mit der Überzeugung gestorben, dass McMullen der Verräter war, der Crankshaw nach Polen geschickt hatte. Leicht, elegant und …

»Hej, Kaz'! Willkommen zuhause! Wieso sitzt du da ganz allein? Wo warst du so lange?«

Kazanski blickte auf. Es war Kelly, der Busfahrer der Linie 7. Mit ihm konnte man immer rechnen.

24

Krakau, Polen

»Ich würde sagen, wir sehen uns um zwölf beim Drachen am Fuße des Wawel. Dann können wir vor dem Mittagessen noch ein bisschen spazieren gehen und plaudern. Abgemacht? Wenn ich nichts höre, gehe ich davon aus, dass es okay ist.«

Und so, wie sie es geschrieben hatte, kam es.

Kazanski sah auf die Uhr. Fünf Minuten vor zwölf. Es war der 28. Dezember. Es schneite ein bisschen, und es war bitterkalt.

Vom Wall aus sah er, wie die Schwäne durch das eisige Wasser segelten, während eine ganze Armada Enten sich am Ufer versammelte, wo eine Mutter und zwei Kinder ihnen Brotkrümel zuwarfen.

Er war nervös. Unruhig auf eine seltsame, aber auch angenehme Art und Weise. Es war der Gedanke an Ewa. Wie sah sie aus? Wie würde es zwischen ihnen sein? Es war so lange her.

Er blickte nach links. Das Königsschloss wirkte unbeirrbar, unerschütterlich. Es hatte im Laufe der Zeit schon so viel gesehen. Es ließ sich nicht beeindrucken von seinem Herzklopfen, oder von der Aussicht auf ein Wiedersehen zwischen ihm und der Frau, die er so lang vermisst hatte. Und Kazanski hatte sie vermisst. Dessen war er jetzt ganz sicher.

Sie hatten sich oft geschrieben. Nie am Telefon gesprochen. Sie hatten sich wiedersehen müssen. Das wussten beide. Nun hatten sie vereinbart, das neue Jahrtausend gemeinsam zu beginnen. Das Jahr 2000. Ein merkwürdiges Gefühl – viele Nullen für eine Jahreszahl …

Er sah sie aus weiter Entfernung. Der Drache spuckte eine Feuerzunge in die frostklare Luft. Eine kleine Gruppe stand vor ihm. Rechts daneben stand eine einsame Gestalt in einem langen Mantel. Das musste sie sein. Als er näherkam, winkte sie. Sie kam ihm entgegen.

Zuerst sagten sie kein Wort. Sie umarmten sich nur fest. Kalte Wangen. Dann wurden ihre Augen Wirklichkeit, als er sie ein wenig auf Abstand hielt, damit sie sich ansehen konnten. Es waren dieselben Augen.

»Hej, Jordi … Gut siehst du aus.« Sie lächelte und küsste ihn auf die Wange.

Er hatte den alten Spiegel weggeworfen, als er umgezogen war, aber vielleicht war Ewa der beste Spiegel überhaupt. Kazanski fühlte sich gesund und fit. Er war regelmäßig gelaufen und hatte einen großen Teil seiner freien Zeit in Larry's Gym verbracht. Der vorläufige Job in der Analysesektion in New York lief gut, und in einem Monat würde er seinen neuen Posten im Ausland antreten.

Kazanski trank noch immer gern ein Glas Whisky, aber das wüste Abtauchen bis zum Boden der Flasche war vorbei. Vielleicht waren deshalb die heftigen Depressionen verschwunden. Er hatte nicht länger das Gefühl, bis zum Horizont vordringen zu müssen. Das Universum lag in behaglicher Lethargie. Der Zweifel war verschwunden. Und mit ihm die Destruktivität – nur die Albträume tauchten noch immer auf, obwohl die Abstände zwischen ihnen länger wurden.

»Ich habe alles verkauft.«

Ewa sagte es, als sie bei ihr zu Abend aßen.

»Was verkauft?«

»Sämtliche Werkstätten. Das Sigismund und die anderen drei Kneipen und Stripclubs. Das Palaisbordell habe ich geschlossen. Dort kommt ein Anwaltsbüro rein. Ich habe es nie gemocht, dass sich jemand selbst verkauft. Mutter sagte, so ist es …«

»Also Schluss mit schwarzer Unterwäsche und Perücke?«

»Ich habe sie seitdem nicht mehr getragen.«

»Männer?« Kazanski fragte in einem eher beiläufigen Ton.

»Sind noch immer Schweine. Sex und Geld, du weißt schon … Frauen? Was ist mit dir und den Frauen?«

»Nein …«

»Wieso nicht?«

Er antwortete nicht.

»Hast du keine Lust?«

Er antwortete noch immer nicht.

Ewa legte ruhig Messer und Gabel beiseite. Dann knöpfte sie langsam ihre Bluse auf. Knopf für Knopf. Demonstrativ. Wie an jenem Abend. Die schwarzlackierten Nägel und der Reißverschluss.

Sie hielt seinen Blick mit einem leichten Lächeln fest. Ein Lächeln, das einem Teufel wie einem Engel gehören konnte. Dann schlug sie die Bluse ein wenig zur Seite. Das Medaillon blinkte ihn vertraulich an.

»Mehr Wein?«

Sie beugte sich weit über den Tisch und schenkte nach. Kazanski folgte jeder Bewegung. Dann aß sie weiter, als wenn nichts gewesen wäre.

»Du nimmst dir, was du haben willst. Das hast du selbst gesagt. Hast du dir seither etwas genommen?«

»Nein, Jordi. Erst jetzt …«

Sie schob ihren Teller beiseite und erhob sich.

»Erst jetzt … Ich will dich. Jetzt.«

Seine Haare waren schweißnass, und die Knie zitterten, als er ihren weichen Schenkel küsste und sich neben sie aufs Bett fallen ließ.

Sie flüsterte ihm etwas ins Ohr.

»Du aber auch«, antwortete er leise.

»Warum hast du mich gerettet?« Sie hielt einen Finger unter sein Kinn und hob seinen Kopf, bis sich ihre Blicke trafen.

»Schwer zu sagen. Vielleicht einfach ein Instinkt.«

»Würdest du es für alle tun?«

»Nein.«

»Gut. Genau das wollte ich hören.«

»Aber ich hätte es auch für Xenia getan. Jedenfalls glaube ich das.«

»Warum hast du sie gehen lassen? Sie war verrückt nach dir. Und untröstlich, als sie abreiste.«

»Ich weiß.«

»Warum also?«

»Es sollte einfach nicht sein.«

»Wieso nicht?«

»Nein. Keine Erklärungen.«

Er biss vorsichtig in ihre Brustwarze.

»Au!«

»Also hör auf zu fragen. Im Übrigen magst du das doch …«

»Hm … mehr …«

Es war der 31. Dezember. Von 1999 waren noch fünf Stunden übrig, dann wurden die Neunen zu Nullen.

Die Tage waren in einer Mischung aus Ernst und Leichtigkeit vergangen, voller Zärtlichkeit und Lust, verdampft zwischen heißen Körpern.

Übermorgen wollte Kazanski zurückfliegen – mit einer Zwei und drei Nullen im Rücken. Er saß auf dem Sofa und schaute aus dem Fenster auf den Wawel.

Tatsächlich wäre es ihm am liebsten gewesen, wenn die Zeit jetzt angehalten würde – bevor die Glocken läuteten. Die Fragen würden auftauchen. Das wusste er. Vielleicht war es das Beste für beide, wenn alles unausgesprochen blieb. Vielleicht sollte er sie aber auch fragen.

»Jordi! Deckst du den Tisch?«

Ewa rief aus der Küche. Sie hatte ihn hinausgeschickt, weil er ihr im Weg war. Das hatte er schon einmal gehört. Vor langer Zeit.

»Aufwachen! Hier sind Teller und Besteck. Was ist los?«

»Nichts. Ich glaube, das Jahr 2000 beeindruckt mich. Und erschreckt mich.«

»Unfug. Hier bin ich die Philosophin. Fang an!«

Herr und Frau Cukier waren eingeladen. Es war eine Tradition, hatte Ewa erklärt, allerdings gab es fünf Teller.

»Sind wir nicht nur zu viert? Es sind fünf Teller.«

»Nein, wir sind fünf. Das hatte ich vergessen zu erzählen.« Ewa stand an der Küchentür. In diesem Moment klingelte es an der Haustür.

»Gehst du runter und schließt auf, Jordi?«

Das alte Ehepaar trug ihren Sonntagsstaat. Er ließ die Tür offenstehen und begleitete sie nach oben. Sie konnten sich noch gut an ihn erinnern.

»Wenn ich nur halb so alt wäre … Sie ist das hübscheste Mädchen – und eine ausgezeichnete Schachspielerin. Ewa, direkt aus dem Paradies, nicht wahr?« Herr Cukier stieß ihn freundschaftlich mit dem Ellenbogen in die Seite, als bestünde eine jahrelange, selbstverständliche Vertrautheit zwischen ihnen.

Kurz darauf klopfte es an der Tür. Kazanski schloss auf und sagte automatisch »herein«. Dann erstarrte er.

»Guten Tag. Schön, Sie wiederzusehen, Herr Kazanski.«

Er konnte nichts anderes tun, als den älteren Mann anstarren, der die Hand ausstreckte. Es war der tote Professor. Professor Vasiljew, Professor Janecka. Der verlorene Mann der Witwe. Ewas Vater. Ewa umarmte den Mann, der sie auf die Wange küsste.

»Darf ich dir meinen Vater vorstellen? Jordi, das ist Edward. Edward, das ist Jordi … Begrüßt euch doch.«

Kazanski fühlte sich unwohl. Er schwankte zwischen einer Unmenge von Gefühlen, ohne sich für das richtige entscheiden zu können. Er hätte ihnen am liebsten sämtliche Fragen auf einmal an den Kopf geworfen.

»Jetzt essen wir erst einmal. Ich werde dir gleich alles erzählen, Jordi.« Ewa sah ihm an, dass er fassungslos war. Wie konnte es auch anders sein.

»Ich möchte Ihnen gern danken. Leider kann ich das erst jetzt tun. So musste es notwendigerweise sein. Ich bin sehr dankbar, das müssen Sie wissen …«

Professor Janecka klang gerührt, als er noch einmal die Hand ausstreckte.

Ewa berichtete in aller Ruhe und von Anfang an, während sie an dem geschmückten Tisch Entenbraten aßen. Die beiden älteren Eheleute hörten schweigend zu. Sie waren unter den wenigen Eingeweihten und kannten das Geheimnis.

Ewa hatte nicht das Vertrauen ihrer Mutter in die Amerikaner und die CIA gehabt. Tatsächlich vertraute sie nur sich selbst. Daher entschied sie, die Sache selbst in die Hand zu nehmen, als ihre Mutter starb; sie nahm keinen Kontakt zu dem alten Juden auf, wie es eigentlich vereinbart war.

Anfangs glaubte Ewa, sie könnte den Fall mit Hilfe ihrer eigenen Leute klären. Diese Ansicht musste sie revidieren, als es ihr nicht gelang, Kazanski und Xenia zur Abreise zu bewegen. Als sie von Eric Crankshaw verprügelt wurde, der ihren Vetter ermordet hatte, sah sie ein, dass andere, größere Kräfte im Spiel waren.

Ewa war klar, dass sie es nicht schaffen würde, Karpin und Sibi Nikolajewitsch, die Russen und die Amerikaner auf einmal hinters Licht zu führen. Ihre Mutter hatte eine Schockwelle ausgelöst, als sie dem CIA-Kontakt Jakubik erzählte, sie würde den Hintergrund des Moskauer Attentats kennen.

Als ihr Vater plötzlich mitten in der Nacht vor ihrer Haustür abgesetzt worden war, hatte sich die Situation grundlegend geändert.

»Ich überlegte wie eine Wahnsinnige, Jordi. Egal, wie ich die Sache drehte und wendete, kam ich immer wieder auf drei Tatsachen:

1: Vater würde in ein unbekanntes Land verkauft, wo er weiterhin so leben musste wie in Russland.

2: Die Russen würden alles tun, um ihn zurückzubekommen. Seine Arbeit war supergeheim, außerdem war er an sich schon eine Belastung, weil sie ihn damals in Prag gekidnappt hatten.

3: Die CIA würde ihn auch nicht freigeben. Die Amerikaner würden alles tun, um sich Zugang zu seinem Wissen zu verschaffen. Sein Leben würde so verlaufen wie in Russland, auch wenn es die USA wären.

Red Mercury und die Bombe waren der Fluch meines Vaters. Er wäre immer ein Gefangener geblieben, egal wo. Die einzige Lösung war, ihn sterben zu lassen. Vor Zeugen aus beiden Lagern, Russland und den USA. Lebendig würde er sein Alter nie genießen können, nur der Tod konnte ihn unter die Lebenden bringen. Ich bestand darauf.«

»Wie habt ihr es gemacht?«

Kazanski konnte nichts essen. Er hörte nur Ewas Erklärung zu.

»Die Archive im Keller …«

»Ja?«

»Mutter hatte sich abgesichert. Sie hatte eine ganze Reihe Leute in der Hand. Wichtige Persönlichkeiten. Ich glaube, ich erwähnte dir gegenüber den Kriminalinspektor im Krankenhaus. Erinnerst du dich?«

»Ja, sicher.«

»Wenn sie ins Palais kamen, wurden sie gefilmt und fotografiert. Kompromittierendes Material. Ein Foto kann viel bewirken … An dem Tag, an dem Xenia mich vor der Bombe gerettet hat, war ich in unserem Haus, um etwas in Mutters Archiven zu suchen. Und glücklicherweise fand ich, was ich brauchte: einen perversen Oberarzt. Dariuz Turnau.«

Ewa prostete und nippte am Rotwein.

»Und dann?« Kazanski war ungeduldig.

»Er hatte keine Wahl. Am Abend vor dem Handel in der Werkstatt traf ich mich mit ihm in der Kneipe. Er hatte das Medikament dabei. Dormapam. Es gehört zu einer Gruppe von Präparaten, die Benzodiazepine genannt werden. Ein unschuldiger Stoff und vollkommen harmlos in Verbindung mit Vaters Herzkrankheit. Das Medikament enthält aber etwas, das Temazepam genannt wird. Ein rasch wirkendes Hypnotikum. Eine Art Schlafmittel, das zur Beruhigung vor Operationen verwendet wird.«

Kazanski bemerkte nicht, dass die anderen ihre Mahlzeit schon beendet hatten. Ewa fuhr fort: »Ich erklärte dem Oberarzt die Situation, und er instruierte mich. Vier Kapseln à zwanzig Milligramm würden den Effekt ergeben, den ich brauchte. Ein todesähnlicher Zustand mit einem extrem schwachen und so gut wie nicht spürbaren Puls. Bei dieser Menge wäre es beinahe eine Art leichte Vergiftung.

Es brauchte weniger als eine halbe Stunde, um zu wirken. Als Vater während der Kaffeepause das Codewort ›Franz Schubert‹ nannte, wusste ich, dass er gerade die Kapseln geschluckt hatte. Daher habe ich ein bisschen Zeit geschunden. Er sollte mich dann nach der Musik fragen, und ich die Nummer einer Schubert-Symphonie sagen. Ich versuchte es mit der Dritten. Als er es bestätigte, wusste ich, dass mir noch drei Minuten blieben. Dann würde die Medizin wirken – also begannen wir den Streit, ich wurde ausfällig. Die Erregung sollte seinen Anfall erklären. Und er hat sehr überzeugend mitgespielt.«

»Es wirkte vollkommen realistisch …« Kazanski wunderte sich, war aber gleichzeitig beeindruckt.

»Wir hatten aber auch Glück. Die Wirkung trat genau zum richtigen Zeitpunkt ein. Eine überwältigende Müdigkeit, bevor man in einen schlafähnlichen Zustand hinübergleitet. Na ja, den Rest kennst du.«

»Also hast du mir nicht vertraut?«

»Nein, niemandem. Wie konnte ich sicher sein? Du hattest deine Aufgabe zu lösen – und ich meine. Und selbst wenn ich dir vertraut hätte, wollte ich dich nicht in ein Dilemma bringen. Und das habe ich auch nicht getan.«

»Und wenn ich die Wahrheit erzähle, sobald ich wieder in den USA bin?«

»Das wirst du nicht tun.«

»Jetzt vertraust du mir?«

»Ja …«

Alle standen in ihren Mänteln auf der Terrasse zum Garten. Das Abendessen und der Abend waren gemütlich und munter gewesen.

Nach Ewas Erklärung hatten alle frei und ungezwungen sprechen können. Mit einem Mal gab es keine Geheimnisse mehr. Nichts, worauf man zu achten hatte. Und obwohl Kazanski zunächst ein wenig verdauen musste, was er gehört hatte, lebte er bei Kaffee und mehreren Gläsern Cognac wieder auf. Sie hatten nicht weiter darüber geredet, und auch die Vergangenheit des Professors war kein Thema mehr. So sollte es offenbar sein. Stattdessen hatte Kazanski sich mit Ewas Vater über Fußball unterhalten. Der Professor nickte begeistert, als Kazanski Michael Laudrup erwähnte.

Im Hintergrund hörten sie im Radio, wie der Sprecher den Countdown herunterzählte. Gleich würde ein neues Jahr beginnen. Ein ganz besonderes neues Jahr.

»Neun, acht, sieben, sechs, fünf, vier, drei, zwei, eins.«

Es hatte den Anschein, als sei ganz Polen für dieses große Ereignis synchronisiert worden. Den Jahrhundertwechsel. Eine riesige Hand schien sämtliche Glockenstränge zu ziehen, denn in derselben Sekunde begannen die Glocken zu läuten. Ein Läuten, das auf der ganzen Welt zu hören war.

Der ganze alte Stadtteil mit seinen unzähligen Kirchen hallte von dem metallischen Klang wider. Und nun begann es. Sie sahen das offizielle Festfeuerwerk auf dem Marktplatz als leuchtende Streifen, die hoch oben am Himmel in einem Meer von Sternenstaub explodierten oder sich wie Blumen in allen Farben entfalteten.

Ewa blickte über den Fluss auf das Schloss, das auf dem Schlossberg thronte. Die Glockenschläge drangen ihr bis ins Innerste.

Der schwarze Nachthimmel wurde zu einem Lichtermeer

über den Türmen und Dächern. Nun hörte sie das Geräusch donnernder Pferdehufe. Das Warnsignal des Trompeters ertrank im Dröhnen der schäumenden Tiere auf der frostharten Erde.

Die Tataren waren gekommen.

Ein Angriff nach dem anderen rollte heran. Gegen ihr Schloss. Auf den Mauern des Schlosses kämpften ihre Soldaten verbissen, um den Feind fernzuhalten. Ihr Fluss wurde orangefarben vom Widerschein der Flammen. Die Barbaren stürmten ihre Stadt. Feige, an einem solchen Abend.

»Ewa! Hallo! Prost!« Die anderen erhoben ihr Glas. Sie blinzelte, und der Angriff erstarb. Alles verschwand.

»Prost! Ein gutes neues Jahr!« Sie spürte feste Arme, Sicherheit. Er umarmte sie. Vielleicht spürte er, wie ihr Herz pochte.

Die Gäste waren längst gegangen. Sie hatten auf dem Sofa dichtbeieinandergelegen, geredet und sich geküsst. Nun stand sie am großen Fenster. Sie hatte bereits eine Weile dort gestanden. Stumm. Merkwürdig stumm.

»Woran denkst du?« Jordi stand auf.

»Komm … komm hier rüber …«

Er stellte sich hinter sie und umarmte sie. Hier und da stieg noch eine einzelne Rakete in der Dunkelheit auf.

»Sieh nur. Ist es nicht schön? Der Fluss, das Schloss, die Stadt. Irgendwie denke ich mir, dies alles gehört mir. Es ist meins … Alles. Ich habe immer hier gelebt. Wenn die Blätter im Frühling grün werden. Wenn die Sonne im Sommer scheint. Wenn die Blätter sich im Herbst verfärben. Wenn die Vögel sich im Winter versammeln. Und nun muss ich auf die Reise gehen. Ich muss einfach reisen … Hier ist zu viel passiert, Jordi. Viel zu viel. Ich kann hier nicht mehr leben. Es gibt nicht genügend Raum. Es lässt sich nichts verändern.«

»Du willst Krakau verlassen?«

»Ich habe das Haus bereits vermietet. Im Februar ziehen die neuen Mieter ein. Ich wollte es nicht verkaufen. Es soll so lange stehenbleiben, wie es geht. Aber ich muss fort.« Ewa sprach leise und nachdenklich.

»Kommst du mit mir nach Madrid?«

Kazanski fragte mit einer Ruhe, von der er nicht wusste, woher sie kam.

»Hm? Ich habe daran gedacht ... Überlegt, ob du fragen würdest. Vielleicht ... Bist du dazu bereit? Glaubst du tief in deinem Inneren, dazu bereit zu sein?«

»Wenn ich darauf eine sichere Antwort geben könnte, würde ich nie antworten können. Warum verlangen wir immer Garantien? Warum trauen wir uns nicht, etwas zu hoffen und zu riskieren? Ich bin der Meinung, dass wir eine Chance bekommen sollten, wenn du es willst. Sonst hat das alles keinen Sinn.«

»Der Gedanke macht mich glücklich. Und ängstlich. Ich kann dich nämlich sehr leicht enttäuschen, Jordi. Dir weh tun. Und das will ich nicht ... Du weißt, was geschehen ist. Du weißt, dass ich so etwas noch nie erlebt habe. Ich habe nie daran geglaubt. Niemals – jedenfalls nicht bis jetzt.«

Kazanski hatte nicht das Gefühl, etwas zu formulieren. Es kam einfach von allein, ein wenig zähflüssig: »Ich möchte gern darum kämpfen, wieder etwas zu empfinden, nur hin und wieder.«

»Hör mal. Es gab mal einen Philosophen, der hieß Hegel. Georg Wilhelm Friedrich Hegel. Ein Deutscher. Er schrieb viel über die Liebe. Seine These lautet, dass du herausfinden musst, wer du selbst bist, bevor du jemand anderen lieben kannst. Aber zur Liebe gehört auch, dass du aus dir herausgehst und dich deinem Geliebten hingibst. Dann vergisst du dich selbst im anderen, worauf du – also durch den Verzicht auf das eigene Selbst – zu dir selbst zurückfindest. Erst in der Liebe gewinnst du dich selbst. So wird dein Verzicht – der eine Voraussetzung für die Liebe ist – im Grunde wieder umgekehrt.«

Sie hob ihren Arm und legte die Hand auf seinen Nacken. Dann fügte sie beinahe flüsternd hinzu: »Es ist also eine Bestätigung wie eine Ablehnung der Liebe. Aber das alles Entscheidende ist, dass du tatsächlich wieder zu dir selbst findest, wenn du von deinem Geliebten eingenommen bist. Dass du wieder die Beine spürst, auf denen du stehst. Die Hingabe schafft also letzten Endes ein tieferes Bewusstsein. Ein Verständnis. Eine Art vornehmes Verständnis. Hörst du mir überhaupt zu?«

»Ja.«

»Hegel meint, dann gelingt das eigentlich Unmögliche. Das Problem löst sich von allein. Die Liebe kann also gut leben … Ich kann lieben, und du kannst lieben. Wir können lieben … nicht wahr?«

Kazanski beugte sich vor und küsste sie in den Nacken.

»Hm … Also etwas geben und etwas nehmen. Ich glaube, das meint der Bursche. Alles andere klingt in meinen Ohren ein bisschen verquast, finde ich. Wir haben doch jede Menge Zeit, um herauszufinden, ob es gelingt. Willst du mitkommen?«

»Nach Madrid? Si, Señor. Sehr gern …«

EPILOG

Vladlen Soloschenko wurde für seinen Einsatz befördert. Der Major wechselte ganz zum FSB, wo er Valeri Afanasjews Stellvertreter wurde.

Jeden Tag ging er mit seinen beiden Dackeln im Park Gassi, so wie Natascha und er es immer getan hatten. Jeden Sonntag fuhr er zum Kalitnikowski-Friedhof, um frische Blumen auf ihr Grab zu legen. Hinterher ging er immer auf einen Markt in der Nähe, der sonntagsmorgens ein großes Angebot an Haustieren hatte, von Vögeln und Meerschweinchen bis hin zu Hunden. Aber er fand kein Tier wie seine Dackel, Freitag und Samstag.

Er vermisste Natascha – jeden Tag.

Eric Crankshaw bekam die Beförderung, die er sich so brennend gewünscht hatte. Er wurde Operativer Leiter des »Iwan Capone«-Projekts. Crankshaw hatte seinerzeit die ersten Beweise gegen MAKU 90, Leonid Dom Karpin und Pawel Sibi Nikolajewitsch geliefert. Daher stand er als Einziger nicht unter Verdacht, als das erste Projekt offiziell beendet wurde.

Obwohl Vizedirektor Christian Jannsen den rothaarigen Mann nicht ausstehen konnte, kam er um die Beförderung nicht herum. Außerdem wusste Crankshaw etwas über einen Mann, der David Oakland hieß und im Dienst umgekommen war – post mortem aber für seinen großen und aufopferungsvollen Einsatz bei der CIA geehrt wurde.

Dieses Wissen war nicht unwesentlich.

Edward Janecka lebte das erste Jahr nach seinem »Tod« in Krakau in der ulica Zamkowa. Der Professor, der kein Professor mehr war, erhielt eine neue Identität. Für seine Tochter Ewa Theresa war dies überhaupt kein Problem. Mit der Zeit kamen die beiden sich immer näher, und schließlich hatte er das Gefühl, nicht nur seine Tochter zurückbekommen zu haben, sondern ein wenig von all dem, was er an dem Tag verloren hatte, als er in Prag auf die Straße ging.

Bei schönem Wetter ging Edward Sitensky, wie er nun hieß, mit Herrn Cukier auf den Wall, um Schach zu spielen. Nur eine Handvoll Menschen kannten sein Schicksal. Später zog er zurück nach Prag. Er nahm Kontakt zu einigen wenigen ausgesuchten alten Freunden auf, die schworen, sein Geheimnis zu bewahren.

Nicht einen einzigen Tag vermisste Edward Janecka seinen alten Beruf, die Atomphysik, die so unheilvoll für ihn gewesen war.

Leonid Dom Karpin wurde zu einem gejagten Mann, als MAKU 90 sich auflöste, aber er war vorsichtig und bereits untergetaucht, als Soloschenko und Afanasjew mit der Alpha-Gruppe in seinem Haus erschienen.

Niemand wusste von Karpins Plänen, aber sicher ist, dass Ende November plötzlich ein riesiger Mann auf der Kurilen-Insel Kunaschir auftauchte. Der Mann fragte nach Verwandten eines gewissen Pawel Nikolajewitsch, einem Burschen, der vor vielen Jahren seine Fischerfamilie verlassen hatte.

Karpin hatte den Leichnam seines besten Freundes aus der

Werkstatt in Krakau mitgenommen. Er wurde in dem Sarg versteckt, in dem der Professor auf der Fahrt nach Krakau gelegen hatte. In einem Waldstück nahe der Grenze zur Ukraine hatte er seinen treuen Kameraden begraben.

»*Freunde auf immer, Sibi*«, stand eingeritzt in die Rinde eines Baumes, nahe der Stelle, an der er Sibi beerdigt hatte.

Am dritten Tag des neuen Jahrtausends wurde Leonid Dom Karpins Leiche an einem Straßengraben in Wladiwostok in einer Schneewehe gefunden.

Der Oberst, der stolze Sohn der Roten Armee, hatte zwei Schüsse in den Rücken abbekommen. Zudem fehlte sein Kopf. Die bizarre Handschrift eines Krakauer Mafiabosses. Die zehnte kopflose Leiche in elf Monaten.

In einer seiner Taschen fand man das zerknüllte Foto einer lächelnden, schwangeren Frau. Auf der Rückseite stand: »*Ich liebe dich. Kuss, Irina.*« Auch seine militärischen Auszeichnungen wurden gefunden, allerdings fehlte der Miliz jegliches Motiv für den Mord. Zunächst wurde intensiv an dem Fall gearbeitet. Schließlich geschah es nicht jeden Tag, dass Moskau sein Interesse zeigte, doch schon bald war Dom Karpins Ermordung nur noch eine Mafia-Liquidation von vielen.

In Moskau nahm Vladlen Soloschenko die Nachricht vom Tod Karpins erfreut – und enttäuscht – entgegen. Er hätte Leonid Dom Karpin gern selbst gefunden.

Xenia Pizlo Larsen zog kurz nach ihrer Rückkehr von Kopenhagen nach Den Haag, um als frisch ernannte Kommissarin im Hauptquartier von Europol zu arbeiten.

Durch Xenias Erfolg konnten große Bereiche des Handels mit gestohlenen Autos von West nach Ost unterbunden werden. Das exakte Archiv der Patin versetzte Europol in die

Lage, in mehreren Ländern gleichzeitig zuzuschlagen. Sämtliche Drahtzieher wurden gefasst.

Die Operation war ein gewaltiger Erfolg, mit dem sich die Medien lange und eingehend befassten. Eine blonde und noch dazu sehr hübsche Frau war zum Schrecken der Schmugglerbanden geworden. Ihr Aussehen minderte ganz und gar nicht das Interesse an ihrer Person.

Ein halbes Jahr nach ihrer Ankunft in Den Haag begann Xenia ein Verhältnis mit einem niederländischen Kriminalchef, Edwin van Vossen. Der Mann war zwar verheiratet – wollte sich aber scheiden lassen. Behauptete er. Und wiederholte sein Versprechen anderthalb Jahre lang.

An einem Freitag erwachte Xenia in ihrem Bett ziemlich erschöpft, weil sie einmal mehr nicht lange genug geschlafen hatte.

Als sie in die Küche ging, um Frühstück zuzubereiten, fiel ihr Blick auf das Foto an der Pinnwand. Es war ein Gruß aus Madrid. Sie blieb einige Minuten vor dem Foto stehen. Dann ging sie ins Wohnzimmer und griff nach dem Telefon. Eine Handlung, die ebenso spontan war wie der Mann auf dem Foto unberechenbar.

Die Nachricht war kurz: »*Komm heute Abend nicht, Edwin. Komm überhaupt nicht mehr her. Ich bin fertig mit dir …*«

Vielleicht war dieser Jan Jordi Kazanski derjenige, dem sie je am nächsten kommen würde.

Jan Jordi Kazanski und *Ewa Theresa Siwonia* zogen gemeinsam nach Madrid, wohin Jordi auf eigenen Wunsch versetzt worden war. Sie wohnten in der Calle de Alcalde in der Innenstadt, nahe dem Parque del Retiro.

Es wurde genauso schwierig, wie beide es befürchtet hatten. Es gab weit mehr Talfahrten als Höhenflüge. Manchmal löste ein Streit den nächsten ab. Jeder Tag brachte etwas Neues und Unvorhersehbares. Schweigen, Leichtsinn, Schwermut oder Ausgelassenheit.

Beide waren ebenso markante wie starrköpfige Persönlichkeiten, und beide hatten eine so schwierige Vergangenheit, dass es Probleme geben musste.

Nach einem halben Jahr teilte Ewa Kazanski eines Tages bei einem Spaziergang im Park mit, dass sie ihn verlassen würde. Sie reiste zurück in ihr geliebtes Krakau. Zunächst war es für beide eine Erleichterung. Doch dieses Gefühl änderte sich schon bald.

An einem eiskalten Herbsttag klopfte es plötzlich an Jordis Tür. Davor stand Ewa mit zwei Koffern. Sie stritten sich kurz, und er warf ihr die Tür vor der Nase zu. Drei Stunden später erreichte er sie in einem Hotel. Sie zog sich gerade an, um den Flug nach Krakau zu erreichen. Stattdessen zog er sie aus und schob sie behutsam ins Bett, wo sie vierundzwanzig Stunden blieben.

Jordi hatte seit dem Auftrag in Krakau keinerlei Kontakt zu Xenia gehabt, aber die Dänin auch nicht vergessen. Er und Ewa verständigten sich darauf, ihr ein Foto zu schicken – ein Foto von ihm und Ewa auf einer Bank im Park.

Obwohl es beide versuchten, kamen sie doch nicht miteinander aus. Ewa zog für eine Weile nach Prag. Dann kam sie zurück – nur um Madrid ein paar Monate später wieder zu verlassen. Sie zog nach Krakau in das graue Haus am Fluss und an dem Schloss.

Von Unruhe getrieben, ging Kazanski häufig stundenlang rastlos im Park spazieren. An einem Abend im Mai betrachtete er dabei ein Blatt Papier. Er steckte es in die Tasche. Und zog es erneut heraus.

Es war ein Flugticket. Madrid–Warschau–Krakau.

Es war eine Frage des Wagens. Wagen, zu geben – und wagen, zu nehmen. Das meinte der Philosoph doch. Vielleicht war es aber auch nur saublöd. Was wusste der Idiot schon über die Liebe im 21. Jahrhundert? Billige Klugscheißerei aus einer bequemen Vergangenheit. Kazanski knüllte das Ticket zusammen und warf es in einen Abfalleimer.

Dann ging er mit festen Schritten auf dem Kiesweg weiter. Nach ein, zwei Minuten wurden die Schritte langsamer und zögerlicher. Schließlich blieb er stehen. Er stand einen Augenblick still. Dann drehte er sich um und ging zurück.

Und wenn der Philosoph recht hatte?